한국문학과 그림의 문화사 1

민족의 정체성

지은이

권정은 權正殷, Kwon, Jung-eun

서울대학교 국어국문학과에서 「자연시조의 구성공간과 지향의식」으로 박사학위를 받았고, 현재 우석대학교 국어교육과에서 조교수로 재직하고 있다. 주요 관심 분야는 고전 시가를 중심으로 하는 자연미에서 점차 한국 고전문학과 그림의 비교 양상으로 확대되었다. 언어예술과 시각예술을 근간으로 하는 융합 학문에 관심을 갖고 있다. 저서로 『자연시조—자연미의 실현 양상』이 있으며, 그 외 다수의 연구 논문이 있다.

한국문학과 그림의 문화사 1 민족의 정체성

초판인쇄 2023년 10월 1일 **초판발행** 2023년 10월 10일

지은이 권정은

펴낸이 박성모 **펴낸곳** 소명출판 **출판등록** 제1998-000017호

주소 서울시 서초구 사임당로14길 15 서광빌딩 2층

전화 02-585-7840 **팩스** 02-585-7848

전자우편 somyungbooks@daum.net **홈페이지** www.somyong.co.kr

값 31,000원

ISBN 979-11-5905-823-3 03810

한국문학과 그림의 문화사 1

민족의 정체성

권정은 지음

KOREAN CULTURAL HISTORY OF LITERATURE AND PICTURES 1.
NATIONAL IDENTITY

책머리에

나는 고전문학을 전공했다. 내 학문의 모태는 문학에 있다. 그런데 적지 않은 시간, 시각 예술에 관한 공부를 병행해 왔고 이렇게 문화에 관련된 책을 내게 되었다. 최근에는 그림을 인문학 연구에 활용하는 사례를 흔하게 볼 수 있다. 국내외를 막론하고 문학, 역사, 철학, 미학, 심리학 등 각 분야에서 시각 자료를 통해서 이해의 폭을 넓히는 경우가 아주 많아서 이루 헤아리기 어려울 정도이다. 하지만 이와 같은 결과가 결코 하루아침에 이루어진 것은 아니리라. 내 개인적인 경우도 마찬가지이다.

나는 학부 시절 우연히 취미로 서예를 시작하면서 자연스럽게 미술과 가까워질 수 있었다. 비록 짧은 기간이었지만 어설프게나마 법첩法帖을 임모하는 과정에서 작품에 몰두하는 직접적인 체험을 했고, 이후 서실에 나가지 않게 된 후에도 간접적인 체험은 멈추지 않았다. 점점 늘어나는 곳곳의 미술관과 갤러리를 방문하는 일은 피곤하지만 즐거운 일상이 되어 있었다.

그러던 중 박사학위를 준비하면서 전통 회화를 공부하지 않으면 안 되는 상황에 맞닥뜨리게 되었다. 나의 박사학위 주제는 한국 자연 문학과 자연미였다. 자연 시조를 중심으로 논지를 전개했는데, 생각보다 한국 고전의 뿌리는 깊었다. 예를 들면 자연 시조의 핵심 작품 중의 하나인 「고산구곡가」의 특징을 제대로 이해하기 위해서는 〈구곡도〉라는 그림에 대한 기본적인 지식이 필요했다. 그래서 쓰게 된 논문이 「'고산구곡시화병'에 드러난 이상향의 재현 양상」2003이었다. 이후에도 동아시아의 산수

미학이라는 거대한 산맥이 버티고 있어서 관련 작품에 대한 파악은 피해갈 수 없는 숙제였고, 저서 『자연시조－자연미의 실현 양상』2009을 집필할 때도 〈도산도〉와 〈구곡도〉를 함께 다루었다.

이런 과정에서 자연스럽게 post-doc의 주제를 문학과 그림으로 결정하게 되었다. 이론과 작품을 병행하는 본격적인 연구를 시작했는데 예상보다 힘들었다. 막상 어디서부터 출발해야 하는지 막막했다. 무작정 열심히 하는 수밖에 없었다. 처음 했던 작업은 해당 논저와 자료들을 닥치는 대로 찾아보는 일이었다. 우리 선조들이 남긴 문예학의 골격을 파악하고 문학과 그림의 균형점을 찾는 일은 그야말로 길 없는 길을 가는 것 같았다. 그래도 다행히 그동안 방대한 회화 작품이 체계적으로 소개되었고, 더불어 국문학자들의 시각예술에 대한 수용의 폭도 넓어졌다. 학제간연구가 보편화되면서 교양뿐만 아니라 전공 강의에서도 문학과 그림을 함께 다루게 되고 공부하고 가르치는 일을 병행할 수 있었다.

하지만 그 가운데에서도 각종 의구심이나 걱정은 쌓여만 갔다. 무엇보다도 개인적으로 끊임없이 고민했던 것은 어떻게 하면 조선시대 사대부 그리고 18세기라는 주류 중심에서 벗어날 수 있겠느냐 하는 것이었다. 사실 사대부들의 기록문학 그리고 18세기 전후의 회화 작품이야말로 질적으로나 양적으로나 연구의 중추를 이루는 부분임에는 틀림이 없다. 그렇지만 이 분야의 연구는 이미 해당 전공자들에 의해 체계적으로 진행 중이라 굳이 내 힘을 보탤 필요는 없다고 판단했다. 그리고 동시에 아무리 유력하다고는 해도 특정 작품군이 한국 문화를 대변하는 전체가 될 수는 없다는 생각이 계속 따라다녔다. 일반적으로 고전문학과 그림의 관계는 사대부를 중심으로 하는 고급문화의 영역에서 확인하려는 경향이 짙다. 그러나 상하층을 두루 아우르는 영역 그리고 보다 넓은 시대로 시선을 폭넓게 확장할 수 있다면 그야말로 금상첨화라는 생각을 접을 수 없었다. 그래서 결국 우리의 문학과 그림이라는 화두를 놓고 오랜 시간 균형 잡힌 연구를 갈구하다 보니 어느새 분수에 맞지 않게 부피가 커졌고 문화사라는 기치를 내걸게 되었다.

사실 국문학계에서 문화에 주목한 것은 이미 오래된 일이다. 20세기에 세계 문화 연구의 주류가 인류학에 집중했던 것과 발을 맞추어 우리의 전통문화 연구도 주로 생활 풍속을 대상으로 활발하게 진행되었다. 하지만 이와 같은 유형과는 별도로 문학과 그림을 대상으로 하는 문화 연구는 순수한 예술작품에 집중하여 추상과 구상을 아우를 수 있는 장점이 있다. 따라서 미적 가치가 농축된 언어예술과 시각예술이 어떻게 공존하며 발전해 왔는지 전모를 살펴보는 일은 우리의 문화 연구에 또 다른 활기를 불어넣을 수 있으리라 기대할 수 있다.

다만 문학과 그림의 문화사를 시도하면서 이미 체계가 잡혀 있는 문학사와 미술사의 틀 속에서 어떻게 새롭게 자리매김을 할 수 있을까 하는 정체성과 방법의 문제로 머릿속이 항상 시끄러울 수밖에 없었다. 게다가 공부를 하면 할수록 아는 것보다 오히려 내가 모르는 것이 얼마나 많은가를 깨닫게 되면서 두려움만 눈덩이처럼 커졌다. 그래서 한때 모든 것을 내려놓았던 적도 있었다. 하지만 결국 무모한 도전을 해보기로 마음을 먹었다.

그리고 많은 고민 끝에 기존 연구가 주력했던 방법 즉 장르별, 시대별, 작가별로 치밀하게 대상을 나누어 분석했던 것과 다른 접근을 시도하기로 했다. 거대한 문화의 흐름을 형성했던 주요 계층과 시대를 집약해서 커다란 묶음을 만들어 보기로 한 것이다. 그 결과 『한국문학과 그림의 문화사』라는 동일한 제목 아래 총 3권을 기획했다. 역사의 흐름은 1권에서

3권으로 진행하되, 각기 개별적인 지향점을 지닐 수 있도록 고려했다. 그리고 기존 문학사 혹은 미술사의 정돈된 틀에 얽매이지 않고 자연스러운 문화의 흐름에 주목할 수 있기를 바라며 책을 집필하게 되었다.

이 책은 매우 오랜 기간 문학과 그림이라는 화두를 놓고 고민했던 사투의 결과물이다. 비록 부족함이 많지만, 융합학문에 대한 관심이 지대한 이 시대에 조금이라도 도움이 되기를 바라며 조심스레 발을 내딛는다.

2023년 9월

권정은

차례

제1장

들어가기

1. 문학과 그림의 관계

2. 시각언어시대의 읽기와 보기

3. 한국문학사와 미술사 그리고 문화사

1. 문학과 그림의 관계

문학은 말과 글로 이루어지는 언어예술이고, 그림은 선과 면 그리고 색을 이용하는 시각예술이다. 두 장르는 생성 기반이 다르다. 하지만 그림에도 불구하고 문학과 그림은 함께 거론되는 일이 일반적이다. 그뿐만 아니라 문학과 그림의 특성을 논하면서 양쪽이 근본적으로 같다고 하거나 아니면 어느 한쪽이 우월하다고 하는 등 다양한 비교 논리가 전개되기도 했다. 상황이 이렇다 보니 때로는 명쾌한 정답이 궁금할 정도로 문학과 그림에 접근하는 방법이나 그 해석의 결과는 천차만별이다. 하지만 어느 쪽이 최선인지 일관된 규정을 기대하는 것은 바람직하지 않다. 왜냐하면 우 리가 주목해야 할 초점은 문학과 그림은 뗄래야 뗄 수 없는 관계 즉 상생과 경쟁을 동시에 허용하는 특별한 동반자라는 데에 있기 때문이다.

사실 문학과 그림의 관계를 놓고 단순치 않은 논리가 형성된 기저에는 문학의 특징이 큰 몫을 차지한다. 문학은 구비문학 즉 말을 이용하는 부류와 기록문학 즉 문자를 이용하는 부류를 포괄한다. 말은 즉각적인 소리에 기반하는 반면에 문자는 말을 기호화하는 과정을 수반한다. 이 가운데 인류가 최초에 향유했던 문학과 그림은 말을 중심으로 하는 구비문학과 단순한 형상으로서의 그림이었기 때문에 각기 지분이 뚜렷한 둘 사이에 별도의 해명이 필요하지는 않았을 것이다.

그런데 문학사의 거대한 흐름이 구비문학에서 기록문학으로 방향을 바꾸면서 상황은 달라졌다. 문자의 운용에 능한 엘리트 계층이 작품 창작에 적극적으로 참여하면서 기본적인 토양이 바뀐 것이다. 우선 물리적으로, 붓을 들어 글을 쓰는 행위와 그림을 그리는 행위가 회화적 활동이라는 동일 범주에 속하게 된 점이 눈에 띄는 변화라고 할 수 있다. 하지만 진정한 변화는 그 너머에 있었다. 다름 아니라 문학은 더욱 정교한 표현 방법을 동원할 수 있게 된 것이다. 문자를 이용하는 문학 활동은 단지 말을 글로 옮기는 작업에 그치지 않는다. 작가들은 문자로 창작을 하게 되면서 시간의 구애를 받지 않고 글자 하나 그리고 문장 하나에 심혈을 기울일 수 있는 여유를 갖게 되었다. 즉 문학은 순전한 미적 세계에 몰두할 수 있는 충분한 시간을 벌어놓고, 작품 내에 상상을 현실화할 수 있는 표현의 장을 넓혀가면서 그림과 교차점을 형성할 만한 장치들을 정교하게 완성해 갔다. 그 대표적인 예로 이미지와 공간을 떠올릴 수 있다. 원래 문학은 언어의 붓을 이용해 그림을 그리는 일을 마다하지 않았다. 구비문학의 시대에도 형상화 수법은 엄연히 존재했다. 다만 그 비중이 크지는 않았는데, 더욱 치밀하고 세련되게 언어를 사용하는 방법을 고민하면서 차원이 달라진 것이다. 덕분에 우리는 시와 소설 속의 이미지 혹은 공간 묘사에 매료되는 체험을 어렵지 않게 할 수 있다.

그런데 한편 문학은 그림뿐만 아니라 음악과도 중요한 접점을 형성하고 있다. 사실 구비문학의 토대가 되는 말이라는 속성을 기준으로 보면 문학은 그림보다는 소리 예술인 음악에 훨씬 가깝다. 흔히 그림은 공간예술 그리고 문학은 시간예술로 규정하는데, 따지고 보면 음악만큼 시간에 민감한 장르도 없을 것이다. 따라서 본질적인 속성상 문학은 그림보다는 음악과 친하다고 할 수 있다. 실제로 말의 바탕이 되는 소리는 음악뿐만 아니라 문학의 원초적 성격을 담보한다. 아이들의 언어가 단순한 억양이나 리듬에서 출발하는 것과 같이, 인간의 말은 근원적으로 음악과 공유하는 부분이 적지 않다. 그래서 문학과 음악은 개인적 연희를 위해서든 아니면 특정한 목적의 예식을 위해서든 종합예술을 지향하는 가운데 협업하는 경우가 다반사이다. 이들은 각기 분업화된 기능을 담당하면서도 자연스럽게 스며들어서 하나가 되는 것이 전혀 어색하지 않다.

그런데 문학과 그림의 경우는 음악과의 관계와는 사뭇 다르다. 이미 언급했던 바와 같이 두 장르는 본질적인 속성이 다른데도 불구하고 꾸준히 공존의 영역을 확대해 왔다. 인위적인 노력을 통해 대결과 화합의 드라마를 펼친 것인데, 이 대목에서 우리가 간과하지 말아야 하는 특이 사항이 두 가지가 있다. 첫째는 각별한 노력을 하는 주체 가운데 이론을 담당하는 지식인 그룹의 비중이 작지 않다는 점이다. 그리고 둘째는 문학과 그림의 관계는 고정된 것이 아니고 엎치락뒤치락 시대의 요청을 반영하며 변해 왔다는 점이 바로 그것이다.

우선 첫 번째는 새로운 지평을 열어가는 주동 세력에 관한 문제이다. 흥미롭게도 문학과 그림의 관계망이 넓어지는 과정에서 중요한 역할을 했던 세력은 창작에 주력한 예술가 그룹에 국한되지 않는다. 즉 적극적인 담론을 이끌어가는 이론가의 지분을 무시할 수 없으며, 그 가운데에는 창작과 이론이라는 두 부류를 포괄하는 인물도 적지 않았다. 오늘날에도 문학과 그림은 서로 촉매 역할을 하면서 꾸준히 제삼의 지대를 개척해 나가고 있는데, 이러한 변화의 견인차 역할을 하는 주체로서 전방에 놓인 작가뿐만 아니라 후방에서 관조하고 탐색하는 해석자 혹은 비평가의 역할이 크다. 문학과 그림은 감성적 측면뿐 아니라 지적 사유의 측면을 포괄하며 거대한 문화의 흐름을 이끌어온 것이다.

덕분에 지금까지 인류가 남겨 놓은 문학과 그림에 관련된 저술은 방대하다. 중세와 근대를 통해 집적된 결과물은 더 말할 필요도 없고, 최근에는 특별히 학제간 연구의 중요성을 인식하면서 여러 분야의 학자들이 적극적인 행보를 펼치는 중이다. 그런데 바로 이 대목에서, 위에서 언급한 사항 중 두 번째 문제를 짚어볼 필요가 있다. 과연 지금 우리는 기존과 달리 어떤 시대적 요청에 부응하여 문학과 그림에 주목하고 있는 것일까.

그간의 주요 국내 연구를 보면 이혜순1981이 본격적으로 문학과 그림을 대상으로 하는 비교문학 연구의 장을 연 이후, 많은 후속 논저들이 문예학의 관점에서 작품을 심도 있게 탐색해 왔다. 그런데 특히 최근에는 『한국학 그림과 만나다』2011, 『그림, 문학에 취하다』2011, 『미술이 문학을 만났을 때』2021 등을 통해 알 수 있듯이 생생한 시각 자료를 전면에 내세우는 것이 대세이다. '보여주기'가 아주 중요한 시대가 된 것이다. 그림이 추상적인 문학 작품의 이해를 도모하기 위해 부수적으로 첨가되는 것이 아니라 독자적인 주인공으로서 전면에 나서 이목을 집중시키고 있다.

작금의 이와 같은 현상은 매우 익숙하게 느껴지는데, 그도 그럴 것이 시각 자료를 중심으로 새로운 문화의 중심축이 형성된 것이 어제오늘의 일이 아니기 때문이다. 『이미지의 상승, 말의 몰락*The Rise of the Image, the Fall of the Word*』1998과 같은 자극적인 제목의 저서가 선명하게 제시했던 것과 같이 각종 미디어의 발달과 더불어 시각 예술의 위상은 막강하다. 공전절후라는 표현이 무리가 아닐 정도로 인류 문화의 지각판이 크게 달라졌다. 지금까지 대중문화의 위력이 이렇게 거센 때가 없었으며, 지금까지 상업적 행위가 이렇게 신성시되던 때는 없었다. 오랜 세월 기록문학과 시각 예술이 함께 구축해온 문화의 영토가 미디어의 급부상으로 새로운 지평을 확보했으며, 가치관과 미적 판단의 기준 역시 바뀌고 있다.

하지만 근래의 상황 즉 미디어를 비롯한 각종 시각 예술 작품의 선전에도 불구하고 여전히 문학과 그림의 공존 관계는 굳건히 유지될 뿐만 아니라 오히려 그 경계면이 확대되는 실정이다. 문학은 현대에 영화, 애니메이션 등의 활약과 함께 그들과 자연스럽게 연대 체제를 이루게 되었으며, 난해하기 그지없는 추상미술의 의미를 전달하기 위해 비평가의 해석이 중요한 역할을 하는 등 곳곳에서 어느덧 익숙해진 현실을 실감할 수 있다. 우리는 지금 시각 이미지의 가치가 급부상한 시대에 살고 있지만, 그렇다고 해서 언어와 문학이 지니는 고유한 영역을 무시할 수는 없다. 이 시대에 경험하는 흥미로운 현상들은 지금까지 문학과 그림이 함께 만들어 왔고, 그리고 앞으로 함께 만들어갈 연대기의 일부일 뿐이다. 문학과 그림은 다르기도 하고 같기도 하다. 이 오묘한 관계의 역사가 지금도 진행 중이다.

1) 시화일률의 진실

최근 들어 선보이는 문학과 그림을 동반하는 연구들은 고정되지 않은 국적과 학문 분야 그리고 각종 작품을 포괄하며 풍부한 경우의 수를 실현하고 있다. 그런데 이 다양한 저작물들이 한결같이 도입부에서 강조하는 고정된 멘트가 있다. 바로 문학과 그림은 본질적으로 다르지 않다는 것이다. 그동안 너무 많이 들어서 다소 상투적으로 느껴지는 이 주장이 제기된 것은 무려 기원전이라고 한다. 고대 그리스의 시인 시모니데스Simonides, B.C. 556?~B.C. 468?가 "시는 소리 있는 그림, 그림은 소리 없는 시"라고 하고, 로마의 시인 호라티우스Horatius, B.C. 65~B.C. 8가 "시는 그림과 같다"고 했다는 예시는 수없이 반복되었다. 하지만 여전히 유통기한이 다하지는 않은 듯하다.

그런데 사실 문학과 그림이 같다는 주장은 동양의 시화일률詩畫一律만큼 막강한 것이 없을 것이다. 동아시아 문화권에서는 시와 그림을 하나의 맥락에서 수용하는 시화일률이 천년의 세월 동안 의심의 여지 없이 미의식을 지배했다. 시화뿐만 아니라 시서화詩書畵를 통합하여 하나로 보는 이 관점은 동북아시아 문화권에 속하는 우리에게 매우 친숙하다. 시화동원詩畵同源, 시원통화詩原通畵와 일맥상통하는 시화일률은 정확히 언제 누가 언급했는지 알 수 없는 용어이다. 다만 중국 북송대를 전후로 소동파蘇東坡, 1037~1101를 위시한 주요 작가들이 거론한 이후 문예 비평에서 절대적 진리로 수용되었다.

그런데 시화일률이 구체적으로 어떤 창작 규범을 지향하는지 세부적인 사항을 따져보면 현대의 관점으로는 다소 모호한 측면을 피해갈 수 없다. 소동파는 「서언릉왕주부소화절지書鄢陵王主薄所畵折枝」라는 작품을 통해 시화일률을 명시했다. 언릉鄢陵의 왕주부王主薄가 그린 그림을 보고 지었다는 제화시 가운데 첫수를 보면 다음과 같다.

論畫以形似	겉모습의 유사성으로 그림을 논한다면
見與兒童隣	그림에 대한 식견이 어린애에 가깝다
賦詩必此詩	시를 지음에 꼭 이런 시라야 한다고 한다면
定非知詩人	정녕 시를 아는 사람이 아닐 것이다
詩畫本一律	**그림과 시는 본래 한가지 이치**
天工與清新	자연미와 청신한 맛이 무엇보다 중요하다
邊鸞雀寫生	변란이 그린 참새는 생기를 묘사했고
趙昌花傳神	조창이 그린 꽃은 영혼을 전해 온다
何如此兩幅	그러면 왕주부의 이 두 폭은 어떠한가
疏淡含精勻	담담함 가운데에 정교함을 머금었다
誰言一点紅	그 누가 말했던가 붉은색 점 하나에
解寄無邊春	가없는 봄기운을 깃들일 수 있다고

蘇東坡, 「書鄢陵王主薄所畫折枝 二首」 其一, 『蘇軾詩集』(류종목 역, 2019)

소동파는 이 작품에서 곧바로 왕주부의 그림을 읊지 않았다. 우선 그림과 시를 보는 안목을 언급하면서 시화일률을 강조했다. 외형 묘사에 치중해 그림을 평가하고 작시 원리에 입각해서 시를 따질 것이 아니라 얼마나 자연스럽고 산뜻하게 본질을 표현하느냐가 중요하다는 것이다. 화조화로 유명했던 당나라의 변란邊鸞이나 북송대의 조창趙昌이 그랬던 것처럼 생기 가득한 영혼의 포착이 관건이 된다. 바로 이것이 시와 그림을 관통하는 창작에 필요한 핵심 조건이다. 이 외에도 소동파는 왕유王維, 699?~759의 시를 평하면서 "시 가운데 그림이 있고 그림 가운데 시가 있다詩中有畵, 畵中有詩"라고 했으며, 곽희郭熙, 1020?~1090?는 문인화의 이론을 언급하며 "시는 형체가 없는 그림이고 그림은 형체가 있는 시詩是無形畵, 畵是有形詩"라고 했다는 예시가 자주 언급되고 있다.

그런데 궁극적으로 이 모든 의견은 화공畵工이 아닌 사인士人의 관점에서 시서화를 대하는 기본 태도이자 신념을 대변한 것이다. 시화일률은 시와 회화를 대상으로 하는 정신적 합일을 의미한다. 직관적인 인식을 전제로 형성된 추상적 예술론으로서 회화에도 학문적 품격이 필요하다는 것이 핵심이다. 시화일률 혹은 시서화일률은 시서화가 표현하는 세계가 동일하다는 즉 주제와 이상의 일치를 추구하는 사상이다.김백균, 2006 단지 시와 그림이 함께 어우러진다는 것을 의미하는 것이 아니며, 궁극적으로 시서화가 일체를 이루는 삼절三絶의 문인화의 미학을 형성하게 되는 중요한 골간이 되었다.최병식, 1994

이처럼 시화일률은 시와 그림을 둘러싼 내용이나 형상에 대한 객관적 분석 결과가 아닌, 일종의 이상적인 품격론으로 형상의 묘사에 치중하던 회화의 가치를 문학과 어깨를 견줄 수 있는 관념의 영역으로 격상시키는 근원 역할을 했다. 상황이 이렇다 보니 우리나라의 사대부들이 시화일률을 금과옥조로 여긴 것은 당연한 결과일 것이다. 많은 문인 예술가들이 시화일률을 예술 창작의 뿌리로 삼았을 뿐만 아니라 이와 관련된 신념을 글로 남기기도 했다. 그중에서 대표적인 사례를 손꼽으라면 지금까지 고려시대 이인로李仁老, 1152~1220의 「제이전해동기로도후題李佺海東耆老圖後」 그리고 조선전기 성간成侃, 1427~1456의 「기강경우寄姜景愚」가 가장 많이 거론되었다.

시와 그림이 묘한 곳에서 서로 도와주는 것이 한결같다 하여 옛 사람이 그림을 소리 없는 시라 이르고, 시를 운韻이 있는 그림이라 일렀으니, 대개 만물의 형상을 모사模寫하여, 하늘이 아끼고 감추는 바를 파헤치는 것이란 그 술법이 이미 기약하지 않아도 서로 같은 것이다. 내가 일찍이 두보杜甫의 「음중팔선가飮中八仙歌」를 읽으니 황홀하게도 (당나라) 천보天寶년에 나서 팔선과 더불어 손을 잡고 노는 듯한 느낌이었다. 그때의 화공들이 팔선도를 그려 두보의 노래와 더불어 서로 내외로 도움이 되게 하여 세상에 전하게 한 것이 아마 적지 않았을 것인데, 어찌 쓸쓸하게 한 사람도 이를 전하여 오늘까지 이른 것이 없단 말인가. 이는 옷을 벗고 걸터앉아 그림을 그리는 능한 화가의 교묘함이 시인이 한 번 읊어 부르는 공력에 미치지 못하였음을 분명히 알게 하는 것이다. 이제 이전이 그린 해동기로도를 보니, 창안蒼顔에 흰 머리털, 가벼운 갖옷에 늘어진 띠, 거문고 바둑과 시주詩酒에, 하품하고 기지개 켜며 누워 있고, 구부린 자의 형태가 그 묘함을 얻지 않은 것이 없어 비록 표지標識를 보지 않더라도 가히 그 사람을 알 수 있으며, 족히 이름을 무궁하게 전할 것인데, 하물며 태위공太尉公이 시를 지어 그 빛과 값을 증가함이랴.

이인로, 「題李佺海東耆老圖後」, 『東文選』 102권(민족문화추진회 역, 1998)

위의 예문은 이인로가 당대에 유명했던 이전李佺, ?~?이라는 화가가 기로회耆老會 즉 연로한 대신들의 회합을 그린 그림을 보고 쓴 발문이다. 그런데 이 발문 역시 도입부에서 바로 기로회 그림에 초점을 맞춘 것이 아니다. 대신 시와 그림이 묘하게 서로 도와주는 관계로서 일찍이 그림을 소리 없는 시, 시를 운이 있는 그림이라 했다고 시화일률을 언급하며 시작하고 있다. 시와 그림 모두 만물의 본질을 파악하는 것이 관건이라는 것이다.

그런데 이어지는 내용이 흥미롭다. 다름 아니라 일찍이 두보杜甫, 712~770의 「음중팔선가」를 읽으며 황홀한 체험을 할 수 있었는데, 당대의 화공들이 「음중팔선가」에 영감을 받고 그려놓은 〈팔선도八仙圖〉는 모두 유실되고 시만 남았으니, 그림을 그리는 화가의 교묘함이 한 번 읊어 부른 시인의 공력에 미치지 못한다는 의견을 덧붙인 것이다. 종이나 비단에 그린 그림들은 시간이 흐르면서 탈색되거나 훼손되기 쉬운 사물로서의 성질을 피해갈 수 없다. 하지만 시는 한번 읊어 부른 것이 기억으로 지속되기에 유용하다는 것이다. 그리고 바로 이와 같은 맥락에서 볼 때, 이전이 그린 〈해동기로도〉는 그림의 수준 높은 형상은 더 말할 나위가 없고 시와 함께 전하고 있으니 더욱 흡족하다며 글을 맺고 있다. 이처럼 이인로는 문인의 입장에서 시화일률 즉 시와 그림의 격조를 동등하게 취급하면서도 시의 전승 가치에 주목했다. 그리고 성간의 「기강경우寄姜景愚」에서도 비슷한 예를 확인할 수 있다.

詩爲有聲畵	시위유성화	**시는 소리 있는 그림이요**
畵乃無聲詩	화내무성시	**그림은 소리 없는 시이니**
古來詩畵爲一致	고래시화위일치	예로부터 시와 그림 일치해
輕重未可分毫釐	경중미가분호리	터럭만큼도 경중을 나눌 수 없네
先生胸中藏百怪	선생흉중장백괴	선생의 가슴속엔 온갖 재주 감추었으니
詩歟畵歟不可知	시여화여불가지	시인지 그림인지 알 수가 없네

(…중략…)

雖然粉墨豈傳久	수연분묵기전구	그렇지만 그림으로 어찌 오래 전하리
一朝散落隨煙霏	일조산락수연비	하루아침에 흩어져 연기처럼 사라지리니
不如移就有聲畵	불여이취유성화	차라리 소리 있는 그림에 옮겨다가
入人之耳解人頤	입인지이해인이	사람의 귀에 넣어 탄복하게 해서
千古萬古留神奇	천고만고류신기	영원히 신기함을 남기느니만 못하리라

성간, 「寄姜景愚」, 『眞逸齋集』(홍순석 역, 2015)

위의 시는 성간이 조선 초 강희안姜希顔, 1417~1464의 작품 세계를 칭송한 것이다. 강희안은 시화는 물론이고 서예까지 독보적인 경지에 올라서, 바로 시서화일률에 기반하여 일가를 이룬 대표적인 인물이다. 성간은 이 작품에서 "시는 소리 있는 그림이요, 그림은 소리 없는 시"라는 전제 아래, 글과 그림 모두에 뛰어났던 선생의 작품에는 묘사의 탁월함뿐만 아니라 시와 그림을 구별하지 않는 품격이 스며들어 있다는 점을 강조했다.

그런데 작품을 맺으면서 그림은 직접 눈으로 보아야 하며 재질이 변하거나 소실되어 하루아침에 연기처럼 사라질 수도 있지만, 시의 경우는 뭇 사람이 음영하고 탄복하는 가운데 그림보다 온전히 전할 것이라는 의견을 덧붙였다. 앞에서 이인로가 언급했던 것과 같은 논지이다. 시와 그림의 예술적 지향은 궁극적으로 같다. 하지만 공력을 들인 화인의 작품이 아쉽게도 오래 유전되기 어려운 측면이 있는 반면에, 시는 그렇지 않다는 것이 이인로와 성간의 공통된 지적이다. 시화일률의 기반 위에서도 시와 그림 가운데 전자에 대한 약간의 편애를 내비친 것은 아닌가 의심이 들게 되는 대목이다.

사실 그림의 전승과 소유의 문제는 본원적인 특징에 해당하는 것으로, 우월의 논의 밖에 둬도 무방하지 않을까 싶다. 그림은 뜻밖의 사고로 훼손될 때에는 큰 아쉬움을 남기지만 때로는 소장 욕구를 불러일으키는 면도 있다. 그래서 조선 후기에는 종로 거리에 그림을 파는 시장이 활기를 띠기도 했고, 디지털화된 현대사회에서는 NFT 즉 가상 세계의 소유권을 입증하는 초유의 사태가 벌어지기도 했다. 물론 NFT를 어떻게 볼 것인가는 접근하는 시각에 따라 다르겠지만, 일단 가치판단은 차치하고 있는 그대로의 결과만 보자면 현대 사회에서도 그림의 희소성과 사물성은 여전히 변함이 없다.

그런데 이와 같은 그림의 속성을 이인로나 성간은 중세의 입장에서 부정적으로 일깨웠으며 상대적으로 시의 가치를 확인하는 흥미로운 공통점을 보였다. 두 사람 모두 시화일률이라는 정신적 합일의 상태에는 전적으로 동의하지만, 그럼에도 불구하고 은연중에 문학과 그림의 차이점을 드러낸 셈이다. 이처럼 고려시대 이후 시와 그림을 이론적으로 동일한 선상에 두고 공통된 예술의 가치를 굳건히 다지는 가운데에서도 세부적인 차이들을 완전히 무시할 수는 없었던 것으로 보인다.

그리고 한편 지금까지 인류는 문학과 그림이 궁극적으로 다르지 않다는 주장을 반복적으로 재생산해왔지만, 그 가운데에는 차별점에 입각한 비교 우위의 논리를 펼친 경우도 있었다. 가장 유명한 예로 레싱Gotthold Ephraim Lessing, 1729~1781의 『라오콘*Laokoon*』2008(1766)을 떠올릴 수 있다. 이 책은 주로 유사성만 강조되고 있던 문학과 조형예술을 대상으로 각각의 개별적 성격을 제시함으로써 후대의 인문학자들에게 큰 영향을 끼쳤다. 『라오콘』 16장에서 밀도 높게 설명했던 미술과 문학의 근본적 차이 즉 공간과 시간을 주 영역으로 하는 화가와 시인의 변별점은 지금까지도 명백한 비교 논리의 바탕을 제공하고 있다. 비록 레싱의 주장이 문학의 우위를 규정하는 데에 쏠려 있었다고는 해도, 이처럼 문학과 회화의 분명한 차이를 다룸으로써 엄정하게 각 장르의 독자적 영역을 직시할 수 있는 기회를 제공한 것은 중요한 공적이다. 그 결과 사람들이 예술적 표현의 다양한 실현에 주목하게 된 것은 더 말할 필요가 없을 것이다.

그림은 형상화에 있어서 타의 추종을 불허하는 독보적인 역량을 지닌다. 소위 시각적인 상像을 제공하기 위해 카메라가 발명되기 이전까지 이보다 나은 매체는 없었다. 하지만 제한된 공간과 물질적인 바탕 즉 사물로서의 성격이 가로막는 한계 역시 엄연히 존재했다. 그와 달리 문학은 즉각적인 상을 제시하는 측면은 미약하지만, 언어로 각종 이미지와 상상의 세계를 치밀하게 구현할 수 있는 특징이 있다. 특히 문학의 경우는 시, 소설 등 개별 장르가 분화되어 있기 때문에 작품 실현의 스펙트럼이 넓다. 그림 역시 다양한 장르가 있지만 산수를 다루느냐 화훼를 다루느냐 하는 대상에 따른 차이가 주요 기준이 된다. 그에 비해 문학의 장르는 서정, 서사, 희극, 교술이 완전히 판이한 양상을 보인다. 똑같이 글로 적었다고는 해도 지면을 채워나가는 작품의 구성원리가 매우 다르며 형상을 표출하는 방법 또한 각양각색이다. 그래서 오히려 본질적인 성격이 다른 문학과 그림이 교차하거나 협업하는 실현의 장은 예상보다 넓어질 수 있다.

이와 같은 특징을 지니는 문학과 그림을 시화일률 혹은 시화일치의 관점에만 주목해서 다루는 것은 뭔가 아쉬움을 남긴다. 문학과 그림이 같다고 주장하는 것은 어쩌면 너무도 판이한 두 그룹을 한데 수용하기 위한 초벌 작업 같은 것이 아닐까 싶다. 가장 기본적인 출발점이 되는 것은 맞지만, 그 바탕 위에 펼쳐놓을 수 있는 보다 다양한 경우의 수를 놓쳐서는 안 될 것이다.

2) 문학과 그림 공존의 실상

문학과 그림이 서로 영향을 끼치며 형성해온 관계 영역은 매우 호한하다. 앞에서 살펴본 시화일률과 같이 온전한 합일의 지점이 있는가 하면, 각기 고유성을 유지하는 가운데 거리를 두고 병치할 수도 있고, 혹은 어느 한쪽이 주동 세력이 되어 일종의 종속 관계를 형성할 수도 있다. 이 모든 가능성을 염두에 두고 우리의 문화사에서 살펴볼 수 있는, 문학과 그림이 공존하는 경우의 수를 정리해 보면 다음과 같다.

〈문학과 그림의 공존의 실상〉

예술비평과 문자추상

① 제화시

② 미술 비평

③ 서예

시적 소재와 표현

④ 동일한 소재를 다루는 문학과 그림

⑤ 시와 그림에 구현된 색채와 이미지

이야기와 구성

⑥ 삽화. 이야기그림. 만화

⑦ 그림을 테마로 하는 이야기

해설과 기록

⑧ 도해圖解

⑨ 기록과 보고

작가론과 예술공간론

⑩ 작가론. 예술가 열전

⑪ 문인과 화가의 교류

① 제화시題畫詩는 문학과 그림이 협업한 가장 대표적인 결과물이다. 제화시란 특정 그림을 감상한 후에 그 작품을 인지하고 감흥을 느낀 결과를 집약해서 시로 적은 것이다. 따라서 무엇보다도 문학 작품을 완성하기 위한 기본 소재가 그림이라는 점에서 서로의 관계가 절대적이다. 그리고 제화시는 안목 있는 감상자의 눈을 통해 그림의 숨은 가치를 부각시킬 수 있을 뿐만 아니라, 불행하게 그림이 소실될 때에는 작품을 역추적해 볼 수 있는 좋은 근거가 될 수 있다는 점에서도 남다른 가치를 지닌다.

② 미술 비평은 그림에 대한 품평의 글이다. 우리나라의 경우는 오랜 기간 제화시가 비평의 기능을 담당했기 때문에 제화시와 미술 비평을 같은 맥락에서 이해할 수 있는 특징이 있다. 하지만 본격적인 미술 비평은 화가와 작품을 둘러싼 온갖 궁금증과 미적 근거를 파헤칠 수 있는 넉넉한 기술 공간을 보장하는, 더욱 전문적인 글이라는 점에서 제화시와 차별되는 독자성을 지닌다.

③ 서예는 일종의 문자 추상화로서 태생적으로 문학과 그림을 아우르

는 특징을 지닌다. 이미 시서화일률이라는 용어가 암시했던 것처럼, 붓을 이용해서 뜻과 어울리는 문자의 형상을 창조하는 일은 고도의 미적 안목을 동원해 정신적 합일점을 찾는 섬세한 작업으로 인정을 받았다. 문자 그 자체가 그림이 되는 오묘하고 아름다운 필력의 세계는 예나 지금이나 식자층의 이목을 끌고 있다.

④ 동일한 소재를 다루는 문학과 그림은 같은 모티브를 실현하는 개별 작품군을 의미한다. 때로는 의도적으로 때로는 우연히 특정한 대상이 문학과 그림에 등장하여 감상자들의 흥미를 유발한다. 예를 들어 중세 서양에는 성경의 내용을 다룬 작품이 상당히 많았으며, 동양에서는 영물시나 화훼도에서 특정 동식물을 집중적으로 다룬 바 있다. 이 작품에 등장하는 소재들은 단순한 기호를 넘어서 상징으로 자리를 잡고 문학과 그림의 가치를 동반 상승시키는 특징이 있다.

⑤ 시와 그림에 구현된 색채와 이미지는 특히 섬세한 시적 언어 혹은 추상적 표현의 측면이 돋보이는 사례들과 밀접한 관련을 맺는다. 색채 표현의 경우를 상기해 보면 산자수명山紫水明처럼 공식적인 어구를 동원해 산수의 아름다움을 기술하는 경우도 있고, 혹은 작가의 취향에 따라 특정 색에 집중하는 등 독특한 예가 많다. 특히 최근에는 국내외를 막론하고 빛과 색에 대한 관심이 지대한 가운데, 문학과 그림 속에 온갖 색채가 감성과 상징을 동반하면서 개성적인 표현을 실현하고 있다. 이외에도 작가의 상상이 불러온 다양한 색채 이미지는 예술적 취향과 기교를 농축해서 보여주는 좋은 사례로서 손꼽아볼 수 있다.

⑥ 삽화와 이야기 그림 그리고 만화는 주로 산문문학과 불가분의 관계를 갖는다. 이야기를 전달하는 과정에서 교육적, 상업적 혹은 순수한 표현의 목적을 위해 그림을 동반하거나 아니면 상당 부분 그림에 의존하는

경우를 종종 볼 수 있다. 특히 기술적 여건이 허락되면서 활발하게 각종 이야기와 시각적 표현물이 협업하게 되었는데, 사실 이와 같은 노력은 아주 오래전부터 시작되어 인류의 상상력과 흥미를 자극해 왔다는 사실을 지나쳐서는 안 될 것이다.

⑦ 그림을 테마로 하는 이야기는 특정 그림이나 화가를 주인공으로 하는 소설이나 영화 등을 가리킨다. 예를 들면 우리의 고전 작품 가운데에서 미인도를 주요 소재로 하는 소설을 떠올릴 수 있고, 그 외에도 한 시대를 풍미했던 대표 작품이나 대표 작가를 중심에 놓고 서사 구조를 발전시키는 결과물이 한둘이 아니다. 특히 현대에는 매우 정치하게 예술에 관한 각종 이야기와 담론을 실현하고 있다. 예를 들면 문학 작품 속에 펼쳐지는 예술가의 심리나 예술품에 대한 묘사는 시간이 흐를수록 더욱 치밀하게 발전하면서 문필의 한계치를 격상시키는 것을 확인할 수 있다. 사회가 갈수록 복잡해지고 있기때문에 그와 보조를 같이하여 인간과 문화 예술에 대한 탐구 역시 더욱 정밀하게 발전하는 것은 당연한 현상일 것이다. 점점 많은 예술품과 예술가들이 주목을 받고 있는 만큼, 앞으로도 예리하고 섬세하게 예술 세계를 해부하는 결과물은 늘어날 것으로 보인다.

⑧ 도해圖解란 말 그대로 그림을 이용해 내용을 풀이한 것으로서 난해한 상징 혹은 백과사전적 지식을 효율적으로 전달하기 위해 고안된 시각 장치이다. 예를 들면 〈화엄일승법계도華嚴一乘法界圖〉처럼 화엄의 진리를 게송으로 요약하여 사각형의 틀에 배열함으로써 시각적 효과까지 거둔 작품을 상기할 수 있다. 이외에도 성리학의 가르침을 도상화하여 이해를 도모한 사례 역시 방대하다. 이 부류의 작품들은 마치 컴퓨터의 알고리즘처럼 종교적 교리나 지식의 체계를 일목요연하게 배치하는 가운데 질

서 잡힌 흐름을 동반하는 구성의 미학을 보여주는 특징이 있다. 그리고 각종 전문 서적에서 보다 효율적이고 실용적인 지식의 전달을 위해 문자와 그림은 꾸준히 협업하고 있다.

⑨ 기록과 보고는 특정 행사나 사건의 기록을 위해 글과 그림을 동시에 활용한 결과물을 뜻한다. 대표적인 예로 조선시대의 방대한 의궤儀軌를 떠올릴 수 있다. 왕실에 특별한 행사가 있을 때면 도감都監을 설치하여 행사를 주관하게 하고, 행사가 끝난 뒤 반드시 의궤청을 설치하여 의궤를 편찬했다. 이외에도 조선은 기록의 나라로 언급될 만큼 수많은 관련 작품들을 남겼는데, 이 작품들은 단순히 기록물로만 남는 것이 아니라 감상용으로도 손색이 없다.

⑩ 작가론·예술가 열전은 천재적 작가의 문예활동을 집중해서 보여준다. 우리나라는 일찍이 『삼국사기』「열전」에서부터 예술가의 생을 전문적으로 조명하기 시작했다. 그 이후에도 『어우야담』과 같은 야담 문학은 물론이고, 조선 후기에는 전傳을 비롯한 여러 글에서 중인 예술가 혹은 화원 화가의 불세출의 면모를 흥미롭게 전달함으로써 지금까지도 범인들의 호기심을 자극하고 있다.

⑪ 문인과 화가의 교류는 '⑩ 작가론'을 확대하여 이해할 수 있다. 이 부류는 비단 개인에 집중하는 데에서 그치지 않고, 한 시대를 풍미했던 예술가 그룹을 포괄적으로 다룸으로써 예술사의 흐름을 잘 보여줄 수 있는 장점이 있다. 예를 들어 조선후기 강세황姜世晃, 1713~1791과 김홍도金弘道, 1745~? 혹은 김정희金正喜, 1786~1856와 이상적李尙迪, 1804~1865의 관계 대한 이해는 그 시대를 엿보는 데에 도움이 될 뿐만 아니라, 작품 탄생을 둘러싼 보다 풍부한 정보를 제공하는 데에 일조할 수 있다. 아울러 20세기에 한국의 문인과 화가들이 벗으로서 서로 어려운 시대의 아픔을 감싸며 불태운

예술혼은 우리 모두를 숙연하게 하는 소중한 자산으로 남아 있다.

이상 정리한 것과 같이 문학과 그림이 융합하거나 병치하거나 교차하면서 만들어내는 관계 영역은 단순치 않다. 여기에는 인류가 함께 경험했던 보편적인 부류도 있고 혹은 우리만의 특징을 반영한 독자적인 경우도 포함된다. 그리고 해외에는 우리가 잘 모르는 또 다른 흥미로운 사례가 존재하리라 생각되는데, 앞으로도 같으면서 다른 시각예술과 언어예술이 함께 만들어내는 경우의 수는 더욱 늘어나지 않을까 싶다.

2. 시각언어시대의 읽기와 보기

1) 시각언어의 역량

언어란 문학의 기본 요소로서 생각이나 느낌을 전달할 때 사용하는 가장 유용하고 친숙한 수단이다. 그런데 일반적인 언어와는 별개로 '시각언어'라는 단어가 자주 눈에 띈다. 근본적으로 시각+언어라는 조합은 평범한 것이 아니다. 언어는 음성과 같은 청각에 의존하는 것이 상식이기 때문이다. 시각언어는 원래 익숙한 문자를 제외하면 대부분 수화나 간단한 표지 등 한정된 상황에서 사용하는 특수 언어였다. 그런데 최근에는 기존의 협소한 틀을 깨고 시각언어가 새롭게 존재 의미를 과시하고 있는데, 이 단어가 회자되는 데에는 이유가 있다.

조지 케페스Gyorgy kepes, 1906~2001는 그의 저서 *Language of Vision*1944에서 본격적으로 시각언어의 중요성을 역설하기 시작했다. 그는 20세기 사회를 카오스로 표현했다. 인간사의 어려움을 신의 섭리로 받아들이고 순응하던 과거와 달리, 과학 기술이 만능 해결사의 역할을 해줄 것으로 믿었지만 불행하게도 현대인은 더 큰 문제에 직면하게 되었다. 그래서 이러한 문제를 해결하기 위해서는 총체적 경험 능력을 되찾고 감각과 지식의 총합을 구현해야 하는데, 이때 시각적 소통optical communication은 인간과 지식을 하나로 묶어 총체로서 재구성할 수 있는 강력한 잠재력을 지니는 수단이기 때문에 잘 활용해야 한다는 것이 그의 주장이다.

그런데 안타깝게도 전 지구적 사회 문제는 오히려 점점 그 수위가 높아지는 것 같다. 인류가 산업혁명 이후 배고픔은 해결했지만 반대로 비만이라는 숙제를 떠맡게 된 모순 정도는 애교로 봐줄 만하다. 실상은 그보다 더 큰 파도 즉 환경 문제나 빈부격차가 일으키는 해일이 내일 당장 사람들에게 큰 재앙을 안겨도 전혀 이상하지 않은 진짜 이상한 세상에 우리는 살고 있다. 과학이라는 미신에 빠져 허우적대는 상황이다 보니 시각언어에 대한 관심이 지속되는 것은 자연스러운 현상이 아닐까 싶다.

그런데 왜 시각언어인지 잠시 생각을 멈추게 된다. 만일 이 단어에서 방점을 찍어야 할 부분이 언어라면 실질적인 소통의 기능을 수월하게 수행할 수 있어야 한다. 세계 언어사를 개괄한 니콜라스 오슬러Ostler, 2005에 따르면 지금까지 수많은 언어가 명멸했는데, 새롭게 패권을 잡게 되는 언어의 기본 조건은 유용하게 사용할 수 있는 실용성에 있다고 했다. 하지만 시각언어는 그 중요성이 새롭게 부각된 것은 맞지만, 실용성의 측면에서 볼 때 일반언어의 차원에서 접근할 수 있는 종류는 아니다. 따라서 이 단어의 개념과 가치를 이해하는 데에 있어서 우선 주목할 부분은 시각이라고 할 수 있다. 실제로 시각언어란 소통을 전제하는 실효성보다는 표현의 상징성이 핵심을 이룬다.

그런데 또 한편 생각해보면, 그림의 시각적 표현력은 이미 오래전부터 관록을 인정받은 부분이었다. 중세에 그림은 핍진성과 장식성을 근거로 사람들의 이목을 사로잡을 수 있었다. 특히 이 가운데에서도 사물을 꼭 같이 베껴놓는 이미지의 핍진성은 감각적 호소력에 있어서 독보적이었다. 카메라가 없던 시절에 대상을 똑같이 모사할 수 있는 능력은 시각이라는 감각 기관을 통해 사물에 대한 직접 체험을 가능하게 하는 신기한 경지를 의미했다. 그래서 그림의 핍진함을 언급할 때, 단지 닮았다는 것만으로는 부족하고 천재성, 생명력, 신비함과 같은 미사여구를 덧붙이고는 했다. 어느 나라를 막론하고 사물을 정말 똑같이 그려냈다는 천재적인 화가 이야기는 으레 존재하는 것 같다. 우리 역시 솔거率居, ?~?의 이야기를 익히 들어 알고 있는데, 내용을 보면 아래와 같다.

> 솔거는 신라 사람이나 그 출신이 미천한 까닭으로 그 족계가 기록되지 않았다. 그는 나면서부터 그림을 잘 그렸다. 일찍이 그는 황룡시皇龍寺 벽에 한 노송을 그려놓았는데, 줄기에 껍질이 주름지고 가지와 잎이 구불구불 서리었으므로 까마귀, 솔개, 제비, 참새들이 가끔 이를 바라보고 날아와서 어정거리다가는 앉지 못하고 떨어졌다. 그런데 그 후 오랜 세월이 흘러서 채색이 낡아지므로, 그 절의 승이 단청을 하였는데, 그다음부터는 새들이 다시는 날아들지 않았다. 그리고 또 경주 분황시芬皇寺 관음보살과 진주 단속시斷俗寺 유마상維摩像도 모두 그의 필적으로 세상에 전하는데, 이를 신화神畵라고 한다
>
> 김부식, 『三國史記』 「列傳」8 '率居'(김종권 역, 1988)

『삼국사기』에 등장하는 신라인 솔거는 매우 한미한 출신으로 그에 대한 자세한 정보는 확인할 수 없다고 했다. 하지만 예술적 기교만큼은 최상의 경지를 타고났고 온갖 사물을 꼭 같이 모사할 수 있는 신적인 능력을 지녔다고 해서 재미를 더한다. 신라 진흥왕 27년566 황룡사가 완공되

자 솔거가 벽에 노송老松을 그렸는데, 줄기와 껍질은 주름졌으며 가지와 잎은 구불구불 생동감이 있었다. 실제 소나무와 똑같이 그렸기 때문에 새들이 때때로 그림을 보고 날아 들어왔다가 부딪혀 비틀거리며 떨어질 정도였다. 하지만 그림이 오래되어 단청을 보수하자 새들이 더이상 오지 않았다는 것이다. 이 이야기는 신분과 무관한 천부적인 능력을 보여주는 전형 중의 하나이다. 특히 솔거는 황룡사, 분황사, 단속사 등 유명 사찰에 그림을 남겼다고 해서 중세의 종교와 더불어 신비감을 더한다.

하지만 종교적 신비감을 제거한 이후에도 순수한 화가로서의 역량을 나타내는 데에 핍진함은 여전히 중요한 조건이었다. 예를 들어 조선 중기 유명 문인이었던 허균許筠, 1569~1618이 화가 이징李澄, 1581~1653의 화첩 뒤에 붙인 발문인 「제이징화첩후題李澄畫帖後」를 보면 아래와 같다.

> 이징은 학림정鶴林正의 서자이다. 그의 부친과 숙부가 모두 그림을 알았기 때문에 이징이 그 학술을 이어받아 마침내 독자적으로 명가가 되었다. 산수화, 인물화를 비롯, 모든 새, 대나무, 풀벌레, 꽃나무 등에까지 모두 그 법칙을 알았는데, 사람들은 그렇게 하기가 어려운 일이라고 칭찬한다. 나옹懶翁이 죽은 후 그가 곧 우리나라의 제일가는 화가가 되었다. 나는 이징에게 여러 가지 모양을 소첩小帖에 그리고 아이를 씻기는 두 여인의 그림으로 마지막을 장식하도록 하였는데, 이정李楨의 수준에는 미치지 못한다고 말할 수 있지만, 자세히 보면 풍성한 살결이며 아양부리는 웃음이 그 요염함을 한껏 발산하여 아리따운 자태가 너무도 **핍진**하니 역시 **신묘**한 작품이다. 이것을 오래도록 펴놓고 싶지 않으니, 오래 펴놓으면 밤잠을 설칠까 두려워서이다.
>
> 허균, 「題李澄畫帖後」, 『惺所覆瓿藁』 13권(민족문화추진회 역, 1989)

이징은 조선 중기 왕족 화인 가문 출신이다. 그의 부친 학림정鶴林正 이경윤李慶胤, 1545~1611은 산수인물화로 이름이 높았으며, 이경윤의 아우 이영윤李英胤, 1561~1611과 두 아들 모두 그림으로 유명했다. 그리고 이경윤의 서자인 이징 역시 산수화와 영모화에 두루 능한 화인으로 인정을 받았다. 허균은 이징의 능력이 당시 요절한 천재 화가 나옹懶翁 이정李楨, 1578~1607 이후 최고라고 했다. 그리고 이징에게 아이를 씻기는 두 여인의 그림을 그려서 화첩을 장식하도록 요청했는데, 바로 그림 속 여인들의 자태가 핍진하여 신묘하다는 것이다. 오래 펴놓으면 밤잠을 설칠까 걱정이 될 정도라고 하면서 극찬을 아끼지 않았다.

솔거가 날아가는 새들이 벽에 부딪쳐 떨어지게 했고, 이징이 허균으로 하여금 요염한 여인의 자태에 밤잠을 설칠까 걱정하게 했다는 근거는 모두 실물의 재현 능력 즉 핍진함에 있었다. 시각이라는 보는 감각은 여타의 그 어느 감각보다 빠르고 강하다. 덕분에 즉물적 모사의 능력이 출중하게 발휘될 때 감성적 울림 역시 극대화될 수 있었던 것이다. 그래서 오래전부터 사물을 꼭 같이 모사하는 능력은 신이 허락한 경지로 화인의 능력치를 입증할 수 있는 중요한 근거가 되었다.

그런데 20세기의 연구자들은 보는 감각에 핍진함을 넘어서는 의미를 적극적으로 부여하기 시작했다. 사실적인 영역을 넘어서서 보이지 않는 것까지 볼 것을 강력히 요청한 것이다. 예를 들면 메를로 퐁티Maurice Merleau Ponty, 1908~1961는 그의 유작 『보이는 것과 보이지 않는 것*Le visibe et l'Invisible*』2004(1964)에서 눈으로 바라봄으로써 진정한 사물에 도달한다고 하면서, 나의 시각vision의 의미를 나의 시각에서 발견해야 한다는 매우 어려운 논리를 펼쳤다. 중세에 핍진을 중심으로 하는 시각적 경험은 날아가던 새들도 착각하게 만드는 비교적 명료한 것이었다. 그런데 이제 시각 작용이 단순히 물리적인 눈으로 사물을 포착하는 즉물적인 단계를 넘어서서 사유의 시발점이 되어야 한다는 주장이 탄력을 받기 시작했다. 시각 경험의 결과를 있는 그대로 받아들이고 신봉할 것이 아니라, 생각을 모아서 진실을 파헤치는 단계로 나아가지 않으면 안 되는 상황이 되었다.

그리고 이렇게 중세와는 달리 눈으로 보는 행위에 사고를 동반한 보다 심오한 의미를 부여하기 시작하면서 판단하기를 가능하게 하는 읽기가 필수 요소로 등장하게 되었다. 눈으로 보는 행위가 그 자체로 명백한 사실 전달과 연결되지 않는다는 점을 일깨우면서, 많은 연구자들이 '보기', '읽기', '생각하기'가 동시에 필요하다는 것을 강조했다. 루돌프 아른하임 Arnheim, 1995(1954) : 18에 따르면 "본다는 모든 행동은 그 자체가 하나의 시각적 판단visual judgement"이라고 했다. 그리고 임철규2004는 눈을 통해 무언가를 보는 일은 가장 중요한 감각 작용으로, 우리는 보기를 통해 의식에 저장된 기억을 바탕으로 대상의 개념화를 시도할 수 있는데 이 과정에 문제가 생길 수도 있다고 했다. 다름 아니라 보기를 통해 의식 속에 저장된 기억은 때로는 대상을 타자화하는 차별의 근거가 되기도 하기 때문에 점검이 필요하다는 것이다.

이제 단번에 눈에 들어오는 것이 진실이 아니라는 의견은 상식이 되었다. 눈으로 목격하는 대상에 고정된 값이 있는 것이 아니다. 대상을 바라볼 때 내적인 긴장 상태에서 스스로 판단을 내릴 수 있는 지각의 힘이 필요하다. 그래서 어느덧 시각적 대상은 적극적으로 읽기가 필요하게 된 것이다. 현대에 본다는 것은 즉각적 흡수를 뜻하는 것이 아니며, 시각언어의 독해 곧 이미지 읽기를 통한 해석과 판단의 과정을 포괄한다. 그래서 시각언어도 문자 언어와 마찬가지로 읽기가 필요하다.

물론 시각언어는 일반언어처럼 문자로서 규정되는 것이 아니다. 그래서 시각언어는 특정 시기에 부침하는 한시적인 구성체라는 점을 전제적으로 강조하기도 했다.Stafford, 2008 : 32 실제로 시각언어는 일반 문자처럼 고정된 기호를 통해 정보를 정확하게 전달하는 기능과는 무관하다. 하지만 분절된 지식 전달 대신 통합적이고 함축적인 면에서는 강점을 드러낼 수 있다. 때로는 감성과 지식을 아우를 수 있으며 또 때로는 이미지와 문자를 포괄할 수도 있다. 이처럼 현대 사회는 시각적 대상에 핍진함 이상의 가치를 부여하고, 그 함의를 스스로 파악할 수 있는 독해력 즉 읽기의 역량을 강조하는 가운데 시각언어의 가치를 새롭게 발견하고 있다.

2) 이미지의 읽기와 보기

바야흐로 이미지의 시대를 살고 있다. 형상에 대한 관심은 늘 존재했지만 이미지가 지금처럼 학술적으로 대중적으로 막강한 힘을 발휘하던 때는 없었던 것 같다. 근본적으로 이미지는 특정한 대상을 환기하고 모사한 결과 즉 시각적 핍진함에 근거를 둔다. 하지만 '정신적 이미지mental image'라는 단어가 암시하는 것과 같이 이미지는 인간이 수용할 수 있는 감각 기관 전체와 연결되면서 그 적용 범위가 훨씬 넓어졌다. 시적詩的 이미지에 주목하면서 더욱 풍부한 상상의 세계로 진입했다고 할 수 있다. 시각뿐만 아니라 청각, 후각 등 포괄할 수 있는 감각의 범위가 확대되는 가운데 이미지에 접근하는 행위는 곧 신비하고 모호한 것에 다가서는 것과 다르지 않은 상황이 된 것이다.Mitchell, 1987

현대인이 주목하는 이미지는 고정된 대상을 재현한 수동적인 결과물이 아니며, 한시적이고 가변적인 구성체로서 주관적 관점을 동원해 적극적으로 읽어내야 하는 대상이다. 궁극적으로 이미지란 자연을 있는 그대로 옮겨놓은 것이 아니고 대상의 숨어 있는 의미를 상상력을 통해 읽어낼 수 있도록 새로운 의미의 운반자로서 재탄생한 결과물이라는 설명은유평근·진형준, 2001 : 39 저간의 이미지를 둘러싼 논의의 핵심을 잘 정리해 놓았다.

그래서 앞서 언급한 바와 같이, 핍진함에 관심을 갖고 시각적 대상에 몰입했던 과거와 달리 우리는 지금 만만치 않은 이미지의 해독 즉 읽기가 필요한 시대를 살아가는 중인데, 실질적으로 이와 같은 현상의 저변에는 문학의 이미지와 시각 이미지 사이의 경계 허물기가 중요한 역할을 했다는 점을 간과해서는 안 될 것이다. 현대 사회에서는 언어와 이미지가 오묘한 관계를 형성하고 있다.

원래 문학의 이미지는 비유를 품은 감각적인 언어로서 심도 있는 독해가 필수적이다. 그리고 아울러 시각 이미지 역시 일종의 메타언어로서 기능하는 가운데 상징과 비유를 파헤치는 코드 해석 즉 읽기 과정이 필요하다는 점이 꾸준히 강조되고 있다. 예를 들면 롤랑 바르트Barth, 1978는 현대 사회를 지배하는 엄청난 문화 코드 즉 광고나 영화 등의 숨은 의미를 읽어내야 한다고 했고, 그리고 넬슨 굿맨Goodman, 1976은 언어를 곧 상징 체계로 규정하면서 미술 작품의 비밀과 특징 역시 시각 상징이라는 언어의 해독을 통해 규명해야 한다고 강조했다. 문학의 이미지이든 미술의 이미지이든 상징 읽기의 과정이 꼭 필요하다는 점에서 같은 위치에 있는 것이다.

그런데 잠시 생각을 정리해 보면, 이미 우리는 예로부터 심도 있는 읽기란 보기와 일맥상통하는 측면이 있다는 것을 인식하고 있었다. 문학에서 깊이 있게 읽는다는 것은 표피적 내용에 무분별하게 빠져버리는 것이 아니라 작가의 의도를 파헤칠 수 있는 행간의 맥락 읽기를 의미한다. 무의식적으로 진행되는 독서의 흐름을 잠시 멈추고 내가 주동 세력이 되어 주관적인 관점을 근거로 핵심을 파헤쳐 들어가는 과정이야말로 진정한 읽기의 핵심이다.

그리고 이때 멈춰서 생각하기는 궁극적으로 동양문화권의 관조觀照의 경지와 일맥상통하는 부분이 있다. 관조란 선입견에 얽매이지 않고 본질 혹은 진리의 세계를 밝게 비추어 본다는 뜻의 단어로서 여러 분야에서 그 뜻을 파악하기 위해 노력해 왔다. 관조는 동양 불교의 지관止觀 즉 멈추어서 정신을 집중하여 관찰하는 것과 불가분의 관계를 맺는 것이며, 마음을 한 곳에 집중하기 위해 행하는 수행과 밀접하게 관련된다. 아울러 관조는 비단 종교적 정신 수양뿐만 아니라 동북아시아 산수 미학을 체험하기 위한 중요한 방편이기도 했다. 나와 자연이 물아일체의 경지에서 혼연일체가 되는 것은 반드시 종교인이 아니더라도 사대부들이 심신 수양을 위해 행하던 중요한 삶의 일부였다. 예를 들면 속세를 떠나 낙향하거나 명승지를 찾아 산수의 진면목을 확인하거나, 그도 아니면 산수화나 산수시를 감상하면서 심취하는 일련의 일들이 자연스럽게 그들의 일상에 스며들어 있었다. 그리고 그 과정에 번다한 현실 속의 생각을 멈추고 내면의 본질을 꿰뚫어 보는 관조를 수반하기 마련인데, 바로 이때의 관조는 현대에 요청하는 깊이 있는 읽기와 밀접하게 관련된다. 따라서 무의식적으로 진행되는 기계적인 흐름을 멈추고, 부분과 부분 사이의 의미 맥락을 파악하고, 감성과 지성의 합일 상태에서 대상의 총체적인 의미를 풀어내는 작업은 문학과 그림, 읽기와 보기, 중세와 현대를 망라하여 그 중요성이 반복적으로 제시되는 것 같다.

문학과 그림의 감상은 각기 다른 발판에서 출발하는 것 같지만, 문자든 이미지든 깊이 있게 몰입하기 위해서는 읽기가 필요하고, 이때 읽기의 과정은 궁극적으로 관조라는 보기와 다르지 않다. 결국에 심도 있는 감상과 사유의 세계에 이르면 문학과 그림, 읽기와 보기라는 구별이 거추장스럽게 느껴지지 않을까 싶다.

3. 한국문학사와 미술사 그리고 문화사

1) 문화란 무엇인가

문학과 그림이 공존하는 장에는 수준 높은 문화가 형성된다. 문화란 생명을 가진 집단이 특정 환경에서 싹틔운 독자적인 삶의 향유 패턴이다. 인간이든 동물이든 사회적인 군집을 이루면 그들 특유의 존재 방식에 따라 독특한 지향점과 생활방식을 형성하고, 마치 지문과도 같은 문화라는 궤적을 남긴다. 문화는 특정인이 독단적으로 주도할 수 있는 것이 아니다. 영향력 있는 개인이 일방적으로 기획하고 의도할 수 없다. 다수가 암묵적으로 공감하고 따르는 가운데 거대한 눈에 띄는 현상으로 발전하여 사회의 물결이라는 힘을 형성한다. 이처럼 문화는 개인을 넘어서는 거대한 사회적 결과물로서 곳곳에 분포하며 고정된 결과가 아닌 늘 변화하는 과정 중에 있다.

인류사에서 '문화'는 '자연' 다음으로 그 함의가 방대한 개념어로 손꼽히고 있다. 그나마 자연의 경우는 몇 가지 범주를 통해 추상적인 개념을 집약적으로 정리할 수 있지만, 문화는 그마저도 쉽지 않다. 왜냐하면 인간이 살아가는 곳곳에 아주 소소한 분야까지 이 말이 적용되지 않는 곳이 없기 때문이다. 문화가 얼마나 광범위하게 사회의 전반을 장악하고 있는지는 막강한 합성어를 보면 쉽게 납득할 수 있다. 예를 들면 *New keywords*2005에서 문화의 뜻을 설명하며 고급문화, 대중문화, 종교 문화, 동성애 문화, 민족 문화 등 끝없이 단어를 열거한 것과 같이 사실상 문화의 적용 범위는 제한이 없는 것 같다. 뿐만 아니라 문화적 다양성, 문화적 권리 등 문화적이라는 형용사의 쓰임까지 빠르게 증가하면서 그야말로 문화의 홍수를 체감할 수 있다.

문화는 이처럼 곳곳에서 사회적 존재의 다양성을 대변하는데, 궁극적으로 문화의 본질을 꿰뚫는 요소는 '특정 그룹'의 '향유'가 빚어낸 '개성'으로 집약할 수 있다. 특히 무언가를 향유한다는 것은 생존을 위해 기초적인 욕구를 해결하는 단계를 벗어나서 누릴 수 있는 여유와 멋이 관건이 된다. 그래서 문화에 대한 정의가 무수한 가운데에서도, 레이몬드 윌리엄스Williams, 2010(1976)가 집약했던 포괄적인 뜻이 눈에 띈다. 그가 제시한 문화란 첫째는 지적, 정신적, 미학적 발달의 전체적인 과정, 둘째는 인간 집단의 특정한 생활 양식, 셋째는 지적, 예술적 활동이나 결과물이 그것이다. 문화는 정신적인 측면과 현실적인 실생활을 통틀어 두루 미치지 않는 곳이 없을 정도로 사고방식은 물론이고 입고 먹는 소소한 의식주 전반에까지 광범위하게 침투하고 있다. 그런데 별도로 예술적인 결과물을 언급한 것은, 특별히 순수한 미적 행위와 그 결실이 문화의 본질을 이해하는 데에 큰 영향을 끼치기 때문일 것이다. 물론 이 세 부류는 긴밀히 연결된 통합체로 볼 수 있다. 왜냐면 정신 세계와 실생활이 기반이 되어 그 위에 꽃피운 학문과 예술이야말로 진정한 문화의 정수라고 할 수 있기 때문이다. 실제로 문화는 현대 사회 곳곳에서 포괄적인 요소를 두루 아우르고 있으면서도, 그와 더불어 순도 높은 학문과 미적 정수를 선보이면서 존재 가치를 더욱 분명히 각인시키고 있다.

이처럼 문화는 광범위한 영향력을 지니는 가운데 향유 집단의 정체성을 반영하는 장점을 지닌다. 하지만 때로는 배타적인 우월감이라는 역기능으로부터 완전히 자유로울 수 없는 단점도 있다. 그래서 의식적으로 문명과 달리 문화가 갖는 가치중립적인 측면을 부각시키려는 노력이 뒤따르기도 한다. 문화를 특별히 문명과 분리해서 설명하는 것, 예를 들면 문명은 물질적이고 기능적인 반면에 문화는 정신적인 측면을 포괄하여 더욱 다양한 목적에 부합하는 관용성을 보인다는 의견은Eagleton, 2016 무수한 편차를 보일 수밖에 없는 문화 집단의 개성을 편견 없이 수용하려는 노력을 대변한다. 사실상 인류의 문화는 18세기 이후 문명화와 발맞추어 눈에 띄는 발전을 이룩했다. 세계의 인구가 비약적으로 증가하고, 기술 그리고 자본이 폭발적으로 위력을 발휘하기 시작한 18세기를 기점으로 물질적 여유를 누리게 된 인류는 이전에는 상상도 할 수 없었던 문화의 경지에 오르게 되었다. 그래서 여러모로 18세기라는 시대의 중요성을 간과할 수 없으며, 문화와 문명은 동전의 양면과도 같은 측면이 있는 점을 부인할 수 없다.

하지만 인류가 기술과 물질적 풍요에 힘입어 구축한 문화의 풍성함이 차별의 근거가 되거나 본질을 왜곡하는 결과를 낳아서는 안 된다. 이미 우리는 문화가 얼마나 큰 힘을 지니는지 잘 알고 있다. 문화는 암묵적으로 공동 문화권역의 지식과 관점을 지배한다. 소위 문화 코드라는 공식이 견고하게 작용하는 가운데 논리를 넘어서는 절대적 믿음과 동질감을 유도하는 경우가 적지 않다. 그리고 이와 같은 작용은 돈으로 환산할 수 없는 자존감과 정체성의 근거가 된다는 점에서 고무적이다. 그런데 동시에 우리는 문화 권력이 왜곡될 때 미치는 부정적인 파장 역시 잘 알고 있다. 무분별한 신봉이나 타자에 대한 배타성이 작용하면 걷잡을 수 없기 때문이다.

따라서 진정한 문화는 소위 하이브리드시대를 살아가는 현대인이 보다 유연하게 경계를 허물고 낯선 그룹을 이해하고 수용할 수 있는 관용을 지니면서, 동시에 문화 공동체의 정체성과 개성 그리고 자존심을 살리는 기능을 동시에 수행하는 것이 최선일 것이다. 참으로 어려운 주문이다. 하지만 그럼에도 불구하고 이 어려운 주문에 부응하는 문화 유형은 이미 곳곳에 존재한다. 그 대표적인 예로 각국의 전통문화를 상기할 수 있다. 고대와 중세를 거치면서 차곡차곡 축적된 전통문화는 무분별한 인습이나 상업적인 대중문화와 달리 한 민족이 자부심을 갖고 공을 들여 계승한 결과물이다. 따라서 자존감의 근거가 되는 것은 당연하고 동시에 타민족에게 무해한 자극제가 될 수도 있다. 이러한 전통문화의 세부 유형은 여러 가지인데, 그 가운데 문학과 그림과 같은 순수 예술의 향유는 절대 빼놓을 수 없는 핵심으로 손꼽을 수 있다. 앞에서 언급했던 것과 같이 아주 오랜 기간 꾸준히 추상과 구상을 아우르는 가운데 협업의 관계를 유지하며 동반 성장해온 문학과 그림은 전통문화의 순기능을 담당할 수 있는 최적의 대상이다.

그런데 한편 문학과 그림을 중심으로 하는 전통문화는 대중문화와 달리 접근이 쉽지 않다는 문제를 안고 있다. 고답적이라는 선입견이 작용하는 경우가 많은데, 그도 그럴 수밖에 없는 것이 하루하루 바쁜 현대인의 일상으로부터 공간적으로 멀리 떨어져 있을 뿐만 아니라 시간적으로도 거리가 먼 과거의 산물이기 때문이다. 당장 실질적인 이익이 있는 것도 아니고 넋을 놓게 만드는 재미가 있는 것도 아닌데 순수 예술에 관심을 갖는 일은 일종의 사치로 느껴질 수도 있을 것이다. 하지만 한편 생각해보면 이것은 배부른 흥정이다. 당장 백 년 전만 해도 우리는 우리의 문화재가 풍비박산되는 것을 눈뜨고 지켜볼 수밖에 없었다. 한 국가가 위기에 처했을 때 가장 먼저 무방비 상태에서 약탈당하는 것이 바로 문화재이다. 이런 기준에서 보면 문화만큼 나약한 것도 없는 것 같다. 하지만 국가와 민족이 힘없이 나락에 떨어졌을 때 굳건히 두 발을 딛고 일어서게 하는 저력 역시 문화에서 나온다.

그래서 전통문화는 그 무엇으로도 대체할 수 없는 큰 가치를 지니는데,

다만 그것을 어떻게 시대에 맞추어 새롭게 이해하고 계승하겠느냐 하는 어려운 숙제를 동반한다. 숙제는 반드시 지켜야 하는 법이 아니니 굳이 하기 싫으면 배짱을 부리면 그만이다. 하지만 더 나은 미래는 분명히 이 숙제를 묵묵히 해낸 사람들이 차지하게 될 것이다. 선택은 개인의 몫이다.

2) 문학사와 미술사의 위상과 문화사

한국의 문학사와 미술사는 20세기부터 전공 학자들이 공력을 기울였던 중요한 분야이다. 어떤 분야의 역사에 대한 관심은 대상의 전모와 본질을 파악하고자 하는 적극적인 의지를 대변한다. 처음과 끝 그리고 그 과정을 이루는 부분과 부분이 어떻게 유기적으로 연계되는가에 주목하는 일은 해당 역사를 만들었던 집단의 능력과 정체성을 확인할 수 있는 중요한 작업이다. 따라서 우리의 문학 그리고 미술의 역사를 파악하는 일은 예술의 생성과 발전 과정을 통해 우리 문화의 본질적 특성에 접근할 수 있는 중요한 통로를 여는 것과 다르지 않다. 그런데 초창기 우리의 예술사 연구는 여러모로 순탄치 않았다. 서양이 구축했던 근대 학문의 대열에 비교적 늦게 합류했을 뿐만 아니라, 일제강점기라는 민족사의 시련 속에서 감내해야 하는 속박과 어려움이 적지 않았기 때문이다. 하지만 그럼에도 불구하고 의지를 굽히지 않았던 선학들의 피땀 어린 노력 덕분에 차근차근 토대를 마련할 수 있었다.

문학사의 경우 최초의 성과로 주목받는 것은 1922년 출간된 안확安廓,1886~1946의 『조선문학사』이다. 안확은 조선의 국운이 기울기 시작하자 민족운동에 투신한 뒤 학문에 몰두하여 『자각론』1920, 『개조론』1921에 이어 『조선문학사』1922를 비롯한 많은 저술을 선보였다. 그 가운데 『조선문학사』는 한국문학의 통사 체계를 수립한 최초의 문학사로서, 무엇보다도

"我가 자각이 있으면 非我가 我化하고, 我가 무자각하면 我가 非我化한다"는 신념을 반영한 중요한 결과물이었다. 이 책은 비록 부피가 크지는 않지만, 문학에 대한 정의를 내린 후에 상고上古, 중고中古, 근고近古, 근세, 갑오경장이라는 시대구분을 하고, 각종 장르를 망라한 짜임새 있는 구성을 선보였다.

그리고 뒤를 이어 후학들이 한국의 언어와 문화 그리고 사상의 변화 발전 과정을 탐구한 문학사를 선보였는데, 20세기에 출간된 대표작을 간추리면 아래와 같다. 이해의 편의를 위해 소수를 선별하다 보니 부득이하게 이외의 많은 저술을 배제하게 된 것은 제현의 아량을 바란다.

20세기 주요 문학사 (출판연도순)
안확(1886~1946), 『조선문학사』(1922)
구자균(1912~1964), 『한국평민문학사』(1948)
조윤제(1904~1976), 『국문학사』(1949)
백철(1908~1985)·이병기(1891~1968), 『국문학전사』(1972)
김윤식(1936~2018)·김현(1942~1990), 『한국문학사』(1973)
장덕순(1921~1996), 『한국문학사』(1975)
김동욱(1922~1990), 『국문학사』(1976)
김열규(1932~2013), 『한국문학사－그 형상과 해석』(1983)
조동일(1939~), 『한국문학통사』1~5(1982~1988)

위를 보면 알 수 있듯이, 20세기 문학사는 안확의 『조선문학사』 이후 역사적 암흑기를 지나 1945년 해방을 맞으면서 기지개를 켜기 시작했다. 연구자의 관점을 반영한 독자적인 문학사들이 하나씩 선을 보이게 되었고 위에 소개한 각 권이 모두 나름의 개성과 가치를 지니는데, 이 가운데에서도 특히 조윤제1949와 조동일1988을 주목할 필요가 있다.

조윤제趙潤濟, 1904~1976는 그의 문학사 서문에서 "나는 대한제국시대에 나서, 일제 강점기에 배우고 (…중략…) 빛나는 대한민국 정부가 수립되자 이 책을 공간公刊한다"고 운을 떼었다. 개인의 일생이 역사적 질곡 속에서 평탄치 않았던 것을 이 한 문장에서 짐작할 수 있다. 민족이 위기에 처했을 때 오직 학문으로 본분을 다하고자 했던 저자는 "알 듯 말 듯한 그것을 전체적全體的으로 일시一時에 파악把握하기는 어려우니 먼첨 그것을 종縱으로 역사적으로 그 전개를 밝히어보자 한 것이다"라고 하며 그것이 곧 "민족독립운동"이었다고 썼다. 저자는 1920년대 경성제국대학 조선어문학과에 입학했다. 그런데 당시 대학의 커리큘럼은 한문학 일색이었고 국문학의 황무지 상태였기 때문에 시와 소설 등 장르를 가리지 않고 한국문학의 전모를 밝히기 위해 분투한 끝에 문학사에까지 노력이 미치게 된 것이다. 주시경周時經, 1876~1914과 그의 제자들이 우리 말과 글을 지키기 위해 시련을 두려워하지 않고 한글 연구와 교육에 매진했던 것과 궤를 함께하면서, 조윤제는 한국 고전문학 연구를 통해 역사적 소명에 응했다. 그 결과 『국문학사』에서 문학사의 시기 구분을 "태동시대, 형성시대, 위축시대, 소생시대, 육성시대, 발전시대, 반성시대, 운동시대, 복귀시대"로 치밀하게 나눈 뒤, 주요 작품을 중심으로 당대의 특징을 파악할 수 있는 핵심을 잘 정리했다. 그리고 이 책은 지금까지도 후학들의 혜안을 밝히는 길잡이 역할을 하고 있다.

조윤제의 문학사 이후 세월이 흐르는 동안 후속 연구자들이 협업하여 한국 고전문학과 현대문학에 대한 세부적인 궁금증을 하나하나 풀어갔다. 개별 작가와 작품을 중심으로 마치 퍼즐을 맞추듯 종으로 횡으로 빈 공간을 채워가면서 해상도 높게 전체를 조망할 수 있는 여건을 마련한 것이다. 그리고 이러한 토대 위에 다섯 권의 방대하고 체계적인 문학사가 선을 보이게 되었다. 조동일의 『한국문학통사』가 바로 그것이다. 이 책은 한 개인의 것이기 이전에 한 시대의 것이라고 할 수 있다. 묵묵히 제 몫을 다한 각 분야의 연구자들이 없었다면 탄생할 수 없었기 때문이다.

하지만 『한국문학통사』는 조동일의 통찰력과 부단한 노력을 통해 제대로 빛을 발할 수 있었다. 이 책은 2004년 제4판이 완간될 때까지 공사를 멈추지 않고 새로운 연구 결과를 수용했다. 무엇보다도 저자는 문학사의 시대구분을 굳이 어렵게 하지 않고 원시, 고대, 중세, 근대와 같은 익숙한 근거 위에 왕조사를 염두에 두고 전기와 후기로 나누어 세분화를 꾀함으로써 정치하면서도 독자들의 접근이 용이한 토대를 마련했다. 아울러 『한국문학통사』는 고전과 현대를 아우르는 많은 작품을 섭렵하며, 문학사상과 장르, 담당층을 비롯한 문학사를 구성하는 핵심 사안에 대한 점검을 동반함으로써 양적으로나 질적으로나 한국문학사를 대표하는 역작으로 공인을 받고 있다. 이상 간략하게 살펴본 바와 같이 한국문학사는 어려운 시대를 돌파하기 위한 노력의 일환으로 시작되어 점차 지평을 확대하고 발전을 이루었으며, 지금도 꾸준히 맥을 이어가고 있다.

그리고 같은 시기에 한국 미술사 역시 동반 성장하고 있었다. 우리나라 최초의 미술사는 안드레 에카르트Andre Eckardt, 1884~1971가 저술한 『조선미술사*Geschichte der koreanischen Kunst*』1929이다. 외국인에 의해 집필된 이 책의 가치는 세키노 타다시關野貞, 1867~1935의 『조선미술사朝鮮美術史』1932와 비교해 보면 더욱 확연하게 드러난다. 에카르트는 성 베네딕트 수도회 신부로 한국에 와서 약 20여 년 동안 선교와 교육을 위해 헌신했고, 서양에 한국 문학과 미술을 소개한 인물이다. 에카르트의 『조선미술사』는 고전적 아름다움을 간직한 한국미술의 미학을 강조하면서 건축, 조각, 불탑, 불교조각, 회화, 도자기, 수공예품을 대상으로 각기 장을 나누어 종합적인 접근을 꾀했다. 무엇보다도 이 책은 국내외에 흩어져 있는 자료를 근거로 한국미의 독자성을 드러내려 애쓴 공적이 역력하다. 그에 비해 일본인 관학자였던 세키노 타다시는 한국 미술의 기원을 낙랑군 시대에 두었고 고구려 이후 조선시대에 이르기까지 왕조사 중심으로 조각, 건축, 회화 등을 소개했는데, 당시 기초 자료 조사의 측면에서는 강점을 지녔으나 식민 사관에 입각한 관점을 노출했다.

이처럼 외국인에 의해 본격적인 미술사가 집필된 것은 적지 않은 아쉬움을 남긴다. 하지만 그 당시에 국내외를 자유롭게 오가며 많은 자료를 모으는 일은 내국인이 엄두를 낼 수 없는 작업이었을 것이다. 이후에도 여러 가지 여건이 유리하지 않았기 때문에 에카르트의 저술 이후 본격적인 한국 미술사가 나오기까지는 적지 않은 시간이 필요했다. 문학과 달리 미술 연구는 여기저기 흩어져 있는 미술품을 구입하거나 직접 현장을 방문해서 확인하는 선행 작업이 만만치 않다. 그런데 이 모든 일을 오로지 개인의 노력에만 의존했던 시기가 길어지면서 여러 가지 타격이 컸을 것이다.

그리고 한편 중세 동안 미술에 관한 이론적 탐구의 전통이 깊지 않았던 것도 무시할 수만은 없는 사실이다. 문학 비평의 경우는 고려시대 이인로李仁老, 1152~1220의 『파한집破閑集』에서부터 시작하여 조선시대 다수의 시화詩話를 통해 문학을 이론적으로 성찰하는 전통이 굳건히 자리를 잡고 있었던 데에 반해, 미술 비평의 경우 사대부들은 시화일률은 금과옥조로 여기면서도 본격적인 비평보다는 제화시나 서발문을 통한 감상평에 집중했다. 다행히 18세기에는 상황이 달라지기 시작했다. 예를 들면 각종 야담野談류의 저술이나 미술품 수집가 김광국金光國, 1727~1797의 『석농화원石農畵苑』을 비롯하여 19세기 조희룡趙熙龍, 1879~1866의 소품 등에서 회화 비평의 면모를 확인할 수 있다. 하지만 이러한 활동은 제한적인 범주에 머물렀다.

따라서 여러 정황상 20세기 초에 새로운 출발점에 서야만 했던 미술

연구자들은 흩어진 자료를 확인하고 이론적 토대를 마련하는 등 너무도 벅찬 일들을 동시에 해내야 했다. 엄청난 문화 사업을 시작했던 것이다. 그 막막한 작업을 묵묵히 해낸 초창기 대표 학자들을 간추려 소개하면 아래와 같다.

20세기 초 주요 고미술 연구자 (생몰연대순)
고유섭(1905~1944) (『우현 고유섭 전집』)
홍사준(1905~1980) (『백제의 전설』)
전형필(1906~1962) (이충렬, 『간송 전형필』)
김재원(1909~1990) (기념사업회, 『박물관의 초석을 놓다』)
김영기(1911~2003) (『조선미술사』)
최순우(1916~1984) (『혜곡 최순우 전집』)
황수영(1918~2011) (『황수영 전집』)
진홍섭(1918~2010) (『한국미술사 자료집성』)
김원룡(1922~1993) (『한국미술사』)
안휘준(1940~) (『한국회화사』)

문학사에 이어 이번 표를 정리하는 것도 지극히 조심스러운 작업이었는데, 본고는 고유섭高裕燮, 1905~1944을 종조의 위치에 놓았다. 고유섭은 미학의 토대 위에 현대 한국 미술사학의 문을 연 선구자로서 인정을 받고 있기에 이에 대해서는 이견이 없을 것이다. 다만 같은 시기 화가이자 미술비평가이자 문필가로서 팔방미인의 면모를 보였던 김용준金瑢俊, 1904~1967이나, 혹은 시기를 조금 앞당겨서 『근역서화징槿域書畫徵』을 편술했던 오세창吳世昌, 1864~1953을 비롯한 걸출한 인물이 한둘이 아니라 사실상 기억해야 할 연구자는 매우 많다.

하지만 그중에서도 고유섭을 필두로 위에 열거한 연구자들은 그 이름만으로 예술사의 한 페이지를 장식할 수 있는 초창기 한국 미술학의 거인들이다. 문화재 수집가로서 사재를 아끼지 않았고 우리나라 최초의 사립 미술관을 설립했던 간송미술관의 전형필을 비롯하여, 광복 후 최초 국립박물관장을 역임했던 김재원과 백제 문화 발굴에 앞장섰던 홍사준은 과거의 영광을 뒤로하고 희미하게 사라져가고 있던 미술품들을 살려낸 수호자들이었다. 그리고 지속적인 문화재 발굴 및 복원과 함께 연구자들의 저술 활동도 눈에 띄게 증가했는데, 한국미의 탐구에 매진했던 최순우와 불교 미술에 심취했던 황수영, 아울러 방대한 한국 미술사 자료들을 정리했던 진홍섭의 노력을 빼놓을 수 없을 것이다.

한편 이와 같은 열정적인 활동 가운데에는 본격적인 미술사 저술이 포함되어 있었다. 김영기는 『조선미술사』1948를 통해 화가이자 이론가로서의 안목을 투사했다. 그리고 김원룡은 『한국미술사』1968라는 본격적인 연구서를 남겼다. 종합적인 미술사의 전형을 잘 보여주는 이 책은 서두에서 한국미술의 특질을 개괄하고 시기를 사전史前, 고구려, 백제, 고신라, 통일신라, 고려, 이씨조선시대로 구획했다. 그리고 토기와 청동기, 유리제품, 고분벽화, 불교 조각, 와전瓦塼, 탑파塔婆, 서예, 석등, 범종, 회화, 서예, 도자기, 금속, 칠기, 건축 등 세부적인 내용을 치밀하게 다루면서 종합적인 이해를 꾀했다. 빼곡한 세부 항목을 통해 알 수 있듯이 저자는 가능한 많은 미술품을 다루고자 하는 열망을 드러냈고, 이후에도 새롭게 추가되는 연구를 반영하여 미술사를 증보함으로써 발전하는 학문을 추구했다.

이렇게 미술사는 조용한 폭풍을 일으키면서 어려운 여건을 딛고 거듭 성장하는 가운데 개별 작품군 중심의 분화를 꾀하며 발전할 수 있었다. 그리고 이 중에 특별히 그림에 집중한 예로 안휘준의 『한국회화사』1980를 주목할 수 있다. 한국 회화 전공자인 저자는 서문에서 우리의 그림이 불상이나 도자기 등에 비해 등한시되었고, 특히 일제 식민사관의 피해를 가장 심하게 받았던 아픈 현실을 지적했다. 그리고 범동아시아적 입장에서 우리나라 회화의 전모를 살펴보겠다는 의지를 피력하며 선사시대부터 왕조사 중심으로 시대를 구분하여 치밀한 연구 결과를 내놓았고, 계속해서 한국 회화의 세부 장르에 주목하면서 산수화를 비롯한 각 분야를 이해할 수 있는 토대를 굳건히 마련했다. 그리고 미술사 연구는 이 자리에서 미처 언급하지 못한 유력한 연구자들을 중심으로 박차를 가해 지금까지 괄목할만한 성장세를 이어왔다. 이처럼 20세기 우리 문학사와 미술사는 열악한 조건 속에서도 지속적인 발전을 이루었고, 바로 이와 같은 토대가 마련된 덕분에 현재 문학과 그림을 한데 논하는 학제적 연구 역시 원만하게 진행되고 있다.

그리고 이 책은 지금까지의 연구 성과에 힘입어 문학과 그림의 문화사, 즉 문학과 그림이 동반적 관계에서 이루어낸 문화의 전반적인 양상을 역사적 흐름에 따라 살펴보고자 한다. 그런데 어떤 분야의 역사를 살펴보기 위해서는 대상의 전모를 염두에 둔 시대구분의 작업이 선행되어야 하는데, 이 책은 개별 문학사 혹은 미술사를 살펴보기 위해 마련된 것이 아니다. 이미 문학사와 미술사에 관한 기본적인 퍼즐 맞추기는 일단락된 상황이다. 따라서 본고는 거시적인 관점에서 우리 역사상 누가 주동이 되어 무엇을 향해 어떤 흐름을 형성했는가를 문학과 그림을 중심으로 조망함으로써 선사시대 이후 한국 문화사의 골격을 추적해 보고자 한다.

이와 같은 목적을 위해 『한국문학과 그림의 문화사』는 우리의 전통문화를 형성했던 주요 그룹과 시대의 변화를 염두에 두고 크게 세 개의 권역에 집중하게 될 것이다. 첫째, 한반도를 중심으로 하는 우리의 선조들이 선사시대 이후 동아시아 문화권의 일원이 되어 조선왕조로 이어지는 중세의 질서를 확립하기까지 어떤 궤적을 그리며 발전했는가에 주목하고자 한다. 이어서 둘째, 사대부라는 지식인 그룹이 고려 후기부터 조선시대에 걸쳐 중세의 세련된 예술을 향유하는 가운데 어떻게 고급문화의 중추를 형성하게 되었는가에 주목하고자 한다. 그리고 셋째, 사대부와 달리 신분의 열세에 놓여 있던 무명인 그룹이 어떻게 그들만의 색깔을 드러내며 중세를 벗어나 근대를 지향하는 독자적인 움직임을 보였는지 주목하고자 한다. 이렇게 '민족', '사대부', '무명인'이라는 주동 세력을 중심으로 '고대부터 중세의 형성기'까지 이어서 '중세' 그리고 '중세 후기부터 근대'까지 어떤 문학과 그림을 창작하고 향유하면서 독자적인 세계를 구가했는지 3권으로 나누어 큰 흐름을 추적하게 될 것이다. 한국의 언어예술과 시각예술이 빚어낸 거대한 세계에 관심을 갖고, 중세를 중심으로 그 이전과 이후를 나누어 문학과 그림이 교차하며 직조해낸 문화의 맥을 짚어보는 일은 우리의 미적 정체성과 저력을 확인할 수 있는 또 하나의 의미 있는 작업이 되리라 믿는다.

제2장

신화시대의 상상과 형상

1. 암각화와 자유로운 혼융의 파라다이스

우리나라의 문학과 그림을 통틀어 가장 오래된 원형을 보여주는 작품은 바로 바위에 새긴 그림 즉 암각화이다. 물론 암각화가 만들어진 시대에도 소박한 형태의 노래와 이야기는 존재했을 것이다. 하지만 입에서 입으로 전해지던 당대 민중의 구비문학이 지금까지 남아있을 리 만무하다. 한국뿐만 아니라 세계 각지에서 선사시대 예술의 흔적은 바로 천연의 벽에 새겨진 그림을 통해서 확인할 수 있다. 프랑스 라스코 벽화는 만 년도 훨씬 더 된 시대의 것이고, 인도네시아 보르네오섬 석회암 동굴의 벽화는 무려 4만 년 전의 것이라고 아득한 시간을 거슬러 올라간다. 하지만 워낙 태고의 신비를 간직하다 보니 누구도 자신 있게 언제, 누가, 왜 이 작품들을 창작했는지 속 시원한 답을 내놓기는 어렵다.

한국의 암각화는 각기 다르기는 하지만, 대체로 신석기시대에 제작된 것으로 추정되며 한반도 동남쪽 지역을 중심으로 다수 분포하고 있다. 그런데 그 가운데에서도 대표작으로 손꼽히는 것은 바로 울산 대곡리 반구대 암각화와 울주 천전리 암각화이다. 이 두 작품은 각기 차별적 개성이 뚜렷하다. 다름 아니라 반구대 암각화는 동물과 인물을 중심으로 구상이 화면을 지배하는 반면, 천전리 암각화는 구상뿐만 아니라 동심원과 마름모꼴 등 추상이 화면의 대부분을 차지한다.

국보 285호로 지정된 반구대 암각화에는 가로 8m의 대형의 바위 면에 300점이 넘는 동물과 사람 그리고 기구 등이 새겨져 있다. 그런데 특히 반구대 암각화가 유명한 것은 고래 그림 때문이다. 가장 오래된 고래 사냥 그림일 뿐만 아니라, 혹등고래, 향고래, 돌고래, 북방긴수염고래 등 종의 다양성 측면에서도 기대를 저버리지 않는다. 한편 천전리 암각화는 사슴, 새, 물고기, 사람 얼굴 등이 나타나지만, 전반적으로 동심원, 마름모, 삼각형, 원형 등이 대세를 이룬다. 연구자들이 기호적 해석을 통해 이 추상물들이 무엇을 의미하는지 추론하고 있지만 사실상 어느 쪽이 옳은지 단언하기는 어렵고 흥미진진한 가설을 덧보태는 중이다.

이처럼 반구대 암각화와 천전리 암각화는 각기 개별적인 특징을 명확히 보여준다. 하지만 그 가운데에서도 두 작품을 관통하는 공통점이 존재하는데, 바로 이들 작품의 규모나 내용은 토기에 새겨진 빗살무늬나 혹은 그 외 패총에 새겨진 간단한 무늬와는 엄연히 다르다는 점이 그것이다. 간단한 선화에 그치지 않는 웅장한 면모와 세인의 호기심을 자극하는 복잡한 화면이라는 면에서 반구대와 천전리 암각화 모두 한 지점에 놓을 수 있다. 두 암각화는 물가의 거대한 바위벽에 각종 물상을 파노라마처럼 이어간 대작이다. 이 작품들은 곧 몽골, 시베리아 연해주 지역을 포괄하는 동북아시아 암각화 문화권에 속하는 동류의 것으로서, 당시 한반도의 문화 공동체가 주동 세력이 되어 집단의 염원을 반영한 결과라는 점이 중요한 이해의 바탕이 된다. 이만한 규모의 바위에 물상을 빼곡히 새겨놓기 위해서는 그에 걸맞은 집단의 체계가 마련되고 삶의 전반에 조직적 기반이 구축되어 있었을 것이다. 따라서 이들 작품은 선사시대 한반도에 거주했던 선조들의 문화적 저력을 확인할 수 있는 대표 작품이라는 점에서 이견이 있을 수 없고, 1970년대 초 발견 이후 부단한 관심의 대상이 되었다.

그런데 한편 이와 같은 역사적인 가치 외에, 일반적으로 바위 그림에 대한 여러 가지 궁금증을 해결하기 위해서는 자연과학적으로 접근하는 방법과 더불어 문학적 상상이 큰 몫을 차지한다. 바위에 새겨진 이미지를 중심으로 당시의 전후 사정을 퍼즐처럼 맞춰봄으로써 굳어 있는 바위 그림에 생동감을 불어넣을 수 있기 때문이다. 예를 들어 자주 등장하는 동물의 형상이나 기타 핵심 문양을 중심으로 추리 소설을 쓰듯 당시의 상황이나 사람들의 심리를 재현해 보는 경우가 있다. 반구대 암각화와 천전리 암각화에 접근할 때도 마찬가지 방법을 적용할 수 있다. 특히 반구대 암각화의 화면에는 고래 외에도 호랑이, 멧돼지, 개, 사슴, 거북, 늑대, 새끼를 밴 염소, 인간 등이 등장하여 풍요를 기원하는 원시미술 특유의 성격을 확인할 수 있다. 나아가 이처럼 다양한 동물의 등장은 더욱 풍부한 상상을 가능하게 하는 동인이 된다.

그런데 이와 같은 많은 물상이 분포하는 화면 전체의 내용을 종합해 보면, 우리 암각화의 경우에는 인간 중심의 구성이나 혹은 긴장감을 유발하는 자극적인 이미지와 거리가 멀다는 특징을 확인할 수 있다. 인간 중심의 구성이란 당시 수렵 사회의 중요한 일과, 예를 들면 사냥하는 장면 같은 것이 구심점이 되지 않을까 추측해 볼 수 있다. 하지만 비록 반구대 암각화가 고래 사냥 그림이라고 해도 실상 바위의 화면에서 인간이 주동이 되는 조직적인 움직임을 파악하기는 어렵다. 아마도 아직은 이러한 화면 구성력을 갖추기 이전이었을 수 있으며, 한편으로는 당시 한반도 거주인들은 공동체 의식 속에 인간뿐만 아니라 주변의 동물들을 두루 포괄하고 있었을 가능성 역시 배제할 수 없다.

그리고 또한 우리의 암각화에는 섬뜩하게 강렬한 이미지 혹은 신적으로 우상화된 특정한 동물도 포착되지 않는다. 예를 들어 타이가지역의 신석기 암각화에는 뱀의 형상이 자주 등장하는데황용훈, 1987 : 159 시베리아에서 뱀은 공포의 대상이었고, 샤만의 여자 조수로 인식되었다고 한다. 그리고 몽골의 바위 그림을 보면 뿔이 거의 몸통만큼 거대하게 표현된 사슴이 등장하는 것을 확인할 수 있다. 아마도 이와 같이 신성불가침의 성스럽고 강력한 이미지의 신격화된 존재를 새겨놓음으로써 암암리에 외경의 마음을 표출했을 것이다. 그리고 이외에도 해외의 암각화에는 사냥의 대상이 되는 물상이 단독으로 부각되어 간절한 선사시대인의 내면을 투사하는 경우가 허다하다. 그런데 반구대 암각화에서는 부피가 큰 고래가 주인공으로 등장하기는 하지만, 여럿이 무리를 지어 사람을 비롯한 여타의 종들 속에 자유롭게 섞여 있다. 화면을 보면 〈그림 1〉과 같다.

〈그림 1〉은 반구대 암각화 가운데 가장 많이 사람들의 이목을 끌고 있는 좌측 상단 부분이다. 제일 꼭대기에 망을 보듯 손을 들어 먼 곳을 바라보는 사람의 형상이 자리를 잡고 그 아래로 거대한 고래들이 빼곡히 화면 전반을 차지하고 있다. 인간은 비록 상단에 위치하고는 있지만, 크기면에서 볼 때 아주 작게 등장하고 있을 뿐만 아니라 수적으로도 존재감이 미약하다. 그에 비해 고래는 언뜻 보기에도 사람보다 몇십 배 더 큰 것은 물론이고, 다양한 종을 망라하며 유유히 무리를 이루고 있다. 그 외에도 각종 육상 동물과 수상 동물이 한데 어우러진 가운데, 무질서한 듯 엉켜서 수직 상승하는 구성이 역동적이면서도 여유롭다.

〈그림 2〉는 반구대 암각화 우측 상단 부분이다. 좌측면에 비해 고래의 숫자는 현저히 적지만, 작은 크기의 고래를 비롯하여 사슴, 소, 돼지 등 많은 종의 동물들이 흩어져 있다. 여기에서도 마찬가지로 인간이 중심이 되거나 혹은 단독 물상이 경외감을 자아내는 충격파는 확인하기 어렵다.

한편 천전리 암각화의 경우를 살펴보면 〈그림 3〉과 같다.

〈그림 3〉은 천전리 암각화의 중앙 부분을 확대한 것이다. 여기에는 동심원과 마름모꼴이 집중적으로 분포하고 있다. 이 부분은 마치 세련된 문양을 찍어놓은 직물을 보는 것 같아서, 선사시대에 제작된 것이 아닌 것 같은 착각을 불러일으킬 정도로 현대적인 느낌이다. 이 문양이 정확히 무엇

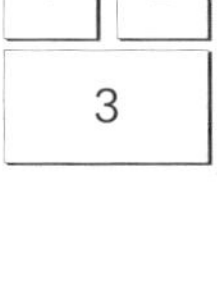

<그림 1> 반구대 암각화 좌측 상단 부분 (국립문화재연구소, 2011)
<그림 2> 반구대 암각화 우측 상단 부분
<그림 3> 천전리 암각화 중앙 부분 (국립문화재연구소, 2012)

〈그림 4〉 천전리 암각화 중앙 인면 부분

을 표현한 것인지는 모르겠으나, 아마도 사람들과 관련된 주변의 객체를 단순화한 것으로 추정할 수 있는 것들이 곡선과 직선의 패턴을 이루는 가운데 얼키설키 잇닿아 있다.

그리고 〈그림 4〉는 천전리 암각화의 중앙에 사람의 얼굴이 두드러지게 나타난 부분을 가져온 것이다. 긴 얼굴에 눈, 코, 입이 뚜렷하게 배치되어 한 눈에 사람이라는 것을 알 수 있다. 하지만 유독 얼굴만 집중적으로 부각되었을 뿐 사람이 전체 화면 가운데 어떤 의미를 지니며 왜 등장했는지 짐작하기는 어렵다. 아울러 주변에 배치된 마름모와 동심원 역시 대상의 인상적인 특징을 집약해서 표현했을 것으로 추측할 수 있을 뿐이다. 끝으로 반구대 암각화와 천전리 암각화에서 확인할 수 있었던 대표적인 사람의 형상을 모아보면 아래와 같다.

위의 사람의 형상을 보면 알 수 있듯이, 이목구비를 중심으로 얼굴을 단순화하거나 아니면 몸통과 사지를 중심으로 간략한 선형을 제시하여 인간임을 확인할 수 있는 이미지를 암각화 곳곳에 배치함으로써 그 존재

감을 드러내고 있다. 하지만 이들 사이의 유기적 관련성을 확인하기는 어렵고, 다른 동물들과 마찬가지로 산발적으로 제각기 분포한다.

이상으로 살펴본 한국의 암각화는 모든 선사시대의 천연의 벽에 새겨진 그림이 그렇듯이, 사실상 원시 사회의 제의적 성격을 빼고 이해하는 것은 불가능하다. 거친 암벽에 정교하지 못한 당시의 도구를 이용해서 수많은 그림을 새기는 어려운 작업을 가능하게 했던 동력을 제의적 목적을 빼놓고는 설명하기 어렵기 때문이다. 반구대 암각화도 천전리 암각화도 당시 인간의 소망과 기원의 절실함을 담은 창작물이 분명하다. 그런데 그 소망을 인간이 주동이 되어 일방적으로 동물을 몰아가는 움직임이나 혹은 경외감을 담은 강력한 단독의 형상으로 표출하지는 않았다. 그 대신 인간과 각종 동물 그리고 온갖 물상이 자유롭게 섞여 있는 분주한 화면을 만들었다. 무질서한 듯 무리를 이루고 있을 뿐이다. 마치 어지러운 바위 면에 온갖 사물이 혼융되어있는 원시적 파라다이스 즉 차별적 세계 이전의 유토피아를 보는 것 같다. 그래서 바위라는 도화지 위에 하늘로 수직 상승하는 고래 떼를 볼 때면 저절로 나와 고래가 하나가 되어 유영하는 듯한 절대 자유를 느낄 수 있다. 탐욕적인 목적의식 가득한 인간이 아니라, 순수한 호기심 가득한 인간의 시선이 포착한 만물이 제가 있고 싶은 곳에서 제 모습 그대로 살아 숨쉬는 매력을 우리 암각화에서 확인할 수 있는 것이다.

2. 고분벽화와 구비 신화

1) 고구려 고분벽화의 이원화

한반도 동남쪽 지역에는 물가의 바위에 새긴 암각화가 다수 분포하는 반면, 정반대 편인 한반도 서북쪽 지역에는 무덤의 내부에 그린 고분벽화가 다수 분포한다. 고구려의 영토에는 동양에서 가장 풍부하고 다양한 고분벽화가 남아있는 것으로 유명하며, 그 벽화 속에는 당대인의 의식과 풍속을 확인할 수 있는 흥미진진한 화면이 즐비하다. 압록강 주변 즉 고구려의 옛 도읍지인 통구通溝와 새 도읍지인 대동강 주변 평양을 중심으로, 주로 흙으로 만든 토총의 벽과 천장에 그린 온갖 그림들은 선사시대 암각화에서는 상상도 할 수 없었던 정교하고 화려한 표현력을 구가한다.

무려 100여 기에 달하는 이 많은 무덤의 그림들은 단시간에 마련된 것이 아니고 긴 시간 고구려의 발전과 변화 과정을 대변한다. 가장 이른 시기의 고분벽화는 2세기 말경의 것으로 추정되는 평양의 채협총彩篋塚 벽화라고 한다.전호태, 2004 : 5 그리고 대부분은 고구려가 신라와 백제의 우위에 서서 패권을 넘보기 시작하던 4세기경부터 시작되어 668년 멸망하기까지 꾸준히 제작된 것으로 파악하고 있다. 이처럼 오랜 기간에 걸쳐 창작이 지속되다 보니 초기와 후기 작품의 경향이 달라지는 것은 물론이고 화면에 등장하는 대상들도 더 말할 나위 없이 다양하다.

안악 3호분, 덕흥리고분, 무용총과 같은 초기 및 중기의 고분벽화에는 무덤 주인공의 초상화를 비롯하여 풍속화의 원형으로 볼 수 있는 현실의 삶과 관련된 그림이 빼곡하다. 이들 작품 속에는 당대의 생활상 전반 즉 건축, 의상, 스포츠, 의례 등을 엿볼 수 있는 단서가 세인의 이목을 집중시킨다. 무덤의 주인공으로 추정되는 귀족 부부뿐만 아니라 무사와 아낙을 비롯한 흥미로운 인간 군상, 그리고 그들을 둘러싼 당대의 현실을 반추해 볼 수 있는 서사성 풍부한 시각 기록이 사방을 메운다. 하지만 후기로 갈수록 차츰 경향이 바뀌어서 초기에 주를 이루었던 행렬도나 수렵도와 같은 현세 인간중심의 화면을 대신해서 무덤을 지켜주는 사신四神과 같은 신성한 존재와 신화적 상상력을 반영한 천상의 존재들이 대세를 이루게 되었다. 고구려 말 중국 도교의 영향력이 커지면서 청룡, 백호, 주작, 현무의 사신이 동서남북을 지키는 상징적인 존재로 각인되기 시작했으며, 이외에도 지상계와 분리된 천상계의 상징물이 집중적으로 등장하게 된 것이다.

이와 같은 고구려 고분벽화의 세계는 암각화와 비교해볼 때 단지 분포하는 지역만 뚜렷하게 구별되는 것이 아니다. 그 내용의 측면에서도 완전히 다른 차원을 제시했다. 우선 현실의 풍속이 주를 이루는 벽화를 보면 인간 사회가 조직화됨에 따라 신분에 따른 차등이 역력히 드러난다. 암각화에서 볼 수 있었던 인간과 동물이 어우러진 혼융의 세계는 상상도 할 수 없을 뿐만 아니라, 인간 사회 내부에서도 계층이 나뉘고 역할이 분리된 결과를 그대로 반영했다. 그리고 더 나아가 지상과 천상으로 나누는 이원화된 세계관을 제시함으로써 원시적 종교 상태를 벗어나서 우주에 대한 관심을 동반한 신화적 상상에 몰입하게 된 것을 확인할 수 있다. 이제 인간 사회는 철저하게 계급을 나누고 아울러 지상과 천상계를 나누어 사고함으로써 복잡한 관점을 지니며 그 결과를 예술작품에 반영하게 된 것이다. 이와 같은 벽화의 실상을 하나씩 살펴보면 아래와 같다.

〈그림 5〉는 황해도의 안악 3호분 묘주의 초상화로서 대중에게 많이 알려진 익숙한 벽화 중 하나이다. 서쪽 측실 벽을 장식하는 이 그림 속의 인물은 불상이 연상되는 온화한 이목구비와 원만한 어깨선이 인상적이다.

5

6

<그림 5> 안악 3호분 묘주의 초상
<그림 6> 안악 3호분 의장기수

무덤의 주인공은 지긋이 내려다보는 눈과 꼬리가 올라간 입매를 통해 여유로움을 한껏 발산하며, 붉은색을 가필한 의상의 화려함과 함께 이 세상의 권력자는 죽었어도 영원히 소멸하는 것이 아니라는 절대적 믿음과 위엄을 대변하는 듯하다. 그리고 이 묘주의 초상을 중심으로 부인의 초상은 물론이고, 무덤을 지키는 무사인 장하독帳下督과 그 외 도끼를 든 무인을 비롯하여 씨름을 하는 수박도手搏圖 등을 통해 다양한 인물군을 확인할 수 있다.

〈그림 6〉은 무덤의 남벽 동쪽에 그려진 의장단의 모습이다. 일렬로 줄을 선 인물 중에 선두에 선 4명은 긴 두루마기를 입고 깃발을 들었으며, 뒤의 3명은 각기 다른 색상의 바지와 저고리를 입고 도구를 들고 있다. 위에서 본 〈그림 5〉 묘주의 초상이 전면을 향하는 단독의 화면 속에 온화하면서도 위엄있는 표정이 인상적인 반면, 〈그림 6〉에서 볼 수 있는 7명의 인물은 그들의 역할을 상기하는 통합적인 그룹의 일원으로 제시된다. 비단 의장 기수뿐만 아니라 이외 여타의 인물군은 각각의 개성보다는 무덤을 지키는 역할을 중심으로 무리를 지어 나타나는 경우가 많다. 때때로 호위무사인 장하독을 비롯한 비중이 있는 경우는 단독 입상으로 등장하기도 하지만, 대부분은 행렬 속에서 작은 크기로 지위와 역할에 맞는 독특한 복식과 기물, 행위를 동반하며 존재를 드러내고 있다.

이러한 현상은 철저한 신분에 따른 차별적 표현의 결과물인데, 이 덕분에 벽화 속에서 생생한 인간 그룹의 다양한 면모를 확인할 수 있다. 차분하게 전면을 응시하는 초상화에 국한되지 않고 각각의 역할에 충실한 군상을 통해 생동감 있는 당대의 풍속을 확인할 수 있는 것이다. 그리고 행렬도 속 인물뿐만 아니라 소소한 현실의 공간이 재미를 더하는데, 예를 보면 아래와 같다.

〈그림 7〉은 안악 3호분 동쪽 방에 그려진 집의 내부 모습이다. 화면 왼쪽에는 기와지붕 아래 세 명의 아낙이 주방 일에 몰두하고 있다. 맨 왼편의 여인은 불이 뻘겋게 타오르는 아궁이 위에 놓인 커다란 솥을 앞에 두고 요리를 하고 있으며, 오른편의 여인은 불을 지피고, 그 뒤의 여인은 그릇을 차곡차곡 쌓아 올리는 중이다. 그리고 그림 가운데 기와지붕 아래에는 푸줏간이 있다. 양쪽에 튼튼한 기둥을 세우고 큼직한 쇠갈고리에 주렁주렁 도축한 짐승들을 매달아 놓았다. 아울러 그림 오른쪽에는 차고가 있고, 말을 맬 수 있는 바퀴가 달린 수레가 놓여 있다. 이상 〈그림 7〉에 등장하는 부엌과 푸줏간 그리고 차고는 각기 기와를 얹은 독립된 공간으로 분리되어 있지만, 나란히 이어져 당시의 생활상을 종합적으로 보여준다.

그리고 주거 공간 중심의 실상뿐만 아니라 당시 고구려인의 기질이나 기호 역시 화면을 통해 확인할 수 있는데, 말의 출현이 유독 두드러진다. 〈그림 8〉은 안악 3호분 동쪽 측실 서쪽벽에 있는 마구간이다. 위에서 살펴본 것과 같이 초기 고분인 안악 3호분에는 흥미진진한 생활상이 고스란히 반영되어 있다. 이미 확인한 것 이외에도 우물, 외양간, 마구간 등 현실 속의 단면을 확인할 수 있는데, 그중에 마구간에는 총 세 필의 말이 구유를 앞에 두고 나란히 쉬고 있다. 왼쪽에는 흐린 갈색, 가운데에는 적갈색, 오른쪽에는 백색의 각기 다른 색의 말들을 그려놓음으로써 당대의 말에 대한 특별한 관심을 반영한 듯하다. 그리고 더욱 생동감 있는 말의 모습은 수렵하는 장면 속에서 포착할 수 있다. 〈그림 9〉 무용총의 수렵도는 우리에게 가장 잘 알려진 대표적인 사냥 그림이다. 사실 이 그림뿐만 아니라 고구려 고분벽화에는 사냥 장면이 많이 등장한다. 유명한 무용총은 물론이고 덕흥리, 약수리, 안악1호, 장천1호, 삼실총 등의 많은 벽화에 사냥 그림이 등장하는 것으로 볼 때 수렵은 고구려인의 생활 풍속을 대

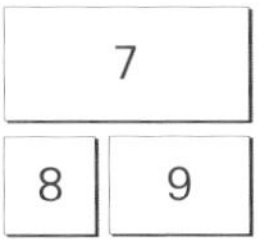

<그림 7> 안악 3호분 부엌 푸주간 차고
<그림 8> 안악 3호분 마구간
<그림 9> 무용총 수렵도

변하는 대표적인 활동이었던 것을 알 수 있다. 그런데 이 많은 작품 중에서도 무용총 수렵도가 유명한 이유는 말과 기수가 혼연일체가 되어 사냥감을 몰아가는 장면이 생생하게 부각 되었기 때문일 것이다.

무용총에는 왼쪽과 오른쪽 벽에 각기 유명한 그림이 있다. 왼쪽에는 남녀의 무용수들이 도열하여 긴 소매를 늘어뜨리고 질서 정연하게 군무를 추는 장면이 흥취 있게 표현되었다. 그리고 오른쪽 벽에는 바로 〈그림 9〉에 해당하는 수렵의 장면이 있다. 각기 춤을 추고 사냥을 하는 현실의 모습이 대단히 생동감 있다. 그런데 수렵도의 경우 사냥의 장면을 더욱 역동감 있게 만드는 것은 바로 말이다. 〈그림 9〉의 상단을 보면 오른쪽을 향해 빠르게 질주하는 말을 타고 왼쪽으로 상반신을 비틀고 있는 기수가 한 쌍의 건장한 사슴 즉 뿔의 위용이 돋보이는 수사슴과 나란히 내닫는 암사슴을 향해 활을 겨누는 순간 동작이 박진감 넘친다. 그리고 그 아래에는 말과 혼연일체가 되어 호랑이를 바짝 뒤쫓고 있는 사수를 확인할 수 있다. 이처럼 무용총 수렵도에 등장하는 인물들은 한방향으로 달리고 있는 말 위에서 제각기 사냥감을 응시하고 있으며 모든 활시위는 잔뜩 당겨진 상태로 활을 쏘기 직전의 긴장과 흥분 상태를 잘 표현했다.

무용총의 수렵도는 암각화에서는 전혀 찾아볼 수 없었던 사냥 장면의 흥미진진함을 투사한다. 암각화가 무질서의 대자유 속에서 인간과 동물들이 어우러진 느릿한 여유로움을 보여주는 반면, 무용총 수렵도는 말을 타고 빠르게 질주하는 인간들이 사슴이나 호랑이와 같은 사냥감을 겨누는 장면에서 짜릿한 속도감이 느껴진다. 말은 인간을 태우고, 수레를 끌고, 사냥을 하면서 당대인의 삶 속에 큰 위치를 점하고 있었을 것이다. 인간의 욕망이 주동이 되어 윤택하고 즐거운 삶을 위한 도구로 말을 활용했고, 그 결과가 그림으로 선명하게 드러났다.

그런데 한편 말이 충족시키는 인간의 욕망은 비단 현실의 삶에 국한되지 않고 하늘로 날아올라 천상계로 비상하고 싶은 꿈으로까지 확대되었다. 그냥 말이 아닌 천마가 자주 등장하는 것은 바로 이런 이유 때문일 것이다.

〈그림 10〉은 덕흥리고분에 그려진 궁수들의 사냥 장면이다. 〈그림 9〉에 비해 화면에 배치된 인물의 형상이 작지만, 제각기 말 위에 올라 역동적인 속도감을 즐기면서 사냥감에 몰입하는 것은 동일하다. 여러 인물이 사방으로 공간을 누비는 율동감이 더욱 자유롭게 느껴진다. 그런데 이 그림을 보면 중앙의 상단에 주작朱雀의 형상이 포함되어 있다. 산천을 질주하며 사슴과 같은 사냥감에 집중하는 장면에 그치지 않고 신비한 상상의 존재를 삽입함으로써 대지에서 천상계로 자유롭게 비약하는 꿈을 동시에 실현하는 것 같다. 그리고 이와 같이 경계 없는 무한질주에 대한 동경은 하늘을 자유롭게 나는 천마를 통해서도 확인할 수 있다.

〈그림 11〉은 기수를 태우지 않은 단독의 말 그림이다. 안장을 얹지 않은 자유의 몸이다. 야무진 눈매와 뒤로 쭉 펼친 날개가 강렬하고, 네 다리는 앞뒤로 뻗어 기세를 더하며 지상과 천상을 가리지 않고 날아오를 듯하다. 그리고 이 외에도 고구려 고분벽화에는 천상계를 대변하는 수많은 상상 속의 존재가 등장한다. 죽음이 끝이 아니고 사후에도 이상세계에서 영원한 부귀와 안식을 누리고 싶은 열망이 만들어낸 흥미로운 도상이 비일비재하다. 우아한 신선을 비롯하여 반인반수의 존재와 날개 달린 물고기나 기린 등 때로는 다소 기괴하게 느껴질 수도 있는 상상의 산물이 넘쳐난다. 천마 역시 그 가운데 하나이다. 그런데 천마는 일반적인 말의 형상과 큰 차이가 없다. 모르긴 해도 현실 속에서 기수를 태우고 질주하는 말의 능력이 지상과 천상을 이어주는 전령사로 각인되었을 가능성도 없지 않다. 말은 땅과 하늘을 가리지 않고 뛰고 나는 가운데 당대인의 꿈을

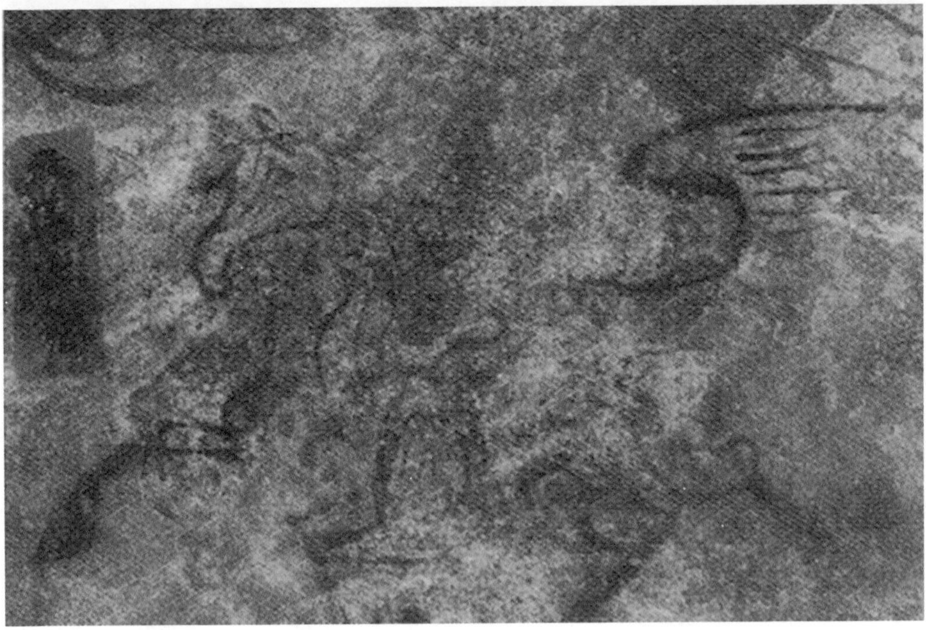

10

11

<그림 10> 덕흥리고분 5인 궁수들의 사냥
<그림 11> 덕흥리 천마도

충족시키면서 매우 친근하게 다가간 것으로 이해할 수 있다.

이처럼 고구려의 고분벽화는 다양한 인간 군상과 동물을 통해 현실적 측면과 비현실적 측면을 동시에 드러냈다. 그런데 이미 앞에서도 언급한 바와 같이 시간이 흐를수록 벽화 가운데 점차 큰 비중을 차지하게 된 것은 내세 중심의 상징적 도상이었다. 특히 천장을 장식하는 그림은 이승의 권세를 저승에서도 계승하고 싶은 욕망을 강하게 드러내면서, 분리된 공간의 성스러움을 잘 구현했다.

〈그림 12〉는 덕화리1호분의 중앙 천장에 있는 연꽃 형상이다. 팔각의 천장 한가운데, 양옆에 당초문이 장식되어 있고 꽃잎이 8개인 연꽃의 문양이 아름답다. 중앙의 원 안에 작은 동그라미로 표현된 수술이 섬세한 구심점 역할을 하고, 천장 맨 위 중앙으로부터 아래로 퍼져나가는 팔각의 점층구조가 몰입감을 더한다. 균형감 있게 대칭을 이루는 아름다운 꽃잎을 바라보면 그야말로 연화의 세계로 승천하는 듯한 느낌을 준다.

〈그림 13〉은 장천1호분의 천장이다. 깊이감을 더한 사각의 테두리 안에 해와 달 그리고 북두칠성이라는 일월성신이 배치되었다. 하얗게 점을 찍어 표현한 북두칠성은 도교의 영향을 암시한다. 좌우의 둥근 해와 달, 마주 보는 북두칠성이 대칭을 이루면서 사방을 꽉 채우는 구도가 집약적이다. 고분벽화는 이상의 불교의 연꽃이 선사하는 화려함, 도교의 북두칠성이 선사하는 균형미를 통해 상징적인 기능을 충실히 수행하면서 천상의 세계에 대한 아름다운 상상을 실현했다. 그리고 또 이와 같은 보이지 않는 세계에 대한 상상은 동서남북을 지키는 수호신을 통해서도 매우 강렬하게 각인되었다.

〈그림 14〉는 우리나라 사신도 중 가장 유명한 강서대묘 사신도 가운데 현무에 해당한다. 현무는 북방의 수호신으로 거북과 뱀이 뒤엉킨 형상

12 13
14

<그림 12> 덕화리1호분 천장 연화문
<그림 13> 장천1호분 천장 북두칠성
<그림 14> 강서대묘 사신도 중 현무

이다. 여러 종류의 사신도가 있지만, 그중에서도 단연 강서대묘의 현무가 최고로 손꼽히는 이유는 뱀이 중앙에 안정감 있게 자리 잡은 단단한 거북의 등을 길게 휘돌아 원을 만든 뒤, 원 안에 거북과 뱀의 머리가 서로 마주 보는 혼연일체가 된 모습이 경이감을 극대화하기 때문일 것이다. 추상인 듯 구상인 듯, 세상에 존재하는 듯 존재하지 않는 듯한 이 형상의 이미지는 매우 강렬하다.

북쪽의 현무, 남쪽의 주작, 동쪽의 청룡, 서쪽의 백호는 사방을 지키는 수호신으로서 동아시아인에게 익숙한 상상의 산물이지만, 반복적으로 재현되어 나중에는 무덤의 벽뿐만 아니라 관을 장식하는 형상으로도 사용되었다. 그리고 더 나아가 풍수지리에까지 적용되어 그야말로 인간이 살아가는 모든 공간의 수호신으로 뿌리를 내렸다.

지금까지 살펴본 고구려 고분벽화의 세계는 지상계와 천상계를 모두 포괄하면서 풍속과 이상이 구현할 수 있는 종합적인 면모를 현실에 소환했다. 당대인의 사고와 안목이 어디에 미치고 있었는지를 잘 보여주는 가운데 고구려인의 의식을 농축한 원형 심상이 경이롭다.

2) 무속신화의 천지창조

선사시대의 암각화에서 고구려 시대의 고분벽화로 그림이 발전한 양상은 곧 이 땅에 터전을 잡고 있던 세력이 국가 단위의 사회 조직을 정비하면서 점차 복잡한 사고 체계와 정교한 표현력을 구가하게 된 과정을 보여준다. 그런데 한편 이 시대의 예술적 역량은 그림뿐만 아니라 문학에서도 동시에 찾아볼 수 있다. 특히 삶과 죽음을 둘러싼 민감하고 고차원적인 문제는 문학의 몫이었다. 인류는 숙명적으로 안고 있는 가장 본원적인 의문을 서사시라는 장르를 통해 해소했다. 왕을 중심으로 하는 귀족과 평민의 계층을 나누고, 신과 인간의 세계를 분리해서 사고하는 가운데 지상계와 천상계를 둘러싼 온갖 궁금한 것들을 언어 예술로 풀어낸 것이다. 고분벽화는 신성한 세계를 그림으로 표현할 수는 있었지만 죽음 그 자체를 다룰 수는 없었다. 하지만 문학은 죽음을 비롯한 복잡하고 추상적인 측면을 투사했는데, 고대로부터 이어진 서사시에서 이와 같은 특징을 본격적으로 확인할 수 있다.

우리의 서사시 가운데 가장 오래된 고형 즉 한국 서사시의 근원은 구비문학인 무속신화에서 찾을 수 있다. 무속신화란 굿을 하는 제의의 현장에서 무속인이 구현한 신화로, 고대 이후 20세기가 될 때까지 글로 기록되지 않고 오직 입에서 입으로 전승되었다. 이는 중세 문인 귀족이 철저하게 무속을 탄압하고 무속신화의 존재 자체를 부정했기 때문에 벌어진 결과인데, 덕분에 서사시가 중세의 영향을 받지 않고 고형을 유지할 수 있었던 것은 전화위복이라고 할 수 있다.

무속신화는 무속에서 숭배하는 신들에 관한 이야기로서, 서사무가 혹은 본풀이라고도 한다. 서사무가란 일정한 서사적 구조를 갖춘 무가를 뜻한다. 그리고, 본풀이란 신의 근본 내력을 풀어냈다는 뜻의 제주도 용어이다. 특히 제주도는 내륙으로부터 멀리 떨어진 지정학적 특징 때문에 외부의 영향을 받지 않고 독자적인 고유의 문화를 유지할 수 있었다. 그래서 제주는 중세적 합리주의가 내세운 도덕적, 미적 가치판단으로부터 자유로운 고대적 발상을 간직한 서사시의 본고장으로 살아남았다. 신의 고장 제주도에서 심방이라는 무속인이 무속 제의의 현장에서 신의 내력을 자세히 읊은 본풀이는 주인공이 출생하고 독자적인 위업을 이루고 마지막에 신으로 좌정할 때까지를 다룬 종합적인 이야기이다.

이와 같은 무속신화는 인간의 탄생과 죽음 혹은 천지의 창조 그리고 다양한 일상에 관한 것 등을 두루 포괄한다. 이 중에 우선 인간의 탄생과 죽음을 다룬 무속신화를 보면, 바로 「제석본풀이」와 「바리데기」가 대표 작품이다. 최근에는 아이들 그림책에서도 자주 다룰 정도로 익숙해진 두 종의 무속신화는, 가장 광범위한 전국적인 분포를 보였던 것으로 보아, 민중의 삶과 의식 속에 깊게 뿌리 내리고 있었던 대표적인 신화라고 할 수 있다. 「제석본풀이」의 '당금애기'와 「바리데기」의 '바리공주'라는 두 여성 주인공이 엄청난 시련을 모두 이겨내고 각기 인간의 탄생 및 죽음과 관련된 신으로 좌정되기까지의 이야기는 흥미와 감동을 자아낸다.

그런데 한편 한국 무속신화만의 독자성을 입증할 수 있는 주요 작품으로는 대중에게 익숙한 「제석본풀이」나 「바리데기」와 같은 이야기 외에도 천지창조의 문제를 다룬 일명 창세신화를 손꼽아 볼 수 있다. 제주도의 「천지왕본풀이」, 함경도 함흥의 「창세가」, 경기도 오산의 「시루말」과 같은 무가에는 문헌신화에서 전혀 찾아볼 수 없는 우주와 인간의 시원에 대한 한국인의 해답이 들어 있다. 그 내용을 파악하기 위해 「창세가」의 내용을 요약하면 아래와 같다.

① 천지개벽

미륵이 하늘과 땅이 뒤섞인 혼돈 상태에서 하늘과 땅을 분리한 뒤, 네 귀퉁이에 구리기둥을 세웠다. 이어서 미륵은 해와 달을 정리하였으며 옷과 고깔을 지어낸 뒤, 쥐에게 물어서 물과 불의 근본을 알아냈다.

② 인간창조

미륵이 금쟁반과 은쟁반을 양손에 들고 하늘에 기도하여 금벌레, 은벌레 다섯 마리씩을 받았다. 그리고 금벌레는 남자, 은벌레는 여자가 되어 부부의 연을 맺고 인간이 탄생했다.

③ 인간세상 차지

미륵이 먼저 세상을 차지하고 평화롭게 다스렸는데 석가가 등장하여 세상을 내놓으라고 요구했다. 그래서 미륵과 석가는 내기를 했는데, 석가가 두 번이나 졌다. 다시 석가의 요구로 세 번째 꽃피우기 내기를 했고, 미륵이 잠든 사이에 석가가 모란꽃을 훔쳐서 내기에서 이긴다. 미륵은 이 사실을 알고 석가에게 세상을 내주고 이세상에 악이 횡행하리라는 저주를 남기고 사라졌다. 그 이후 말세가 되었다.

한을과 싸이 생길 적에
彌勒님이 誕生한즉
한을과 싸이서로부터
싸러지지 안이하소아
한을은 북개 솩지차럼 도도라지고
싸는 四귀에 구리기동을 세우고
(…중략…)
너 歲月이 될나치면
三千 중에 一千 居士건달 나너니라
歲月이 그런즉 末世가 된다

「창세가」 중 (손진태, 1930) (띄어쓰기 및 해석 필자 첨가)

이상의 「창세가」는 1923년 함경도 함흥의 무녀가 구연한 무가를 채록한 것이다. 그 이야기를 보면, 위의 표에 정리한 것과 같이 첫째 하늘과 땅이 분리되고, 해와 달이 정리되고, 물과 불을 이용하게 되는 부분, 둘째 남성과 여성이라는 인류가 탄생하는 부분 그리고 셋째 인간 세상을 차지하기 위해 경쟁을 하고 그 결과 악이 횡행하게 되는 부분으로 나눠볼 수 있다.

세계의 신화를 보면 각각의 문명권별로 이상과 같은 ① 천지개벽 ② 인간창조 ③ 인간세상차지에 관한 흥미로운 이야기를 확인할 수 있다. 예를 들어 천지개벽과 관련된 반고신화나 그리스 로마 신화, 혹은 인간 창조에 관련된 성서의 이야기 등은 이미 많은 이들이 익숙히 알고 있는 흔한 것들이다. 그만큼 아주 근원적이면서도 보편적인 인간에 관한 궁금증을 반영했다는 뜻인데, 바로 이와 같은 질문에 대한 답을 품고 있는 유일한 한국문학은 무속신화에서 확인할 수 있다.

「창세가」를 보면 하늘과 땅이 떨어지지 않는 혼돈의 상태일 때, 네 귀퉁이에 구리기둥을 세워 분리했다고 상상력을 발휘했다. 이때 미륵이 등장하는 것은 후대 불교의 영향을 받은 결과로 볼 수 있다. 하지만 비록 전지전능한 존재의 이름은 중세 이후 미륵으로 대체되었다고 해도 서사 구조는 그대로 전승되었다고 할 수 있다. 쥐에게 물어서 물과 불의 근원을 알아내고, 금벌레와 은벌레가 각각 남자와 여자가 되는 등의 소박한 상상은 굳이 중세의 역량을 빌지 않아도 가능한 부분이다. 그리고 미륵과 석가가 꽃피우기 내기를 했을 때 속임수를 써서 세상을 차지하는 대목은 점점 복잡해지기 시작하는 인간 사회 내부의 모순을 대변한다.

이상 살펴본 「창세가」 외에도 제주도 「천지왕본풀이」에서는 '대별왕'과 '소별왕'이 경쟁을 벌이고, 「셍굿」에서는 황토로 남자와 여자를 만드는 등 약간의 차이는 있지만, 이들 구비문학의 형태로 전승된 우리의 무속 서사시에는 가장 근본적인 우주 창조와 인간 탄생에 대한 독자적인 해답이 들어있다. 그리고 이외에도 흥미로운 서사무가가 적지 않은데, 일례로 아래와 같은 작품을 들 수 있다.

「세경본풀이」 내용 요약

① '자청비'라는 소녀가 '문도령'을 만나서 여자라는 것을 속이고 남장을 하고 함께 글공부를 했다.

② 자청비의 정체를 알게 된 문도령은 부부의 인연을 맺고, 박씨를 주며 박이 열어서 타게 될 때까지도 자신이 오지 않으면 죽은 줄 알라고 하고 빗을 꺾어서 증표를 만들고는 헤어졌다.

③ 자청비는 '정수남'이라는 하인의 꼬임에 빠져서 문도령을 만나는 줄 알았다가 거짓이 탄로나자 정수남이를 죽이고 집에서 쫓겨났다. 후에 지략으로 환생꽃을 꺾어서 정수남이를 살려냈는데, 부모는 사람을 죽이고 살린다고 자청비를 쫓아냈다.

④ 자청비는 천신만고 끝에 천상의 문도령을 만나서 함께 살았는데, 문도령이 죽자 환생꽃을 얻으러 갔다. 그리고 그곳에 난리가 난 것을 보고 그것을 막아주는 사람에게 상을 준다는 것을 알고는 그것을 막고서 천자에게 땅과 물, 오곡을 하사받고 문도령과 땅으로 내려왔다. 그리고 문도령은 상세경, 자청지는 중세경, 정수남은 하세경이 되었다.

위에 소개한 「세경본풀이」는 제주도 본풀이 중의 하나로, '자청비'라는 여자 주인공이 '문도령'이라는 남자 주인공을 만나 온갖 고생 끝에 신으로 좌정되는 내용을 담은 것이다. 「세경본풀이」에는 흥미로운 요소가 많은데, 그중에서도 자청비가 천자에게 오곡을 하사받음으로써 일종의 곡물의 여신에 해당하는 지위를 확보했다는 점을 눈여겨 볼 필요가 있다.

전 세계 신화를 보면 곡물의 여신, 풍요의 여신의 존재감이 매우 크다. 그리스 로마 신화의 여신 케레스Ceres나 메소포타미아의 여신 아쉬난Ashnan과 같이 대지의 풍요를 상징하는 여신은 인간이 살아가는 데에 중요한 곡물을 관장하는 신격으로서 각종 이야기와 도상을 풍부하게 하는 데에 일조했다. 그리고 바로 이와 같은 곡물의 여신에 해당하는 존재를 한국에서는 무속신화 속 자청비에게서 확인할 수 있다.

그리고 또한 「세경본풀이」의 자청비는 처음에 문도령을 만날 때 남장을 함으로써, 일찍이 한국문학에서 남장 모티프를 실현한 장본인이기도 하다. 여성의 남장 모티프는 중세와 근대의 서사문학은 물론이고 현대의 드라마에서도 흔하게 찾아볼 수 있는 흥미로운 요소이다. 서사무가는 이와 같은 기본적인 모티프를 비롯하여 한국 서사문학에서 찾아볼 수 있는 각종 원형적 요소를 간직하고 있다는 점에서도 매우 큰 의미를 지닌다.

무속신화는 비록 중세가 시작된 이후 20세기에 그 가치를 재발견할 때까지 오랜 기간 존재 의미를 제대로 인정받지 못했지만, 인류가 의문을 제시했던 보편적인 문제들 즉 천지창조, 인간의 탄생 및 삶과 죽음, 대지, 곡물, 사랑, 전쟁 등에 관한 독자적인 해답을 제시한 최초의 문학 작품이었다. 그리고 무속신화는 서사문학의 흥미로운 모티프를 간직한 보고로 현대에 전승된 것이다. 따라서 우리 문화의 원형을 간직한 소중한 자산으로 그 가치를 인정할 수 있다. 무속신화는 중세의 보편 종교가 확립되고, 서사문학이 세련되게 발전하면서 종교와 문학이라는 양쪽에서 모두 소외되고 민간신앙인 무속의 세계에서만 간신히 명맥을 유지할 수 있었다. 하지만 최초의 서사시로서 인간 만물을 둘러싼 궁금한 것을 해소할 수 있는 상상의 보고였다는 점에서 그 무엇으로도 대체할 수 없는 큰 의미를 지닌다.

3. 북방계 국조신화의 상징

우리의 신화 가운데 역사적으로 큰 비중을 차지한 것은 글로 기록한 문헌신화였다. 특히 문헌신화의 본류를 이루는 국조 신화는 각국의 시조가 되는 인물의 영웅적 일대기를 다루면서 국가라는 거대한 단위를 기반으로 민족적인 관심과 상징을 투사한다는 점에서 무게감이 남다르다. 이와 같은 신화에 등장하는 영웅의 일대기는 후대 서사문학에도 큰 영향을 미쳤고, 신비함을 동반한 괴력난신怪力亂神을 인정하는 계기가 되었다.

> 서술해 말한다. 대체로 옛날 성인이 예악으로 나라를 일으키고, 인의로써 가르침을 베푸는 데 있어, 괴이와 용력과 패란과 괴력난신怪力亂神은 말하지 않는 일이었다. 그러나 제왕이 장차 일어날 때는 부명符命과 도록圖籙을 받게 되므로, 반드시 남보다 다른 일이 있었다. 그래야만 능히 큰 변화를 타서 제왕의 지위를 얻고 큰 일을 이룰 수 있는 것이다. 그런 까닭에 하수에서 그림이 나오고 낙수에서 글이 나옴으로써 성인이 일어났던 것이다. 무지개가 신모를 둘러서 복희伏羲를 낳았고 용이 여등女登에게 교감하여 염제炎帝를 낳았으며, 황아皇娥가 궁상窮桑의 들에서 놀 때, 스스로 백제白帝의 아들이라 한 신동神童이 황아와 사귀어 소호少昊를 낳았고, 간적簡狄은 알을 삼켜 설契을 낳았으며, 강원姜嫄은 발자국을 밟아 기弃를 낳았고, 잉태한 지 40개월만에 요堯를 낳았으며, 용과 큰 못에서 교접하여 패공沛公을 낳았던 것이다. 이 후의 일은 어찌 다 기록할 수 있으랴. 그렇다면 삼국의 시조가 모두 신비스러운 데서 탄생했다는 것이 무엇이 괴이하랴. 이것이 이 책 첫 머리에 기이편이 실린 까닭이며, 그 의도도 여기에 있는 것이다.
>
> 일연, 『삼국유사』「紀異」(이재호 역, 1974)

위의 『삼국유사』 서문에서 확인할 수 있는 바와 같이, 국조 신화의 상상은 곧 괴력난신을 신비스러운 것으로 수용할 수 있도록 허용했다. 비록 비합리적인 사건이나 형상이라 할지라도 제왕의 탄생과 관련된 신화일 경우에는 이를 자연스럽게 받아들인 것이다. 앞에서 살펴본 무속신화의 경우 고대적 상상력 아래 여성신이 자주 등장하면서 보편적인 인간의 궁금증에 답하는 각종 이야기를 만들어냈던 것에 반해, 건국신화는 고대 이후 중세에 이르기까지 왕권을 획득하는 남성 영웅의 이야기를 흥미로운 신화적 상상을 덧보태 완성했다.

바로 이런 과정 속에서 우리의 문헌 신화는 분화 발전할 수 있었는데, 근본적인 성격을 보면 국조 신화는 크게 남방계와 북방계로 나누어볼 수 있다. 그리고 그중에서 그림과 직접 견주어볼 수 있는 것은 고분벽화를 남긴 고구려를 중심으로 하는 북방계 신화에 해당한다. 그에 비해 남방계 신화는 현재 그림과의 직접적 연관성을 확인하기가 쉽지 않고, 그 내용도 소박한 설화에 가깝다. 이 가운데 우선 남방계 신화부터 간략하게 살펴보면, 주로 용이나 지렁이 등 수신水神적 성격을 지니는 대상이 등장하고 야래자夜來者 설화와 관련된 특징이 있다. 예를 들어 백제 무왕에 관한 기록을 보면 아래와 같다.

> 제30대 무왕武王의 이름은 장璋이다. 무왕의 어머니는 과부였다. 그녀는 서울의 남쪽 못 가에 집을 짓고 살았는데, 그 못의 용龍과 정을 통하여 그를 낳았다. 어렸을 적의 이름은 서동薯童이었는데, 기량이 난측하였다. 언제나 마를 캐다가 팔아서 생활했기 때문에 나라 사람들이 그의 이름을 서동이라고 부른 것이다.
>
> 일연, 『삼국유사』, 「기이」 '武王'

위의 『삼국유사』에 전하는 무왕의 탄생에 관한 내용을 보면, 무왕의 어머니는 과부였는데 용과 정을 통해 무왕을 낳았다고 했다. 그렇게 태어난 무왕은 마를 캐어 생활할 정도로 가난했지만 기량이 뛰어났다는 것이다. 용이라는 신성한 동물의 정기를 받았으니 백제 무왕은 능력이 남다를 수밖에 없다는 믿음이 배어있다.

그리고 한편 후백제 견훤의 탄생에 관한 이야기는 전형적인 야래자 설화의 성격을 지닌다. 줄거리를 추려보면, 부잣집 딸이 아버지에게 자주색 옷을 입은 남자가 밤마다 방에 와서 잔다고 하자 아버지는 긴 실을 꿴 바늘을 남자의 옷에 찔러두라고 했다. 그리고 실을 따라가 보니 다름 아닌 큰 지렁이의 허리에 꽂혀있었다. 그리고 후에 아들을 낳았는데 그가 바로 견훤이라는 것이다. 용이나 지렁이, 뱀, 거북 등 물과 관련된 동물이 등장하는 야래자 설화는 수많은 이야기에 등장하기도 하지만, 특히 백제 지역 시조와 관련된 남방계 신화로 수용되어 지모신地母神과 수신의 성격을 결합한 특별한 양상을 보였다. 남방계 신화의 괴력난신은 이와 같은 방향으로 신성하게 윤색된 것이다.

그런데 이와 같은 남방계 신화와 달리, 북방계 신화는 천부지모天父地母형 성격이 뚜렷한 가운데 수신이 아닌 천신天神과 관련된 남성 영웅의 이야기와 상징물이 주를 이룬다. 대표적인 예로 고구려 주몽과 신라 박혁거세에 관한 내용을 차례로 보면 다음과 같다.

初從空中下	초종공중하	처음 공중에서 내려오는데
身乘五龍軌	신승오룡궤	자신은 다섯 용의 수레를 타고
從者百餘人	종자백여인	따르는 사람 백여 인은
騎鵠紛襂纚	기곡분삼시	고니를 타고 털 옷을 화려하게 입었다

淸樂動鏘洋	청악동장양	맑은 풍악 소리 쟁쟁하게 울리고
彩雲浮旖旎	채운부의니	채색 구름은 뭉게뭉게 떴다
(…중략…)		
王知慕漱妃	왕지모수비	왕이 해모수의 왕비인 것을 알고
仍以別宮置	잉이별궁치	이내 별궁에 두었다
懷日生朱蒙	회일생주몽	**해를 품고** 주몽을 낳았으니
是歲歲在癸	시세세재계	이해가 계해년이었다
骨表諒最奇	골표량최기	골상이 참으로 기이하고
啼聲亦甚偉	제성역심위	우는 소리가 또한 심히 컸다
初生卵如升	초생난여승	처음에 되만한 **알을 낳으니**
觀者皆驚悸	관자개경계	보는 사람들이 깜짝 놀랐다
王以爲不祥	왕이위부상	왕이 상서롭지 못하다
此豈人之類	차기인지류	이것이 어찌 사람의 종류인가 하고
置之馬牧中	치지마목중	마구간 속에 두었더니
群馬皆不履	군마개불리	여러 말들이 모두 밟지 않고
棄之深山中	기지심산중	깊은 산 속에 버렸더니
百獸皆擁衛	백수개옹위	온갖 짐승이 모두 옹위하였다

이규보, 『동국이상국집』 권3, 「동명왕편」 (한국고전번역원, 1980)

위의 작품은 주몽 신화를 장편의 한시로 집약한 이규보李奎報, 1168~1241의 「동명왕편」이다. 주몽의 부계인 해모수는 하늘에서 내려왔다. 시에서 확인할 수 있는 것과 같이, 용의 수레를 타고 상서로운 채색 구름 사이를 고니의 깃털 옷을 입은 시종들과 함께 천상에서 하강했다. 그리고 해모수와 정을 통한 유화는 해를 품고 주몽을 낳았는데, 처음에는 커다란 알의 모습이었다. 이와 같은 천계와의 관계 그리고 알의 탄생은 아래와 같은 신라 박혁거세의 이야기에서도 확인할 수 있다.

> 이에 높은 곳에 올라 남쪽을 바라보니 양산楊山 밑 나정蘿井 곁에 이상한 기운이 전광처럼 땅에 미치는데 **흰 말 한 마리**가 꿇어 앉아 절하는 형상을 하고 있었다. 그곳을 찾아가 살펴보니 **붉은 알 한 개**혹은 푸른 큰 알이라고도 한다가 있는데, 말은 사람을 보고는 길다랗게 울다가 **하늘로 올라가 버렸다**. 그 알을 깨어 보니 사내아이가 나왔는데 모양이 단정하고 아름다웠다. 놀라고 이상히 여겨 그 아이를 동천東泉에서 목욕시켰다. 몸에서 광채가 나고, 새와 짐승이 따라 춤추며 천지가 진동하고 해와 달이 청명해지므로 그 일로 인하여 그를 혁거세왕이라 이름했다.
>
> 일연, 『삼국유사』 「紀異」 '新羅始祖 赫居世王'

위의 『삼국유사』 가운데 신라 시조 혁거세왕의 탄생 신화를 보면 하늘에서 내려온 흰 말이이 붉은 알을 하나 낳고 갔다. 그 알에서 나온 아이가 바로 박혁거세이다. 왕은 하늘에서 내려온 존재이며, 알에서 태어났다는 설정은 고구려 시조의 경우와 동일하다. 전형적인 북방계 신화의 모티프를 공유한 것이다. 그리고 특히 박혁거세 신화에서 눈에 띄는 것은 하늘로 올라간 백마의 존재이다. 지상과 천상을 오갈 수 있는 신성한 백마. 그 구체적 형상은 아래와 같은 그림을 통해서 확인할 수 있다.

고구려의 시조 주몽을 낳은 해모수는 하늘에서 오룡거를 타고 내려왔고, 신라의 시조 박혁거세는 하늘에서 흰 말이 품고 왔다. 이와 같은 천마의 구체적 형상을 잘 보여주는, 〈그림 15〉 신라 천마총에서 발견된 말다래에 그려진 백마는 상서로운 기운이 뒤덮인 가운데 질주하고 있다. 천마는 말의 갈기와 꼬리가 휘날리는 가운데 거침없는 기상을 뽐낸다. 오룡거도 그리고 하늘을 나는 백마도 모두 동일하게 북방계 천부지모형 건국 신화에서 왕권의 절대성을 상징하는 상상 속의 소재이다. 그런데 이 가운데 후대까지 왕권의 상징으로서 더욱 익숙하게 등장하는 도상은 백마이다. 〈그림 11〉 덕흥리 천마도에서도 살펴본 것과 같이, 인간을 태우고 하늘을 나는 말은 더욱 친근하고 빈번하게 각인되었기 때문이 아닐까 한다.

그리고 이상 살펴본 천마의 이미지 외에도 영웅이 알에서 태어났다는 설정은 둥근 태양의 이미지와 더불어 북방계 신화의 중요 모티프로 수용되었다. 특히 고구려 고분벽화에 자주 등장하는 삼족오三足烏는 우리나라뿐만 아니라 동북아시아 문화권에 폭넓게 분포하는 상징물로서 각인되었다. 하늘에 뜬 여러 개의 태양을 궁수 예羿가 쏘아서 떨어뜨렸다는 흥미로운 이야기와 함께 아래와 같은 삼족오의 이미지가 존재한다.

〈그림 16〉은 고구려 각저총 벽화에 그려진 삼족오이다. 새까만 몸통에 다리가 셋인 까마귀는 둥근 원과 함께 태양 그 자체를 상징한다. 문학에서는 건국 영웅이 알에서 태어나는 것으로 설정되었지만, 고구려 벽화에는 이와 같은 삼족오가 자주 등장하여 태양을 숭상하는 북방 민족의 특성을 드러냈다. 이상으로 간략히 살펴본 것과 같이 북방계 건국 신화와 고분벽화에 등장하는 천마, 오룡거, 알, 태양과 같은 존재는 일반적으로 태양 숭배 사상, 천계에 기원을 두는 국조 신화의 특징을 반영하면서 폭넓게 문화의 지평을 넓혀갔다.

15

16

<그림 15> 천마도 장니, 53×75㎝, 국립경주박물관. 국보 207호
<그림 16> 각저총 삼족오

제3장

문자와 중세 문명

1. 한문 산문의 권위와 효용

2. 금석에 새긴 진정성

3. 서예의 아름다움과 비평

이 땅에 문자가 들어오면서 말의 시대에서 글의 시대로 진입하게 되었다. 그리고 동시에 거대한 동아시아 문명권에 동참하게 되었다. 한자의 시대가 도래한 것이다. 그런데 우리나라는 원래 중국과 같은 갑골문甲骨文 문화권에 속해 있지 않았다. 국경이 직접 중국과 맞닿아 있음에도 불구하고 한반도에서 동물의 뼈에 새긴 한자의 원형을 찾아볼 수 없는 것은 곧 고대 한국 문화의 기반이 중국과 완전히 달랐던 사실을 입증한다.

따라서 이처럼 고대의 독자성을 유지하던 상태에서 한자를 수용하고 새로운 중세 문명권에 편입하는 것은 결코 쉬운 일이 아니었을 것이다. 그런데 신라에서 불교를 받아들이는 과정에 진통을 겪은 것을 제외하면, 고구려와 백제, 신라 삼국은 비교적 큰 무리 없이 한문과 유교, 불교를 받아들이면서 동북아시아의 일원이 되었다. 고대의 패권주의를 넘어서서 능동적으로 중세의 문명을 받아들였던 것인데, 이러한 변화의 바탕에는 바로 문자인 한자가 존재했다.

한자는 상형문자의 성격을 포함하는 표의문자로서 시각 중심적이다. 중국 문자는 표음문자와 달리 형체 속에 의미를 담는 특이성을 지닌다. 그리고 한자문화권에 속한 나라들은 다른 문명권보다 문자의 전통이 강한 특징이 있다. 한자는 표음문자가 아니기 때문에 우리로서는 불편함을 피해갈 수 없었지만, 이 불편함은 분명 반대급부의 장점을 내포하고 있었고, 우리의 선조들은 이러한 매력에 부응하며 고대 신화의 시대를 넘어 다음 단계로 진입했다.

당시 문자가 없었던 우리나라에서 한자는 무엇보다도 기록의 수단이라는 점에서 환영을 받았을 것이다. 하지만 한자뿐만 아니라 이두와 향찰도 사용하게 된 정황으로 보아 실용적인 측면만으로는 한자의 막강한 영향력을 해명하기 어렵다. 한자는 실용성에 버금가는 고차원적인 가치를 동반했기 때문에 동북아시아라는 거대한 문화권에 동참하도록 작용했던 것이다.

중국 문자의 기원은 기원전 2천 년 전으로 거슬러 올라간다. 그 이후 아주 오랜 시간을 거치면서 차츰 기호화되었고 B.C.200~A.D.200년 경에 완성된 후 지금까지 그대로 쓰이고 있다. 한자는 그 자체가 거대한 퇴적층을 지니는 하나의 화석인 셈이다. 처음에는 주변의 사물을 보고 형상을 취한 상형문자에서 출발했지만, 나름의 구성원리를 이용하여 복잡해졌고 심지어 그 자형도 전서轉書에서 예서隸書, 해서楷書, 행서行書, 초서草書로 변화 발전해온 내력을 지닌다. 이 모든 경험과 변화의 축적이 한자 그리고 한문 문명권의 정체성과 무관하지 않다.

그래서 중국인이 아닌 외국인의 처지에서 어렵고 복잡한 한자를 이용하기 위해서는 직관적이고 통합적인 추상적 사고가 필요하다. 더군다나 한국어와 중국어는 어순을 비롯한 문법과 발음 등에 있어서 전혀 다른 체계를 지니기 때문에 한자를 사용하는 것은 곧 익숙한 우리말의 활용과는 동떨어진 완전히 다른 경지를 경험하는 것을 의미했다. 따라서 한자는 그것을 이해할 수 있는 소수 엘리트의 전유물이 될 수밖에 없었다. 바로 남성 귀족이 그들이다. 그리고 이 엘리트층이 주동이 되어 토대를 다진 중세의 이념과 제도 그리고 표현법이 19세기 말 서구의 문물이 위협적으로 밀려들기 이전까지 한국을 지배해온 고급 문화의 뿌리가 되었다. 이렇게 시각 중심의 추상화에 능한 문자가 도입되면서 상층 지식인이 사회를 이끌어가게 되었고 그들을 중심으로 중세라는 새로운 사회 구도가 형성되기 시작한 것이다.

1. 한문 산문의 권위와 효용

문자를 이용한 소통과 표현은 가시적인 표기법을 이용하여 지속력을 지닌다. 말로 전하는 구비문학은 여러 사람의 입과 입을 거치면서 집단적 위력을 발휘하는 데에 반해서, 글로 기록하는 기록문학은 능력 있는 개인의 뜻과 문체가 소멸하지 않기에 원래의 효력이 유지된다. 그래서 중세가 시작되면서 문자의 활용은 구비문학과는 다른 권위를 동반하며 확대되었다. 하물며 한자의 경우는 글자 하나하나가 독립된 의미를 지니고 있으면서 서로 연계되어 고도의 표현력과 상징체계를 지향한다는 점을 감안할 때, 그 무게는 더 말할 필요가 없을 것이다. 따라서 한자로 이루어지는 문학 즉 한문학은 구비문학과는 근본적으로 다른 차별성을 지니는 가운데, 크게 한시와 한문 산문으로 나뉘어 큰 발전상을 보였다.

그런데 이 가운데 한문 산문의 경우는 현대 서양 중심의 문학론으로는 이해하기 힘든 대단히 독특한 면모를 지니고 있었다. 현대 문학의 관점에서 볼 때 문학의 본질은 서정과 서사 희곡이라는 주요 장르를 통해 발현된다. 그런데 한문 산문의 실상을 보면 이 셋 중 어디에도 해당하지 않는 경우가 매우 많다. 그럼에도 불구하고 한문 산문은 중세에 양적, 질적 측면에서 여타 문학이 넘볼 수 없는 위치를 점하고 있었다. 근대 이전의 한문 산문은 정치성과 공용성이 매우 강한 실용문이 실질적인 주류를 이루면서, 차츰 문예적인 영역으로 확대를 꾀하는 가운데 각종 목적에 부합하는 다양한 글을 선보였다.심경호, 2013

예를 들면 신하가 임금에게 올리는 주소奏疏, 왕실에서 내리는 조령詔令, 적을 성토하는 격이檄移, 죽은 사람의 행실을 적은 행장行狀, 추모를 위해 비문에 새기는 비지碑誌, 잡다한 사실을 소재로 다루는 잡기雜記, 저작물의 앞뒤에 붙이는 서발序跋, 사람의 평생을 기록한 전傳, 사실을 기록한 기문記文 등 각종 현실적인 목적에 응하는 문학의 영역에는 한문 산문이 자리잡고 있었다. 그래서 한국 고전문학을 이해하기 위해서는 서정, 서사, 희곡 외에도 조동일1992이 제안한 교술敎述이라는 장르의 의미를 파악하는 것이 필수적이다. 중세가 시작되면서 한문 산문은 제도권 내의 격식과 요구에 응답하는 전령사로서 모든 일을 기록하고 표현하는 역할을 충실히 해냈다. 특히 세 분야에서 한문 산문의 지위는 독보적이었다. 첫째, 역사와 사실의 기록, 둘째, 정치 관련 문장, 셋째, 종교와 철학적 담론이 그것이다.

중세인은 이전 신화시대의 문학이 흥미로운 상상의 세계를 제공했던 것과는 전혀 다른 차원, 즉 왜곡되지 않는 사실의 전달, 외교와 정치적 목적을 위한 설득, 심오한 추상 세계의 이론화와 같은 목적을 위해 정교한 글쓰기를 시작했다. 그리고 한문 산문은 신화시대의 형상과 달리 구체적인 도상을 수반하지 않더라도 한자 표기 그 자체가 시각적 측면을 담당하고 있었고, 그리고 때로는 그 내용이 그려내는 핍진한 이미지의 영역을 내포하면서 예술적 가치를 높였다.

1) 사실의 기록

이와 같은 한문 산문 가운데 우선 기록에 관한 것을 보면, 단순한 기억을 위한 방편에 그치지 않고 역사적인 사실의 기록과 논평 그리고 여행의 기록과 같은, 긴 시간의 내용을 정리하여 전달하는 묘미를 확인할 수 있다. 특히 역사책의 기술은 중요한 때마다 심혈을 기울인 민족적 대사업이었다. 삼국시대 역사책의 기술 즉 고구려 26대 영양왕재위 : 590~618 대에 이문진이 『유기留記』100권을 재편찬하여 『신집新集』6권을, 백제 13

대 근초고왕재위 : 346~375 대에 고흥이 『서기書記』를, 신라 24대 진흥왕재위 : 540~576 대에 거칠부가 『국사國史』를 지었다는 기록은 한자가 도입된 이후 역사 편찬이 얼마나 중요한 과제였는가를 잘 알려준다. 그리고 현재 전하고 있는 고려시대 김부식金富軾, 1075~1151의 『삼국사기三國史記』나 일연一然, 1206~1289의 『삼국유사三國遺事』와 같은 역사서는 민족적 역량의 결집이라고 해도 과언이 아닌 가치를 지닌다.

그런데 한편 이처럼 방대하고 다방면의 가치를 지니는 역사서 외에도, 아주 오래된 여행의 기록이 남아 있다는 사실은 매우 흥미로운 일이 아닐 수 없다. 현존하는 우리의 가장 오래된 문헌은 바로 신라의 고승 혜초惠超, 704~787가 지은 『왕오천축국전往五天竺國傳』이다. 위에 소개한 삼국시대에 편찬되었다고 전하는 역사서는 현재 남아있지 않으며, 그 외에 원효元曉와 같은 고승들이 저술한 불교 관련 문헌도 원본은 소실되고 후대에 다시 기록된 것들이 많다. 하지만 『왕오천축국전』은 8세기 후반 혹은 9세기 초 황마지黃麻紙에 쓰인 사본 그대로 천 년이 넘는 긴 시간 동안 중국 돈황의 천불동 석굴에 방치되었다가 1908년 프랑스의 동양학자 펠리오P. Pelliot, 1878~1945에 의해 세간이 알려지게 되었다. 그래서 긴 시간 보존이 가능했고 그 덕분에 이 기록은 우리나라에서 현전하는 가장 오래된 서책으로 살아남았던 것이다.

그리고 『왕오천축국전』은 이와 같은 문헌적 가치뿐만 아니라, 무려 1,200년 전 인도와 서역을 돌아보고 남긴 여행기라는 점에서 큰 의미를 지닌다. 세계 기행문학의 관점에서 봐도 가히 기념비적인 위치를 점하는 이 책은 한문으로 여행의 노정을 꼼꼼히 기록했다. 처음에는 앞뒤가 잘려나간 불완전한 형태에 책의 제목도 저자명도 없었기 때문에 큰 주목을 받지 못했지만, 현재는 당대 인도와 중앙아시아의 풍속을 파악할 수 있는 문서로서 이목을 끌고 있다. 그런데 한국인 최초로 아랍에까지 다녀왔으며, 한문으로 인도와 페르시아 및 중앙아시아에 관한 기록을 남겼다는 거창한 측면보다 더욱 이 책을 값어치 있게 만드는 것은 지극히 소박하지만 정직하고 정확한 사실의 전달에 있지 않을까 싶다.

폐사리吠舍釐국

맨발에 알몸이다. 외도外道는 옷을 입지 않는다. (…중략…) 음식은 보자마자 먹어치우며 재계齋戒도 하지 않는다. (…중략…) 노비가 없으며 사람을 파는 죄와 사람을 죽이는 죄는 다르지 않다.

오천축국

의복, 언어, 풍속, 법률은 오천축국이 서로 비슷하다. 다만 남천축국 시골 사람들의 말은 좀 다르나, 벼슬아치들의 말은 중천축국 말과 다르지 않다. 오천축국 법에는 목을 칼을 씌우거나 매질을 하거나 투옥하는 일이 없다. 죄를 지은 자에게는 죄의 경중에 따라 벌금이나 물리니, 형벌이나 사형을 내리는 일은 없다. (…중략…)

토지가 대단히 따뜻하여 온갖 풀이 늘 푸르청청하며 서리나 눈을 내리지 않는다. 먹는 것은 멥쌀과 미숫가루, 빵, 진 곡물 가루, 유지방 제품, 젖, 치즈 같은 것뿐이고, 장醬은 없으나 소금은 있다.

남천축국

중천축국에서 곧바로 남쪽으로 석 달 남짓 가면 남천축국 왕이 사는 곳에 이른다. 왕은 코끼리 팔백마리를 소유하고 있다. (…중략…) 그 곳 산물로는 무명, 천, 코끼리, 물소, 황소가 있다. (…중략…) 그 곳 산 중에 큰 절이 하나 있는데, 그것은 용수보살이 야차신을 시켜 지은 것이니 사람이 지은 것이 아니다. 산을 뚫고 기둥을 세우고 삼층까지 누각으로 지었는데, 사방의 둘레가 삼백여 보나 된다. 그러나 지금은 이 절이 황폐해져 승려가 없다. 용수는 나이 칠백이 되어서야 비로소 입적하였다. 때마침 남천축국의 여행길에서 하고픈 말을 오언으로 이렇게 읊었다.

月夜瞻鄉路	월야첨향로	달 밝은 밤에 고향길을 바라보니
浮雲颯颯歸	부운삽삽귀	뜬구름은 너울너울 돌아가네
緘書忝去便	함서첨거편	그 편에 감히 편지 한 장 부쳐 보지만
風急不聽廻	풍급불청회	바람이 거세어 화답이 안 들리는구나
我國天岸北	아국천안북	내 나라는 하늘가 북쪽에 있고
他邦地角西	타방지각서	남의 나라는 땅끝 서쪽에 있네
日南無有鴈	일남무유안	일남베트남 중부에는 기러기마저 없으니
誰爲向林飛	후위향림비	누가 소식 전하러 계림으로 날아가리.

혜초, 『왕오천축국전』 (정수일 역, 2004)

혜초가 처음 방문한 곳은 고대 동인도의 바이샬리 즉 '폐사리吠舍釐국'이었다. 그런데 그곳에서 목격한 것은 맨발에 알몸의 외도들이었고, 그들은 음식을 재계도 없이 순식간에 먹어치우고 있었다. 그리고 오천축국에 관해서는 의복, 언어, 풍속, 법률을 언급했으며, 토지와 기후 그리고 먹거리까지 섬세하게 기록했다. 이어서 남천축국에서는 코끼리 팔백 마리를 소유한 왕과 그 지역의 특이한 산물 그리고 큰 절의 내력과 형상을 구체적인 크기까지 곁들여 꼼꼼하게 적었다.

먼 타향에서 처음 보는 낯선 사람들이 먹고, 입고, 사는 모습을 있는 그대로 소상하게 기록했던 것은 어떤 의도가 빚어낸 결과인지 궁금하다. 순수한 호기심에서 비롯된 것인지 아니면 이와 같은 꼼꼼한 기록이 실질적인 필요가 있었던 것인지 현재로서는 단언하기 어렵다. 하지만 분명한 것은 『왕오천축국전』의 내용은 매우 흥미진진하고 가식이 없으며 그 시대 그 지역에 살아가던 사람들의 있는 그대로의 모습을 파악하는 데에 큰 도움이 된다는 점이다. 상상이 아닌 사실의 기록에 충실했기 때문이다.

그리고 한편 남천축국에서 혜초가 남긴 시를 보면 여행자의 객수客愁가 잘 드러난다. 감정이 고조된 달 밝은 밤 고향길을 바라보니 구름만이 떠가고 있다. 그편에 편지 한 장을 띄워 보지만 화답이 있을 리 없다. 문득 고국인 신라는 하늘가 북쪽에, 나는 머나먼 남쪽에 멀리 떨어져 있음을 깨달으며 그저 쓸쓸함만 더할 뿐이다. 이 시는 본질적인 인간의 고독을 전한다. 타국으로의 구도 여행이 얼마나 고되고 외로운 일이었는지는 굳이 언급할 필요도 없을 것 같다. 하지만 혜초는 기꺼이 고행을 자처했으며, 그리고 그 과정에서 본 것을 촘촘히 글로 남겼다. 왜일까. 아마도 기록을 하는 것은 국사 편찬과 같은 국가적 차원의 거대한 작업이 아니더라도 개인적 욕구를 충족할 수 있는 매우 중요한 일이었던 것 같다. 신라의 승려는 종이 위에 사실을 기록하면서 목적을 이루고 욕망을 해소할 수 있었을 것이다.

2) 외교와 정치의 목적

다음으로 한문 산문 문학 가운데 기록에 이어 두 번째로 짚어볼 것은 바로 정치적 목적에 부합하는 글이다. 중세 문학의 시대에 접어들면서 고대를 청산하게 했던 힘은 바로 문인에게서 나왔다. 글을 잘 짓는 문장가. 그들의 힘은 물리적인 것이 아니고 글을 통해 타인을 움직일 수 있는 보이지 않는 영향력에 있었다. 그래서 최치원崔致遠, 857~? 같은 인물은 제 꿈을 펼치지 못한 채 가야산에 은거하여 우울한 최후를 맞았음에도 불구하고 동국문종東國文宗으로 추앙받을 수 있었다. 최치원은 『계원필경집桂苑筆耕集』이라는 50수의 시와 320편의 산문을 수록한 우리나라 최초의 문집을 남겼다. 그는 빈공과에 합격한 이후 당나라에서 생활하며 지은 글을 모아 신라 헌강왕에게 바치고 왕도 정치에 대한 자신의 이상을 피력했던 것이다. 최치원에게 진정한 정치란 피를 흘리거나 많은 사람의 희생을 강요하지 않고 순리대로 모두 잘 살 수 있는 이상 사회를 구현하는 데에 있었다. 그리고 그 뜻을 구현할 수 있는 도구가 바로 글이었다. 그가 남긴 유명한 글을 보면 아래와 같다.

광명廣明2년 7월 8일에 제도도통검교태위諸道都統檢校太尉 아무는, 황소黃巢에게 알린다. 무릇 바른 것을 지키고 떳떳함을 행하는 것을 도道라 하고 위험한 때를 당하여 변통하는 것을 권權이라 한다. 지혜 있는 이는 시기에 순응하는 데서 성공하고 어리석은 자는 이치를 거스리는 데서 패하는 법이다. 비록 백년의 수명에 주고 사는 것은 기약하기 어려우나 모든 일은 마음으로서 그 옳고 그른 것을 이루 분별할 수 있는 것이다. 지금 우리 왕사王師로 말하면 정벌征伐은 있으나 싸움을 주로 하는 것이 아니며 군정軍政으로 말하면 은덕恩德을 앞세우고 죽이는 것을 뒤로 한다. 앞으로 상경上京을 수복하고 큰 신의를 펴고자 하여 삼가 임금의 분부를 받들고 간사한 것들을 치우려 한다. (…중략…)

무릇 사람의 일이란 제가 제 자신을 아는 것보다 좋은 것이 없다. 내가 헛된 말을 하는 것이 아니니 너는 자세히 들거라. (…중략…) 너는 일찌감치 덕의德義에 돌아올 줄 모르고 다만 흉악한 짓만 늘어가니 이야말로 임금께서는 너에게 죄를 용서해 준 은혜가 있고, 너는 국가에 은혜를 저버린 죄가 있을 뿐이니, 반드시 머지 않아 죽고 말 것인데, 어찌 하늘을 무서워하지 않느냐. (…중략…)

국가의 도적을 토벌하는 데는 사적인 원한을 생각지 않아야 하고 어둔 길에 헤매는 이를 깨우쳐주는 데는 바른 말이라야 하는 법이다. (그러므로) 나의 한 장 글을 날려서 너의 급한 사정을 풀어 주려는 바이니 미련한 고집을 부리지 말고 일찍이 기회를 보아 자신의 선후책을 세우고 과거의 잘못을 고치도록 하라.

최치원, 「檄黃巢書」, 『桂苑筆耕集』 권11 (최준옥 역, 1982)

위의 예문은 최치원이 남긴 산문 가운데에서도 명문장으로 손꼽히는 「격황소서」이다. 중국 당나라 말기 황소의 난이라는 농민 반란이 일어났을 때 고병高駢, ?~887의 막하에서 종사관의 임무를 맡았던 최치원이 적을 성토하고 싸움을 멈출 것을 촉구하기 위해 쓴 글이다. 내용을 보면 바른 것을 지키고 행하는 것이 도道이며 위험한 때에 변통하는 것이 권權인데, 도적의 무리가 세상의 올바른 이치를 무시하고 어리석은 일을 한다고 질타했다. 비록 늦었지만 옳고 그름을 분별하고 스스로 물러난다면 죄를 면하리라고 타이르고 위협하는 문장 하나하나의 힘이 범상치 않은 글이다.

칼을 쓰는 정치에서 붓을 쓰는 정치로 판을 바꾼 중세 사회. 그 속에서 살아남기 위해서는 유려한 한문 문장을 이용해 명민하게 뜻을 전달하는 고도의 전략이 필요했다. 따라서 각종 정치적 목적에 부합하는 종류의 글들은 매우 많았다. 그리고 비단 국가 사이의 긴장이나 심각한 갈등을 해소하기 위한 경우가 아닐지라도, 격식 있는 문장이 필요한 곳은 한두 군데가 아니었다.

바다의 자라가 머리를 들매 영산靈山을 받들기를 바라고 마구의 말이 발굽을 상하였으니 어찌 청로淸路를 가지런히 달릴 수 있겠습니까? 이러므로 저의 포부를 진술하여 총명을 더럽힙니다.

삼가 생각건대 신은 문서나 다루는 용렬한 재능이고 도량이 좁은 천한 품성인데, 외람스럽게 병균秉鈞의 책임을 맡았으니 몸이 가루가 되는 노고를 감히 잊을 수 있겠으며, 복속覆餗의 근심을 항상 품으니 등에 가시를 진 것과 같았습니다. 과연 원숭元崇의 발병을 이루었으니 수가須賈의 무릎으로 행함을 감당하지 못하겠습니다. 방에서 신음하고 작은 거리도 기어다니니, 이는 대개 재주는 적은데 책임이 중하고 복이 과하여 재앙을 낳은 것입니다. 구문口吻의 시비를 만났으니 형세가 함께 처하기 어렵고, 말에서 떨어져 몸을 상하였으니 진실로 물러가는 것이 마땅합니다. 앞으로 바라건대 신이 일을 덜고 병을 보양코자 함을 불쌍히 여기고, 신이 거짓을 꾸며 총애를 사양하는 것이 아님을 아셔서.

이제현, 「乞退箋」, 『益齋亂藁』 8권 (민족문화추진회 역, 1977)

예를 들어 위의 글은 고려 후기의 문인 이제현李齊賢, 1287~1367이 발을 다쳐서 사직을 청하기 위해 왕에게 올렸던 전箋이라는 형식의 글이다. 실용성을 중시하는 현대인의 관점에서는 도무지 이해하기 어려운 번다한 격식을 차린 표현과 전고가 가득하다. 재주가 모자라는데도 불구하고 병균秉鈞 즉 국가의 요직을 맡아서 복속覆餗 즉 재상으로서 중임을 감당하지 못하는 근심을 항상 품고 있었는데 마침 중국의 원숭元崇, 713~777과 같은 발병이 나서 전국시대에 수가須賈, ?~?가 자신의 잘못을 깨닫고 범수范雎, ?~ B.C. 255에게 무릎을 꿇고 빌었던 것과 같은 일을 해야겠다는 것이다. 어려운 한문 단어와 중국 고사를 숙지해야만 간신히 해독이 가능한 이 글이 전달하고자 하는 내용은 그저 병이 났으니 정치에서 물러나 쉬고 싶다는 것뿐이다. 그런데 왜 이토록 복잡해야만 했을까.

정치 현장에서 사용되는 문장은 고대에 사용했던 칼 대신 이용하기 시작한 붓에서 나온 것이었다. 붓을 휘두르는 것은 상대가 들고 있는 칼의 예봉을 피해 나가는 손에 땀을 쥐는 일과 다르지 않았다. 그러니 정치를 위해 변려문騈儷文이라는 문체를 이용해 까다롭게 글자 수를 맞추거나, 혹은 현란한 수법과 각종 지식을 동원하여 상대를 움직일 수 있는 문장의 전술을 갈고 닦은 결과를 번다한 격식이라고 일축할 수만은 없을 것 같다. 후대 조선시대에도 관료 문인들이 이와 같은 골치 아픈 글쓰기를 싫어하면서도 끝내 마다할 수 없었던 것은 그만한 이유가 있었기 때문일 것이다.

3) 사상과 삶의 지혜

다음으로 이상 살펴본 정치적 목적의 글 외에도 종교 및 철학과 같은 사상을 다루는 담론 역시 한문 산문이 아니면 감당할 수 없는 분야였다. 불교 경전은 물론이고 그 내용을 풀이한 소疏 혹은 경전의 핵심을 간추린 종요宗要 등 쉽사리 파악하기 어려운 심오한 글들이 상상을 초월하는 분량으로 집적된 시대. 이때가 바로 보편 종교가 세상을 지배한 중세였다. 그리고 불교를 이어 유교 담론까지 가세하면서 그 내용의 난해함과 서적의 방대함은 그야말로 타의 추종을 불허할 정도였다. 마치 21세기의 사람들이 중세에 벼랑 끝에 세워진 사찰이나 수도원을 보면서 과연 어떻게 건설된 것인지 가늠조차 하기 어려운 것처럼, 그 시대의 종교 및 철학에 관련된 저술은 불가사의할 따름이다.

그런데 한편 중세의 사상적 담론은 심오하고 이해하기 어려운 것뿐만 아니라 삶의 지혜를 전하는 소품류도 포함하고 있어서 지금까지도 일반인들에게 잔잔한 울림을 전하고 있다.

어떤 손이 나에게 말하기를, "어제저녁에 어떤 불량자가 큰 몽둥이로 돌아다니는 개를 쳐 죽이는 것을 보았는데, 그 광경이 너무 비참하여 아픈 마음을 금할 수 없었네. 그래서 이제부터는 맹세코 개나 돼지고기를 먹지 않을 것이네" 하기에 내가 대응하기를, "어제 어떤 사람이 불이 이글이글한 화로를 끼고 이虱를 잡아 태워 죽이는 것을 보고 나는 아픈 마음을 금할 수 없었네. 그래서 맹세코 다시는 이를 잡지 않을 것이네" 하였더니, 손은 실망한 태도로 말하기를, "이는 미물이 아닌가? 내가 큰 물건이 죽는 것을 보고 비참한 생각이 들기에 말한 것인데, 그대가 이런 것으로 대응하니 이는 나를 놀리는 것이 아닌가?" 하기에, 나는 말하기를, "무릇 혈기가 있는 것은 사람으로부터 소, 말, 돼지, 양, 곤충, 개미에 이르기까지 삶을 원하고 죽음을 싫어하는 마음은 동일한 것이네. 어찌 큰 것만 죽음을 싫어하고 작은 것은 그렇지 않겠는가? 그렇다면 개와 이의 죽음은 동일한 것이네. 그래서 그것을 들어 적절한 대응으로 삼은 것이지, 어찌 놀리는 말이겠는가? 그대가 나의 말을 믿지 못하거든 그대의 열 손가락을 깨물어 보게나. 엄지손가락만 아프고 그 나머지는 아프지 않겠는가? 한 몸에 있는 것은 대소 지절支節을 막론하고 모두 혈육이 있기 때문에 그 아픔이 동일한 것일세. 더구나 각기 기식氣息을 품수稟受한 것인데, 어찌 저것은 죽음을 싫어하고 이것은 죽음을 좋아할 리 있겠는가? 그대는 물러가서 눈을 감고 고요히 생각해 보게나. 그리하여 달팽이 뿔을 쇠뿔과 같이 보고, 메추리를 큰 붕새처럼 동일하게 보게나. 그런 뒤에야 내가 그대와 더불어 도道를 말하겠네" 하였다.

이규보, 「虱犬說」, 『동국이상국집』 21권 (한국고전번역원 역, 1978)

예를 들어 위의 글은 고려 후기의 유명 문장가 이규보李奎報, 1168~1241가 지은 슬견虱犬 즉 이와 개에 대한 글이다. 몸의 길이가 0.5mm에 불과한 이와 그에 비해 몸집이 큰 개를 놓고 생명의 가치를 논하는 일종의 우언寓

言에 해당한다. 우연히 잔인하게 맞아 죽게 된 개를 보고 슬픔에 빠진 객이 미물인 이와 개는 다르다고 주장하자, 생명의 본질은 같다고 반론을 제기하는 대화를 통해 일체 만물에 대한 생각할 거리를 남기고 있다. 특히 현대에는 생태계 파괴가 심각한 사회 문제로 대두되는 등 인류의 이기심에 대한 자성의 목소리가 그 어느 때보다 높아지고 있기 때문에, 이와 같은 중세의 생명 의식은 더욱 절실하게 다가온다. 현대 문학에서는 수필로 분류할 수 있는 짤막한 무형식의 글을 통해 단순하지 않은 삶의 문제를 다시금 생각하고 반성하도록 유도하는 문학 장치들이 한문 산문 속에 풍부하게 구현되었다.

이상으로 살펴본 바와 같이, 한문의 도래와 함께 지식인 그룹에 의해 형성된 수준 높은 산문의 세계는 중세를 열어가는 중요한 열쇠가 되었을 뿐만 아니라, 인간의 내적 성장을 이끌었고, 지금까지도 끝이 무뎌지지 않은 날카로운 붓의 칼날로 수많은 사람들을 긴장하게 하고 있다.

2. 금석에 새긴 진정성

금석문金石文이란 쇠와 돌로 만든 각종 기물에 새긴 문자를 의미한다. 선사 시대에 바위벽에 형상이나 문양을 새겨넣었던 것 못지않게 중세에는 비석이나 종경鐘磬 등 단단한 물체에 문자를 박아 넣는 일이 매우 큰 의미를 지니는 것이었다. 특히 여기에는 한자를 이용해서 구체적인 내용을 기록해 남겼다는 점에서 암각화에 그림을 새겨넣을 때와는 또 다른 의미를 부여할 수 있다. 돌과 쇠와 같은 내구성이 뛰어난 사물에 한자로 뜻을 새겨 오래 보존하겠다는 의지는 곧 기록물이 지니는 절대적 가치와 권위를 암시한다. 역사적 보존의 가치가 있는 뜻을 대대로 남기겠다는 소망을 담고 있기 때문이다.

고대 암각화 이후 삼국시대의 금석은 현재까지 알려진 것이 한둘이 아니다. 고구려, 백제, 신라의 유명한 사례만 추려봐도 고구려의 '광개토대왕비', '중원고구려비' 그리고 백제의 '무령왕지석', '사택지적비' 그리고 신라의 '영일냉수리비', 북한산과 황초령, 마운령과 창녕의 '진흥왕순수비', '임신서기석' 등을 들 수 있다. 지금 이 시대에 회자되는 것이 이 정도이면 당시 금석에 새겨진 명문은 헤아릴 수 없이 많았을 것이다. 이들은 무엇보다도 정치적 위상을 천명할 때 유용하게 활용되었는데, 예를 보면 아래와 같다.

〈그림 17〉은 〈광개토대왕비〉 자료사진이고, 〈그림 18〉은 비석의 일부를 탁본한 것이다. 414년장수왕 2에 무게가 30톤이 넘는 높이 6.39m의 거대 바위에 새겨진 이 비석은 네 면에 힘이 넘치는 반듯한 예서체의 글씨를 채워놓았다. 그 내용의 일부를 소개하면 아래와 같다.

> 옛적 시조 추모왕鄒牟王이 나라를 세웠는데 북부여에서 태어났으며, 천제의 아들이었고 어머니는 하백의 따님이었다. 알을 깨고 세상에 나왔는데, 태어나면서부터 성스러운 ○○○○○이 있었다. (…중략…) 17세손에 이르러 국강상광개토경평안호태왕國岡上廣開土境平安好太王이 18세에 왕위에 올라 칭호를 영락대왕永樂大王이라 하였다. 은택이 하늘까지 미쳤고 위무는 사해에 떨쳤다. (나쁜 무리를) 쓸어 없애니 백성이 각기 그 생업에 힘쓰고 편안히 살게 되었다. 나라는 부강하고 백성은 풍족해졌으며, 오곡이 풍성하게 익었다. (그런데) 하늘이 (이 백성을) 어여삐 여기지 아니하여 39세에 세상을 버리고 떠나시니, 갑인년 9월 29일 을유에 산릉으로 모시었다. 이에 비를 세워 그 공훈을 기록하여 후세에 전

한다. 그 말씀은 아래와 같다. 패려가 고구려인에 대한 (노략질을 그치지 않으므로) 영락 5년 을미에 왕이 친히 군사를 이끌고 가서 토벌하였다.

〈광개토대왕비〉 일부

〈광개토대왕비〉 서두를 보면 나라를 세운 추모왕 즉 주몽은 북부여에서 천제의 아들과 하백의 따님 사이에서 알을 깨고 태어났다고 했다. 이 부분까지는 신화에 전하는 내용과 같다. 그런데 대왕의 위업은 나쁜 무리를 쓸어 없애서 백성이 편안하게 잘 살게 했다고 언급했다. 나라의 부강은 곧 백성이 풍족해지는 것이고 이러한 업적이 곧 대왕의 능력과 직결되었다. 〈그림 17〉 자료사진을 보면 대략 성인 남성 키의 3~4배가 넘는 거대 바위에 널찍널찍 호방한 글씨로 새겨놓은 〈광개토대왕비〉의 내용은 백성을 잘살게 한다는 중세의 이념을 포괄했다. 바로 이러한 목적을 위해 왕으로서 적을 몰아내고 사해를 평정하여 영토를 넓힌 공적을 적어 넣었다. 중세에는 단지 천제의 아들이라는 설정만으로는 비석에 새겨넣을 명분을 충족시킬 수 없었던 것이다.

그리고 한편 〈광개토대왕비〉 못지않게 영토를 넓혀나가면서 나라의 기틀을 잡은 내용을 충실히 새긴 것은 신라의 〈진흥왕순수비〉였다. 진흥왕은 신라의 각 지역을 순행하고 순수비를 세웠는데, 현재 확인된 것은 서울 북한산, 함경남도 함흥 황초령, 함경남도 이원 마운령, 경상남도 창녕 4곳의 비석이다. 조선 후기에 추사秋史 김정희金正喜, 1786~1856는 북한산비를 발견한 후 당시 전해지던 황초령비 탁본과 비교하여 '진흥왕의 두 비석에 대해 상고하다'라는 제목의 「진흥이비고眞興二碑攷」를 남기기도 했다. 그리고 철저한 고증을 통해 신라의 사회조직과 관제 등을 밝혀냄으로써, 소위 금석문은 역사 기록보다 낫다는 고증학자로서의 신념을 증명

17 18

<그림 17> 광개토대왕비 자료사진
<그림 18> 광개토대왕비 탁본 (일부)

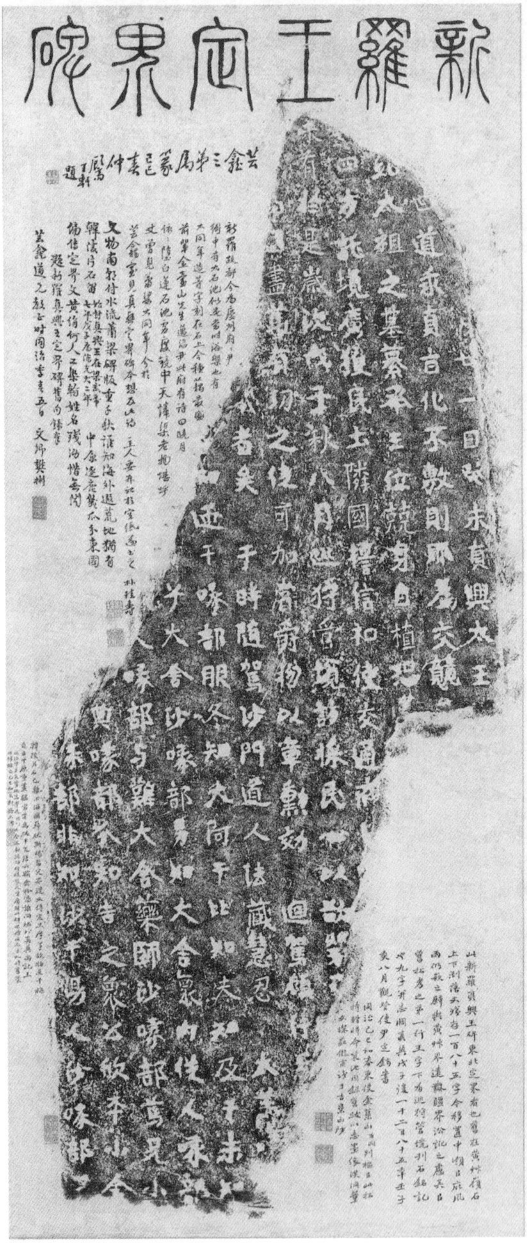

〈그림 19〉〈眞興王巡狩碑拓本〉, 종이, 112×49cm, 황초령비(586년), 서울대박물관.

하기도 했다. 〈진흥왕순수비〉 탁본을 보면 〈그림 19〉와 같다.

〈그림 19〉는 진흥왕이 함경남도 황초령에 있는 함흥지역을 순수하고 군신들이 모여 경하한 것을 기념하기 위해 568년에 세운 〈진흥왕순수비〉의 탁본이다. 이 지방 민심을 살펴보고, 국방의 경비에 공이 있는 자를 표창한 내용과 수행했던 관리들의 출신 및 관직 등을 기록했다. 현재 서울대학교 박물관에서 소장하고 있는 탁본은 1869년 김유연金有淵, 1819~1887이 청나라로 사신 갔을 때 청나라의 동문찬董文燦에게 선물했던 내력이 우측 하단에 적혀 있고, 좌측 상단에는 왕헌王軒이 쓴 전액篆額과 번빈樊彬이 쓴 제시가 적혀 있는 등 여러 글이 혼합된 상태라 원본 탁본과는 다른 느낌이다. 하지만 오히려 바위에 새긴 글씨와 후대에 탁본한 종이에 쓴 글씨가 서예 작품으로 어우러져 균형 잡힌 아름다움을 선사한다.

김정희는 이 진흥왕 순수비를 확인하기 위해 1832년 함경 감사로 부임한 권돈인權敦仁, 1783~1895에게 비편을 찾아볼 것을 부탁하여 큰 조각을 찾아낼 수 있었고, 1842년에는 함경도 관찰사 윤정현尹定鉉, 1793~1874이 또 한 조각을 찾아내어 모두 황초령 아래 진흥리로 옮겨 복원하고 비각을 지었으며, 이건비를 세워 내력을 기록했다고 한다. 이처럼 비석은 6세기에 세워지고 오랜 세월 잊혀진 채 세월이 흘렀지만, 19세기에 고증학을 통한 노력으로 다시 살아날 수 있었다. 이것이 바로 돌에 새긴 글의 엄청난 잠재력이 아닐까 한다. 그리고 한편 이러한 돌에 새긴 글은 정치적 권력을 동반하지 않은 경우에도 큰 힘을 발휘할 수 있었다.

〈그림 20〉 〈백률사석당기〉는 일명 '이차돈 순교비'로 불리는 것으로, 신라 불교 공인에 관한 가장 오래된 귀중 자료이다. 『원화첩元和帖』에 따르면 이 비의 건립 연대는 818년헌덕왕 10이며, 527년 불교 공인을 위해 순교한 염촉厭髑 즉 이차돈異次頓, 506~527을 추모하기 위해 세운 것이다. 총 6

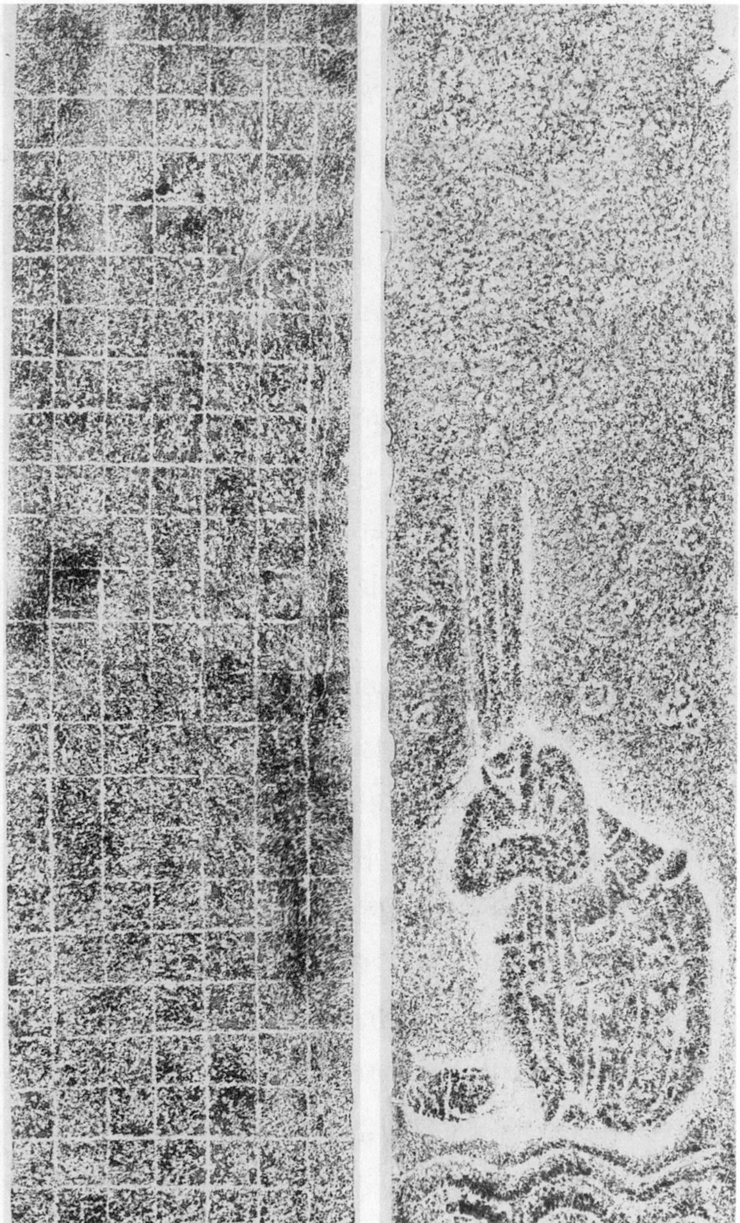

〈그림 20〉〈栢栗寺石幢記〉, 拓本 (31×106cm) 6軸 중 1.2, 국립경주박물관.

면으로 구성되어 있는데 2면부터 6면까지의 글씨는 마모가 심하지만, 1면 즉 처형 직후 나타난 기적적인 내용을 돋을새김한 화면은 이목을 사로잡는다. 화면 속 이차돈은 손을 앞으로 모아 허리를 숙이고 공수 자세를 취한 채 풍만한 관복을 입고 있다. 잘려나간 머리는 관을 쓴 그대로 발 앞에 떨어져 있는데, 목에서는 위로 피가 솟구친다. 그리고 하늘에서는 아홉 송이 꽃비가 내리고 대지는 요동치는 중이다. 이와 같은 비석의 화면에 해당하는 내용은 『삼국사기』, 『삼국유사』, 『해동고승전』과 같은 자료를 통해서 확인할 수 있다.

석釋 법공法空은 신라 제23대 법흥왕法興王이다. 이름은 원종原宗이니 지증왕智證王의 큰아드님이고, 어머니는 연제부인延帝夫人이다. 왕은 신장이 7척이나 되며, 너그럽고 후하며 사람을 사랑하였으며, 거룩한 덕은 백성을 빛내고 믿게 했다. (…중략…)

왕위에 오른 뒤로 불법을 일으키고자 하였으나 뭇 신하들의 수다스런 말이 많았으므로 왕은 그것을 어렵게 생각하였다. (…중략…)

16년529에 이르러 내사사인內史舍人 박염촉朴厭髑 혹은 異次頓, 혹은 居次頓이라 함은 나이가 26세로서 정직한 사람이었다. 마음이 진실하고 생각이 깊었으며 의를 보면 용기를 떨쳤다. 왕의 큰 소원을 돕고자 하여 가만히 아뢰기를 "폐하께서 만약 불교를 일으키려 하신다면 청하옵건대 신이 거짓으로 왕명이라 하여 유사有司에게 전하되, "왕께서 불사를 지으려 하신다"고 하면 여러 신하들은 반드시 간할 것입니다. 이때 왕께서는 바로 칙령을 내리시되 "나는 이런 명령을 내린 일이 없는데 누가 거짓으로 왕명을 꾸며댔는가"라고 하시면, 저 신하들은 당장에 신의 죄를 탄핵할 것입니다. 그때 왕께서 탄핵하는 신하의 말이 옳다 하시면 그들은 복종할 것입니다"라고 하였다. 왕이 말하였다. "그들은 이미 사납고 거만

하니 비록 그대를 죽인다 한들 어찌 복종하겠는가?" (…중략…) 드디어 염촉을 옥리에게 넘겨 목을 베라 했다. (…중략…) **마침내 목을 베니 그 머리가 날아가 금강산 꼭대기에 떨어지고 목이 끊어진 자리에서는 하얀 젖이 용솟음쳐 높이 수십 길 위로 솟아올랐다. 갑자기 햇빛은 어두워지고 하늘에서 이상한 꽃이 떨어지며 땅이 크게 진동하였다.** (…중략…) 이때에 임금과 신하들은 맹세하여 이르기를 "지금부터는 부처님을 받들고 승려로 돌아가리라. 만일 이 맹세를 어기는 자가 있으면 밝으신 신령은 우리를 죽일 것이다"라고 하였다.

각훈, 「법공法空」 중, 『해동고승전』(이병훈 역, 1975)

위의 각훈覺訓, ?~?의 『해동고승전』 가운데 이차돈 순교에 관한 내용을 보면, 마침내 목을 베니 머리가 날아가 금강산 꼭대기에 떨어지고 목에서는 하얀 젖이 수십 길 위로 솟았으며 하늘에서는 꽃이 떨어지고 땅이 진동했다는 대목이 있다. 드디어 불교를 공인할 수 있는 기적이 행해지는 그 순간을 글에서도 비석에서도 동시에 확인할 수 있다. 하지만 『해동고승전』 해당 대목의 제목은 '법공' 즉 법흥왕이다. 법흥왕이 불법을 일으키려 했으나 신하들의 반대로 고민하던 중 염촉이라는 젊은이와의 대화를 통해 어려운 결심을 하게 된 과정이 소상하게 적혀 있다. 글에서는 왕의 불교를 향한 큰 뜻과 그 뜻을 실현할 수 있도록 했던 염촉이라는 조력자의 숭고한 의지가 잘 드러난다. 그에 반해 〈그림 20〉의 장면은 결정적인 순간에 집중하여 마침내 불교를 공인하게 되는 사건에 몰입할 수 있도록 했다.

이처럼 무릇 바위에 새길 정도의 일이란 목숨을 내건 대사건 혹은 숭엄한 일이 아니면 안 되는 것이었다. 그리고 이후에도 각종 사건이나 이름 등 문자를 새겨넣는 일이 큰 의미를 지니면서 퍼졌는데, 아래와 같은 글을 통해 상황을 파악할 수 있다.

초나흗날에 아침 일찍이 일어나 삼일포三日浦에 갔다. 삼일포는 성에서 북쪽으로 5리쯤 떨어진 지점에 있었다. 배를 타고 서남쪽에 있는 조그마한 섬에 갔는데, 그 섬은 무지개 모양의 거대한 하나의 암석이었다. 그 꼭대기에 석감石龕이 있고, 그 안에 석불이 있었으니, 이곳이 바로 세상에서 말하는 미륵당彌勒堂이었다. **그 단애斷崖의 동북쪽 벽면에 여섯 글자로 된 붉은 글씨가 보이기에 그곳에 가까이 가서 들여다보았더니, 한 줄에 세 글자씩 두 줄로 '술랑도남석행述郎徒南石行'이라는 문자가 새겨져 있었다.** 그런데 '술랑남석' 네 글자는 매우 분명했지만, 그 다음의 두 글자는 희미해서 알아볼 수가 없었다. 옛날에 그 고을 사람이 유람 온 자들을 접대하기가 괴로워서 이 글씨를 깎아내려고 했지만, 5촌 가량이나 깊이 새겨져 있었던 까닭에 자획을 없애지 못했다고 하는데, 지금 이 두 글자가 분명하지 못한 것은 어쩌면 이 때문인지도 모르겠다.

얼마 뒤에 배를 돌려 사선정四仙亭에 올라갔는데, 이곳 역시 호수 가운데의 하나의 섬이었다. 이리저리 배회하며 돌아보았더니, 이른바 36봉峯의 그림자가 호심湖心에 거꾸로 박혀 있었다. (…중략…) **이 36봉에는 봉우리마다 비석이 있었는데, 호종단胡宗旦이 모두 가져다가 물속에 가라앉혔다고 한다. 지금도 그 비석의 받침돌은 아직 남아있다. 호종단이란 자는 이승李昇의 당나라 출신으로 본국에 와서 벼슬했는데, 오도五道에 나가 순시할 적에 이르는 곳마다 비갈을 가져다가 비문을 긁어버리는가 하면 깨뜨리기도 하고 물속에 가라앉히기도 하였다고 한다. 그리고 심지어는 종경鍾磬까지도 유명한 것들은 모두 쇠를 녹여 용접해서 소리가 나지 않게 틀어막았다고 한다.** 이는 한송정寒松亭과 총석정叢石亭과 삼일포三日浦의 비석, 그리고 계림부 봉덕사奉德寺의 종같은 경우를 통해서 확인할 수가 있다.

이곡, 「東遊記」, 『稼亭集』 5권 (이상현 역, 2006)

위의 작품은 현전하는 최고最古의 금강산 기행문으로 알려진 이곡李穀, 1298~1351의 「동유기」이다. 1349년 금강산과 관동의 명승지를 두루 유람하고 쓴 이 기행문은 특히 총석정, 삼일포, 성류굴에 대한 치밀한 묘사로 유명하다. 예를 든 내용을 보면 삼일포에서 배를 타고 조그만 바위섬에 갔는데, 동북쪽의 벽면에 한 줄에 세 글자씩 두 줄로 '술랑도남석행述郎徒南石行'이라는 붉은 글씨가 새겨 있다고 했다. 고을 사람들이 유람 오는 사람들을 접대하기 어려워서 글씨를 지우려 했다는 것으로 보아 굉장히 유명했던 것이 분명하다. 그런데 유람객을 불러 모을 정도로 이 여섯 글자가 유명했던 이유는 무엇일까. 모르긴 해도 이 글자는 곧 신라의 사선四仙 즉 술랑述郎, 남랑南郎, 영랑永郎, 안상安詳이라는 존재 자체로 인식되었기 때문이 아닐까 한다.

그리고 이어지는 내용을 보면 사선정에 이르러 36봉우리를 보게 되었는데, 원래 여기에는 봉우리마다 비석이 있었던 것을 호종단胡宗旦이라는 중국에서 귀화한 인물이 모두 가져다가 물속에 처박았다고 했다. 그는 순시하는 곳마다 비갈을 훼손했고, 유명한 종경들도 소리가 나지 않게 틀어막았다는 것이다. 전설에 따르면 호종단은 제주의 기혈을 끊기 위해 의도적으로 파견된 인물이라고 하는데, 과연 그런 의도에서 한 행동인지 알 수는 없다. 하지만 어쨌든 금석은 뭔가 신비한 것으로 간주되었던 것이 분명하다.

이상 살펴본 이곡의 「동유기」는 고유섭이 『조선금석학연구』에서도 소개한 것으로 금석문이 어느 정도 비중을 차지하며 발전하고 있었는지 보여주는 좋은 자료 중 하나이다. 사실 고려시대에 이렇게 비석에 대한 관심이 지대했던 것은, 이미 삼국시대부터 마련된 전통을 이으면서 빚어진 자연스러운 결과라고 볼 수 있다. 예를 들어 일찍부터 '아도화상비我道和

尙碑', '성덕대왕신종명聖德大王神鍾銘', '백률사석당기', '감산사 아미타여래조상기甘山寺 阿彌陀如來造像記' 등 불교 사적과 관련해 기록을 새겨넣는 작업이 적극적으로 이루어지고 있었다. 그리고 이외에도 특히 유명한 고승들의 업적을 찬양하는 비석과 사찰의 역사를 기록한 사적비들이 즐비했고, 이러한 문화가 고려시대를 거쳐 유학자들 사이에도 퍼지면서 개인의 기록을 금석에 남기는 작업이 중요한 위치를 차지하게 되었다.

예를 들어 〈그림 21〉은 고려 15대 숙종肅宗, 재위 : 1095~1105의 제4녀인 복녕공주의 덕을 기록한 묘지명이다. 묘지명이란 죽은 사람의 덕과 공을 후세에 영원히 기록하기 위해 적은 명銘을 돌이나 단단한 판에 새겨서 무덤에 넣은 것이다. 〈복녕공주 왕씨 묘지명〉에 새겨진 내용은 아래와 같다.

> 공주는 바로 숙종肅宗의 넷째 딸로 총명하고 효성스럽고 부지런하며 부처님을 잘 섬겼다. 비록 왕녀로서 진강백晋康伯에게 시집갔으나, 오히려 지어미의 도를 잘 지켜 엄숙하고 온화한 덕을 이루었다. 그의 큰 절개는 가히 빼앗을 수 없으니, 옛날 종실의 어진 여인이라 할지라도 어찌 더 할 수가 있겠는가. 계축년인종11, 1133은 곧 송宋 소흥紹興 2년인데 5월 경진일에 병으로 돌아가시니, 향년 38세이다. 계축년 7월 계유일에 경산京山의 서북쪽 기슭에 장례지냈다. 명銘하여 이른다.
>
> 천자의 따님이며 보름달 같으셨네.
> 저 흰 구름을 타고 천제의 고향에 오르셨는가.
> 쫓아가려 하나 따를 수 없으니 바람만 쓸쓸하고 하늘만 푸르고 푸르네.
> 한마디 말로써 묘지를 지었으니 천년만년 잊히지 않으리라.
>
> 「복녕공주 묘지명」(김용선 역, 2021)

〈그림 21〉〈복녕공주(福寧公主) 왕씨 묘지명〉, 고려 1133년, 돌, 높이 77.5cm, 국립중앙박물관.

위의 묘지명의 내용을 보면 복녕공주는 고려 숙종의 딸이었으며, 총명하고 효성스럽고 부지런한 덕을 지니고 부처님을 잘 섬겼다고 했다. 그리고 진강백에게 시집가서는 부녀자로서 덕을 잘 지키다가 향년 38세에 병으로 세상을 떠났고 경산에 장사지냈다고 적었다. 그리고 끝으로 그 덕을 칭송하면서 천자의 딸로서 보름달 같던 여인이 구름을 타고 천제의 고향으로 올라갔냐고 하며, 한마디 말로 묘지를 지었으니 만 년 동안 잊히지 않으리라며 맺고 있다. 한 여인의 탄생과 출가 후의 모습과 죽음 그리고 이어서 마지막 찬양에 이르기까지 짧지만 알찬 구성의 기록을 남겼다. 특히 묘지명으로 그녀의 삶을 기록한 이유는 영원토록 잊히지 않기를 원했기 때문이라고 명시했다. 그런데 한편 그녀에 관한 내용은 『고려사』에서도 찾아볼 수 있어서 묘지명이 어떤 특징을 지니는지 비교를 통한 이해가 가능하다.

> 명의 태후 소생이며 진강백晋康伯 왕연王演에게 시집갔는데, 예종 9년에 공주로 책봉되었다. 그는 성격이 온순하여서 부모의 사랑을 받았고 재부가 많기는 종실에서 제일이라 하였다. 불교 독신자로서 절의 탑과 사당들을 짓고 그것을 장식하는 일에 심히 근면하였다. 인종 11년에 죽었으며 시호는 정간貞簡이라 하였다.
>
> 『고려사』 91권, '복녕공주' (고전연구실 역, 2001)

위의 『고려사』에서 확인할 수 있는 복녕공주에 관한 정보는 묘지명과 방향이 조금 다르다. 『고려사』에서는 살아서 그녀가 보인 덕성, 즉 성격이 온순하고 불교 신자로서 절의 탑과 사당을 짓는 등 근면 성실했던 측면에 집중했다. 하지만 앞서 살펴본 것과 같이, 묘지명에서는 탄생부터 죽음 이후까지 더욱 상세한 정보를 적어서 그녀에 관한 전반적인 기록을 염두에 둔 것을 알 수 있다. 금석에 새긴 사람의 일생에 관한 기록은 이처럼 기억하고 숭앙할 수 있는 토대가 되었다.

복녕공주는 왕족이지만 여성이기 때문에 그녀의 삶에서 남성과 같은 업적을 남길 수는 없었다. 따라서 묘지명의 길이가 비교적 짧은 것이 사실이다. 하지만 복녕공주 묘지명 외에도 비석에 새긴 개인의 일생을 보면 고승대덕에 대한 찬미를 비롯하여 장대한 유물이 한둘이 아니다. 정치적 위업이나 종교적 사적 혹은 특출한 인물에 대한 기록을 금석에 한자로 새기는 작업은 오랫동안 변치 않을 사물에 신성하고 가치 있는 기억을 박아넣는 의미 있는 일로 확고한 자리매김을 했고 현재 많은 유물이 전한다.

3. 서예의 아름다움과 비평

서예는 문자라는 언어가 시각적으로 형상화된 독특한 유형의 예술이다. 그런데 현대에 소위 캘리그래피calligraphy라고 하는 예쁜 손글씨가 그림과도 같은 조형성을 중요하게 생각하는 것과 달리, 한자 문명권의 서예는 오직 문자라는 기호 상징만을 질서정연하게 배치하는 특징을 지닌다. 한자는 그 자체가 그림인 상형문자의 속성을 지니기 때문에 별도의 장식적 요소를 첨가하지 않더라도 글자 하나하나에 시각적인 요소가 내포되어 있다. 따라서 한자를 이용한 서예는 별도의 조형성을 첨부한 이미지 효과보다는 종이 위에 먹물로 쓴 글자의 자형에 집중하는 독자성을 보였다.

게다가 중국은 일찍이 종이를 발명했고, 모필의 사용이 본격화되면서 금석에 새기는 것과는 다른 차원의 역동감을 서예를 통해 실현할 수 있었다. 인간의 기운과 예술적 창조력이 먹물을 흠뻑 머금은 붓을 통해 종이라는 대지 위를 내달리면서 원기 가득한 필력이 만들어내는, 일차원적인 형상 너머의 매력에 한자 문명권의 구성원은 빠져들 수밖에 없었다. 한문 서예는 문인 귀족이 갖추어야 하는 기본 소양 중의 하나였고, 벼루와 붓과 먹과 종이라는 문방사우는 문인의 귀중한 보배가 되었다.

서예는 시서화일률이라는 말에서도 알 수 있듯이, 붓을 이용해서 종이 위에 미적 창작을 한다는 점에서 일찍부터 시, 그림과 동일한 지위에 놓이는 것으로 그 가치를 인정받았다. 그리고 소위 명필가는 명문장가 못지않게 이름을 떨쳤는데, 우리나라 최초 서예의 대가는 통일신라시대의 김생金生, 711~?이다. 신라 선덕왕 때의 김생은 다양한 서체를 포괄하며 입신의 경지에 이르렀다고 평가받는 서예가이다. 그에 관한 기록을 보면 아래와 같다.

김생은 신라 사람이나 그 부모가 미천하였으므로 그 세계를 알지 못한다. 그는 성덕왕 10년에 출정하였는데, 어려서부터 글씨에 능하여 평생에 다른 재주를 익히지 아니하고 나이 80세가 넘도록 붓을 들고 글씨 쓰기를 쉬지 아니하였고, 예서와 행서와 초서가 모두 신필로 지금도 왕왕 그의 진짜 필적이 남아 있어서 학자들이 귀중한 보배로 여긴다. 고려 숙종 때에 학사 홍관洪灌이 진봉사를 따라서 송나라로 들어가 변경汴京의 객관에 묵었는데, 이때 한림대조 양구楊球와 이혁李革이 송제宋帝의 명을 받들고 객관에 이르러서 그림 족자를 썼다. 이때 홍관이 김생의 행초서 한권을 내보이니, 두 사람은 크게 놀라면서 "뜻밖에 오늘 왕우군王右軍의 수서를 얻어 보게 될 줄 헤아리지 못하였다" 하므로 홍관은 말하기를 "이는 신라 사람 김생이 쓴 글씨이다" 하니, 두 사람은 웃으면서 말하기를 "천하에 왕우군을 제외하고는 어찌 이러한 묘필이 있겠는가?" 하므로, 홍관이 여러 번 이를 말하여도 믿지 아니하였다.

김부식, 『삼국사기』 「열전」 8 '金生' (김종권 역, 1988)

김생은 화가 솔거가 그랬던 것처럼 한미한 집안에서 태어났지만 글씨를 잘 썼다고 했다. 평생 서예에 몰두했고 80이 넘어서까지 글씨를 썼는데, 예서와 행서, 초서에 있어서 입신의 경지에 이르러 당시에 그의 진적은 보배와 같이 취급되었다. 그리고 심지어 송나라에서는 그의 글씨를 중국의 명필가 왕우군 즉 왕희지王羲之, 307~365의 것으로 착각할 정도였다는 것이다. 이처럼 대단한 칭찬 일색의 김생의 글씨를 보면 아래와 같다.

〈그림 22〉는 현재 남아있는 김생의 유일한 서첩인 〈전유암산가서田遊巖山家序〉의 일부이다. 유려한 붓의 흐름을 잘 구현한 이 작품은 과연 해동서성海東書聖이라는 그의 명성에 부합하는 아름다움을 전한다. 화면의 글은 다음과 같다. "田遊巖山家序. 夫以養性閑庭, 閉蓬門而翫書史, 遊心江漢, 策黎杖而望煙霞. 白雲散而天地分, 青山寂而林泉麗. 兀然獨坐, 披尋老子五千文. 寂寞幽棲, 平酌(전유암산가서. 한가한 정원에서 성품을 기르며, 봉문을 닫고 사서史書를 보고 있네. 마음이 강한江漢으로 달릴 때는, 청려장을 짚고 노을과 아지랑이를 바라본다. 흰 구름 흩어지고 천지는 나뉘고, 청산을 고요하고 숲과 물은 아름답구나. 올연히 홀자 앉아 노자老子의 오천문을 읽는데, 정적이 감도는 깊은 집에서)." 〈전유암산가서〉의 내용은 동아시아의 전형적인 산수 풍류에 관한 것이다. 홀로 한가하게 자연과 벗하며 노자의 글을 읊는다고 했다. 그리고 이러한 내용을 적은 김생의 글씨는 곧은 골격이 강건하면서도 활달하고 거침없이 내달리는 가운데, 내용에 못지않은 자형의 자유로움을 구사한다.

과연 서성書聖이라는 추앙이 어울리는 김생은 훗날 서예 비평에 있어서

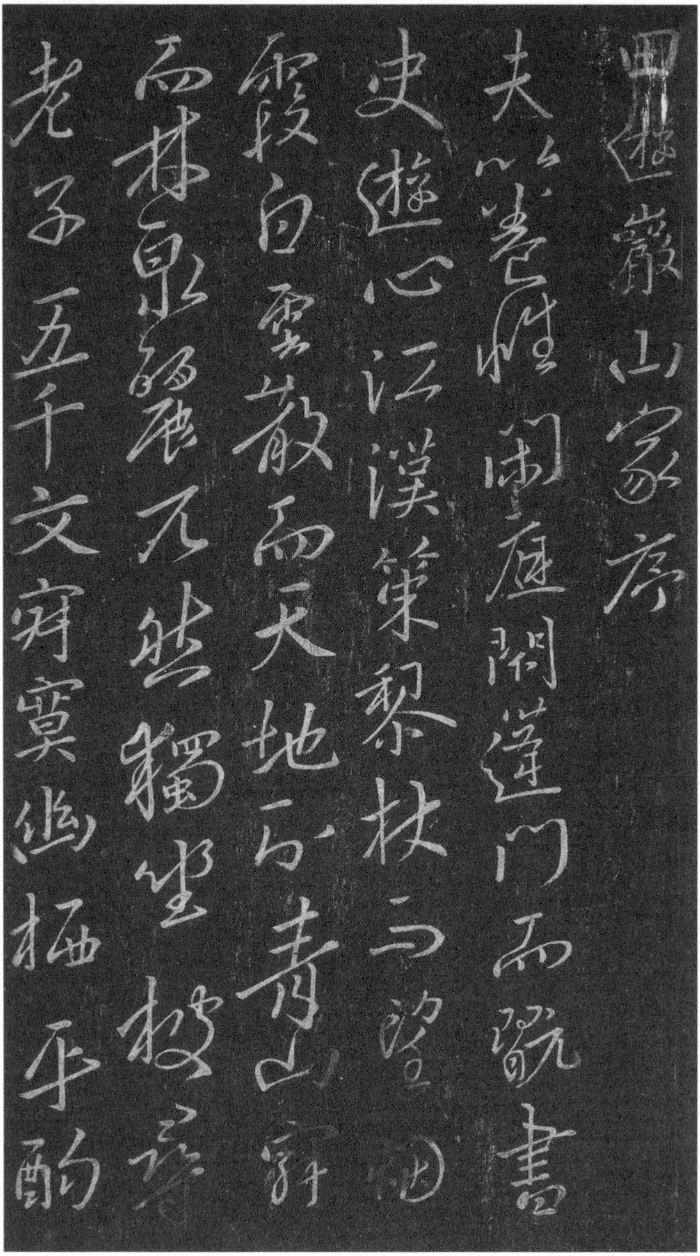

〈그림 22〉 김생, 〈田遊巖山家序〉 일부, 搨本, 22.4×12.4cm, 개인소장.

도 중요한 자리를 차지했다. 우리나라 최초의 서예 비평문이라고 할 수 있는 이규보의 「동국제현서결평론서東國諸賢書訣評論序」를 보면 아래와 같다.

우리나라의 제일인자는 바로 김생金生인데, 그는 신비로운 필체를 가졌다. 그에 대하여 "어느 날 어떤 사람이 갑자기 김생에게 『제석경帝釋經』을 써달라고 하기에 모두 쓰고 나서 어디에서 왔느냐고 물어보니, 그가 말하기를 '나는 제석의 사자인데, 나에게 명하여 글씨를 받아오라고 해서 왔소'하고 말하더니 금방 사라졌다" 한다. 또 안양사安養寺의 현판을 썼는데, 몇 년 후에 그 현판을 단 집이 남쪽으로 기울어져서 곧 김생에게 부탁하여 집 북쪽에 글씨를 쓰게 하니 그 집이 다시 반듯해졌다 한다. 또한 청룡사靑龍寺의 현판을 써서 걸었더니 구름과 안개가 항상 끼었으며 (…중략…)

왕사로 있었던 탄연坦然은 행서에 아주 능통하다. 그의 글씨를 보면 항상 정채精彩가 넘쳐서 연꽃이 못 가운데에서 솟은 것 같고, 굳은 뼈와 기름진 살이 서로 조화를 이루어 마치 목수가 재목을 잘 배치해 놓은 것 같고 또한 천착한 흔적이 없으니, 이것은 배워서 된 것이 아니고 반드시 하늘에서 받은 것이다. 그렇다면 탄연의 글씨를 신품의 제2로 삼는 것이 당연할 것이다.

진양공晉陽公 **최우**崔瑀의 글씨는 진서, 행서, 초서를 모두 겸하였다. 초서는 마치 날랜 매가 공중에 날고 가벼운 바람이 안개를 미는 듯하며, 진서와 행서는 마치 진 속의 말이 머리를 나란히 하고 느리게 가거나 달리는 것처럼 균형이 잡혀 있다. 그러나 그 속에 구름을 뚫고 도망할 것 같은 기운이 있어 조금만 풀어놓으면 스스로도 그것을 막지 못한다. (…중략…)

원외랑員外郞 **유신**柳伸의 글씨는 행서와 초서를 혼용해서 쓰기를 좋아했다. 옛날 왕헌지王獻之가 이 체를 좋아하였는데, 사람들은 그 체를 초서도 아니고 행서도 아니라고 하였으며 또 행초라고도 하였다. 유신이 왕헌지와 비록 서체는 같지 않더라도 그 유법遺法은 같았다. 그 체는 근육과 뼈를 숭상하니 그 기상은 장사가 칼을 들고 적군에게 돌진하는 것 같기도 하고, 기마가 힘없이 서서 준골을 드러내는 것 같다고 보아도 괜찮다. 이 또한 신을 통한 것이요, 일생에 배워서 된 것이 아니니 신품의 제사에 두어도 마땅하다.

임금으로 말하면, **태조**, **인종**, **명종**이 모두 글씨를 잘 썼다. (…중략…) 그 외에도 사대부나 승려, 은자로서 글씨를 잘 쓴 사람 중에는 (…중략…) 내가 그들의 글씨를 직접 보지 못했기 때문에 지금은 우열을 가릴 수 없고 그들의 글씨를 모두 모아서 본 다음에 갖추어 논하겠다. 그렇지 못하면 후세에 유능한 식견을 가진 사람이 명백히 구별하도록 맡겨두겠다.

이규보, 「東國諸賢書訣評論序」, 『東國李相國集』 후집 권11 (민족문화추진회 역, 1997)

위 예문의 원래 제목은 "동국제현서결평론서 병찬진양공령술東國諸賢書訣評論序 幷贊晉陽公令述"이다. 여기에 등장하는 진양공晉陽公 최우崔瑀, ?~1249가 진양공이라는 칭호를 받은 것이 1234년임을 감안할 때 이 글은 그 이후에 작성된 것으로, 곧 이규보 말년의 작이다.

고려 후기 무신 집권기에 서예 활동이 교양인의 심성 수양의 일환으로 활발해졌고 그에 대한 품평이 뒤따른 것으로 추측할 수 있다. 바로 이 시기에는 『파한집』이나 『보한집』과 같은 초기 예술 비평서가 탄생하는 등 시서화를 중심으로 하는 문예학이 종합적으로 발전했다. 이 가운데 당대 최고의 문장가였던 이규보가 말년의 노련한 안목을 동원해 선정한 네 명의 명필가는 김생과 탄연坦然, 1070~1159, 최우 그리고 유신柳伸, ?~?이었다. 그리고 이 네 명 중에서도 단연 으뜸의 자리에 놓은 이는 바로 김생이었는데, 그의 서예에 대한 평가는 '신비'라는 한 마디에 농축되어 있다. 낯선 사람이 『제석경帝釋經』을 김생에게 청해서 써 주고 누구냐고 물으니 제석帝釋

의 심부름을 온 사자라고 했으며, 김생이 쓴 청룡사青龍寺의 현판을 걸었더니 상서로운 구름과 안개가 꼈다는 등의 내용은 대단히 비현실적이지만, 그에 대한 당대인의 시선이 어땠는지 정확히 보여준다. 두 번째로 언급한 탄연의 글씨를 평할 때는 정채精彩가 넘치고, 연꽃이 못 가운데에서 솟은 것 같고, 굳은 뼈와 기름진 살이 서로 조화를 이루며 목수가 목재를 잘 배치해 놓은 것 같다는 비유법을 사용하고 있다. 그에 비해 김생의 필체에 대한 평가는 마치 신화처럼 신비감을 중심으로 절대적인 경지에 대한 칭송으로 일관하고 있다. 당시에 김생의 서예는 감히 언어로 평가하기 두려울 정도의 신필神筆로 간주했던 것이 분명하다.

어쨌든 이처럼 한자의 조형미를 시각적으로 형상화하는 서예 그리고 그것을 논평하는 서예 비평에 이르기까지 문자와 관련된 문예 활동은 고려 후기에 굳건히 뿌리를 내리고 예술 세계를 넓혀가고 있었다. 그리고 이규보는 평가하기를, 당대 최고의 권력자였던 최충헌의 아들 최우는 해서와 행서, 초서를 모두 잘 썼고, 정6품 원외랑 벼슬을 했던 유신도 행서와 초서를 잘 썼다고 했다. 특히 유신의 글씨는 중국의 명필가 왕헌지가 좋아했던 행서와 초서를 혼용한 것으로, 글자체가 근육과 뼈를 숭상하여 신품의 반열에 둘 수 있는 정도였다고 했다. 아울러 4명의 명필에 대한 찬贊을 첨부했는데, 그 내용은 아래와 같다.

金生 김생

朝露結兮夕煙霏	조로결혜석연비	아침 이슬 맺히고 저녁 연기 일어나며
怒虯挐兮靈鳳騫	노규나혜영봉건	성난 용이 뛰고 신령스러운 봉황이 난다

金生耶羲之耶	김생야희지야	김생과 왕희지는
身雖異兮手則同焉	신수이혜수칙동언	몸은 비록 떨어져있으나 그 재능은 같았다
心手相應	심수상응	마음과 손이 서로 통한 것은
付之者天	부지자천	하늘의 신비가 붙은 것이니
神哉異哉	신재이재	기이하여
言所難傳	언소난전	말로 표현하기 어렵다

坦然 탄연

皎如明月之撥雲	교여명월지발운	밝은 달이 구름에서 벗어난 것 같이 환하고
粲若芙蓉之出池	찬약부용지출지	연꽃이 못에서 피어나는 것같이 찬란하다
非謂脆弱兮如美婦人	비위취약혜여미부인	연약해 보인다고 미인과 같다고 말하지 말라
外若姸媚兮中以筋持	외약연미혜중이근지	겉으로는 부드럽지만 속은 뼈대가 박혀 있으니라
一點一畫	일점일화	점 하나 획 하나가
妥帖得宜	타첩득의	아름답게 조화를 이루었으니
非意所造	비의소조	배워서 된 것이 아니라
神者迺施	신자내시	신이 만든 것이다

晉陽公 진양공

朝日排雲兮不足況其明麗 조일배운혜부족황기명려

아침 태양이 솟는 것으로도 그 글씨의 선명함에는 비유할 수 없고

鸞騰鳳翥兮未足比其聯翩　난등봉저혜미족비기연편

난새가 날고 봉황이 나는 것으로도 그 글씨의 끝없이 나부끼는 것에 비유할 수 없다

姸莫姸兮中有強	연막연혜중유강	연약한 것 같지만 그 속에 강인함이 있고
強莫強兮還有姸	강막강혜환유연	강한 것 같지만 오히려 부드러움이 있다
氣骨風流	기골풍류	기골과 풍류를
惟公兼焉	유공겸언	겸하였으니
天符神契	천부신계	천부와 신계를
得乎自然	득호자연	자연에서 얻었다

柳伸 유신

軒乎悍蛇之昂首	헌호한사지앙수	드높은 기운은 사나운 뱀이 머리를 치켜 든 듯하고
嚴乎長戟之森張	엄호장극지삼장	엄한 기운은 긴 창이 삼엄하게 벌여 있는 듯
何怒兮惟拳是揮	하노혜유권시휘	무슨 노여움이 있기에 주먹을 휘두르고
何戰兮惟力斯揚	하전혜유역사양	무슨 싸움이기에 힘을 드날리는가
鋒鑽稜生	봉찬능생	칼날과 송곳은
純是鐵鋼	순시철강	순전한 강철이다
其人漸遠	기인점원	그 사람의 세대는 이미 멀어졌는데
其書益翔	기서익상	그 글씨는 더욱 빛난다

위의 내용을 보면 김생의 글씨는 "성난 용이 뛰고 신령스러운 봉황이 난다"고 하며, 하늘의 신비가 김생과 왕희지에게 동시에 내려 기이하여

말로 표현하기 어렵다고 맺고 있다. 그리고 탄연의 글씨는 구름을 벗어난 달과 연못에 핀 연꽃처럼 아름답다고 했고, 진양공의 글씨는 기골과 풍류를 겸한 매력이 있다고 했다. 끝으로 유신의 글씨는 사나운 뱀이 머리를 치켜든 듯 하고 칼날이나 송곳과 같은 강철보다 빛난다고 표현했다.

이처럼 서예 작품은 물론이고 서예 비평 역시 쉽게 이해할 수 있는 분야는 아닌 게 분명하다. 추상과 구상을 아우르고, 문학과 그림의 영역을 포괄하면서 한자 문명권의 문화적 위력을 제대로 보여준다. 한마디로 대단히 고차원적인 예술 세계를 구현한 것인데, 그 출발점에 바로 신라시대의 김생이 있었다고 전한다.

제4장

불교의 도상과 인쇄의 혁명

1. 원효의 무애(無碍)와 의상의 화엄(華嚴)

2. 팔만대장경과 금속활자의 위력

3. 사경 변상도의 호화로운 공력

4. 『월인석보』와 권두삽화 팔상도의 서사성

불교란 부처의 말씀을 따르고 계율을 실천하여 스스로 불성을 깨우침으로써 윤회라는 존재 재생의 틀을 벗어나 영원한 해탈에 이르는 것을 추구하는 아시아권의 보편종교이다. 보편종교는 국가나 민족 단위의 차별에 얽매이지 않고 만인에게 통용되는 윤리관에 기초하여 전 인류를 구원하고자 하는 고차원의 사상이다. 따라서 보편종교는 고대의 샤머니즘과는 확연히 구별되는 숭고미를 근간으로 문명권 단위로 거대한 파급력을 행사할 수 있었다.

현대까지 유구히 이어진 세계의 3대 종교 즉 불교, 크리스트교, 이슬람교는 모두 각각의 개성이 뚜렷한 중세 문화를 형성했다. 보편종교는 인간의 삶에 대한 독자적인 신념과 철학을 경전으로 공유할 뿐만 아니라 예식, 건축, 회화, 조각, 음악을 비롯한 다양한 예술의 영역에서 독특한 결과물을 빚어냈다. 실로 무형과 유형을 아우르는 중세 문화의 권역에서 보편종교는 절대적인 영향력을 행사한 것이다.

한국에 보편종교인 불교가 전해진 것은 삼국시대였다. 고구려는 소수림왕 2년372 진왕秦王 부견符堅이 보낸 승려와 불상과 경문을 받아들이면서, 백제는 침류왕 원년384 동진東晉으로부터 인도의 고승 마라난타摩羅難陀가 도래하면서, 신라는 법흥왕 14년527 이차돈의 순교를 계기로 불교를 공인하게 되었다. 그 이후 불교와 함께 인간의 삶에 대해 고민하는 철학체계가 성립되었고, 무형과 유형의 문화가 동시에 꽃을 피우는 계기가 마련되었다. 불교의 전파는 석가모니 부처님의 설법을 직접 들은 제자들이 그의 말을 받아 적은 초기 경전의 보급과 함께 시작되었다. 하지만 점차 경전의 종류가 많아졌을 뿐만 아니라, 불상이나 불화와 같은 각종 도상적 상징물의 위상이 급속히 높아졌으며 그 외에도 사찰과 탑, 부도, 범종과 같은 건축과 조형물 그리고 각종 장식과 음악에 이르기까지 이루 헤아리기 어려운 많은 문화적 파생물이 탄생했다.

삼국 가운데 신라는 불교를 가장 늦게 공인했지만, 통일신라시대에는 수준 높은 불교문화를 중심으로 중세 국가로서의 기반을 확고히 다지게 되었다. 8세기 중엽의 〈화엄경사경華嚴經寫經〉을 비롯하여 불국사와 석굴암, 성덕대왕신종 등은 원효와 의상의 사상과 함께 불국토의 꿈을 실현하고자 했던 열망의 정화였다. 그리고 이후 고려시대에는 태조 왕건이 적극적인 숭불정책을 펴게 되면서 921년태조 2 개경에 법왕사 등 10대 사찰을 창건했고, 『훈요십조訓要什條』에서 불법을 숭상하고 사찰을 보호할 것과 연등회燃燈會와 팔관회八關會를 준수할 것을 강조함으로써 왕실을 중심으로 화려한 불교문화가 발전할 수 있었다. 고려 후기 무인 정권 이후 왕실 불교는 쇠퇴했지만, 그럼에도 불구하고 몽골의 침략 때에는 팔만대장경과 같은 호국을 위한 기복 불사가 적극적으로 이루어지는 등 조선시대 숭유억불 정책이 시행되기 전까지 불교는 중세 문화의 핵심으로 큰 성과를 낼 수 있었다.

불교와 관련된 문학과 그림 역시 거대한 결과물을 남겼다. 그런데 사실 불교와 관련된 언어예술과 시각예술은 그 양과 종류 그리고 내용 자체가 압도적이라 감히 접근이 쉽지 않다. 게다가 사상적으로 워낙 전문성이 요구되는 분야이다 보니 현실과 거리감이 큰 것도 부인할 수 없는 사실이다. 하지만 그럼에도 불구하고, 유구한 불교문화는 유형과 무형을 아우르며 다방면에서 실현되었고, 지금까지도 그 영향력은 지대하다.

1. 원효의 무애無碍와 의상의 화엄華嚴

원효元曉, 617~686와 의상義湘, 625~702은 한국 불교를 대표하는 신라시대의 두 거장이다. 수많은 고승 대덕 가운데에서도 문학과 철학에서 유독 두 인물을 자주 거론하는 이유는 동시대를 살면서 공통된 문제를 놓고 고민하면서도 뚜렷하게 다른 길을 걸었기 때문이다. 원효와 의상은 신라가 고구려와 백제를 멸망시키고 삼국의 통일을 위해 노력하던 시기에 한반도의 정치적, 사상적 화합이라는 문제를 불교를 통해 해결하고자 했던 사상가들이었다. 그런데 두 사람이 택한 방법은 대조적이었다.

원효는 대부분 현재 전하지 않는 수많은 저작을 남겼다고 한다. 그의 불교 이론은 대화합을 추구하며 일승一乘을 강조했는데, 전체를 아우를 수 있는 불교 사상을 전파하기 위해 애썼다. 이와 같은 그의 사상을 엿볼 수 있는 일례를 보면 다음과 같다.

> 대개 일심一心의 근원은 유와 무를 떠나서 홀로 맑으며, 삼공三空의 바다는 진眞과 속俗을 융합하여 깊고 고요하다. 깊고 고요하게 둘을 융합하였으나 하나가 아니며, 홀로 맑아서 양변을 떠나 있으나 중간도 아니다. 중간이 아니면서 양변을 떠났으므로 유가 아닌 법이 무에 나아가 머물지 아니하며, 무가 아닌 상相이 유에 나아가 머물지 아니한다. 하나가 아니면서 둘을 융합하였으므로 진眞이 아닌 사事가 애초에 속俗이 된 적이 없으며, 속이 아닌 이理가 애초에 진이 된 적이 없다. 둘을 융합하였으면서도 하나가 아니기 때문에 진과 속의 자성이 세워지지 않는 것이 없고, 염과 정의 상이 갖추어지지 않는 것이 없으며, 양변을 떠났으면서도 중간이 아니기 때문에 유과 무의 법이 만들어지지 않는 바가 없고, 옳음과 그름의 뜻이 두루하지 아니함이 없다. 이와 같이 깨뜨림이 없되 깨

뜨리지 않음이 없으며, 세움이 없되 세우지 않음이 없으니, 이야말로 이치가 없는 지극한 이치요, 그렇지 않으면서 크게 그러한 것이라고 할 수 있다. 이것이 경의 대의다. 진실로 그렇지 않으면서 크게 그러하기 때문에 표현하는 말이 환중環中에 오묘히 계합하며, 이치가 없는 지극한 이치이기 때문에 표현된는 종지가 한계 밖으로 뛰어넘었다. 깨뜨리지 않는 것이 없기 때문에 '금강삼매金剛三昧'라고 이름하고, 세우지 않는 것이 없기 때문에 '섭대승경攝大乘經'이라고 이름하며, 모든 뜻의 종지가 이 둘을 벗어나지 않기 때문에 '무량의종無量義宗'이라고도 하는데, 우선 하나의 제목을 들어서 머리에 나타냈기 때문에 '금강삼매경'이라고 한 것이다.

원효, 「금강삼매경론서」 (은정희·송진현 역, 2000)

위의 글은 원효의 『금강삼매경론』의 서문으로, 진정한 융합에 대한 이론적 치밀함을 보여준다. 일심一心이라는 추상적 근원의 본질에 대해 화두를 던지고 유有와 무無, 진眞과 속俗이라는 극단을 아우르되, 그 존재 방식은 양 끝도 중간도 아니라는 것이다. 그리고 "깨뜨림이 없되 깨뜨리지 않음이 없으며, 세움이 없되 세우지 않음이 없는" 끝없는 부정 속에서 멈출 수 없는 반성적 사고를 촉구한다. 한마디로 정리할 수 있는 정답이 존재하지 않고, 부정에 부정을 통한 끝없는 문제 제기를 하기 때문에, 그의 논리를 따라가다 보면 마치 언어의 굴레에 빠져버린 것 같은 당혹감이 뒤따른다. 매우 난해하여 논리의 한계에 좌절감을 느낄 수밖에 없다. 원효는 이처럼 어려운 불교 이론을 민족적 화합을 염두에 두고 방대한 저술로 풀어냈던 것이다. 그런데 이처럼 벅차게 어려운 사상적 담론을 뒤로하고, 의아하게도 원효라는 인물은 매우 대중적인 이미지로 각인되어 있다. 예를 들어 『삼국유사』에서 그에 관한 내용을 찾아보면 아래와 같다.

성사는 일찍이 어떤 날 상례에 벗어나, 거리에서 노래를 불렀다. "누가 자루 없는 도끼를 빌려주겠는가? 나는 하늘 받칠 기둥을 찍으련다." (…중략…)

원효는 이미 계를 범하고 설총을 낳은 후로는 속인의 옷을 바꾸어 입고, 스스로 소성거사小姓居士라 일컬었다. 우연히 광대들이 놀리는 큰 박을 얻었는데, 그 모양이 괴이했다. 그 모양대로 도구를 만들어 화엄경의 "일체 무애인無碍人은 한 길로 생사를 벗어난다"란 문구에 따서 이름 지어 무애라 하며 이내 노래를 지어 세상에 퍼뜨렸다. 일찍이 이것을 가지고 많은 촌락에서 노래하고 춤추며 교화하고 음영하여 돌아왔으므로, 가난하고 무지몽매한 무리들까지도 모두 부처의 호를 알게 되었고, 나무아미타불을 부르게 되었으니 원효의 법화는 컸던 것이다.

일연, 『삼국유사』, 「의해義解」 5 '원효불기元曉不羈' (이재호 역, 1974)

위의 예문을 보면 어느 날 원효대사가 거리에서 "누가 자루 없는 도끼를 빌려주겠는가? 나는 하늘 받칠 기둥을 찍으련다"라고 노래를 불렀다고 했다. 그리고 그때 무열왕武烈王, 재위 : 654~661이 그 노래의 뜻을 알아채고 요석공주와 결혼하게 하여 설총薛聰, 655~?을 낳았다고 한다. 그는 이렇게 계를 범했을 뿐만 아니라 파격적인 행보는 여기에서 멈추지 않는다. 일찍이 원효대사는 30대에 의상과 함께 중국 유학길에 올랐다가 비를 피하려 토굴에 묵었는데 다음 날 곁에 해골이 뒹구는 것을 보고 만물을 인지하는 것은 오직 마음에 달렸다는 것을 깨닫고, 유학을 포기하고 신라로 돌아왔다는 일화가 『송고승전宋高僧傳』에도 전한다. 이처럼 개인이 경험하는 지각과 판단은 객관성이 결여된 것이라 믿고, 거리낌 없이 자유롭게 행동하며 설총을 낳은 후, 환속하여 평민들과 어울리는 가운데 무애無碍 경지를 몸소 보여줌으로써 무지한 이들까지도 부처를 알고 나무아미타불을 부르게 했다는 것이다.

이처럼 원효는 대단히 많은 저술을 남겼고 그 이론은 난해하기 그지없지만, 대중 포교를 위해서는 모든 권위를 벗어던지고 춤을 추고 노래를 하며 하층민까지도 감화시켰던 인물로 기억되고 있다. 하지만 의상의 경우는 다르다. 의상은 원효와 함께 떠난 유학길을 재촉하여 홀로 당나라의 장안에 입성했고 종남산終南山의 지엄智儼 선사에게서 『화엄경』을 익혔다. 그리고 신라로 돌아와 해동화엄초조海東華嚴初祖가 되었다고 『송고승전』에 기록되어 있다. 『삼국유사』에서 그에 관한 내용을 보면 다음과 같다.

> 의상은 열 곳의 사찰에서 교를 전하니 태백산의 부석사, 원주의 비마라사, 가야산의 해인사, 비슬산의 옥천사, 금정산의 범어사, 남악의 화엄사 등이 그것이다. 또 법계도서인法界圖書印과 약소略疏를 지어 일승一乘의 요긴함과 중요로움을 포괄했으니 천년의 본보기가 될만하므로 여러 사람이 다투어 소중히 지녔다. 그 밖에는 지은 것이 없으나 온 솥의 고기 맛을 알려면 한 점 살코기만 맛보아도 되는 것이다.
>
> 일연, 『삼국유사』, 「의해」5 '의상전교義湘傳敎'

일승一乘을 강조한 것은 의상도 원효도 마찬가지이지만, 의상은 열 곳의 주요 사찰에 교를 전하고 법계도서인法界圖書印을 통해 불교의 요긴한 법을 포괄했다. 그는 한국 화엄종의 개조로서 화엄의 뜻을 주요 사찰에 설파하며 법계도를 통해 압축해서 보여준 것이다. 원효가 많은 저술을 남긴 데에 반해 의상은 거의 저술이 없는 대조적인 면모를 보이는데, 대신에 다음과 같은 압축적인 도상에 모든 것을 담아냈다.

〈그림 23〉〈화엄일승법계도華嚴一乘法界圖〉는 한가운데 있는 법法이라는

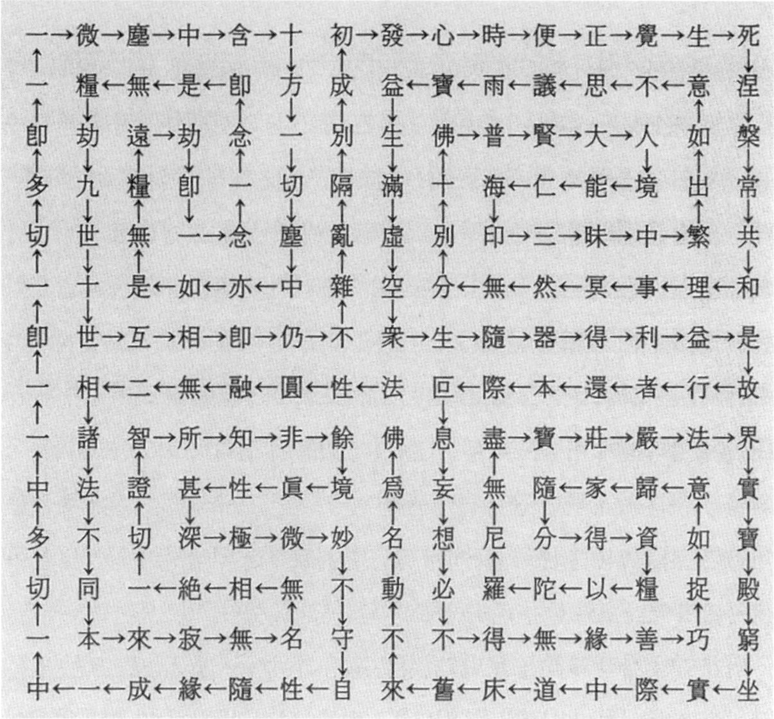

<그림 23> 의상, 〈화엄일승법계도〉

法性圓融無二相	법성원융무이상	법성은 원융하여 두 모습 없고
諸法不動本來寂	제법부동본래적	모든 법은 움직이지 아니하여 본래 고요하다
無名無相絶一切	무명무상절일체	이름도 없고 모습도 없으며 일체가 끊어져
訂智所知非餘境	정지소지비여경	증득한 지혜로 알 바이고 다른 경계가 아니다
眞性甚深極微妙	진성심심극미묘	진성은 매우 깊고 극히 미묘하여
不守自性隨緣成	불수자성수연성	자성을 고수하지 않고 연을 따라 이룬다
一中一切多中一	일중일체다중일	하나 가운데 일체이고, 많은 것 가운데 하나이며
一卽一切多卽一	일즉일체다즉일	하나가 곧 일체이고, 많은 것이 곧 하나이다
一微盡中含十方	일미진중함십방	하나의 미세한 티끌 가운데 시방을 머금고
一切塵中亦如是	일체진중역여시	일체 티끌 중에도 또한 이와 같다
無量遠劫卽一念	무량원겁즉일념	한량 없는 먼 겁이 곧 한 순간이고
一念卽是無量劫	일념즉시무량겁	한 순간이 곧 한량 없는 먼 겁이다
九世十世互相卽	구세십세호상즉	구세와 십세가 서로 상즉하면서도
仍不雜亂隔別成	잉불잡란격별성	그로 인해 혼잡하지 않고 나뉘어 따로 이룬다
初發心時便正覺	초발심시변정각	처음 발심할 때가 곧 정각이며
生死涅槃常共和	생사열반상공화	생사와 열반이 항상 함께이다
理事冥然無分別	이사명연무분별	이법과 현상이 그윽하여 분별이 없으니
十佛普賢大人境	십불보현대인경	열 부처님과 보현보살의 위대한 성인의 경계이다
能入海印三昧中	능입해인삼매중	능히 해인삼매 가운데 들어가
繁出如意不思議	번출여의불사의	여의를 번다하게 나타냄이 불가사의하다
雨寶益生滿虛空	우보익생만허공	보배를 비 내려 중생을 도와 허공을 채우니
衆生隨器得利益	중생수기득이익	중생이 근기 따라 이익을 얻는다
是故行者還本際	시고행자환본제	그러므로 수행자는 본래 자리에 돌아와
叵息妄想必不得	파식망상필부득	망상 쉼을 반드시 얻지 않을 수 없고
無緣善巧捉如意	무연선교착여의	무연의 선교로 여의를 잡아서
歸家隨分得資糧	귀가수분득자량	집으로 돌아가 분수 따라 자량을 얻는다
以陀羅尼無盡寶	이다라니무진보	다라니의 다함없는 보배로써
莊嚴法界實寶殿	장엄법계실보전	법계의 진실한 보배궁전을 장엄하여
窮坐實際中道床	궁좌실제중도상	마침내 실제의 중도 자리에 앉으니
舊來不動名爲佛	구래부동명위불	예부터 움직이지 아니함을 부처라 이름한다.

(해주 역, 2014)

글자에서 시작해서 화살표 방향대로 52번 꺾어 마지막에 처음 출발한 장소로 돌아오게 구성된, 시로 이루어진 도해이다. 의상대사는 무한한 우주를 화엄일승에 담아 법계도를 지은 동기를 "무릇 대성大聖의 좋은 선교善敎에는 일정한 처방이 없고 대하는 사람의 틀에 맞추어 그 병상에 따라 다르되 한결같지 않다. 잘 깨닫지 못한 자는 그 남기신 말씀을 기록한 글자만을 소중히 여겨 자기가 알아야 할 근본 도리를 알지 못하고 있으며 자기가 모른다는 사실조차도 모르고 있다. 그러므로 이 이理에 의하여 교敎에 근거하여 짤막하게 곡선으로 된 시를 지어 이름에 집착하고 있는 무리들로 하여금 이름을 초월한 참된 근원 무진원명無眞源名으로 되돌아가게 하기를 바란다. 시를 읽는 법은 가운데에 있는 法자로부터 시작하여 굴곡을 돌아 佛자에서 끝나도록 줄을 따라 읽으면 된다"라고 했다.이기영, 1982 : 467

법계도의 시작 부분을 보면 "법성은 원융하여 두 모습 없고 / 모든 법은 움직이지 아니하여 본래 고요하다"고 했다. 그리고 "하나 가운데 일체이고 / 많은 것 가운데 하나이며 / 하나가 곧 일체이고 / 많은 것이 곧 하나이다"라고 하여 분별하는 마음을 두지 말고 모든 것을 하나로 모으는 원융의 경지를 강조했다. 앞에서 원효대사가 지속적으로 무無를 언급하면서 편협하게 한쪽에 치우치지 말고 대립적인 것들까지도 모두를 아우를 수 있는 대화합의 경지를 강조했다면, 의상대사는 고요하게 법法의 본성은 본디 하나라는, 즉 이理와 사事가 다른 것이 아니고 본래 하나라는 것을 깨닫도록 강조한 것이다.

의상이 당나라 유학을 통해 수용한 불교의 논리는 과거와 현재 그리고 미래를 하나로 조화시키는 화엄의 사상에 기초한 것으로, 이처럼 통합된 전체를 지향하는 화엄 철학은 일차적으로 통일국가에 대한 방향을 제시했고, 그 이후에는 불국사와 석굴암을 비롯한 화려하고 방대한 규모의 불교 예술이 꽃피울 수 있는 바탕이 되었다.

이상 살펴본 바와 같이 원효대사는 산문을 이용하여 부정의 부정을 통한 대립적 요소를 아우르는 가운데 성과 속이 다르지 않음을 깨닫고, 노래 부르고 춤을 추면서 상층과 하층의 구별을 두지 않는 대통합의 경지를 지향했다. 그에 비해 의상대사는 시를 활용한 법계도에서 원래 우주 만물이 하나의 원리에 귀의한다는 사실을 고요한 가운데 깨닫고 중도中道에 있는 부처님 법을 깨우칠 것을 강조했다. 고구려, 백제, 신라 삼국이 통일을 하는 민족적인 과업을 눈앞에 두고 어떻게 일승의 법을 추구하겠는가 하는 논리를 펼쳤던 두 사상가의 선택은 훗날 우리의 종교와 문학과 철학 그리고 예술의 발전을 이끌어가는 주요한 견인차 역할을 했다.

2. 팔만대장경과 금속활자의 위력

선종禪宗에서는 "불립문자不立文字, 직지인심直指人心, 견성성불見性成佛'이라고 해서 경전의 말씀을 전하는 문자는 그저 깨달음에 이르기 위한 방편일 뿐, 진리는 인간의 본성을 꿰뚫어 보아야 하니 경전의 문구에 집착하지 말 것을 당부했다. 하지만 아이러니하게도 현재 남아있는 우리나라 최초의 금속활자본 책은 제목이 '직지直指'이다. 앞에서 원효 선사가 언어의 한계를 체감할 수밖에 없는 부정의 부정을 거듭하면서도 그 이론을 글로 적었던 것처럼, 불교는 문자에 의존하는 부분이 적지 않았다. 그리고 그 과정에서 입지전적 양상을 보인 것은 바로 목판과 금속활자를 이용한 인쇄 문화와 서적의 출현이었다.

본래 석가모니의 말씀을 전하는 불교 경전은 여타의 경전이 그렇듯이

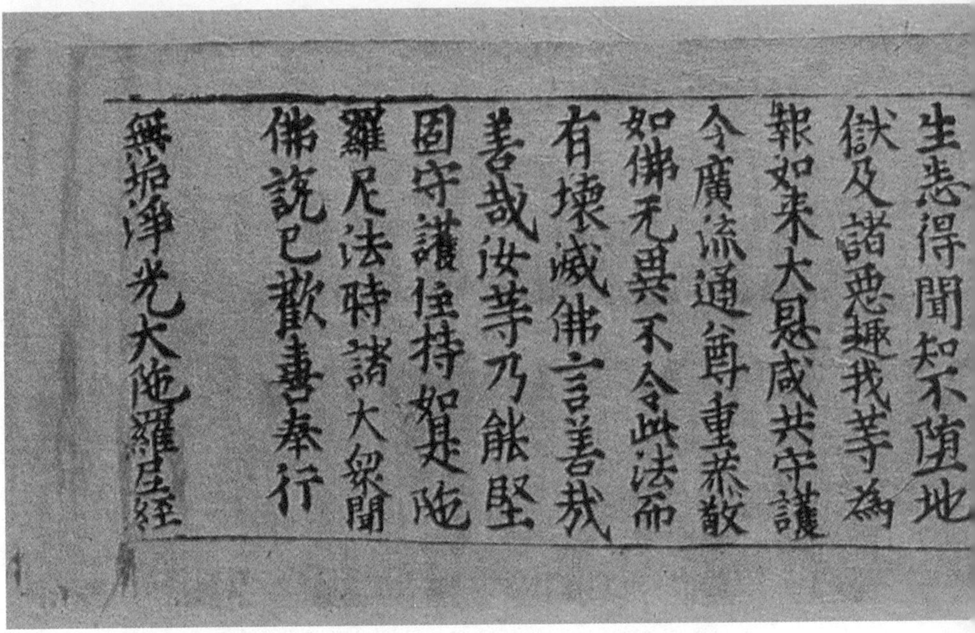

<그림 24> 〈무구정광대다라니경〉 일부, 620×8cm, 불교중앙박물관. (국보126호)

구어에서 출발했다. 애초에 깨달은 자의 육성을 통해 직접 설법을 전해 듣고, 스승과 제자 사이에 질문하고 답하는 '문답'이야말로 진리에 이르는 가장 요긴한 방법이었다. 그런데 석가모니 입멸 후 말씀을 집대성할 필요를 느낀 제자들이 각자 기억하고 있는 가르침을 암송하는 제1차 결집結集을 단행하게 되었다. 그리고 그 후 각기 약 1~2백 년을 사이에 두고 총 4차례의 결집을 통해 경·율·론經·律·論 삼장三藏을 포괄하는 불경佛經을 완성하게 된 것이다.

이 과정에서 인도의 전륜성왕으로 불리는 아소카왕 때의 제3차 결집에서 팔리pali어 경전이 완비되었고, 그것은 암송에 의한 구전의 형태로 스리랑카로 전해졌다. 그리고 그 이후 불교가 각국에 전파되면서 여러 언어로 불경이 번역되기 시작되었는데, 현재 불교의 경전과 논서 전체를 모은 대장경大藏經으로는 팔리어 대장경, 티베트어 대장경, 한역 대장경이 주로 손꼽힌다. 이 가운데 우리나라는 중국을 거쳐 번역된 불교 경전을 받아들였고, 불교 사상의 발전과 더불어 인쇄를 통한 경전의 원활한 보급이 이루어졌다. 특히 우리나라에서는 일찍이 신라시대부터 목판 인쇄술을 활용했다.

〈그림 24〉는 경주 불국사의 석가탑에서 발견된 〈무구정광대다라니경無垢淨光大陀羅尼經〉이다. 긴 두루마리 형태의 이 판본은 서기 751년 이전에 간행된 것으로, 현존하는 세계 최고의 목판본으로 알려져 있다.

그리고 신라에 이어 고려에 전승된 목판인쇄 기술은 총 4차례에 걸친 고려 대장경으로 활짝 꽃을 피울 수 있었다. 바로 1011년현종 2 이후의 '초조대장경初雕大藏經'과 1073년의 '속대장경續大藏經' 그리고 1237년고종 24 이후의 '재조팔만대장경再雕八萬大藏經'이 모두 목판인쇄 기술로 이루어진 것이었다. 하지만 이들이 모두 거란과 몽골의 침입으로 소실되자, 다시 1236년고종 23 강화도에 피난하고 있던 무신정권이 부처님의 힘을 빌려 몽골을 물리치려는 호국신앙의 발원 아래 무려 16년에 걸친 각고 끝에 현전하는 '팔만대장경八萬大藏經'의 완성을 보게 되었다. 그리고 이 판본은 1398년태조 7에 경상남도 합천 해인사에 옮겨진 이후 지금까지 장판각에 잘 보관되어 있으며, 유네스코 세계기록유산에 등재되었다.

현재 팔만대장경을 보관하고 있는 해인사의 장경판전은 1488년성종 19에 건립한 것으로, 총 4개 건물로 이루어져 있다. 이 중 두 곳 즉 법보전과 수다라장에는 약 8만 개의 대장경 판목이 수장되어 있고, 동쪽과 서쪽의 사간판전에는 해인사 및 지방 관아에서 자체적으로 조성한 고려시대 판목 총 54종 2835장이 보관되어 있다.

〈그림 25〉는 합천 해인사에 보관된 판본 중 〈대방광불화엄경 수창년간판〉으로서, 60권 진본 『화엄경』 중 제45권 21장을 새긴 판목이며, 현전하는 『화엄경』 판목 중 가장 오래된 것으로 알려져 있다. 이 판목은 마지

〈그림 25〉〈대방광불화엄경 수창년간판(大方廣佛華嚴經 壽昌年刊板)〉 고려 1098년, 목판, 29.5×66.6cm, 해인사.

막 부분에 '수창사년무인삼월일근기壽昌四年戊寅三月日謹記'라는 간기가 있어서 고려 숙종 4년1098에 판각한 것임을 알 수 있는데, 팔만대장경보다도 150년 이상 앞서는 것이다. 판목의 정교한 도각에서 짐작할 수 있듯이 고려의 목판인쇄 기술은 크게 발전하여, 중앙뿐만 아니라 지방에서도 활용하게 되었으며 특히 사찰을 중심으로 경전이나 고승의 시·문집 및 저술의 간행이 활발히 이루어졌다.

하지만 목판인쇄는 정교하게 글자를 찍어낼 수 있는 장점이 있지만, 단점 또한 적지 않았다. 목판 제작은 현재 대장경 판목에서 확인할 수 있듯이 부피가 큰 목판을 다량으로 마련해야 하는, 비용과 노력이 많이 드는 작업이었다. 게다가 판목은 관리를 잘못하면 썩거나 훼손될 수 있는 우려까지 있는데, 오직 원래 제작된 정해진 문헌만을 찍어낼 수밖에 없어서 효율성이 떨어지는 목판인쇄를 대체할 수 있는 활자 인쇄를 갈망하게 되었다. 그리고 고려 중기 이후 전란이 끝나고 책의 수요가 늘어나면서 금속활자를 이용한 인쇄가 활발해졌다. 금속활자의 기술은 언제 누가 창안했는지 알려진 바가 없지만, 현재 고려에서 금속활자 인쇄에 관해 가장 앞선 것으로 발표된 연구를 보면 숙종 7년1002 기원설이 있다.천혜봉, 2012 : 14

그리고 1234년 최윤의崔允儀, 1102~1162가 왕명으로 편찬한 『고금상정예문古今詳定禮文』을 금속활자로 찍었다는 기록이 있으며, 현재 금속활자를 주조하여 찍어 낸 책으로는 『직지』가 전한다.

〈그림 26〉은 정식 명칭 『백운화상초록불조직지심체요절 권하白雲和尙抄錄佛祖直指心體要節 卷下』, 간략하게는 『직지심체요절直指心體要節』 혹은 『직지直旨』라고 하는, 현전하는 가장 오래된 금속 활자본 서적의 표지이다. 이 책은 프랑스 국립도서관 사서로 근무하던 박병선1928~2011의 노력으로 세상에 알려지고, 구텐베르크의 성서보다 78년이나 앞선 세계 최초의 금속활자본 책자라는 사실이 입증된 특별한 내력을 지닌다. 『직지』는 백운화상白雲和尙 경한景閑, 1299~1375이 역대 조사의 법어에서 선禪의 요체를 깨닫는 데 필요한 내용을 발췌하여 상하권으로 엮은 것을 그의 제자들이 주자한 것이다. 그 가운데 현재는 하권만이 프랑스 국립도서관에 소장되어 있다. 원래 『직지』는 원나라의 지배로 중앙의 금속활자 인쇄가 원활하지 않을 때, 청주의 흥덕사興德寺에서 간행한 것으

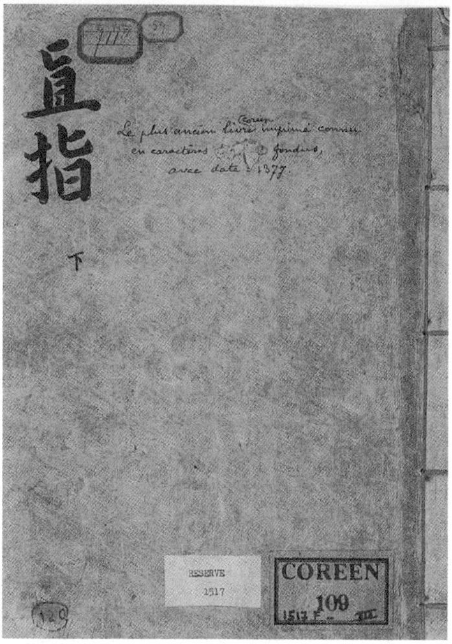

〈그림 26〉 『직지』 표지, 고려 1377년, 17.1×24.6cm, 프랑스 파리 국립도서관.

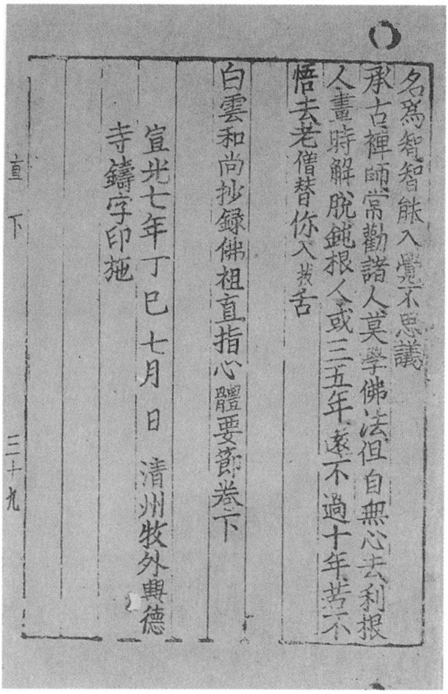

〈그림 27〉 『직지』 간행기.

로서 사찰 나름의 방법으로 주조되어 활자의 크기와 모양이 고르지 않다고 평가받고 있는데, 실제를 보면 다음과 같다.

〈그림 27〉의 『직지』의 글 자체를 보면 수평이 고르지 않고 크기와 모양이 조금씩 다른 것을 확인할 수 있다. 하지만 간결한 글자의 배열은 내용을 전달하는 데에 전혀 부족함이 없다. 그리고 위와 같이 권말에 "선광 칠년 정사1377 7월 일 청주목외 흥덕사 주자인시宣光七年 丁巳 七月日 淸州牧外 興德寺 鑄字印施"라고 명시함으로써 이 책이 언제 간행되었는가 정확한 정보를 수록하여 우수한 금속활자 문화가 형성되어 있었음을 명확히 보여준다.

그리고 이와 같은 고려시대의 활자 인쇄술은 조선으로 계승되었다. 조선 건국 초에는 시대가 혼란한 연유로 당분간 목판인쇄를 활용했지만, 어느 정도 정치가 안정된 후 1403년에는 주자소에서 조선시대 첫 번째 활자인 계미자癸未字의 탄생을 보게 되었다. 이후 시대를 거듭할수록 계미자의 단점을 보완한 새로운 활자를 마련하면서 다양한 책을 출판할 수 있는 토대를 다지게 되었다. 그리고 물론 목판 인쇄 역시 발전을 거듭했다. 특히 목판 인쇄는 그림을 판각할 수 있었기 때문에, 각종 판화를 포함하는 입체적 양상을 보였다. 이런 과정을 거치면서 우리의 출판문화는 종합적으로 발전을 거듭해 나갔다.

3. 사경 변상도의 호화로운 공력

불경은 목판인쇄를 이용한 이후 널리 보급되기 시작했지만, 한편 손으로 직접 쓰는 사경寫經의 전통도 공존했다. 목판인쇄가 일반화되기 전 삼국시대에는 손으로 불경을 베끼는 일이 불교의 전파와 교육을 위해 매우 중요한 작업이었을 것이다. 하지만 삼국시대의 사경은 전하지 않는다. 현재 남아있는 가장 오래된 사경은 통일신라시대 경덕왕 때에 제작된 『대방광불화엄경』이다. 두루마리 형태의 이 작품은 754년경덕왕 13 연기법사緣起法師의 발원으로 사경을 시작하여 다음 해에 완성되었다.

그런데 통일신라시대의 『대방광불화엄경』은 경전의 내용 외에도 그림을 포함하고 있다. 즉 닥나무 종이로 된 책의 앞부분에 금은니金銀泥로 불경의 내용을 요약해 그린 변상도變相圖 즉 신장상·불보살·보상화 넝쿨 등이 포함된 표지 그림이 있고, 이어서 당대 명필가가 직접 쓴 경문이 수록되어 있다. 그래서 이 사경은 당시의 화엄사상을 알 수 있는 중요한 문서일 뿐만 아니라 동시에 현전하는 신라시대의 유일한 회화라는 점에서도 대단히 큰 가치를 지닌다.

〈그림 28〉은 통일신라시대 『대방광불화엄경』 가운데 앞부분의 변상도에 해당하는 것이다. 가운데 부분이 심하게 훼손되어 현재는 2장으로 나뉘어 있지만, 원래는 중앙의 좌대에 놓인 부처님 좌우로 신장과 보살들 그리고 화려한 전각과 식물들이 조화롭게 배치되어 있었다. 현재는 섬세한 필선으로 표현된 보살들의 얼굴과 의상 등을 부분적으로 확인할 수 있는 정도이다.

사경 변상도란 불경을 사경할 때 경전의 내용을 압축하여 책머리에 그 핵심을 묘사한 그림으로, 부처가 설법한 진리의 내용을 도상으로 옮긴 것

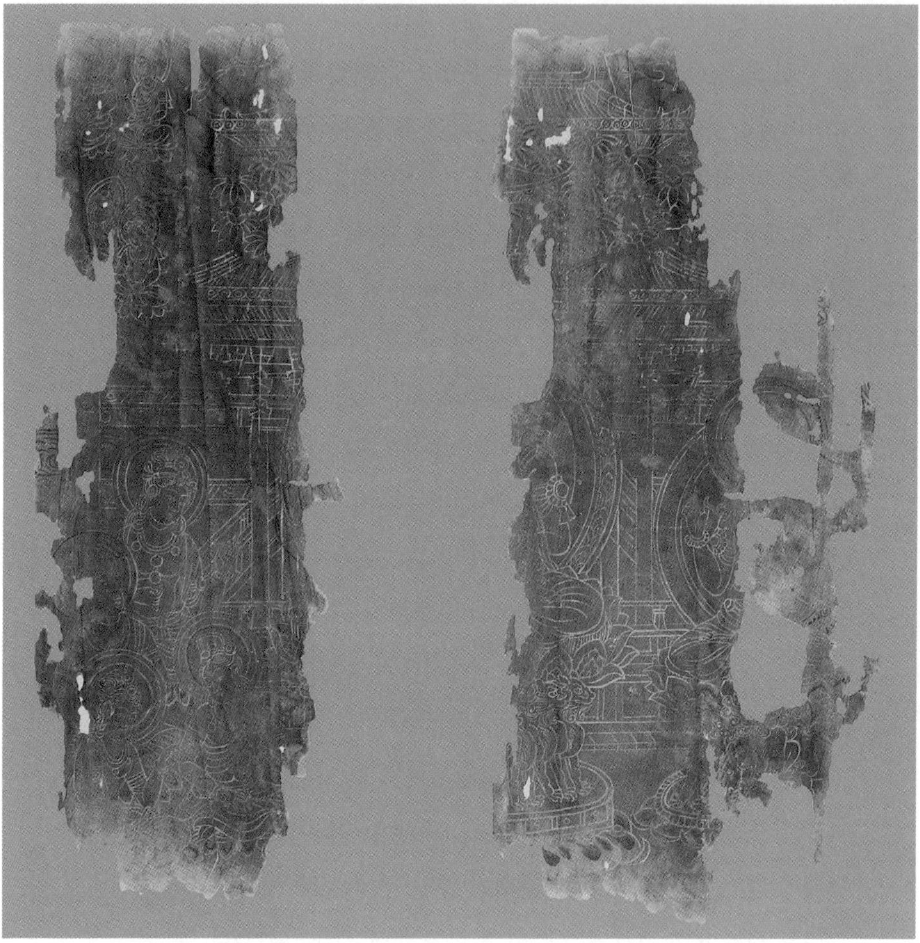

<그림 28> 『대방광불화엄경』 사경 중 변상, 통일신라 754~755, 25.7×10.9 / 24.0×9.3cm, 삼성미술관 Leeum. (국보196호)

이다. 변상도는 특히 고려시대에 이르러 크게 성행했는데, 식물성 염료로 물들인 감지紺紙, 상지橡紙, 자지紫紙와 같은 특별한 종이에 금은 가루를 섞은 금은니金銀泥를 이용한 세밀화 기법을 통해 화려함과 정밀함의 극치를 보인다.

원래 사경이란 부처의 말씀을 기록하여 불제자들에게 경전의 내용을 가르치고 포교를 하기 위한 교육적인 차원에서 이루어진 것이었다. 하지만 인쇄술이 발전하고 실용적인 사경의 필요성이 줄어진 이후에는 신앙 행위로서 성행하게 되었고, 이 과정에서 권두 삽화에 해당하는 변상도가 크게 발전했다. 고려시대의 사경은 주로 『법화경』이나 『화엄경』과 같은 경전을 옮겨서 공덕을 쌓기 위한 공양물로 제작되었다. 따라서 최고의 종이 위에 호화로운 금과 은을 이용해 정성을 다해 제작하고, 경함經函이나 사경보寫經褓 등에 넣어 보관하거나 혹은 탑이나 불상의 복장물로 공양했다. 8세기 『대방광불화엄경』 발원문에 적힌 내용을 보면, 사경을 할 때 사용한 종이는 뿌리에 향수를 뿌려서 키운 닥나무 껍질을 벗겨 만들었으며, 글씨를 쓰거나 그림을 그리는 사람은 보살계를 받고 재를 올리는 의식을 해야 했고, 대소변을 보거나 식사 후에는 향수로 목욕을 해야 했다는 것이다. 그리고 삼귀의를 부르고 세 번 절하며 경전에 공양하고, 경을 쓰고, 끝으로 변상도를 그렸다고 한다. 이렇게 온갖 정성을 다해 만든 고려시대의 사경은 연꽃 속에 진리의 말씀이 피어오르는 형상을 그린 ① 표지, 경전의 내용을 압축한 ② 변상도, 경전의 내용을 쓴 ③ 경문 그리고 사경을 제작한 목적을 쓴 ④ 발원문이라는 총 4개의 부분으로 이루어졌다. 그리고 이처럼 순수한 신앙을 위해 행해진 사경 의식은 국가적 차원에서도 이루어졌다. 고려시대에는 국가에서 사경원寫經院을 운영했으며, 국가의 안녕과 현세 구복, 부모님의 극락왕생을 발원하는 가운데 두루마리 형태의 권자본卷子本과 병풍 형식의 절첩본折帖本 혹은 가장자리를 실로 꿰맨 선장본線裝本 등의 화려한 책자가 마련되었다. 이 가운데 권두 삽화로 등장하는 변상도는 화려하고 아름답고 사치스러운 고려시대 불교 예술의 하나로 주목받고 있다.

〈그림 29〉는 고려시대 『화엄경』 사본 변상도 가운데 중앙 부분이다. 그림의 하단을 보면 선재 동자가 뒷모습을 보이고 앉아 있으며, 그를 내려다보는 존재는 보현보살이다. 보현보살로부터 뻗어 나간 광선마다 구름에 앉아 있는 보살과 비구 등이 상단을 차지하며, 하단에는 선재 동자와 함께 설법을 듣는 보살들이 합장하는 자세로 좌우에 도열하고 있다.

이 작품은 발원문에 의하면 1334년 자선대부資善大夫 장작원사將作院使 안새한安賽罕 이 부모의 은공을 기리기 위해 제작한 것이라고 한다. 화려한 금빛으로 수를 놓듯 정교하게 그린 도상은 보는 사람이 마치 선재 동자와 함께 구도 여행을 하던 중 보현보살을 현신하고 그 말씀을 전해 듣는 것과 같은 느낌을 준다. 그런데 이와 같은 사경 변상도의 장면은 화려하고 장대한 고려시대의 불화와 일면 비슷한 듯하면서도 다른 측면이 있다.

예를 들어 〈그림 30〉의 〈수월관음도水月觀音圖〉는 고려시대의 불화 가운데에서도 가장 크고 화려한 위용을 자랑하는 대표 작품이다. 관세음보살은 인간들이 온갖 재난에 처했을 때 구원을 청하는 대표 신격이다. 그리고 관세음보살이 보타낙가산補陀洛迦山의 연못가에서 선재 동자의 방문을 받는 형상을 그린 관음도는 다양한 유형의 고려 불화 가운데에서도 가장 큰 비중을 차지한다. 특히 버드나무 가지를 들고 있는 양류관음楊柳觀音은 중생의 병을 낫게 해준다는 믿음을 반영하는 가운데, 아름다운 관음도에는 사경 변상도와 마찬가지로 인간의 기원과 소망이 투사된다. 그래서 그만큼 화려한 색채를 사용하며 절대적인 아름다움을 구현하는 것을 확

29

30

<그림 29> 〈화엄경 변상도〉 일부, 고려 1334년, 변상 31.1×19.1, 절첩 11.5×34.0cm, 호림박물관. (보물 752호)

<그림 30> 〈수월관음도〉, 고려 1310년, 견본 채색, 254.2×419.5cm, 日本 鏡神社.

인할 수 있다.

그런데 〈수월관음도〉는 사경 변상도처럼 경전의 내용을 직접 암시하는 것이 아니다. 대신 관음상이 가장 중요한 상징적 대상으로서 화면 전반을 차지하고 있고, 화려한 의상과 여유로운 자태로 숭앙받는 주인공으로서 배경적 요소를 아우른다. 그에 반해 사경 변상도는 사람들의 기원을 담고 온갖 정성을 기울여 화려하게 표현한 점에서는 불화와 동일한 면이 있지만, 긴 경전의 내용을 압축해서 보여줄 수 있는 서사성을 지닌다는 점이 특징적이다.

예를 들어 〈그림 31〉 〈화엄경 변상도〉는 감색 종이에 은으로 글씨를 쓰고 금으로 그림을 그린 전형적인 사경 변상도이다. 그런데 그림의 자세한 내용을 보면 화면을 크게 세 부분으로 나눌 수 있다. 바로 『화엄경』 입법계품에서 선재 동재가 구도 여행에서 만난 55명의 선지식 중 42번째인 천주광천녀天主光天女, 44번째인 편우동자徧友童子 그리고 45번째인 선지중예동자善知衆藝童子를 만나는 장면을 차례로 그린 것이다.

앞의 〈그림 30〉의 관음도에서 화면 오른편 하단의 선재 동자가 관음보살의 발밑에 작게 엎드려 거대하고 숭엄한 관음과 눈을 마주치며 간절하게 바라보는 것과 달리, 〈그림 31〉 변상도에는 선재 동자의 이동과 깨달음의 과정이 모두 표현된 것이다. 『화엄경』에 등장하는 선재 동자는 마야부인의 안내에 따라 정념왕의 딸인 천주광천녀를 만나고 이어서 차례로 선지식을 접하여 해탈문을 얻는다. 변상도에서는 이 과정을 한 화면에 담아낸 것인데, 바로 오른쪽의 천주광천녀, 중앙의 편우동자, 왼쪽의 선지중예동자를 별도의 전각에 배치함으로써 선재 동자가 일일이 스승을 찾아뵙는 복수의 장면을 한 화면에 수록한 것이다.

이처럼 고려시대의 사경 변상도는 그림 속에 서사성을 염두에 둔 여러

31
32
<그림 31> 〈화엄경 변상도〉 일부, 고려 1337년, 19.0×881.7cm, 삼성미술관 Leeum. (국보215호)
<그림 32> 〈화엄경 변상도〉 일부, 고려 14세기 초, 22.6×1062.0cm, 국립중앙박물관.

장면을 배치하는 점에서 일반적인 불화와는 다른 측면을 확인할 수 있다. 애초에 사경을 한 경전의 내용을 압축해서 권두를 장식하는 목적을 지니기 때문에, 한 화면에 여러 장면을 동시에 배열하는 것이 자연스러웠던 것으로 보인다. 게다가 사경 변상도에는 고정된 대표 도상 외에도 각종 흥미로운 장면이 포함되는 경우가 적지 않았다.

〈그림 32〉는 감색 종이에 은으로 사경을 하고 금으로 그림을 그린 전형적인 유형의 변상도로서 『화엄경』 가운데 제 27권 「십회향품」의 내용을 다루고 있다. 화면 오른쪽을 보면 비로자나불과 금강당 보살 그리고 따르는 무리들이 한데 모여 설법하는 장면을 그렸다. 그런데 화면 왼쪽은 오른쪽의 신성한 분위기와는 많이 다르다. 빽빽한 점과 구름 사이로 그물을 치고 낚시하는 사람들이나, 사냥하는 사람들이 등장하는가 하면 신체 보시의 장면이라고 하는 부분도 확인할 수 있다.

〈그림 31〉에서는 3인의 선지식의 영역을 각기 한자로 써서 공간을 구획한 데 비해, 〈그림 32〉는 여러 장면을 복잡하게 한 화면 위에 구성했다. 이처럼 변상도의 화면 구성은 정해진 것이 아니고 자유롭게 기획되었지만, 경전을 내용을 상기할 수 있는 복수의 장면을 동시에 다룬다는 점에서 공통점을 어렵지 않게 확인할 수 있다. 아직 구성이 미약하기는 하지만 조선 전기 〈팔상도〉나 〈삼강행실도〉에 등장하는 소위 이야기하는 그림의 원초적 형태가 이미 고려시대 사경 변상도에 출현했다는 점은 꼭 기억해야 할 흥미로운 부분이 아닐 수 없다.

4. 〈월인석보〉와 권두삽화 팔상도의 서사성

불교의 권두 삽화는 고려 사경 변상도의 시대를 지나 조선 초기 『월인석보月印釋譜』의 팔상도八相圖에서도 확인할 수 있다. 『월인석보』는 석가모니의 일대기를 그린 불교 설화이자 불찬집으로, 세조世祖, 재위 : 1455~1468가 돌아가신 부모님과 아들 도원군桃源君의 명복을 빌기 위해 『월인천강지곡月印千江之曲』과 『석보상절釋譜詳節』을 합편해 출간한 것이다.

1443년 훈민정음 창제 이래 세종은 『훈민정음 언해』, 『용비어천가』, 『석보상절』 등을 시범적으로 출간했다. 이 가운데 『석보상절』은 1447년 세종의 명에 의해 수양대군이 소헌왕후 심씨의 명복을 빌기 위해 석가의 일대기와 설법을 한글로 번역하여 편찬한 것이었다. 그리고 세종은 석가모니의 공덕을 찬양하는 노래를 모아 한글 악장이자 찬불가의 성격을 지니는 『월인천강지곡』을 간행했다.

바로 이와 같은 내력을 지니는 두 책 즉 『석보상절』과 『월인천강지곡』을 합편한 『월인석보』는 그 구성이 꽤 복잡해서 ① 세종어제훈민정음世宗御製訓民正音 ② 팔상도八相圖 ③ 석보상절 서釋譜詳節 序 ④ 어제 월인석보 서御製 月印釋譜 序 ⑤ 위패형 발원문位牌形 發願文 ⑥ 월인석보 본문月印釋譜 本文을 포괄한다. 이 가운데 석가의 일대기와 직접 관련된 부분은 바로 ② 팔상도와 ⑥월인석보 본문이다.

『월인석보』 본문은 그 내용이 대단히 호한하다. 부처의 일대기는 물론이고, 석가의 전생에 관련된 설화 즉 본생담本生譚이 큰 비중을 차지할 뿐만 아니라 그 외에 온갖 파생적인 이야기들을 포함한다. 그에 비해 그림인 〈팔상도〉는 석가모니의 일생 중 중요한 장면을 8개의 장면으로 압축한 특징을 보인다. 사실 부처의 삶과 관련된 그림은 〈팔상도〉 외에도 그 일생을 그림으로 표현한 〈불전도佛傳圖〉, 혹은 부처의 전생에 관한 이야기를 그림으로 그린 〈본생도本生圖〉 등을 확인할 수 있다. 그런데 우리나라에서는 부처에 관한 이야기는 바로 〈팔상도〉로 각인되어 있다. 〈팔상도〉는 중국이나 일본 등 해외에도 존재하지만, 우리나라는 유독 〈팔상도〉가 통일된 형식으로 오래 그 전통이 유지된 독특한 특징을 지닌다. 그리고 그 시작은 바로 『월인석보』에서 찾아볼 수 있는데, 사실 이 그림은 이미 『석보상절』에서부터 마련되어 있던 것이다.

팔상

① 도솔래의兜率來儀 : 도솔천에서 내려오다

② 비람강생毘藍降生 : 룸비니 동산에 내려와서 탄생하다

③ 사문유관四門遊觀 : 사문에 나가서 세상을 관찰하다

④ 유성출가踰城出家 : 성을 넘어서 출가하다

⑤ 설산수도雪山修道 : 설산에서 수도하다

⑥ 수하항마樹下降魔 : 보리서 나무 아래에서 마귀의 항복을 받다

⑦ 녹원전법鹿苑轉法 : 녹야원에서 포교하다

⑧ 쌍림열반雙林涅槃 : 사라쌍수 아래에서 열반에 들다

일찍이 '석보상절 서'에서 규정한 팔상은 그 내용이 위와 같다. 〈팔상도〉는 석가모니 일생 중 가장 중요한 장소인 4성지聖地를 근거로 확대된 내용을 담는다. 4성지란 첫째는 석가모니가 탄생한 룸비니 동산으로, 어머니 마야부인이 친정으로 가는 도중에 출산한 곳이라고 한다. 그리고 둘째는 깨달음을 얻은 성도지 부다가야이며, 셋째는 석가모니가 깨달음을 얻은 뒤 처음 설법한 초전법륜지 녹야원이다. 넷째는 열반지 쿠시나가라

로서 이곳에서 부처님은 사라쌍수 숲에서 머리를 북쪽으로 향하고, 오른쪽 옆구리로 누워 발을 포갠 자세로 선정에 들었다고 한다. 이처럼 석가모니의 탄생, 깨달음, 설법, 해탈을 상징하는 주요한 네 장소는 해외의 문학이나 그림에서도 자주 다루는 것이지만, 우리는 특히 이 4성지를 중심으로 총 8개의 장면을 공식화하여 『월인석보』의 권두 삽화 〈팔상도〉는 물론이고 후대의 불화에서도 같은 제목과 내용을 반복적으로 사용했다. 그만큼 〈팔상도〉의 공식은 절대적인 영향력을 행사한 것이다. 〈팔상도〉는 부처의 일생을 다룬 불전도이자 동시에 『석보상절』과 『월인석보』의 내용을 압축해서 전달하는 권두 삽화로서 실질적인 파급력이 매우 컸던 것으로 보인다. 〈팔상도〉는 설화도의 일종으로서 서사에 충실하면서도 동시에 권두에서 상징성을 유지하며 집약적인 성격을 잃지 않았다.

사실 수많은 저경을 근거로 치밀하게, 석가의 일대기는 물론이고 전생의 설화까지 담아낸 『월인석보』의 이야기를 단 8장의 그림이 어떻게 감당할 수 있었을까 의문을 가질 수도 있지만, 실상은 다음과 같다.

〈팔상도〉의 『월인석보』 해당부분

① 도솔래의 : 권2 초간본

② 비람강생 : 권2 초간본

③ 사문유관 : 권3 망실 <석보상절> 권3

④ 유성출가 : 권3 망실 <석보상절> 권3

⑤ 설산수도 : 권3 망실 <석보상절> 권3

⑥ 수하항마 : 권4 중간본 5 망실 추정.

⑦ 녹원전법 : 권6 망실 추정.

⑧ 쌍림열반 : 권24 망실 추정.

위에서 확인할 수 있는 바와 같이, 〈팔상도〉의 ①부터 ⑦까지는 주로 『월인석보』 앞부분의 내용을, 마지막 ⑧은 총 25권의 『월인석보』 가운데 24권의 내용을 담고 있다. 이처럼 문학 작품의 초반부와 끝부분 양쪽을 중심으로 전체를 포괄하여 삽화 〈팔상도〉가 이루어진 것인데, 작품의 실상을 보면 아래와 같다.

"불성이 돋을 때 흰 코끼리를 타시고 해의 광명을 타시었습니다. 천악을 연주하거늘 제천이 조아리고 하늘의 꽃이 떨어졌습니다."『월인석보』 권2 其十四

"마야의 꿈 안에 오른쪽 겨드랑이로 들어가시니 밖의 그림자가 유리와 같으시더니. 정반왕이 물으시므로 점치는 이가 판단하기를 성자가 태어나시어 정각을 이루실 것이리."권2 其十五

〈그림 33〉 〈팔상도〉 중 ①도솔래의

〈그림 33〉 ①도솔래의는 〈팔상도〉 가운데 첫 번째 그림으로 부처님이 도솔천에서 코끼리를 타고 마야부인의 태에 드는 장면에 해당하며, 크게 세 가지 내용을 포함하고 있다. 우선 출발점은 중앙에 멀리 구름 속에 솟아 있는 건물의 지붕으로 표현된 도솔천궁兜率天宮이다. 그리고 도솔천궁에서 피어나는 상서로운 구름 위에서 흰 코끼리를 탄 호명護明보살이 주변의 여러 천부중과 주악천인들 속에서 마야부인에게 향하는 장면이 오른쪽 화면에 집중되어 있다. 세 번째 장면은 구름의 한쪽 끝이 왼쪽으로 이어져서 마야부인이 태몽을 꾸는 모습이다.

이와 같은 '도솔래의' 의 세 장면은 『월인석보』 권2에 잘 나타난다. 즉 "흰 코끼리를 타시고 해의 광명을 타시고" 천악을 연주하는 가운데 "마야의 꿈 안에 오른쪽 겨드랑이로 들어가시니"라는 내용은 그림과 정확하게 부합한다. 다만 『월인석보』에서는 정반왕이 왕비가 꾼 꿈의 내용을 점치는 이에게 물어보는 등 상세한 전후 사정이 종합적으로 포함되지만, 그림은 핵심만을 간추렸다.

이처럼 〈팔상도〉는 서사성을 지니는 권두 삽화로서 『월인석보』와의 균형을 유지하고 있었다. 앞에서 살펴본 고려시대의 사경 변상도 역시 불경을 상징하는 주요 장면을 포괄하고 있었지만, 그보다 서사적인 내용 전달의 측면에서 진일보한 그림을 〈팔상도〉에서 확인할 수 있는 것이다.

> "날 달이 차므로 어머님이 비람원을 보러 가시니 (…중략…) 부인이 낳으실 달이 거의 다 되었으므로 왕께 여쭙기를 동산을 구경하고 싶습니다 하셨다 (…중략…) 그 동산에 열 가지의 상서가 나니"권2 其十七
>
> "무우수의 가지가 굽어지므로 어머님이 잡으시고 우협탄생이 사월 팔일이시니, 연화의 꽃이 나므로 세존이 디디셔 사방을 향하여 주행 칠보하시니"권2 其十九

"오른손, 왼손으로 하늘과 땅을 가리키시며, 홀로 내가 높도다 하시니, 더운 물 찬물이 좌우로 내려와 구룡이 모이여 씻기니"권2 其二十

"제석은 양산을 받치고 범왕은 백불을 잡고 양 옆에 서며, 제석 범왕이 여러 가지의 향을 뿌리며, 아홉 용이 향물을 내려와 보살을 씻기니 왼쪽 물은 덥고, 오른쪽 물은 찼다"권2 其二十一

<그림 34> <팔상도> 중 ②비람강생

〈그림 34〉 ② 비람강생은 룸비니 동산에서의 탄생을 다룬 것이다. 그런데 '비람강생'은 그림의 구성이 유독 복잡하다. 화면의 오른편을 보면, 마야부인이 비람원에 갔을 때 무우수 가지 아래에서 부처님이 탄생하고 그 곁에 연꽃이 피는 것을 확인할 수 있다. 그리고 바로 그 아래는 부처님이 탄생하자마자 일곱 걸음을 내딛고 손으로 하늘을 가리키며 천상천하 유아독존을 말하는 장면에 해당한다. 한편 중앙에는 정좌하고 있는 마야

부인이 등장하며, 화면의 왼쪽 상단에는 사천왕이 옹립한 가운데 아홉 용이 부처님을 관정하는 장면이다. 그리고 하단에는 나무 아래에 홀연 네 곳에서 마야 부인이 몸을 씻을 수 있는 샘이 솟아나는 모습이다.

'② 비람강생'에는 이와 같은 총 5개의 장면이 포함되어 있는데, 그 내용은 『월인석보』 권2에서 확인할 수 있다. 그런데 『월인석보』에는 "오른손, 왼손으로 하늘과 땅을 가리키시며, 홀로 내가 높도다 하시니, 더운 물 찬물이 좌우로 내려와 구룡이 모이여 씻기니"와 같이 석가모니가 주행칠보하고 구룡이 관정하는 장면이 바로 이어져 있는 것에 반해, 그림에서는 그 내용이 각기 오른쪽 하단과 왼쪽 상단에 분리되어 있는 것을 확인할 수 있다. 이처럼 〈팔상도〉는 서사적인 순서까지는 세심히 배려하지 않았지만, 핵심적인 주요 장면을 포괄하면서 상징성에 집중했던 것을 알 수 있다.

이어지는 〈팔상도〉 삽화를 차례로 나열해 보면 다음과 같다.

35

36

〈그림 35〉〈팔상도〉 중 ③사문유관
〈그림 36〉〈팔상도〉 중 ④유성출가

37
38

〈그림 37〉〈팔상도〉 중 ⑤설산수도
〈그림 38〉〈팔상도〉 중 ⑥수하항마

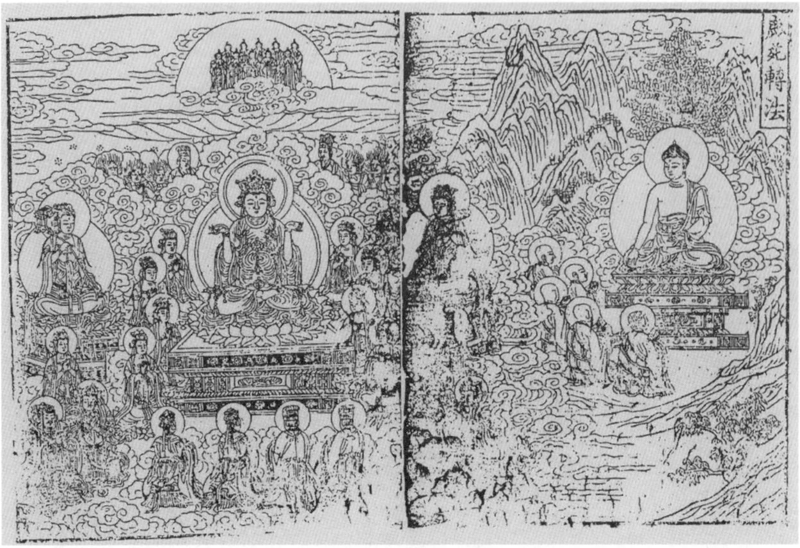

39

40

<그림 39> <팔상도> 중 ⑦녹원전법
<그림 40> <팔상도> 중 ⑧쌍림열반

〈그림 35〉 ③ 사문유관은 석가모니가 성문 밖에서 생로병사의 모습을 목격하는 장면을 그린 것으로, 동문에는 허리가 굽은 노인, 서문에는 시신, 남문에는 병자, 북문에는 출가자가 등장한다. 〈그림 36〉 ④ 유성출가는 출가의 장면이다. 오른쪽 상단은 구름 속에 애마 칸타카를 타고 마부 찬티카와 떠나는 모습으로, 사천왕이 각기 말 다리를 하나씩 감싸고 소리 없이 성을 빠져나가도록 돕고 있다. 그리고 왼쪽 하단에는 화려한 궁궐에 사람들이 잠이 들었는데, 태자의 자리는 비어 있다.

이어서 〈그림 37〉 ⑤ 설산수도는 출가 후 설산에서 수도하는 석가모니의 모습을 담았다. 오른쪽 하단에는 스스로 삭발하는 것을 보고 마부와 말이 슬퍼하는 장면을 그리고 오른쪽 상단에는 초라한 모습의 태자가 혼자 수행할 때, 머리에 새가 앉고 지나던 사람이 건드려도 오로지 명상에 집중하는 장면을 배치했다. 한편 왼쪽 하단에는 바이르가바 선인이 가시덤불에 눕거나 불을 밟으며 고행하는 모습이 있고, 중앙 상단을 보면 가릉빈가, 공작, 기러기 등 새들이 태자 주변에 있는 것을 알 수 있다.

〈그림 38〉 ⑥ 수하항마는 부처님이 보리수 나무 아래에서 수차례 마왕의 공격을 받지만, 항마촉지인을 한 정각正覺의 상태에서 극복하고 항복을 받는 장면을 표현했다. 그리고 〈그림 39〉 ⑦ 녹원전법은 부처님이 녹야원에서 다섯 비구에게 첫 설법을 하는 장면을 담았다. 화면은 좌우 두 개의 장면으로 나뉘는데, 오른쪽은 바로 녹원전법이라는 제목에 부합하는 설법의 장면이다. 그리고 왼쪽은 매우 화려한 노사나불盧舍那佛이 사천왕과 대중이 협시한 가운데 연화대에 앉아 있다. 이러한 도상은 일반적인 사경 변상도의 장면과 매우 흡사한데, 전형적인 설법의 장면을 통해 앞으로 전개될 내용을 암시한다고 볼 수 있다. 앞에서 정리했던 것과 같이 〈팔상도〉는 ⑦ 녹원전법이 『월인석보』 권6의 내용을 담은 이후, ⑧ 쌍림열반이

『월인석보』 권24의 내용에 해당하여 중간 부분이 생략되어 있는데, 그 내용을 바로 상징적인 설법의 장면이 포괄했다고 할 수 있을 것이다. 결국 ⑦ 녹원전법은 단지 첫 설법을 다루는 데에 그치지 않고 『월인석보』 중반부의 많은 내용을 함축한 것으로 보인다. 그리고 끝으로 〈그림 40〉 ⑧ 쌍림열반은 〈팔상도〉의 마지막 장면으로, 오른쪽에는 열반에 든 부처님의 모습을 왼쪽에는 사부대중이 슬퍼하며 운집한 모습을 다루었다.

이상으로 살펴본 바와 같이 〈팔상도〉는 『월인석보』 전반의 내용을 포괄하는 서사성을 중심으로 팔상의 전형을 마련하여 조선 후기까지 면면히 이어졌다. 사실 『월인석보』가 탄생하는 데에 일조한 전적은 한둘이 아니었는데, 대개 접하기 쉽지 않은 어려운 문헌들이었다. 예를 들어 『석가여래행적송釋迦如來行蹟頌』, 『석가보釋迦譜』, 『석가여래성도기釋迦如來成道記』, 『과거현재인과경過去現在因果經』, 『불소행찬佛所行讚』, 『불본행집경佛本行集經』, 『보요경普曜經』, 『방등대장엄경方等大莊嚴經』 등이 그것이다. 이 책들은 대중과는 거리가 먼 것들이었는데, 『월인석보』와 〈팔상도〉 그림을 통해 석가의 일대기가 소개되었고 그 외에도 다양한 계층에서 향유할 수 있는 국문 소설 작품들, 예를 들면 「안락국태자전安樂國太子傳」, 「안락국전」, 「목련전目連傳」, 「선우태자전善友太子傳」, 「적셩의전」, 「금송아지전」을 비롯하여 「사리불항마기舍利佛降魔記」, 「인욕태자전忍辱太子傳」, 「아육왕전阿育王傳」과 같은 다종의 관련 작품이 선을 보이게 되었다. 물론 때로는 종교색이 퇴색하거나 이야기가 변형되는 경우도 있었지만, 석가모니의 일대기가 다양한 형태로 더욱 친근하게 대중에게 다가설 수 있었던 것은 부인할 수 없는 사실이다. 숭고한 불교가 긴 시간을 지나면서 그림과 이야기를 통해 더 강한 파급력을 지니게 된 것이다.

제5장

이야기와 인물화의 허구와 진실

모든 인간은 주어진 시간을 살아가면서 고유한 족적을 남긴다. 그 자취는 대부분 새로운 시간과 새로운 인물에 묻혀서 잊히기 마련이지만, 중요한 인물의 행적은 타인에 의해 기억된다. 바로 이때 공식적으로 기록되는 것은 역사에 길이 남는다. 그런데 사실에 근거하는 공식적인 기록 외에도 흥미로운 인물과 사건에 관한 내용은 다양한 형태로 문학과 그림 속에서 살아남았다. 그리고 이와 같은 작품들은 비록 역사가의 투철한 사명감을 동반하는 기록이 아니라 할지라도, 작가의 관점을 반영한 이면적인 진실이나 소망을 표출하며 이목을 끌었다. 그 가운데 일부는 진실과 허구 사이의 줄타기를 하면서 의외로 흥미로운 경우의 수를 낳기도 했으며, 또 일부는 표면에 가려진 이면의 본질을 읽어내야만 하는 수수께끼 같은 과제를 남기기도 했다. 예를 들면 아래와 같다.

의종은 가무와 여자를 가까이 하였고, 즐겁게 노는 것을 좋아했다. 충숙공忠肅公 문극겸이 그때 정언正言으로 간절히 간하는 소疏를 올렸지만, 의종이 이를 따르지 않았다. 경인년 가을에 무신들이 난을 일으키게 되자 의종은 가마를 타고 남쪽으로 옮겨졌다.

계사년 겨울 정산현定山縣의 유구역維鳩驛에 새로운 공관을 수축修築하여 한 공인에게 벽에 채색을 하도록 했는데, 그 화공은 당시 훌륭한 재능을 가진 공인으로 이름을 알 수 없는 박씨 성을 가진 사람이었다. **침실의 서쪽 벽에 흰옷에 삿갓을 쓴 사람이 말을 타고 있는 모습을 그렸는데 산길을 따라 말고삐에 의지한 채 천천히 말을 모는 모습이 몹시 쓸쓸해 보였으며, 어린 종들은 서로 손을 붙잡은 채 비틀거리며 길을 가고 있었다.** 사람들이 그 그림을 보고는 무슨 의미를 가진 것인지 몰랐다. 뒤에 송광사의 무의자無衣子가 임오년 가을에 도를 닦는 승려 천여 명을 인솔하라는 청을 받고 서원西原으로 가는 길에 이 역에 이르러 자

> 게 되었다. 그 그림을 보고 탄식하며 이슥토록 생각하다가 말하기를, **"이 그림은 임금에게 간언하던 신하가 나라를 떠나는 그림이다"** 하고 하며, 시를 지어 이르기를, 벽 위에 누가 이 그림을 그렸는지 / 간언하던 신하가 나라를 떠나니 나라일 어찌 될건가 / 산중의 중도 한번 보니 오히려 애달픈데 / 하물며 벼슬길에 있는 사대부임에랴 / 라고 했다. 아! 화공은 예전의 일에 대한 감회로 이 그림을 그렸고, 선사는 옛 그림의 뜻을 알고 이 시를 남긴 것이니 예스럽고 풍아한 군자와 다름이 없다.

최자, 『보한집』 하권 30 (박성규 역, 2012)

위의 『보한집』의 기록을 보면 1170년 정중부의 난이 있고 얼마 후, 계사년인 1173년 충남 정산현의 유구역에 공관을 다시 지으면서 벽에 채색을 했고, 박씨 성의 유능한 화공이 그림을 그렸다. 그림은 흰옷을 입고 삿갓을 쓴 사람이 말고삐에 의지한 채 쓸쓸히 산길을 걸어가고 그 뒤로 어린 종들이 비틀거리며 따라가는 장면이었다. 그런데 아무도 그 내용을 파악하지 못했다는 것이다. 이후 어느덧 50여 년의 세월이 흘러 임오년인 1222년 송광사의 무의자 즉 진각국사眞覺國師 혜심慧諶, 1178~1234이 도를 닦는 스님의 무리 천여 명을 이끌고 청주로 가던 길에 우연히 그 그림을 보고, 임금에게 간언하던 신하가 실망해서 나라를 떠나는 내용이라는 것을 파악했다. 바로 무신의 난이 있기 직전 신하 문극겸文克謙, 1122~1189이 의종毅宗, 재위 : 1146~1170의 방탕한 생활에 대해 간언했지만, 그 말을 듣지 않았던 의종은 결국 무신의 난 이후 거제도로 유배를 떠나게 되었던 것이다. 이름 없는 한 화공은 이러한 내막을 문극겸의 쓸쓸한 모습을 중심으로 그림에 담았고 그 본뜻은 시간이 흐른 뒤에야 알려진 것이다.

역사는 승자의 편에 서서 기술되기 마련이다. 자칫 패자를 옹호하다가는 누구든 목숨을 부지하기 힘들었을 테니 당연한 일이다. 하지만 역사 속 사건을 바라보는 시선은 반드시 승자를 향하라는 법이 없다. 오히려 패자의 편에서 연민의 정을 느낄 수도 있다. 다만 대놓고 드러낼 수 없을 뿐이다. 위의 『보한집』에 등장하는 유구역 공관의 벽화는 고려사의 이면적인 진실을 담기 위해 정확한 사연을 외면에 표출하지 않고 본의를 숨겨놓았다. 하지만 결국 시간이 흐른 뒤 안목 높은 고승이 화면의 내용을 밝힘으로써, 작가의 숨은 의도와 더불어 문극겸이라는 충신이 있었다는 사실이 부각될 수 있었다.

이처럼 인간사의 진실은 다양한 방법을 통해 전달된다. 그런데 그중에서도 특히 한 인물에 집중한 전傳과 초상肖像은 중세 동안 역사의 소용돌이 속에 살아갔던 개인을 기억할 수 있는 중요한 장르로 자리를 굳혔다. 전이란 한 인물의 행적을 일대기 중심으로 기술한 것이고, 초상이란 한 인물의 모습을 얼굴 중심으로 시각화한 것이다. 이 두 방법은 주인공을 부각시킬 수 있는 핵심적 방법으로 계승되었다.

고대로부터 세인의 주목과 숭앙을 받는 존재는 주로 신이나 영웅이었다. 인류는 아주 일찍부터 영웅이 등장하는 신화를 만들었다. 하지만 점차 시간이 흐르면서 다양한 인물 군상에 주목하게 되었다. 고대에는 으레 신성성과 특별한 권능을 지니는 전형적인 영웅이 주인공으로 등장했지만, 중세로 진입하면서 사정은 달라졌으며 어떤 유형의 예술 장르를 동원할 것인가도 중요한 일이 되었다. 특히 중세에는 승려들을 대상으로 하는 고승전과 화상畫像이 큰 비중을 차지하게 되었으며, 그 외에도 귀족이나 문인들을 주목하는 가운데 사람의 일생을 기술하는 전과 인물의 초상을 중심으로 이야기와 형상의 전통을 갖추고 다양한 존재와 사연에 주목하게 된 것이다.

1. 전傳과 최치원의 기억

동북아시아에서 한 인물의 일생을 다루는 문학 양식은 중국 사마천司馬遷, B.C. 145?~86?의 『사기』에서 기원하는 전傳에 근거를 두고 발전했다. 우리나라의 전은 승려의 일대기를 다룬 고승전과 더불어 고려 전기에 김부식이 『삼국사기』「열전」에서부터 폭넓은 주인공을 다루기 시작했는데, 『삼국사기』에서는 특히 귀족뿐만 아니라 여염의 평범한 인물까지 다양하게 입전함으로써 시야를 넓힐 수 있는 계기를 마련했다. 그리고 전은 차츰 역사적 사실에 입각하는 경우뿐만 아니라 허구의 세계로 입지를 넓히면서 더욱 많은 이야기를 담아낼 수 있었다. 예를 들면 아래와 같다.

> 최치원의 자字는 고운孤雲으로 신라 왕경王京 사량부沙梁部 사람이다. 그러나 사전史傳이 민멸되어 그 세계世系를 알지 못한다. 최치원은 어려서부터 정밀하고 민첩하며 학문을 좋아하였다. 그는 12세 때에 배를 타고 당나라로 들어가서 학문을 배우려 하므로, 그 부친은 그에게 말하기를 "10년 안으로 과거에 급제하지 않으면 곧 내 아들이 아니다. 가서는 힘써 공부하여라"하며 보냈다. 최치원은 당나라에 이르러서 스승을 찾아 학문을 게을리 하지 않았으므로 (…중략…) 황소黃巢가 반란을 일으키므로, 고병高騈은 제도행영병마도통이 되어 이를 토벌하는데 최치원을 불러 종사관으로 삼아 서기의 책임을 맡겼다. (…중략…) 이로부터 최치원은 당나라에 가서 배워 아는 것이 많았으므로 나라에 돌아와서는 자기의 뜻을 널리 펴보려고 하였으나, 세상이 어지러운 탓인지 그를 의심하고 꺼리는 사람이 많아 그 뜻이 능히 용납되지 않으므로 외직으로 나가 대산군大山郡 태수가 되었다. (…중략…) 그 뒤에도 또한 사명을 받들고 당나라로 갔으나 (…중략…) 고국으로 돌아왔을 때는 난세가 되어서 모든 일이 어지러워 뜻

대로 되지 않으므로, 스스로 불우한 처지를 한탄하여 다시는 벼슬에 뜻을 두지 아니하고, 오직 산림 속이나 바닷가를 소요하면서 대사臺榭를 짓고 송죽을 심어놓고 글씨 쓰기와 사서 공부에 힘쓰는 한편 풍월을 읊는 것으로 날을 보냈는데, 경주와 남산, 강주의 빙산, 합천의 청량사, 지리산의 쌍계사 합포현의 별서와 같은 곳은 모두 그가 놀던 곳이었다. 그는 최후로 집을 가야산의 해인사로 옮기고 숨어 살면서 모형 부도浮圖, 승려 현준賢俊 및 정현사定玄師와 도우道友를 맺고 기거를 같이 하여 늙도록 한가롭게 지내며 여생을 마쳤다. (…중략…) 『신당서』「예문지」에 이르기를 최치원에게는 『사육집四六集』 1권과 『계원필경』 20권이 있다고 하였고 (…중략…) 현종顯宗 11년에 왕은 최치원이 그 조업을 밀찬密贊한 공을 가히 잊지 못할 것이라 하며, 하교하여 내사령을 중직하였고, 13년1022 5월에 왕은 최치원에게 문창후文昌侯의 시호를 추증하였다.

김부식, 『삼국사기』「열전」 6, '최치원' (김종권 역, 1988)

위의 예문은 『삼국사기』「열전」에 수록된 최치원에 관한 기록이다. 이미 앞에서도 최치원이 어떤 역량을 지니는 인물인지 언급했던 것과 같이, 동국문종東國文宗으로 추앙받는 그는 우리나라를 대표하는 최초의 문장가로서 붓을 든 영웅으로 인정을 받을 수 있었다. 이와 같은 최치원의 일대기를 『삼국사기』의 내용을 통해 보면, 12세에 홀로 당나라에 입성하여 빈공과에 급제하고, 황소의 난이 일어나자 고병의 종사관이 되어 서기로서 공을 세우고, 신라에 돌아와 뜻을 펼치고자 했으나 꺼리는 이들이 많아서 외직으로 나갈 수밖에 없었다고 했다. 그 이후 꾸준한 노력을 했지만 결국 나라가 어지러워지자 벼슬에 뜻을 두지 않고 풍월을 읊으며 경주 남산, 쌍계사 등에서 노닐었다. 그리고 최후에는 가야산 해인사로 거처를 옮기고 한가롭게 지내다가 여생을 마쳤다고 기록했다.

이와 같은 내용은 있는 그대로의 사실에 입각한 생애의 기록이라는 점에서 큰 의미를 지닌다. 하지만 한편 최치원의 문명에 비추어볼 때 허무감을 피할 수 없는 것이 사실이다. 자타가 인정하는 능력을 갖춘 대문장가였는데 결국 신라에 돌아와 포부를 실현할 수 없었다는 것이 갑갑할 지경이다. 그 시대에는 육두품 출신의 지식인이 꿈을 펼칠 수 있는 여건이 마련되지 않았기 때문에 어쩔 수 없는 일이었다고 해도, 훗날 문창후文昌侯의 시호까지 받은 그의 진면목을 파악하기에는 이와 같은 사실의 기록만으로는 역부족인 것이 사실이다. 그런데 한편 최치원 이야기는 다음과 같은 작품을 통해서도 확인할 수 있다.

최치원은 자가 고운으로 12살에 서쪽으로 당나라에 가서 유학했다. 건부乾符 갑오년874에 학사 배찬裴瓚이 주관한 시험에서 단번에 괴과魁科에 합격해 율수현위溧水縣尉를 제수받았다. 일찍이 현 남쪽에 있는 초현관招賢館에 놀러간 적이 있었다. 관 앞 언덕에는 오래된 무덤이 있어 쌍녀분이라 일컬었는데 고금의 명현들이 유람하던 곳이었다. 치원이 무덤 앞에 있는 석문石門에다 시를 썼다.

(…중략…)

쓰기를 마치고 관으로 돌아왔다. 이때 달이 밝고 바람이 맑아 지팡이를 짚고 천천히 거닐다 홀연 한 여자를 보았다. 작약꽃처럼 아름다운 모습의 그 여인은 손에 붉은 주머니를 쥐고 앞으로 와서 말하였다. "팔낭자八娘子와 구낭자九娘子가 수재께 말을 전하랍니다. 아침에 특별히 어려운 걸음 하시고 거기다 좋은 글까지 주셨으니, 각각 화답하여 받들어 바친다 하셨습니다." 공이 돌아보고 놀라며 어떤 낭자인지 재차 물었다. (…중략…)

취금이 시를 얻고 회오리바람처럼 빠르게 가버리자 치원은 홀로 서서 슬프게 읊조렸다. 오래도록 소식이 없어서 짧은 노래를 읊조렸는데, 마칠 때쯤 해서 갑자기 향기가 나타나 한참 후에 두 여자가 나란히 나타났다. (…중략…) 이에 술을 마시고 각각 시를 지었으니 모두 맑고 빼어나 세상에 없는 구절들이었다. (…중략…) 잠시 후 달이 지고 닭이 울자 두 여자가 모두 놀라며 공에게 말했다. "즐거움이 다하면 슬픔이 오고 이별이 길어지면 만날 날 가까워지지요. (…중략…)" 말을 마치자 곧 사라졌다. 다음 날 아침 치원은 무덤가로 가서 쓸쓸히 거닐면서 읊조렸다. (…중략…) 나중에 최치원은 과거에 급제하고 고국으로 돌아오다 시를 읊었다. 뜬 구름 같은 세상의 영화는 꿈속의 꿈이니 / 하얀 구름 자욱한 곳에서 이 한 몸 좋이 깃들리라. / 이어서 물러가 아주 속세를 떠나 산과 강에 묻힌 스님을 찾아갔다. 작은 서재를 짓고 석대를 찾아서 문서를 탐독하고 풍월을 읊조리며 그 사이에서 유유자적하게 살았다. 남산의 청량사, 합포현의 월영대, 지리산의 쌍계사, 석남사, 묵천석대에 모란을 심어 지금까지도 남아 있으니. 모두 그가 떠돌아다닌 흔적이다. 최후에 가야산 해인사에 은거하여 그 형인 큰 스님 현준賢俊 및 남악산 정현定玄과 함께 경론을 탐구하여 마음을 맑고 아득한 데 노닐다가 세상을 마쳤다.

『수이전 일문』「최치원」(김현양 외역, 1996)

위의 작품은 통일신라 후기 혹은 고려 초에 지은 것으로 추정하고 있는 우리나라 최초의 설화집 『수이전殊異傳』에 수록된 최치원에 관한 이야기이다. 『수이전』에 실린 「최치원」은 『삼국사기』에 수록된 기록과 동일한 부분도 있지만, 그 외에도 허구의 세계를 추가했다. 예를 들어 작품 서두의 정보 즉 12세에 당나라 유학길에 올라 문과의 갑과인 괴과에 합격했다는 내용은 기정사실이다. 그런데 이어지는 내용은 황당하다. 즉 초현관에 유람 갔다 쌍녀분을 발견하고 시를 읊었는데, 무덤의 주인인 팔낭자와 구낭자의 영혼이 그를 찾아와 인연을 맺게 된 것이다. 두 여인은 원귀가 된 사연을 하소연하며 최치원과 함께 시를 읊은 뒤 이별을 고했고, 다음날 최치원은 쓸쓸히 다시 무덤가를 찾아 시를 읊조렸다. 그리고 그는 훗날 귀국 후에도 그 일을 잊지 못하다가 세상사는 한낱 꿈속의 꿈에 불과하다는 것을 깨닫고 풍월을 읊으며 유유자적하다가 세상을 마쳤다고 적었다.

최치원이 죽은 여인과 만나서 사랑을 나누는 이야기는 동아시아의 전기傳奇 문학에서 주를 이루는 초현실적인 상상을 반영한 결과이다. 이와 같은 환상적 허구의 세계는 독자의 흥미를 유발하며 궁극적으로 소설이라는 장르를 지향하는 첫걸음이 되었다는 점에서 대단히 큰 의미를 지닌다. 하지만 그뿐만 아니라 『삼국사기』가 아닌 『수이전』에서 다룬 최치원의 이야기는 허구적인 상상의 이야기 속에 이면적 진실을 감추고 있다는 점을 그냥 지나칠 수 없다. 최치원이 만난 요절한 두 미인은 세상에 제 뜻을 펼 수 없음을 알고 원한을 품은 존재들이었다. 그런데 최치원을 만남으로써 비로소 그녀들을 제대로 이해하는 짝에게 하소연을 할 수 있는 기회를 얻게 된 것이다. 이 과정을 통해 암암리에 최치원은 출중한 능력을 지닌 비범한 존재라는 점이 부각된다. 비록 신라에 돌아와 제 포부를 펼치지 못하고 안타깝게 일생을 마쳐야 했지만, 환상적인 이야기 속에서 최치원은 선택받은 주인공이었다. 자신을 알아주는 사람이 없어 한없는 외로움을 달래야 했던 두 여인은 최치원이라는 인물을 만나 드디어 모든 회포를 풀 수 있었다. 그리고 그녀들의 외로움은 곧 최치원 자신이 직면했던 현실과 같은 종류의 것으로도 볼 수 있어서 오래도록 여운을 남긴다.

이처럼 최치원은 역사서인 『삼국사기』 「열전」과 설화집인 『수이전』에 거듭 등장하면서 사실뿐만 아니라 허구적인 요소를 겸비하며 그 존재 가치를 더욱 깊이 각인시킬 수 있었다. 사실 중세에 사람의 일생을 기록하는 방법은 전을 비롯하여 묘지명이나 행장처럼 있는 그대로의 사실에 충실한 기술이 기본이었다. 하지만 때로는 사실 이면의 진실이 필요할 때가 있다. 그때 상상력을 동원한 허구적인 서사는 큰 힘을 발휘할 수 있으며 표현의 욕구를 해소할 수도 있다. 이렇게 서서히 소설 시대의 여명이 밝아오고 있었던 것이다.

2. 강감찬 설화와 강민첨 초상

고려 8대 현종顯宗, 재위 : 1009~1031은 고려 태조와 4대 성종시대에 정비하기 시작한 고려 왕조의 기틀을 굳건히 다져놓은 왕으로 기억되고 있다. 특히 국내 정치 기반의 확립뿐만 아니라 대외적으로 오랜 거란과의 전쟁을 일단락함으로써 나라 안팎으로 안정을 도모할 수 있었다. 그리고 바로 이때 거란과 대적하여 전쟁을 승리로 이끌었던 장본인은 바로 장군 강감찬姜邯贊, 948~1031과 부장 강민첨姜民瞻, 963~1021이었다. 이들 영웅은 당대에는 물론이고 후대에 이르기까지 숭앙의 대상이 되었다. 그런데 두 사람을 특별히 기억하는 방법은 좀 달랐던 것 같다.

역사적 사실에 기초한 공식적인 기록의 방법은 두 사람이 동일하다. 언제 급제를 했으며, 어떤 공을 세우고 어떤 관직을 하사받았는지 나열하는 것이다. 지금까지 전해지는 정보를 그대로 정리해 보면, 우선 강감찬은 983년 장원으로 급제한 뒤 예부시랑禮部侍郎이 되었다. 이후 한림학사翰林學士와 이부상서吏部尚書 등을 지냈으며, 1018년 서경유수西京留守로서 거란의 소배압蕭排押이 10만 대군을 이끌고 침공했을 때 귀주대첩을 성공으로 이끌어서 오랜 전쟁을 끝냈다. 그 공으로 전란이 수습된 뒤 검교태위

문하시랑 동내사문하평장사 천수현개국남 식읍삼백호檢校太尉 門下侍郎 同內史門下平章事 天水縣開國男食邑三百戶에 봉해지고, 추충협모안국공신推忠協謀安國功臣의 호를 받았다. 1020년에는 특진검교태부 천수현개국자 식읍오백호特進檢校太傅 天水縣開國子 食邑五百戶에 봉해진 뒤 벼슬에서 물러났다. 그리고 1030년에 다시 관직에 나아가 문하시중門下侍中에 오르고, 이듬해 개부의동삼사 추충협모안국봉상공신 특진 검교태사 시중 천수현개국후 식읍일천호開府儀同三司 推忠協謀安國奉上功臣 特進 檢校太師 侍中 天水縣開國侯 食邑一千戶에 봉해졌다. 사후에 수태사 겸 중서령守太師兼中書令에 추증되었으며, 시호는 인헌仁憲이다.

한편 강민첨은 본관이 진주이며 목종穆宗, 재위 : 997~1009 때 문과에 급제했다. 1018년 거란의 대군이 쳐들어오자 강감찬의 부장으로 출전하여 흥화진에서 적을 격파했으며, 거란군이 개경으로 쳐들어가자 이를 추격하여 자산에서 대승을 거뒀다. 그 공으로 응양상장군 주국우산기상시鷹揚上將軍 柱國右散騎常侍가 되고, 추성치리익대공신推誠致理翊戴功臣이 되었다. 이듬해 지중추사知中樞事 병부상서兵部尙書에 올랐고 사후에 태자태부太子太傅로 추증되었다.

이상과 같이 중세의 영웅을 국가적인 차원에서 대우하는 방법은 읽는 것조차 버거운 긴 명칭의 직함을 내리는 것이었으며, 그 기록은 후대에까지 고스란히 전해졌다. 하지만 이와 같은 공식적인 기록과 달리 현재 두 사람을 상기할 수 있는 보다 친근한 방법은 강감찬의 탄생 이야기와 강민첨의 초상을 이용하는 것이다. 두 사람은 함께 거란을 물리치는 위업을 세우며 같은 시대를 살았다. 하지만 흥미롭게도 그 당시 강감찬의 초상은 남아 있지 않고 대신 설화적 흥미 가득한 이야기가 풍부하게 전하며, 반면에 강민첨은 별도의 설화는 없지만 대신 그의 상을 그린 그림이 전한다.

강감찬의 이야기는 일찍이 그의 출생담을 중심으로 『보한집』, 『고려사절요』, 『세종실록지리지』, 『동국여지승람』 등에 기록되었다. 일례를 들면 아래와 같다.

> (강감찬 장군은) 현종 때 거란 군사를 물리쳤다. 벼슬이 문하시중에 이르렀고, 시호는 인헌이다. 세상에 전해오는 말에, "한 사신이 있어서 밤에 시흥군에 들어오다가 큰 별이 인가에 떨어지는 것을 보고 아전을 보내서 보도록 하였다. 마침 그 집 며느리가 사내아이를 낳았다. 사신이 이상히 여기고 아이를 가져다가 길렀는데, 이가 강감찬이라. 뒤에 송나라 사신이 보고, 저도 모르는 중에 재배하면서, '문곡성文曲星이 오랜 동안 보이지 않더니, 지금 여기에 있다' 하였다" 고 한다.
>
> 『신증동국여지승람』 10권 「금천현」 (민족문화추진회 역, 1982)

『신증동국여지승람』에 전하는 강감찬 탄생 설화의 핵심은 별에 있다. 별과 관련된 강감찬 탄생 설화는 일찍이 고려 후기 『보한집』에서도 찾아볼 수 있다. 즉 세상에 전하기를 한 사신이 밤에 시흥군에서 큰 별이 떨어지는 것을 보고 그 집을 찾아가 보니 사내아이가 태어나 있었고 그 아이가 바로 강감찬 장군이 되었다는 것이다. 그리고 훗날 송나라 사신이 그를 보고 문곡성이 바로 여기 있다고 했다는 얘기도 곁들이고 있는데, 문곡성은 풍수를 점치는 구성九星 가운데 네 번째에 해당하는 별로 글과 재물을 관장한다고 알려져 있다. 강감찬은 문곡성의 정기를 타고난 인물로 지혜를 갖추고 복된 삶을 살았다고 대대로 기억했던 것이다. 그런데 한편 『신증동국여지승람』에서 강민첨에 관한 내용을 찾아보면 강감찬과는 기술 방향이 다른 것을 확인할 수 있다.

(강민첨 장군은) 목종조에 과거에 올랐다 현종 때에는 대장군으로서 강감찬의 부장이되어 글안군을 크게 격파하였다. 응양 상장군 주국鷹揚上將軍柱國으로 발탁되었다가, 우산시 상시右散騎常侍로 전임되었고, 추성치리 익대공신推誠致理翊戴功臣의 호를 받았고, 병부상서로 죽으니 태자태부로 추증되었다.

『신증동국여지승람』 30권 「진주목」 (민족문화추진회 역, 1982)

위의 예에서 확인할 수 있는 것과 같이, 강민첨에 관한 정보는 부가적인 흥미로운 서사가 개입할 틈이 없이 있는 그대로의 사실을 열거한 것이 전부이다. 이외에 부장이었던 강민첨에 대한 별도의 이야기는 찾아볼 수 없다. 하지만 대신에 그의 초상은 아래와 같이 남아 있다.

〈그림 41〉은 화면 상단의 화기에 의하면 1788년 박춘빈朴春彬이라는 화사가 옛날부터 진주 우방사에 소장되어 있던 강민첨의 초상을 옮겨 그린 것이다. 사실 강민첨의 초상에 대한 기록은 이전부터 존재했다. 예를 들어 『신증동국여지승람』을 보면 "고려 때 장군 강민첨이 우산牛山에 우방牛房 모방茅房의 두 절을 창건하였는데, 모방에는 강민첨의 화상이 남아 있다"는 기록을 확인할 수 있다. 강민첨은 고향인 진주에 우방과 모방이라는 두 사찰을 창건했는데, 일찍부터 그곳에서 화상을 걸어놓고 업적을 기렸던 것 같다. 〈그림 41〉을 보면, 머리에는 복두幞頭를 쓰고 둥근 옷깃의 곡령대수曲領大袖를 입고 손에는 홀笏을 들고 있는 전형적인 공복公服 차림의 상반신 초상을 확인할 수 있다. 이 초상은 얼굴을 약간 오른쪽으로 돌린 우안팔분면右顔八分面으로, 고려 전기 전형적인 공신상을 확인할 수 있는 귀한 작품이다.

애초에 강민첨의 초상은 그의 사망 뒤 1046년 문종 즉위년에 그려져 공신각에 봉안되었다고 한다. 그렇다면 강민첨보다 지위가 높았던 강감

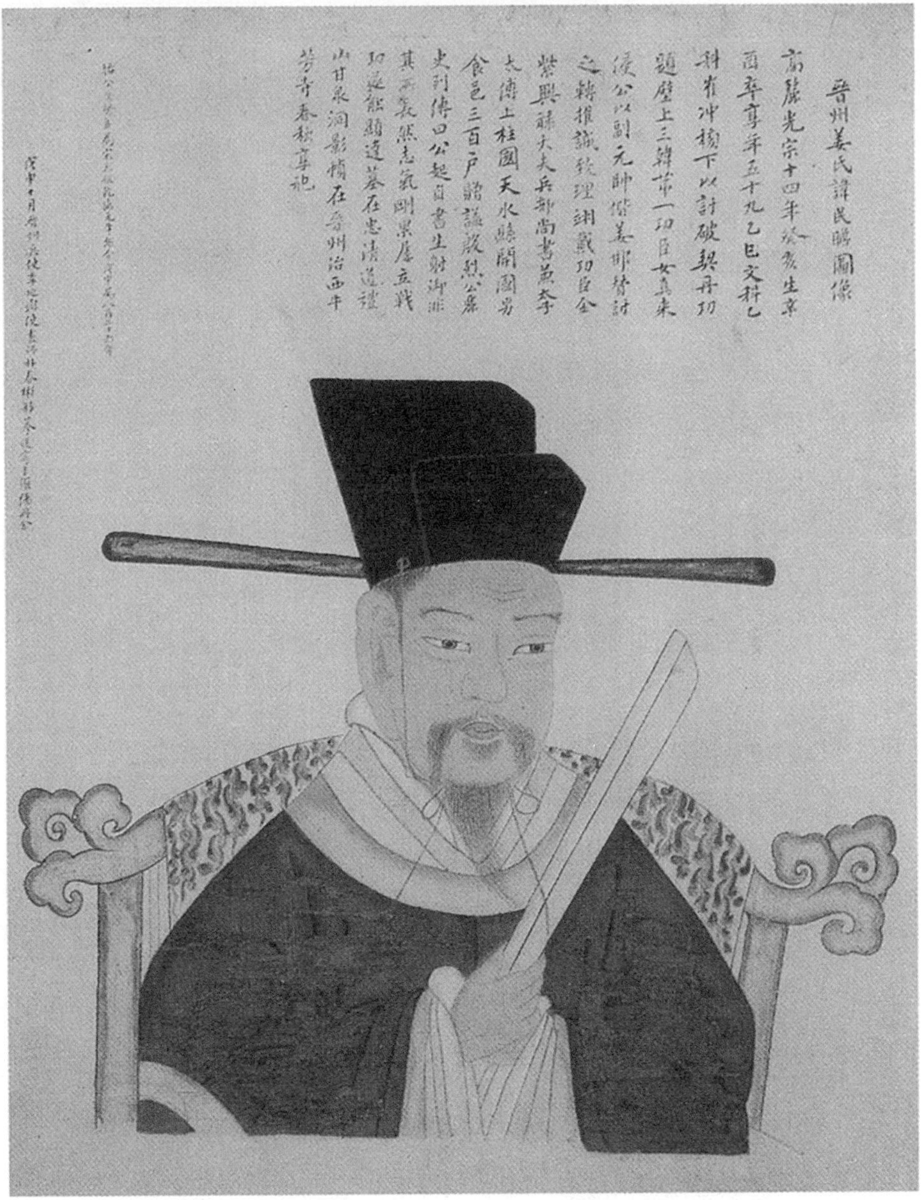

〈그림 41〉 박춘빈, 〈강민첨 초상〉, 견본 채색, 60×75cm, 국립중앙박물관.

찬의 초상 역시 봉안되었을 가능성이 매우 크다. 그런데 왜 현재는 강민첨의 초상만이 남아 있는 것일까. 아마도 그의 초상은 국가적인 차원이 아니라 본향인 진주에서 독자적으로 보관했기 때문에 수많은 전란의 화를 피한 것이 아닐까 싶다. 부장이었던 강민첨은 장군이었던 강감찬에 비하면 상대적으로 낮은 예우를 받았던 것이 사실이다. 하지만 적어도 본향인 진주에서만큼은 그의 명성은 자자했으며, 그래서 그곳에서는 강민첨의 초상을 극진히 보관했을 것이다. 따라서 고려 후기 전란 속에 대부분 고려 전기 그림이 소실되는 때에도 다행히 진주의 사찰에 있었던 강민첨의 초상만큼은 무사히 살아남았을 것으로 추측해 볼 수 있다.

하지만 강감찬의 경우 비록 그의 초상은 남아 있지 않지만, 그의 존재는 전국적인 분포를 보이는 온갖 이야기를 통해 많은 이들의 머릿속에 각인되었다. 가장 대표적인 것으로는 앞서 살펴본, 문곡성이라는 큰 별의 정기를 받고 태어났다는 설과 그리고 여우와 관련된 출생담이 그것이다. 특히 구비 설화의 형태로 흥미를 더하면서 강감찬은 여우가 낳은 자식이기 때문에 유달리 총명했다는 이야기가 크게 유행했다. 강감찬의 출생에 여우가 개입하는 설화는 과연 민중의 상상답게 발랄하다. 하지만 다소 불경스러운 측면이 있는 것도 사실이다. 앞의 문헌에서 확인할 수 있었던, 별이 떨어진 곳에서 강감찬이 출생했다는 이야기는 천상계의 신성함을 대입한 것이지만, 짐승인 여우에게서 태어났다는 설정은 다소 기괴한 측면이 없지 않다. 하지만 강감찬 탄생 설화는 성스러운 별과 속된 여우의 예화를 동시에 수렴할 수 있었기에 상하층을 아우르는 보다 넓은 범위로 확장되어 폭넓게 전승될 수 있었을 것이다.

현재 우리가 접할 수 있는 강감찬의 이야기와 강민첨의 초상은 각기 다른 측면을 보여준다. 강감찬의 경우 아마도 고려 전기 공신각에 걸려 있었을지도 모르는 그의 초상은 확인할 수 없어서 아쉬움을 남기지만, 워낙 유명한 장군이었기 때문에 일찍부터 별의 정기를 타고났다는 이야기가 전해지고 있었다. 그리고 이후에도 그와 관련된 흥미로운 설화는 전국적인 규모로 민중의 입에서 입으로 퍼져나가면서 신성함과 비속함을 두루 아우르면서 확대되었다. 그에 비해 강민첨에 관해서는 별도의 흥미로운 이야기를 찾아볼 수 없다. 하지만 대신 고향인 진주에서 각별히 초상을 걸어두고 보관한 결과, 현재 그의 이미지는 관리로서 공복을 한 근엄한 형상을 그대로 간직하며 변함없이 살아있다.

3. 초상의 진실

중세 한국은 초상화 강국이었다. 특히 조선시대에는 질적 양적으로 초상화의 전성기를 구가했다. 하지만 사실 그 전통은 일찍이 고려시대부터 다져진 것이었다. 물론 이미 삼국시대 고분벽화에서부터 특정 인물에 주목한 그림을 확인할 수 있다. 그러나 고려시대에는 이전과 달리 왕족과 고승, 문인과 같은 그룹을 중심으로 초상화를 그려서 봉안하고 제향과 추앙의 대상으로 활용하는 문화가 일반화되었다는 점에서 이전 시대와는 다른 결정적인 차이점을 확인할 수 있다. 즉 누군가를 예우하고 기리는 사회적인 관습이 정착되면서 자연스럽게 인물의 형상을 그린 그림이 발전하기 시작했다는 점에 주목할 필요가 있다.

그런데 앞에서도 언급한 바와 같이, 중세에 특정 인물을 기념하는 방법은 전이라는 문학과 초상이라는 그림이 병존하면서 동반 성장했는데, 둘 사이에는 여러 가지 면에서 차이점이 뚜렷했다. 예를 들면 문학인 전은 통일신라시대의 김대문金大問, ?~?이 썼다고 전하는 『고승전』이나 김부식의 『삼국사기』「열전」 등에서 알 수 있듯이 상층 지식인이 창작했다. 하지만 점차 입전의 대상이 비단 고승이나 왕공 귀족에 국한되지 않고 서민층으로까지 확장되는 특징을 확인할 수 있다. 그런데 초상은 누구인지 기록을 찾아볼 수 없는 무명의 화공이 그렸지만, 그 대상은 상층의 인물에 국한되었다.

그뿐만 아니라 사람의 일생을 다루는 문학은 전형적인 한문학 장르인 전을 기반으로 하면서도 소설적 경향을 지니는 새로운 유형으로 파생되거나 혹은 허구적인 내용 전개 속에서 이면적 진실을 내포하는 방향으로 복잡하게 발전했다. 그러나 초상의 발전 방향은 문학의 파격과는 달랐다. 초상화는 궁극적으로 주인공과 가장 닮은 모습을 추구하는 데에 집중했다. 물론 초상화 역시 시대나 개별적인 조건에 따라 구별되는 특성을 확인할 수 있다. 하지만 그렇다고는 해도 대상을 가장 닮게 그리는 핍진한 모사가 궁극적인 목표라는 점은 변함이 없었다. 특히 외면적인 측면뿐 아니라 그 정신까지 포착하고자 하는 집요한 노력 속에서 일관된 발전을 꾀했다. 애초에 어떤 존재의 형상을 그리는 일은 이야기를 향유하는 것과는 다른 여건이 필요했고 특히 심오한 목적에서 출발했던 사실을 확인할 수 있다. 예를 들면 아래와 같다.

921년 5월 15일에 제석신帝釋神이 흥륜사의 왼쪽 경루經樓에 내려와서 열흘 동안 머무르니 전탑과 풀, 나무, 흙, 돌들은 모두 이상향 향기를 풍기고, 오색 구름이 절을 덮고 남쪽 못의 어룡이 기뻐 뛰놀았다. 나라 사람들이 모여서 보고, 그 전에는 없었던 일이라고 감탄하면서 옥과 비단과 곡식을 산더미처럼 시시施捨하고 장인들이 스스로 와서 며칠 안에 절 일을 다 해놓았다. 공역을 마치자 천제가 돌아가려 하니, 두 승려靖和·弘繼가 아뢰었다. **"천제께서 만약 궁으로 돌아가려 하시거든 제帝의 얼굴을 그려서 정성껏 공양하여 은혜를 갚게 하시기 바랍니다. 또한 이로 인하여 영상影像을 남겨서 길이 하계下界를 진호鎭護하게 하시기 바랍니다."** "내 원력은 저 보현보살이 현묘한 조화력을 두루 펴는 것보다 못하니 보살 상을 그려서 경건하게 공양하여 폐지하지 않음이 좋겠다." 두 승려는 천자의 명령을 받들어 보현보살의 상을 벽 사이에 공손히 그렸는데, 지금까지 그 화상이 남아 있다.

일연, 『삼국유사』 「탑상」 3 '興輪寺壁畫普賢' (이재호 역, 1974)

위의 예문은 신라말 정치적으로 어려운 시기에 방화로 신라 최초이자 최고의 사찰 중 하나인 흥륜사가 불에 탔을 때의 일화를 적은 것이다. 921년 신라 54대 경명왕景明王, 재위 : ?~924 때 승려 정화靖和와 홍계弘繼가 나서서 흥륜사를 복구하려 하자, 하늘에서 제석신이 내려와 열흘 동안 머물렀다. 그러자 주변의 사람들이 몰려와 스스로 공물을 바치고 장인들이 직접 나서서 수일 내에 사찰을 원래대로 복원하게 되었다. 그리고 마침내 불사가 완성된 것을 확인하고 천제가 돌아가려고 하니 승려들은 존귀한 얼굴을 그려서 첫째, 공양하여 은혜를 갚고, 둘째, 인간 세상을 진호鎭護하여 편안하게 하고 싶다는 바람을 전했다. 그때 제석신은 보현보살의 상을 그려서 경건하게 공양할 것을 권했고, 결국 그 명을 받들어 보살의 화상을 세상에 남기게 되었다는 것이다.

『삼국유사』에 남아 있는 이 일화는 신비적 색채가 농후한데, 단지 종교적 의미 외에도 애초에 영상影像에 부여했던 인간들의 뜻이 무엇이었는지 잘 보여준다. 즉 신적인 존재의 형상을 그려서 정성껏 공양함으로써 그 존재의 가치를 잊지 않고 세상에 전하여 영향력을 극대화하고자 했던 의

도를 포착할 수 있다. 근본적으로 도상은 불망기의 역할을 하면서 세상에 끼치는 영향력이 매우 큰 것으로 간주했다. 그리고 바로 이처럼 불교의 도상에 투사했던 의미는 일반적인 초상화의 발전과 무관할 수 없다. 형상을 남긴다는 것은 암암리에 숭엄함이 밑받침되었다. 그리고 이러한 형상을 세상에 온전히 전하기 위해서는 시각적인 핍진함이 매우 중요했다. 화가의 공력을 다해 대상을 가능한 있는 그대로 형상화하는 일은 시간이 흐른 후에도 잊지 말아야 하는 존재의 영생을 가능하게 하며, 그 뜻을 전달하는 근간이 되었기 때문이다.

그런데 한편 초상화의 발전 방향과 달리, 특정 인물의 일대기에 집중하는 문학은 있는 그대로의 사실을 중심으로 기록하는 한문 전 이전에 일찍부터 흥미진진한 설화의 전통이 막강했다. 그리고 이와 같은 고대의 설화적 상상은 지속적으로 영향력을 행사하면서 중세의 전 문학에 개입하기도 했다. 예를 들면 아래와 같다.

수좌의 본성은 변씨邊氏이고 이름은 균여다. 아버지는 환성煥性이라 하는데 고상한 뜻을 품고 이름을 숨기며 살았다. 어머니의 이름은 점명占命인데, 일찍이 천우天祐 14년917 4월 초이렛날 밤 **꿈에 암수 봉황이 모두 누런 빛깔을 하고 하늘에서 내려와 품속으로 함께 들어오는 것을 보았다.** 20년923이 되자 **점명의 나이 이미 60인데도 능히 임신하여 일곱 달을 채우고,** 이해 8월 8월 황주黃州의 북쪽에 있는 형악荊岳의 남쪽 산자락의 자기집돈대엽촌에서 대사를 낳았다. (…중략…) 대사께서 **막 태어나셨을 때 용모가 몹시 추악하여 비길 데가 없었다. 부모가 꺼림칙하여 길거리에 버렸더니 까마귀 두 마리가 날개죽지를 펼쳐 아기의 몸을 덮어 주었다.** 길을 가던 사람이 그 신이함을 보고서 그에 따라 집을 찾아가 본 광경을 죽 이야기해 주었다. 이에 부모님은 후회하고 거두어 길렀다. 그러나 아기의 모습은 남에게 보이고 싶지 않아서 광주리 안에 놓아두고 젖을 먹여 키우다가 여러 달 뒤에야 마을사람에게 내보였다. 대사께서 강보의 어린애였을 적에 『화엄경』의 게송을 잘 읽어서 무릇 아버지가 말로 가르쳐 주는 것을 열에 하나도 놓침이 없었다.

혁련정, 『균여전』, 「初降誕靈驗分」 (최철·안대회 역, 1986)

위의 예문은 고려 전기의 문인 혁련정赫連挺, ?~?이 승려 균여均如, 923~973의 일대기를 적은 『균여전』의 일부이다. 균여 대사는 고려 초기 화엄 사상을 중심으로 불교의 화합을 꾀했으며, 향가 「보현십원가普賢十願歌」를 남기는 등 탁월한 면모를 보인 고승이다. 그런데 균여의 삶을 정리한 전을 보면, 위의 예문에서 확인할 수 있는 바와 같이 고대의 신화적 요소를 그대로 차용했던 것을 알 수 있다. 그의 모친은 태몽으로 봉황이 품에 드는 꿈을 꾸었으며, 나이 60에 임신을 해서 7달 만에 균여를 낳았다고 했다. 이처럼 이 이야기는 모계로부터의 신이함을 강조했을 뿐만 아니라, 나아가 그가 태어났을 때 용모가 추해서 길에 버렸더니 까마귀 두 마리가 보호했다는 매우 익숙한 요소까지 곁들였다. 하지만 점점 자라며 신통함을 보이기 시작하여 어려서 『화엄경』을 익히는 데에 전혀 어려움이 없었다고 적었다. 이상과 같이 고려시대 승려인 균여의 전을 보면, 합리적 접근과는 달리 고대의 신화적 모티프를 차용하여 허구적인 이야기 속에서 고귀한 혈통과 능력에 대한 극적 효과를 높이는 것을 확인할 수 있다. 그런데 한편 이와 견줄 수 있는 고려시대 승려의 화상은 다음과 같다.

〈그림 42〉는 고려시대에 천태종을 창종한 대각국사 의천義天, 1055~1101의 진영이다. 의천은 왕족으로서 당시 교종과 선종으로 나뉜 불교를 통일하는 데에 큰 역할을 한 고승이다. 불교뿐만 아니라 제자백가의 사상에 두

<그림 42> 도일, 〈대각국사 진영〉, 1805년 견본 채색, 110.2×144.0cm, 선암사. (보물 1044호)

루 능통했던 그는 송나라에서 유학 후 귀국하여 저술 활동과 후학 양성에 힘을 쏟았던 것으로 유명하다. 현재 남아 있는 의천의 진영은 그림 속 화기에 의하면 1805년 도일道日 비구에 의해 제작된 것이다. 하지만 비록 19세기에 그린 것이라고 해도, 여러 초상들이 그렇듯이 그 모본은 훨씬 이전부터 대대로 전해온 것이다. 그리고 이 그림은 현존하는 고승의 진영 중에서도 수준 높은 작품으로 손꼽히고 있다.

그림 속 녹색 장삼과 붉은 가사를 입은 대사는 왼손으로 주장자를 잡고, 오른손 팔목에는 단주를 끼고 있으며 두 발을 나란히 족좌대 위에 놓고 측면을 향해 앉아 있다. 그런데 화려한 의상이나 상징물보다 더욱 인상적인 부분은 일자로 반쯤 내리뜬 눈과 굳게 다문 입매의 견고함이 아닐까 싶다. 삭발한 민머리 아래 무심한 듯 일자로 묘사된 눈썹과 눈과 입은 의지가 굳은 학자이자 승려였던 대각국사 의천의 진면목을 그대로 투사한다. 낮게 전면을 응시하는 검은 눈동자는 그가 누구였으며 어떤 뜻을 후학들에게 전달하고자 했는지 말해주는 듯하다.

위에서 균여 대사의 전이 화엄의 진리에 몰두했던 고려시대 승려의 존재를 탄생 과정의 신이함을 통해 극적으로 부각시켰던 반면에, 대각국사 의천을 그린 그림은 천태종의 창시자였던 고려시대 승려의 위상과 그 뜻을 화려한 위용과 더불어 비범함을 간직한 형상을 통해 전달했다. 그리고 이와 유사한 고승의 진면목은 여타의 작품을 통해서도 확인할 수 있다.

〈그림 43〉은 고려시대 조계종의 창시자인 보조국사普照國師 지눌知訥, 1158~1210을 그린 것이다. 지눌은 수선사를 열었던 장본인이며, 수선사를 계승한 송광사는 지눌의 제자인 혜심을 비롯하여 16국사를 배출했다. 바로 이 16국사를 그린 〈송광사 십육조사진영〉 가운데 〈그림 43〉은 1세 보조국사에 해당한다. 그런데 이 그림은 위의 대각국사 의천의 진영과 매

<그림 43> 쾌윤(快允), 〈송광사 십육조사진영(松廣寺十六祖師眞影)〉 중 1세 보조국사, 1780년, 견본 채색, 77.4×134.8cm, 송광사. (보물 1043호)

우 흡사하다. 흐린 바탕 위에 녹색 장삼과 붉은 가사의 화려한 보색 대비를 비롯하여 교의자에 앉아 있는 자세와 시선의 방향 그리고 특히 가늘게 내리뜬 눈과 입매의 단호함에서 일정한 패턴을 확인할 수 있다.

화기에 따르면, 이 그림은 1780년에 금어金魚 즉 불화가인 쾌윤快允이 수화사가 되어 복찬福璨과 함께 중성重成 했다고 한다. 바닥과 벽이 구분되지 않는 어두운 배경을 바탕으로 밝은 의상의 인물이 안정감 있게 채색되어 정돈된 분위기를 전한다. 이처럼 패턴화된 화상의 전통은 고려시대부터 학덕을 갖추고 숭앙의 대상이 되었던 고승들을 시각적으로 표상하여 배향하는 문화와 함께 이어졌던 것으로 보인다. 고요한 정적 속에 전달되는 그림 속 주인공들의 기품은 신화적 이야기와는 다른 방법으로 범접할 수 없는 파문을 일으키며 오랜 세월 대중들에게 각인되었을 것을 미루어 짐작할 수 있다.

그런데 한편 고려시대에는 불교라는 종교적 전통과는 별도로 문인 그룹을 그린 그림이 대두하면서 중세 문화의 지평을 새롭게 넓혀 갔다. 특히 관료 문인들의 일상을 다룬 인물화는 소소한 흥미 요소를 갖추고 있었는데, 예를 들면 아래와 같다.

〈그림 44〉는 비단에 채색한 문인 인물화이다. 왼쪽은 중앙의 뜰에서 시를 짓는 모습이, 오른쪽은 그림을 감상하는 모습이 중심을 이루면서 두 폭이 한 쌍을 이룬다. 그리고 주동 인물의 주변에는 건물과 정원의 나무들, 여러 손님과 동물들이 배치되어 생동감 넘치는 장면을 연출한다. 여유로운 문인들을 중심으로 화려한 기물들과 단정한 시동들, 잘 꾸며진 정원이 화면 전체에 들어차 있다.

문인들이 일상 속에서 누리는 여유로운 삶의 단면을 포착한 이 그림은 고려시대의 기로회耆老會를 연상하게 한다. 기로회란 고려시대에 관직에

<그림 44> 미상, 〈雅集圖 對聯〉, 고려 14세기, 견본 채색, 각 139.0×78.0cm, 삼성미술관 Leeum.

서 물러난 원로 문인들이 만든 모임을 일컫는다. 조선시대에는 기로소耆老所라는 국가적 차원의 조직이 존재했지만, 이전 시대인 고려의 기로회는 문인들의 사적인 단체였다. 이 모임은 훗날 사대부 문화에서 매우 중요한 계회契會의 시발점이 된다는 점에서 큰 의미를 찾을 수 있다.

고려시대 최초의 기로회는 문인 최당崔讜, 1135~1211이 관직에서 물러나 당대의 명망 있는 원로들과 구성한 '해동기로회海東耆老會'였으며, 당시의 모습은 〈해동기로도〉라는 그림으로 그렸다는 기록이 이인로의 「쌍명재기雙明齋記」에 전한다. 고려시대의 기로도는 현재 전하지 않아서 아쉬움을 남기지만, 이인로는 「해동기로도후海東耆老圖後」에서 "(화가) 이전이 그린 〈해동기로도〉를 보니 푸른 얼굴에 흰 머리털, 가벼운 갖옷에 늘어진 띠, 거문고 그리고 바둑과 시와 술, 하품하고 기지개 켜며 누워 있고, 구부린 자의 형태가 그 묘함을 얻지 않은 것이 없다"고 적었다. 당시에 지상선地上仙이라고 일컬었다는 이들의 모습은 〈그림 44〉 〈아집도 대련〉 속 인물들처럼 여유가 넘치는 그야말로 속세의 신선 같은 자태로 묘사되지 않았을까 상상해 볼 수 있다.

이처럼 고려의 문인들은 왕족이나 승려 계급과 더불어 상층 귀족으로서 그들만의 문화를 구가했다. 그리고 이와 같은 문인을 대상으로 하는 작품은 조선시대에 대단히 많은 양의 '계회도'와 사대부 개인의 '초상화' 등으로 분화 발전함으로써 가파른 상승 곡선을 그리게 된다. 이 가운데 계회도는 조선 전기 관료 제도 아래에서 비약적인 발전을 꾀하게 되었지만, 문인의 초상화는 이미 고려시대부터 독자적인 전통을 형성하고 있었다. 예를 보면 아래와 같다.

〈그림 45〉는 현존하는 고려시대의 초상화로서 문인 염제신廉悌臣, 1304~1382을 그린 것이다. 고려 후기의 총신 염승익廉承益, ?~1302의 손자로서

〈그림 45〉 공민왕(전), 〈염제신 상〉, 고려 14세기, 견본 채색, 42.1×53.8cm, 충경서원. (보물 1097호)

46 | 47

〈그림 46〉 이불해(전), 〈안향 초상〉, 조선 16세기, 견본 채색, 53.3×88.8cm, 소수박물관. (국보 111호)
〈그림 47〉 『회헌실기』 중 안향 목판 초상, 조선시대, 책 크기 32×21.5cm.

원나라에서 관직 생활을 시작했던 염제신은 고려로 돌아와 관리로 명망을 떨쳤으며, 그의 딸은 공민왕의 신비愼妃로 책봉되었고, 그의 아들 염흥방廉興邦, ?~1388 역시 권신으로 유명하다. 고려 말기 어지러운 정세 속에서 충숙왕, 충목왕, 충정왕, 공민왕, 우왕을 섬기며 이름이 높았던 대신 염제신의 모습은 바로 공민왕이 그렸다고 전하는 위와 같은 작품으로 남아 있다.

오른쪽을 바라보는 상반신을 포착한 이 초상화는 〈그림 42〉, 〈그림 43〉에 등장하는 전신상의 고승과 달리 밋밋한 평정건平頂巾을 쓰고 목 주위의 깃에 당초문이 선명한 단령團領을 착용한 모습이다. 배경 묘사는 생략한 채 문양이 없는 단정한 녹포綠袍를 입고 있는 염제신의 초상은 세밀한 이목구비에 보는 이의 이목을 한층 집중시킨다. 한 올 한 올 교차하는 가는 모발과 눈가와 이마의 주름, 코의 선과 굳게 다문 입이 섬세함을 더한다. 수수한 복색이지만 평온한 가운데 약간의 근심이 어린 듯 품격 있는 얼굴에서 그의 성품을 엿볼 수 있다. 이처럼 현실적인 표정 묘사에 공을 들이면서 특유의 기품을 잘 보여주는 고려시대 문인의 초상은 정제된 멋과 주인공의 내면을 잘 드러냈다.

〈그림 46〉은 고려시대의 유학자 회헌晦軒 안향安珦, 1243~1306을 그린 채색화이다. 안향은 유학을 발전시키고 미신을 타파하는 등 조선 성리학의 시조로서 큰 족적을 남겼다. 안향은 우리나라 최초의 사액서원인 소수서원紹修書院에 배향된 기념비적인 인물로, 그의 초상인 〈그림 46〉은 조선 중기의 화가 이불해李不害, 1529~?가 그린 것으로 전한다. 물론 이 초상화 역시 기존의 작품을 본뜬 것이다. 원래 안향의 초상은 1318년 충숙왕의 명으로 원나라의 화가가 그렸고, 현존하는 작품은 이 원본을 모사한 결과물로 알려져 있다.

이 그림을 보면 얼굴이 오른쪽을 향하고 있는 반신상으로, 시선의 방향이나 수수한 평정건平頂巾에 홍포紅袍를 입고 있는 형상에서 〈그림 45〉 염제신의 초상과 비슷한 점을 확인할 수 있다. 그러나 세밀한 표정 속에 개별적인 특징이 엿보이는데, 특히 원만한 두 볼과 꼬리가 살짝 올라간 입매에서 온화함을 엿볼 수 있다. 총기 있는 눈과 꼬리가 살짝 올라간 입가의 웃음에서 덕성 가득한 대학자의 여유를 느낄 수 있다. 이 초상은 〈선수고려국유학제거도첨의중찬수문전대학사증시문성공안향진宣授高麗國儒學提舉都僉議中贊脩文殿大學士贈謚文成公安珦眞〉이라는 거창한 원제목을 갖고 있다. 그만큼 유학자들에게 안향이라는 인물의 존재 의미가 남달랐던 것을 알 수 있는데, 하지만 오랜 기간 원본을 모사하면서 전해진 그의 초상은 의외로 수수한 복장을 하고 원만한 표정을 통해 평범한 인간적인 매력을 전한다.

그리고 한편 〈그림 47〉은 조선시대에 출간한 안향의 문집 『회헌실기晦軒實記』에 수록된 목판본 초상이다. 간결하게 선묘화되었지만 짙은 눈썹, 볼록한 두 뺨과 입가의 여유에서 〈그림 46〉과 동일 인물임을 알 수 있다. 이와 같은 판본 그림은 초상화가 비단 서원에서 배향의 목적으로 사용되었을 뿐 아니라, 다양한 효용을 지니고 활용되었음을 시사한다. 존경하는 선현의 초상은 곧 해당 인물이 지녔던 뜻을 잊지 말고 상기하고자 하는 후대인의 의지와 맞물리면서, 배향의 장소는 물론이고 출판된 서적에 이르기까지 다용도로 그 쓰임새를 증명했다.

이상으로 살펴본 문인의 초상은 승려들의 화상과는 별도로 시간의 흐름에 따라 점차 그 수가 많아지면서 회화 가운데 큰 비중을 차지하게 되었다. 앞에서 점검한 내용을 돌이켜 보면, 『삼국유사』에 소개된 흥륜사의 보현보살상에 투사했던 숭고한 염원이나 혹은 대각국사 의천과 보조국사 지눌의 상에 투사했던 화려한 위엄과 달리, 문인들의 상은 평상복 차림의 검소한 복색에 온화한 모습을 하고 있다. 하지만 오히려 이와 같은 평범함

속에 존경하는 마음을 담아 기억하고자 했던 내면적 본질이 세밀한 형상 묘사를 통해 남다른 풍모를 자아낸다. 이처럼 고려시대 이후 문인의 초상은 겉으로 드러나는 외면을 넘어서 내면의 비범함을 보여주며 인물의 존재 가치를 확고히 다져 나갔다. 그리고 한편 문인 초상의 수요가 증가하면서 그림을 매개로 하여 주인공의 진면목을 되새기는 계기가 마련되기도 했는데, 그림을 보고 남긴 화상찬畫像贊을 살펴보면 다음과 같다.

> 외관이 정숙하며 외모가 단아하다. 몸을 단속함에는 차라리 검소할지언정 화려하지 않았으며 일에 대하여 부지런히 하면서도 서두르지 않았다. 국사를 의논하는 자리에 나와서는 삼한三韓을 복되게 할 수 있으며, 적적한 시골에 물러가 있어도 또한 세상을 초월하였다. 황예장黃豫章은 속세를 떠나 있으면서도 머리를 깎지 않았고 사강락謝康樂은 부처가 되고서도 가정에 있었다. 사람들은 공의 풍채가 아버지를 닮았다고들 하는데, 나는 그의 모습을 적어서 후손에게 보이려 하노라.
>
> 최해, 「고상안죽옥상찬故相安竹屋像贊」, 『동문선』 51 (민족문화추진회 역, 1998)

위의 글은 고려 후기의 문신 죽옥竹屋 안우기安于器, 1265~1329의 화상에 대한 찬으로, 유명 문인 최해崔瀣, 1287~1340가 지은 것이다. '그 아들 익지를 위하여 짓다'는 부제가 붙은 이 작품은 유명을 달리한 안우기의 영정에 대한 글로, 우선 정숙하고 단아한 외모를 언급한 뒤 이어서 평소 그의 품행을 적었다. 즉 안우기는 검소하고 부지런하며 국사를 논할 때는 나라를 복되게 하는 데에 몰두했으며 물러나서는 세상을 초월했던 모범을 보였다고 하며 그의 모습을 적어서 후손에게 보이려 한다고 했다. 최해가 지은 이 작품을 보면, 가묘에 영정을 봉안했던 고려의 풍습과 더불어 초상을 통해 평소 고인의 인간적인 진면목을 되새기고자 했던 뜻을 확인할 수 있다.

초상화는 한 인물이 실재했던 것을 상기하게 하는 명백한 증거물이다. 그런데 특히 문인 초상의 경우 평소의 모습을 있는 그대로 그리면서 동시에 내면에 간직한 품위와 고귀함을 포괄하고자 했다. 문인의 초상화는 외면 묘사는 지극히 평범하고 현실적인 데에 치중했지만, 그 속에는 영원히 사라지지 않는 내면의 비범함을 갖출 수 있도록 노력했던 것이다. 그리고 이처럼 고려 문인의 초상화는 고귀한 뜻과 현실적인 외면을 동시에 수렴하는 만만치 않은 과제를 수행하는 가운데, 더욱 수준 높은 초상화의 발전을 이끌 수 있는 초석이 되었다.

중세는 신성한 존재의 일대기를 문학으로 기록하고, 그들의 형상을 그림으로 그리는 일에 주력했을 뿐만 아니라 동시에 그 전통을 평범한 인간을 대상으로 하는 작품으로 확장하여 분화 발전시킨 시기였다. 이러한 거대한 여정 속에서 고려 후기 문인의 초상화는 가히 기념비적인 출발점에 서 있었다. 외면의 핍진함은 물론이고 내면의 진실까지 정교하게 전달하고자 했던 각별한 노력은 소위 전신사조傳神寫照를 지향하면서 능력 있는 화사의 섬세한 붓끝에 집중되어 양적, 질적인 발전을 이끌었다.

4. 가전의 본질

지금까지 살펴본 고려시대의 초상화는 많은 경우 원본이 아니라 후대에 복원된 것이다. 그림이 지니는 물질적 속성상 시간이 흐르면 낡고 퇴색하기 때문에 꾸준히 모본을 임모하여 후세에 전한 결과이다. 원본 초상을 있는 그대로 복제하는 전통은 시간을 되돌려 당대 인물의 모습을 훼손 없이 보존하여 고인을 기리고자 했던 의지의 결과이다. 원래의 형상을 재생산하는 가운데, 아무리 오랜 시간이 흘러도 초상화의 주인공은 작품의 절대적인 지분을 차지하며 살아생전의 풍모와 당대의 화풍을 고스란히 간직하며 존속할 수 있었다.

하지만 초상화와 달리 전이라는 문학의 경우 한 번 기록한 주인공의 일대기는 서사 구조로 각인되어 누대로 전승되었다. 전의 서사 구조는 다시 복원할 필요 없이 말과 글을 통해 계승되었으며, 이 가운데 작품 속 주인공은 물론이고 작가 역시 독자적인 지분을 확보했다. 애초에 누가 누구를 왜 입전했는가 하는 작가와 작품을 둘러싼 종합적인 의미가 전을 이해할 수 있는 바탕이 되었다. 그래서 전이라는 문학 장르에는 주인공뿐만 아니라 작가의 존재 의미가 남다르다.

중세 동아시아의 전 문학에서는 작품 속 인물을 다루는 작가의 객관적 관점과 기술 방법이 중요했다. 대신 자서전의 전통은 상대적으로 미약했다. 서양에서는 일찍이 성 아우구스티누스Aurelius Augustinu, 354~430의 『고백록*Confessiones*』에서부터 스스로 자신의 삶을 되돌아보고 기술하는 기반이 수립되었고, 수많은 인물들이 자서전을 통해 반성적 회고록을 남겼다. 하지만 그에 비해 동아시아에서는 한 인물의 온전한 기록은 죽은 후에 가능한 것으로 믿었으며, 특히 사후 고인에 대해 잘 아는 주변 인물이 고인의 내력을 객관적으로 서술하는 것이 온당하다고 여겼다. 그래서 고려 시대 이후 수많은 묘지명이나 행장 등에서 볼 수 있는 것과 같이, 지인들이 고인의 일생을 기리는 작업이 굳건히 뿌리를 내리고 있었다.

바로 이와 같은 전통 속에서 문인 작가들에게 전은 매우 익숙하고 중요한 장르로 자리를 굳혔다. 그리고 점차 전이라는 양식을 활용하는 문학은 비단 전형적인 한문 전 외에도 넓은 범주로 확장하면서 더 큰 발전을 꾀할 수 있었다. 예를 들어 최초의 한글 소설 「홍길동전」이 '전'을 표방했던 것을 떠올릴 수 있다. 그리고 그 외에도 점차 사실과 허구를 넘나드는 수많은 전이 작가 의식을 반영하며 입지를 굳혔다. 원래 전은 있는 그대로의 사실에 기반한 기록이지만, 본래의 용도를 비트는 방법을 통해 의외의 흥미와 숨겨진 진실에 접근할 수 있는 다양한 통로를 마련하며 더욱 세력을 확장했다.

이 가운데 고려 후기에는 전은 전인데 가짜 전 즉 가전假傳이 유행하면서 흥미로운 양상을 선보였다. 가전 문학은 당나라의 유명 문인 한유韓愈, 768~824의 「모영전毛穎傳」에서 기원한 것으로, 동·식물을 비롯한 온갖 사물과 인간의 심성과 같은 추상적 대상 등을 주인공으로 설정하여 마치 실존 인물인 듯 서술하는 특징을 지닌다. 이러한 가전 문학이 우리나라에서는 고려 후기 문인과 승려들에 의해 집중적으로 창작되었다. 임춘林椿, ?~?의 「국순전麴醇傳」과 「공방전孔方傳」을 필두로, 이규보1168~1241의 「국선생전麴先生傳」과 「청강사자현부전淸江使者玄夫傳」, 이곡李穀, 1298~1351의 「죽부인전竹夫人傳」, 이첨李詹, 1345~1405의 「저생전楮生傳」과 식영암息影庵, ?~?의 「정시자전丁侍者傳」, 혜심의 「죽존자전竹尊者傳」과 「빙도자전氷道者傳」과 같은 작품이 그것이다. 물론 그 이후에도 가전은 꾸준히 명맥을 유지했다.

하지만 가전 문학의 전성기는 위에 열거한 고려 후기 작가와 작품들이 차지했다. 이들 사대부 문인과 선승은 현실적인 안목을 겸비한 박학한 지식인으로서 고려 전기의 귀족적 이상주의자들과는 다른 가치관을 지니고 있었다. 그들은 어느 한 분야에 국한되지 않는 온갖 지식을 동원하여 각종 사물을 마치 실제 했던 인물인 것처럼 의인화하는 비유의 수법을 이용하여 교훈과 풍자를 꾀했다. 그들은 이렇게 전을 빙자한 가짜 전을 통해 우언 문학의 이정표를 세웠던 것이다.

하지만 돌이켜보면, 사물을 의인화하여 교훈적인 의미를 전달하는 우의寓意의 수법은 이미 설총薛聰, 655~?의「화왕계」나 기타의 설화 문학 등에서도 확인할 수 있는 것이다. 권계를 위한 목적 의식이 주된 것이라면 이전의 작품들이 이미 선편을 쥐고 있다. 그렇지만 고려 후기의 가전체는 이와 같은 비유 그리고 교훈이라는 특징과 함께 사물을 매개로 한 순수한 지적 유희라는 측면을 보이면서 고유성을 확보했다. 보통의 인물이 아닌 사물 캐릭터를 동원함으로써 독특한 상상의 장을 열기 시작한 것이다.

예를 들어 최초의 가전체 작가 임춘은 술을 대상으로 하는「국순전」을 남겼고, 이후 고려 후기 이규보가「국선생전」 그리고 조선시대 임제가「수성지」를 선보이면서 술의 내력과 흥망성쇠를 다룬 가전 문학의 계보를 형성한 바 있다. 술이라는 기호 식품을 여러 작가가 그야말로 기호에 따라 자유롭게 다룬 결과이다. 술을 좋아하는 작가들이 인문, 역사, 지리 등 각 분야의 지식을 총동원하여 술을 의인화 함으로써 그 일대기를 흥미롭게 구성하는 글쓰기의 유희를 누린 것을 확인할 수 있다.

이 작품들은 그저 주관적인 기호와 관점을 작품에 투영하여 가상의 일대기를 구성함으로써, 마치 실존 인물인 것처럼 술을 전기 문학의 주인공으로 만들었다. 이 과정에서 가전체는 표면상 서사화 전략을 이용했다. 하지만 그 본질은 서사 문학이 아니라는 것이 지금까지 연구자들이 내린 결론이다. 왜냐하면 가전체는 특정한 인물과 사건을 중심으로 의미 있는 기승전결의 구성을 지향한 것이 아니기 때문이다. 단지 허구의 주인공들이 파상적으로 등장하여 교훈적인 내용을 전하는 교술 장르에 해당한다.

위魏나라 초기에 이르러 순醇의 아비 주酎, 소주가 세상에 이름이 알려져서, 상서랑尙書郞 서막徐邈과 더불어 서로 친하여 그를 조정에 끌어들여 말할 때마다 주가 입에서 떠나지 않았는데, 마침 어떤 사람이 위에 아뢰기를, "막邈이 주酎와 함께 사사로이 사귀어 점점 난을 일으키려 합니다". 하므로 위에서 노하여 막을 불러 힐문하니, 막이 머리를 조아리며 사죄하기를, "신이 주를 좇는 것은 그가 성인의 덕이 있기에 수시로 그 덕을 마시었습니다". 하니 위에서 그를 책망하였고, 그 후에 진晉나라가 선양禪讓을 받게 되자, 세상이 어지러울 줄을 알고 다시 벼슬할 뜻이 없어 유령劉伶, 완적阮籍의 무리와 더불어 죽림에 놀며 그 일생을 마쳤다.

임춘, 「국순전麴醇傳」, 『동문선』 100 (민족문화추진회 역, 1998)

예를 들어 위의 「국순전」의 일부를 보면, 주酎 즉 주인공인 소주가 서막徐邈과 친하게 지냈고 나중에는 유령劉伶 그리고 완적阮籍과 친했다는 내용을 적었다. 숨은 뜻을 보면, 중국 삼국시대 위魏나라의 시조 조조曹操가 서막을 아끼고 중용했는데, 서막이 술을 너무 좋아한 나머지 나라의 금주령을 어겨서 문제가 되었던 일을 암시했다. 그리고 이어서 현실 정치에 환멸을 느낀 죽림칠현 즉 유령과 완적 등이 술로 세상의 시름을 달랬던 일도 개입한다. 이 작품에서 주인공 소주가 교유했던 인물로 서막과 완적을 차례로 다루는 전개는 역사적 개연성을 등에 업은 허구이다. 하지만 그렇다고 소설과 같은 서사적 전후 맥락을 꾀한 것은 아니고, 각종 정보를 조합하는 과정에서 산발적인 이야기가 형성된 것뿐이다.

앞에서 일반적인 전 문학은 작자의 관점과 기술 방법이 큰 비중을 차지하는 작품이라고 언급했다. 이러한 전통 속에서 새롭게 등장한 가전체 문학은 언어와 역사와 지리를 망라하는 방대한 지식을 자유롭게 이용하여 사물 캐릭터를 설정함으로써 작가의 역량을 드러내며 웃음과 공감을 유발하는 흥미로운 교술 장르로 역사에 한 획을 그었다. 그리고 한편 가전 문학뿐만 아니라 탁전託傳 즉 작가 자신을 다른 존재인 것처럼 의탁해서 스스로를 평가하는 방법도 흥미와 진실을 담아낸 좋은 예로 파악할 수 있다. 넌지시 가상의 존재에 의탁하여 위트 있게 자신을 드러내는 글도 곧 전 문학의 일종으로 존재했다.

5. 시서화 비평의 태동

위에 살펴본 가전체 문학은 지적 유희의 결과물이었다. 권위와 실용성을 동반하는 일반적인 한문 산문과 달리 개인적인 취향을 반영하여 온갖 사물과 지식을 다루면서 작가의 역량을 자유롭게 발산하는 가운데 제한 없는 상상의 세계를 펼친 것이다. 하지만 가전체 작품은 대단히 흥미롭지만, 그럼에도 불구하고 비유법이라는 표현의 기법에 묶여서 제한된 측면을 지니는 것이 사실이다.

그런데 한편 고려 후기에는 가전체와 마찬가지로 온갖 만물과 지식을 다루되, 그야말로 무목적의 무형식을 지향하는 글이 등장하면서 의외의 결과를 낳았다. 바로 이인로李仁老, 1152~1220의 『파한집破閑集』, 최자崔滋, 1188~1260의 『보한집補閑集』 그리고 이제현李齊賢, 1287~1367의 『역옹패설櫟翁稗說』이 그것인데, 특히 이 문헌들은 무엇보다도 한국 예술 비평의 원조라는 점에서 대체할 수 없는 가치를 지닌다.

현대의 관점에서는 단순히 수필로 규정할 수밖에 없는 이 책들은 인사人事에 관한 모든 것을 다루는 잡스러운 성격을 지닌다. 각종 사건과 인물을 다룬 일화는 물론이고 지리, 문화, 예술 등 그야말로 없는 것 빼고 모든 것을 다 다루는 이들 문헌의 출발은 겸손했다. 1210년 즈음, 말년의 이인로가 '파한破閑' 즉 무료한 가운데 한가함을 깨뜨리기 위해 짓는다고 했던 『파한집』은 저자가 무신의 난 이후 죽림고회竹林高會를 결성하고 벗들과 자유롭게 담소했던 일상의 유물이었다. 문인으로서의 의무감이나 목적의식을 벗어버린 이인로는 『파한집』을 통해 최치원을 비롯한 유명 문인에 관한 예화는 물론이고, 신라시대 김유신 장군과 기생 천관에 관한 이야기 혹은 화랑의 연원을 비롯하여 예술에 대한 품평 등 온갖 아는 것과 느낀 것을 기록했다. 어떻게 보면 『파한집』은 가전체의 지적 유희보다도 완성도가 낮다고도 할 수 있는, 그저 지식인의 심심파적에 불과했다. 그런데 그 파장은 심심하지 않았다.

『파한집』은 『보한집』으로 이어졌다. 『보한집』은 1254년 유명 문인인 최자崔滋, 1188~1260가 『파한집』을 보완하여 간행한 것으로, 당시 최씨 무신 정권의 실권자인 최이崔怡의 요청에 의해 이루어진 것이다. 최이로 개명한 진양공 최우는 정치가이지만 동시에 뛰어난 서예가로서 예술적 안목을 갖춘 인물이었다. 그가 최자에게 요청했던 것은 『파한집』이 지니는 문화 예술 비평서로서의 가치를 확장하여 궤도에 올려놓기를 원하는 희망과 다르지 않았다. 그리고 최자는 이에 충실히 화답했다.

그리고 다시 시간이 흐른 뒤 1342년 이제현은 『역옹패설』을 썼다. 서문을 보면 "여름에 비가 줄곧 달포를 내려 들어앉았는데 찾아오는 사람도 없어 답답한 마음을 참을 수 없었다. 벼루를 들고 나가 처마에서 떨어지는 낙숫물을 벼룻물로 삼고, 친구들 사이에 오간 편지 조각들을 이어 붙인 다음 그 뒷면에 생각나는 대로 적었다. 그리고 말미에 역옹패설이라고 썼다"김성룡 역, 2009라고 했다. '역옹패설櫟翁稗說'이란 의역하면 쓸모없는 노인의 잡스러운 이야기라는 뜻이다. 마치 이인로가 『파한집』을 썼을 때와 같은 심정으로 그저 노년에 한가함을 깨뜨리기 위한 글을 남긴 것이다.

하지만 이 책들은 훗날 조선 초기의 유명 문인 서거정徐居正, 1420~1488이 『동인시화東人詩話』, 『태평한화골계전太平閑話滑稽傳』, 『필원잡기筆苑雜記』로 분리해서 다룬 내용을 한꺼번에 포괄해서 다루는 만만치 않은 내공을 지니고 있었다. 즉 조선시대에 분화 발전했던 각종 시화詩話, 소화笑話, 잡록雜錄의 성격을 동시에 포괄했다. 그리고 이 가운데 이들 문헌은 기존에는 찾아볼 수 없었던 예술 비평의 길을 열어놓게 되었다. 비평이란 온갖 미적 대상의 가치를 판단하는 일로, 예술 작품의 장점과 단점을 평가할 수 있는 고도의 안목이 요구되는 작업이다. 그래서 대개 예술 비평이라고 하면 작품 감상 후 느낀 감흥과 가치를 제화시와 같은 한시로 압축해서 다루는 것이 일반적이었는데, 압축이 아닌 서술의 방법을 통해 본격적인 비평문을 선보이기 시작한 것이다.

무엇보다도 『파한집』, 『보한집』, 『역옹패설』은 시화집으로서 역량을 십분 발휘했다. 시화란 시와 시인에 관한 일화, 해설, 고증, 평가 등을 종합적으로 다룬 것이다. 고려 전기부터 과거제를 실시한 이후 문인 귀족의 역량이 결집되면서 그들만의 연대 의식과 문화에 기반한 예술 작품 특히 문학이 방대하게 축적되었다. 따라서 그 가운데 어떤 작품이 왜 좋은지 품평을 하고 선별하는 일은 대단히 자연스러운 결과였다고 할 수 있다. 시 비평은 문인들의 자존심을 건 분야가 아닐 수 없었다. 그래서 『파한집』 이후 시에 대한 전문적인 논평이 이루어졌고 특히 그 가운데에는 '신의新意'와 '용사用事'라는 핵심 단어가 포함되어 있었다. 신의란 한시 작법에서 완전히 새로운 시어나 이미지 등을 창조하는 것이고, 용사란 기존의 전고典故나 사실을 활용하는 것을 의미한다. 따라서 이 두 가지 방법은 대립적인 성격을 지니는데, 우선 이인로는 『파한집』에서 용사를 옹호했다.

> 시인이 시를 지을 때 고사를 많이 사용하는데, 이런 시를 점귀부點鬼簿라고 한다. (…중략…) 근자에 소동파 황산곡이 문학에 있어 크게 두각을 드러낸 인물로 비록 **용사**법을 따르고 숭상하였지만, 말을 만든 것이 더욱 교묘하여 고치고 꾸민 흔적이 전혀 나타나지 않으므로 청어람이라고 할 만하다. (…중략…) 내 친구 임춘도 또한 용사의 절묘한 경지를 터득하였다. / 세월을 살아가면서 자주 양갑숙羊胛熟에 놀라고歲月屢驚羊胛熟 / 시문은 다시 멀고 아득한 싸늘한 하늘鶴天寒을 만났네風騷重會鶴天寒 / (…중략…) 라고 한 것은 모두 사람들의 입을 통하여 퍼졌으니, 참으로 옛 사람의 작품에 비교해도 부끄럽지 않다고 하겠다.
>
> 이인로, 『파한집』 권하 (박성규 역, 2012)

위의 『파한집』의 예문을 보면 비록 용사의 단점이 있다고 하더라도 중국의 유명 문인 소동파蘇東坡나 황산곡黃山谷은 용사의 좋은 사례를 보였다고 했다. 그리고 자신의 벗 임춘 또한 「여이미수회담지가與李眉叟會湛之家」라는 시에서 사용한 '양갑숙羊胛熟'이나 '학천한鶴天寒'이라는 시어의 경우를 보면 원작과는 다른 청출어람靑出於藍의 경지를 보이기에 시를 가치 있게 하는 용사는 주목할만하다는 것이다. 이처럼 이인로는 기존의 시어나 전고를 가져와 환골탈태換骨奪胎하는 용사를 가치 있는 것으로 옹호했다. 하지만 시 창작에 있어서 더 중요한 것은 용사보다는 신의라는 것이 일반적인 견해였다.

> 문순공文順公의 가집家集이 이미 세상에 간행되어1241년 『동국이상국집(東國李相國集)』 간행 그가 남긴 글을 볼 수 있는데, 그 시문은 일월과 같이 빛나서 아무리 칭찬을 해도 지나치지 않을 정도다. (…중략…) 공은 어릴 때부터 붓을 달려 글을 짓기 시작했는데, **그 글은 모두 새로운 뜻을 창출하였다.** 글을 많이 쓰면 쓸수록 문장

의 기운이 내닫는 것이 더욱 씩씩해져 비록 성률과 일정한 법칙을 지키면서도 섬세하게 다듬고 교묘한 구성을 이루어 호방豪放하고 자유로우며 기이하고 엄정한 시풍을 잃지 않았다.

최자, 『보한집』 중 6 (박성규 역, 2012)

위의 예문은 『보한집』의 일부이다. 내용을 보면, 문순공의 문집 『동국이상국집』이 간행된 것을 기리며 이규보의 천재성을 칭송했는데 그 핵심은 '새로운 뜻의 창출' 즉 '신의'에 있다고 했다. 쌍운주필雙韻走筆로 유명한 이규보의 글은 법칙을 지키면서도 호방하고 자유로운 시풍을 잃지 않았다고 극찬하며 천재적인 창의성을 부각시켰다. 이외에도 『보한집』에서는 용사와 신의를 모두 언급했지만, 사실상 무게 중심은 신의에 두고 비평을 이끌었다.

이후에도 용사와 신의라는 용어를 둘러싼 논의는 시 비평의 중요한 축을 형성하게 되었는데, 이 가운데 암암리에 아주 중요한 두 가지 요소가 부각될 수 있었다. 바로 '표절'이라는 개념과 '라이벌'에 대한 인식이 그것이다. 용사 혹은 신의와 같은 중세의 어휘는 현대에는 더이상 긴요하게 사용되지는 않는다. 하지만 표절과 라이벌 구도는 현대 예술 비평에서도 자주 등장하는 핵심 사항 중의 하나이다.

표절剽竊은 창의성을 중시하는 현대 예술계에서 가장 민감하게 다루는 용어 중 하나이다. 표절은 기존 저작물을 몰래 가져와서 사용하는 절도 행위이다. 하지만 출처를 밝힌 인용의 경우는 문제가 없다. 마찬가지로 용사의 경우는 원출처를 숨기지 않을 뿐만 아니라, 오히려 더 낫게 활용한 것이기 때문에 당당하며 충분히 권장할만하다. 현대 예술에서도 기존 작품을 유용하게 활용하여 작품 창작에 활기를 불어넣는 일이 빈번하다. 예를 들면 거장에 대한 오마주ommage로서 일부러 작품의 일부분을 차용하는 경우가 있으며, 표절과 비슷한 듯 하지만 독자적인 목적을 지니는 패러디parody의 결과는 더욱 특별하다. 이처럼 예나 지금이나 전작을 떳떳하게 밝히고 이용하는 용사는 매력적인 창작 방법의 하나로 독자적인 자리매김을 하고 있다.

하지만 시화 비평에서 상대적으로 높이 평가했던 것은 신의였고, 암암리에 용사를 옹호한 이인로와 신의를 옹호한 이규보를 중심으로 대립적인 라이벌 구도를 형성하게 되었다. 그리고 시화에서 문인의 라이벌 구도는 이인로와 이규보뿐만 아니라, 고려 전기 화풍華風과 국풍國風의 정치적 대립각을 형성했던 김부식과 정지상鄭知常, ?~1135의 관계를 비롯해서 여러가지 흥미로운 예화를 확보하면서 더욱 이목을 끌게 되었다. 우리나라의 시화를 보면 정지상의 작품에 대한 각별한 애정을 곳곳에서 확인할 수 있다. 고려 전기 정치적인 패권 싸움에서 정지상은 김부식에게 패했다. 하지만 문학 비평에서는 정지상이 절대적인 우위를 차지한다. 라이벌 구도는 실제로 누가 우위에 있는가를 따지기에 앞서 예술에 대한 관심도를 반영하는 흥미로운 지표라고 할 수 있다. 시대와 지역 그리고 장르를 가리지 않고 충분한 작가군과 작품의 지분이 확보되고 열띤 감상자가 모인 곳에는 늘 라이벌 구도가 형성된다. 그리고 이러한 양상이 적극적으로 드러나기 시작한 지점이 바로 고려시대 시화였던 것이다.

그런데 한편 『파한집』과 『보한집』 그리고 『역옹패설』에서는 예리한 문학 비평을 전개하는 가운데, 일반회화와 서예를 아우르는 서화 비평의 단서도 포함하고 있었다. 다만 그 비중이 소략하기 때문에 아쉬움을 남기지만, 다음과 같은 예를 확인할 수 있다.

의왕毅王이 남황南荒에 피하여 있을 때 그곳에 이기李琪라는 자가 있었는데 그림을 잘 그렸다. 그는 의종의 초상을 그려 화제를 붙이지 않은 채 동도東都의 초당에 안치하고는 아침저녁으로 예를 올려 섬겼다. (…중략…) 거사는 또한 글과 그림에 능하여, 매번 대나무를 그릴 때마다 시를 지어 그 뒤에 썼다. 일찍이 복야僕射 이세장李世長의 집을 지나게 되었는데 길게 자란 대나무 두어 그루가 난 간 뒤에 새로운 가지를 뻗치고 있었다. 공이 병풍을 내놓으며 그림을 그려 줄 것을 부탁하자 그는 곧 대나무 두어 가지의 끝을 그리고 시를 지었는데.

최자, 『보한집』 중

위의 예문은 고려 후기의 화인 이기李琪, ?~?의 일화를 다룬 부분이다. 초상에 능했던 그는 무신의 난으로 경남 거제에 유배가게 된 의종의 모습을 그려 예를 올렸으며, 그 외에 대나무 그림이나 시문에도 능했다고 적었다. 『보한집』에 소개된 이 내용은 문학처럼 치밀한 분석을 한 것은 아니지만, 당대 유명 화가를 소개함으로써 예술인에 대한 폭넓은 관심을 피력했다. 이처럼 회화 비평은 대개 예술가에 주목하거나 아니면 문학과 함께 거론함으로써 작품 자체에 대한 집중도나 분석력이 상대적으로 떨어지는 측면이 없지 않다. 하지만 당시 신분적 열세에 있던 예인을 선별하여 소개하고 그들의 예술적 능력을 부각시킴으로써 예술 비평의 토대를 닦은 점은 주목을 받아 마땅하다.

경주 사람인 김생은 글씨 쓰는 법이 신묘하여, 초서체도 아니고 행서체도 아닌 독특한 글씨체는 오십칠 종이나 되는 여러 대가들의 서체를 뛰어넘을 정도로 빼어났다. 본조의 화엄대사華嚴大師 경혁景赫과 추부樞府 김입지金立之는 초서에 능하여 명성을 떨쳤으나, 중익仲翼과 주월周越의 속기에서 벗어나지는 못했다.

(중국 남송의 시인 육유가 이 두 사람의 글에 대해 평하기를 속기가 있다고 했다.)

이인로, 『파한집』 권상

위의 예문은 『파한집』에서 서예가를 소개한 부분이다. 신라시대의 김생을 비롯하여 고려시대 승려 경혁 그리고 추밀원의 김입지 즉 김부식의 아들 김돈중金敦中, ?~1170을 소개했다. 유명한 김생은 모든 서체를 섭렵하고 뛰어난 자질을 보였지만, 경혁과 김돈중은 비록 초서를 잘했음에도 불구하고 중국의 서예가 중익仲翼과 주월周越이 자랑했던 비백체飛白體의 속기를 벗어나지 못했다고 적었다.

그런데 이 내용을 보면서 정말 아쉬운 점은 과연 경혁과 김돈중의 글씨가 어땠는지 눈으로 확인할 수 없다는 사실이다. 마찬가지로 위에 언급했던 이기가 그렸다는 의종의 초상화 역시 그저 기록으로만 확인할 수 있다. 하지만 그에 비해 각종 시의 경우는 직접 예문을 확인하고 직접 감상할 수 있다. 이러한 상황을 근거로 당시의 여건을 고려할 때, 문학과 시각 예술 비평의 차원이 다른 것은 불가항력의 결과였을 것이다. 중세에 회화나 서예의 경우 작품을 직접 감상하는 일이 매우 제한적인 상황에서만 가능했고 게다가 전란으로 인한 소실을 피해갈 수 없었기 때문에 비평의 심도에서 차이가 나는 것은 어쩔 수 없는 일이었던 것 같다. 하지만 그럼에도 불구하고 초기 비평에서 문학뿐만 아니라 시각 예술도 관심을 갖고 함께 다루었던 것은 반드시 주목해야 할 매우 중요한 사실이 아닐 수 없다.

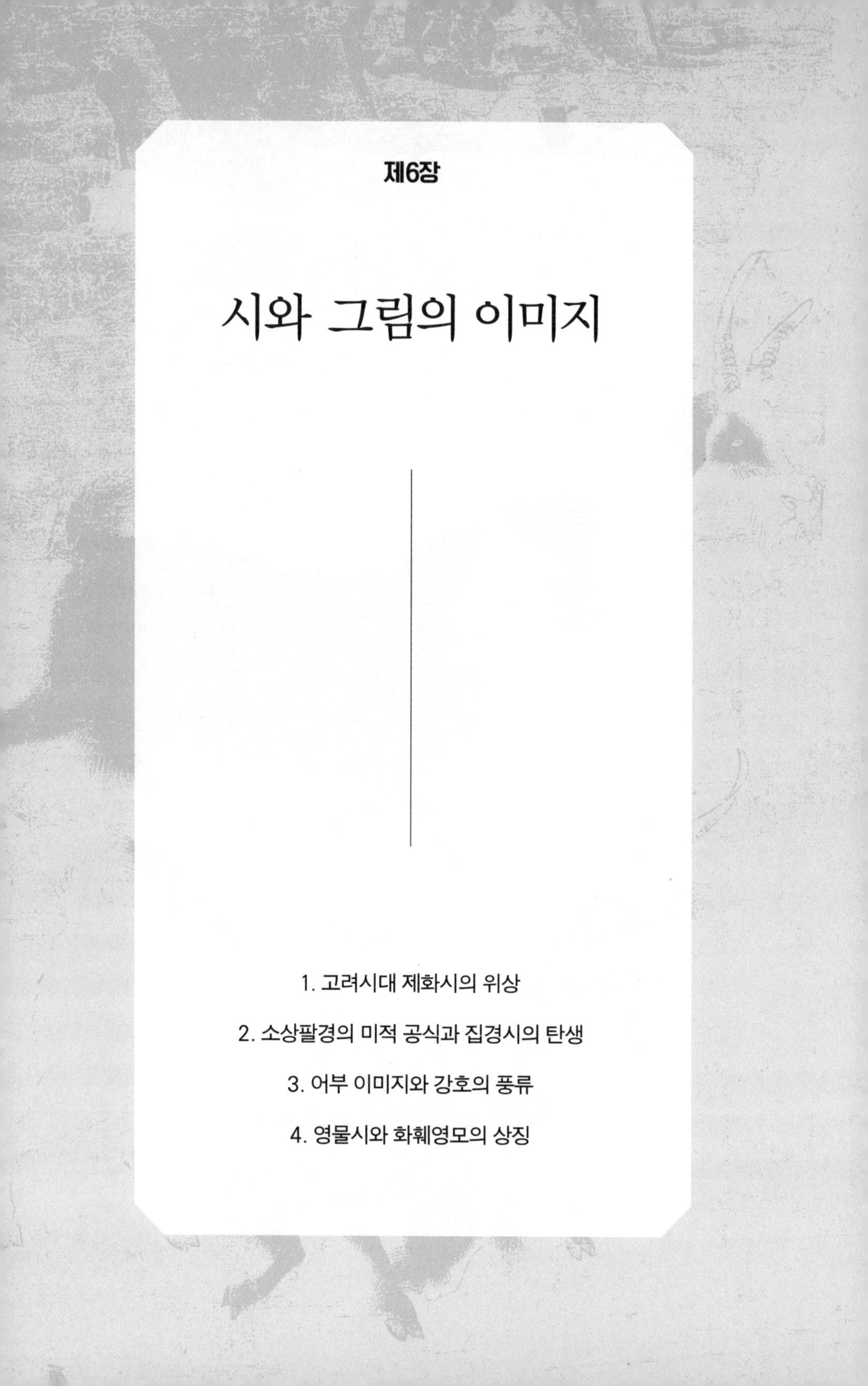

제6장

시와 그림의 이미지

1. 고려시대 제화시의 위상

2. 소상팔경의 미적 공식과 집경시의 탄생

3. 어부 이미지와 강호의 풍류

4. 영물시와 화훼영모의 상징

한국문학은 중세부터 시詩와 가歌로 나뉘는 운문문학의 이원 체계를 갖추게 되었다. 자연스러운 율격의 우리말 노래가 있는데도 불구하고 까다로운 격식을 요구하는 중국의 한시를 받아들인 것은 시대의 대세를 따른 결과였다. 당나라가 동북아시아의 패권을 쥐고 막강한 영향력을 행사하는 와중에 근체시近體詩로 완성된 당시唐詩에 대한 주변국의 관심은 지대했다. 더군다나 통일신라시대 빈공과에 합격하는 문인의 숫자가 늘고, 고려시대에 과거제를 시행하게 되면서 점차 한시는 지식인의 능력치를 입증할 수 있는 수단이자 순수한 표현을 위한 예술 장르로 귀족의 삶 속으로 깊이 파고 들어갔다.

물론 한시가 완전히 우리 노래를 대체할 수는 없었다. 한시와 무관한 민중은 구비 시가인 민요에 전적으로 의지했으며, 그 외에도 서정 장르의 핵심을 이루는 노래의 독자적인 효용은 무시할 수 없었기 때문이다. 그래서 오언칠자五言七字의 당시와 더불어 삼구육명三句六名의 향가는 굳건히 자리를 지켰고, 이후에도 새롭게 출현했던 국문시가 장르 즉 향가 이후 고려가요의 독자성은 흔들리지 않았다. 그리고 고려 후기부터는 이제현李齊賢, 1287~1367을 비롯한 사대부 문인들이 민요에 관심을 보이면서 악부시의 형태로 우리 노래를 기록하고 그 가치에 대해 논하는 일을 꾸준히 이어갔다. 민중의 노래는 서정문학의 근본으로서 민족의 정서와 미감을 집약해서 보여주는 핵심이라는 점에서 늘 관심의 영역 안에 있었던 것이다.

하지만 노래와는 별도로 한시에 대한 열정 역시 대단했다. 한시는 무엇보다도 이미지의 표상에 있어서 큰 강점을 지니고 있었다. 서양의 현대시에 영향을 끼칠 정도로 한시의 색채 감각을 비롯한 응집력 있는 표현은 특별했다. 그리고 바로 이와 같은 매력 때문에 중세에 접어들면서 우리의 문인들도 점차 한시를 개인적인 감흥이나 정서를 표현하기 위한 도구로 적극 활용했다.

특히 고려 후기에는 송나라의 산수화와 산수시에 관심을 갖게 되면서 한시와 수묵화를 중심으로 하는 문학과 그림의 관계가 새로운 단계로 진입했다. 동북아시아 특유의 산수 미학 그리고 시화일률이라는 개념이 정립되면서 시와 그림은 이상적인 인간성을 도야하고 정신적인 수양을 하기 위한 교양인의 동력으로 확고하게 자리매김을 하게 된 것이다. 시와 그림은 창작과 향유의 측면에서 동일한 것으로 인식되기 시작했고, 이러한 전통은 조선시대까지 면면히 이어지며 굳건한 문화의 지각판을 형성했다. 이처럼 고려시대에는 한시와 회화가 동반 성장하는 가운데 동북아시아 문화의 진수를 흡수하며 문학과 그림이 혼연일체가 되는 새로운 경지에 접어들게 되었다.

1. 고려시대 제화시의 위상

제화시題畵詩는 그림에 관한 정보 혹은 그림을 감상한 후의 느낌이나 생각을 적은 시이다. 제화 문학은 제화시 외에도 화기畵記, 화찬畵讚, 화발畵跋 등 여러 종류를 포괄한다. 그런데 그 가운데에서도 제화시는 시의 언어로 그림을 감상한 정수를 표현한다는 점에서 남다른 의미를 지닌다. 게다가 우리나라는 고려와 조선시대에 걸쳐 제화시가 서화 비평의 본류를 이루었기 때문에 그 존재 가치는 더욱 각별하다.

우리의 제화 문학은 일찍이 통일신라시대 최치원의 작품에서부터 확인할 수 있다. 그리고 고려시대와 조선시대를 거쳐 꾸준한 발전상을 보였다. 다만 고려 전기까지는 비중이 그다지 크지 않았는데, 고려 후기 이색李穡, 1328~1396의 문집을 보면 제화시의 숫자가 급격히 늘어난 것을 확인할 수 있다. 이러한 현상은 이색이라는 작가 개인의 역량이 주요 원인일 수 있지만, 한편 고려 후기라는 시대가 제화시 창작에 있어 중요한 기점이 되었던 사실을 간과할 수 없다. 이어서 제화시는 조선 초기 서거정徐居正, 1420~1488에 이르러 양적, 질적으로 타의 추종을 불허하는 면모를 선보였다. 하지만 그 추동력은 이미 고려시대부터 마련된 것이었다.

고려시대는 한국 회화사에서 중요한 시대였다. 중국 그림의 유입이 활발해지고, 『고려사』 「열전」에 전하는 이녕李寧, 11C~12C과 같은 능력 있는 화가가 활동하는 등 완성도 높은 그림을 향유할 수 있는 환경이 구축되었기 때문이다. 아쉽게도 현재 이녕의 작품이나 그에 대한 자세한 정보는 전하지 않는다. 하지만 이녕이 고려의 화원으로서 1124년 수행화원으로 북송에 갔다가 휘종徽宗, 1082~1135이 요청한 〈예성강도禮成江圖〉를 그리고 큰 칭찬을 받았다는 기록은 의미하는 바가 크다. 송나라의 휘종은 소위 선화시대宣和時代라고 하는 서화, 건축, 조경을 아우르는 문화의 황금기를 일구었던 장본인이다. 무엇보다도 그 자신이 명장으로서 손색없는, 뛰어난 화가였던 휘종이 상찬을 마지않았다는 것은 이녕의 그림이 어느 정도였는지를 짐작할 수 있는 좋은 근거가 된다. 그리고 그가 그렸다고 전하는 〈예성강도〉와 〈천수사남문도天壽寺南門圖〉는 고려의 실경을 그린 것이다. 따라서 당시 고려의 승경처를 그림으로 그리는 전통이 존재했다는 사실을 통해 주변 경물을 화폭에 담아 즐기는 풍토가 조성되었고, 실경을 표현할 수 있는 그림의 기법이 발전했다는 것도 두루 확인할 수 있다.

이처럼 고려는 시와 그림이 동반 성장을 이룩했던 중요한 시대였고, 특히 고려 후기가 중요한 전환기가 되었던 것을 제화시를 통해 추정할 수 있다. 일례를 보면 아래와 같다.

玄陵南幸天涯廻　　현릉남행천애회

현릉이 남으로 몽진했다 하늘 끝에서 돌아오며

元巖駐蹕山崔嵬　　원암주필산최외

원암에 잠시 머물렀던 산의 형세 높기도 한데

樹林掩映原野闊　　수림엄영원야활

광활한 벌판에 나무숲 그림자 어리고

氈廬中峙無纖埃　　전려중치무섬애

그 속에 티끌 하나 없이 야외 막사 우뚝해라

當時七老在左右　　당시칠로재좌우

당시 좌우에 있던 일곱 분 원로로 말하면

嵬然碩德兼雄才　　외연석덕겸웅재

덕도 높고 재능도 뛰어난 출중한 어르신들

群情倚重似柱石　　군정의중사주석

사람들 모두 주석처럼 중하게 의지하였나니

丹靑煥赫梁棟材　　단청환혁양동재

단청에 찬연히 빛나는 국가의 동량이셨네

欣欣喜色向松岳　　흔흔희색향송악

송악을 향하는 기쁜 기색 흔연히 넘쳐흐르면서

汛掃陵廟眞時哉　　신소능묘진시재

이제는 능묘를 참배하며 먼지 떨고 물 뿌릴 때

樂矣飮酒聞絃歌　　락의음주문현가

풍악 울리는 술자리 얼마나 즐거우셨을까

太平和氣方鼎來　　태평화기방정래

태평의 화기가 바야흐로 한데 모여들었어라

檜山首題珠玉落　　회산수제주옥락

회산이 맨 먼저 지은 시가 주옥처럼 떨어지자

璀璨似向金盤堆　　최찬사향금반퇴

뒤이어 휘황한 시들 금쟁반 구슬이 쌓이는 듯

諸公賡和皆絶唱　　제공갱화개절창

제공이 잇따라 화운한 시 모두 절창인 가운데

益齋老筆輝三台　　익재노필휘삼태

익재의 노련한 붓이 삼태를 또 환히 비췄어라

曲城用意何深長　　곡성용의하심장

곡성의 마음 씀씀이가 얼마나 의미심장한가

圖形垂範如雲臺　　도형수범여운대

운대처럼 그림으로 후세에 모범을 보였는걸

牧童不在絲竹列　　목동부재사죽열

목은 소년은 당시의 풍류에 끼이지도 못했는데

作序瓦缶鳴如雷　　작서와부명여뢰

서문을 짓자니 와부로 괜히 시끄럽게 떠드는 듯

掛名圖後又非望　　괘명도후우비망

그림 뒤에 이름 넣는 걸 바란 게 또 아니거니

當世大手休相猜　　당세대수휴상시

당대의 문장의 대가들은 시기하지 마시기를

大臣於國是元氣　　대신어국시원기

대신은 바로 한 나라의 원기가 되는 만큼

流通血脈消禍胎　　유통혈맥소화태

혈맥을 유통시켜 재앙의 싹을 없애야 할 터

後人莫作繪事看　　후인막작회사간

뒷사람들은 이것을 그림으로만 보지 말고

節義扶起三綱頹　　절의부기삼강퇴

무너진 삼강 일으키는 절의를 유념할지어다

況御子弟敢自棄　　황어자제감자기

더구나 자제의 입장에서 감히 자포자기해서야

歸視鬱鬱庭中槐　　귀시울울정중괴

뜨락 속의 무성한 느티나무 돌아봐야 할지니

이색, 「曲城府院君命工作元巖讌集圖追慕玄陵也使季子承旨庭秀携以相示誌其後予觀山野樹林掩映氈廬宛然在目而諸老讌集其傍風采足以鎭一時而聳動後世故直書其事而歸之情不能已吟成長歌」 『목은시고』 28권 (이상현 역, 2003)

이 작품은 제목이 매우 거창하다. 「곡성부원군이 화공에게 명하여 원암 연집도元巖 讌集圖를 그리게 하였으니, 이는 현릉玄陵을 추모하는 마음에서였다. 그리고는 승지인 막내아들 정수廷秀를 시켜서 이 그림을 가지고 와서 나에게 보여주며 그 뒤에 글을 써넣게 하였다. 내가 살펴보건대 산야山野의 나무 숲이 야외의 막사에 어리어 비치는 광경이 완연히 눈에 들어오는 가운데, 여러 원로들이 그 옆에서 연회를 베풀며 노니는 풍채가 그야말로 한 시대를 압도하면서 후세를 고무시키기에 충분하였으므로 그 일을 곧장 써서 돌려주고는, 나 역시 감회를 나눌 수가 없기에 긴 노래를 지어 부르게 되었다」라는 긴 제목의 이 시는 '연집도'에 대한 정보와 감흥을 잘 전달한다. 고려 후기의 문신 곡성부원군 염제신廉悌臣, 1304~1382이 화공에게 명하여 그린 그림이 바로 원암의 연집도였다. 『신증동국여지승람』 충청도 보은 편을 찾아보면 원암역元巖驛은 고을 남쪽 20리에 있으며, 고려 공민왕이 복주福州 즉 안동에서 청주에 올 적에 이 역에서 머물렀다는 기록이 있다.

곡성부원군曲城府院君 염제신廉悌臣, 철성부원군鐵城府院君 이암李嵒, 칠원부원군漆原府院君 윤환尹桓, 회산부원군檜山府院君 황석기黃石奇, 당성부원군唐城府院君 홍원철洪元哲, 수춘군壽春君 이수산李壽山, 계성군啓城君 왕재王梓 이상의 7인이 공민왕을 모시고 행차했다가 속리산에 이르렀고, 원암에서 하루를 묵으면서 환도還都할 날이 가까워 오는 것을 즐거워하면서 술자리를 마련해 시를 짓고 즐겼다는 것이다. 대장군 김하적金何赤은 피리를 불고 장군 김사혁金斯革은 쟁箏을 타고 흥을 돋우는 가운데 창안백발蒼顔白髮로 웃으며 수작하기를 마치 신선과 같이 했는데, 바로 그 장면을 그린 것이 〈원암 연집도〉였다.

이와 같은 그림을 감상하고 이색이 지은 위의 시를 보면 "덕도 높고 재능도 뛰어난 출중한 어르신들 / (…중략…) 단청에 찬연히 빛나는 국가의 동량이셨어라"라는 대목에서 확인할 수 있듯이 국가의 대들보가 되는 7명의 중신을 '단청' 즉 공신의 초상화처럼 남겼던 것 같다. 이색은 "곡성의 마음 씀씀이가 얼마나 의미심장한가 / 운대雲臺처럼 그림으로 후세에 모범을 보였는걸"이라고 하여 곡성부원군 염제신이, 중국 한나라의 명제明帝가 공신의 초상화를 걸어놓았던 운대처럼 후세에 모범을 마련했다고 그 가치를 평가했다. 그리고 이어지는 구절에서 "대신은 바로 한 나라의 원기가 되는 만큼 / (…중략…) 뒷사람들은 이것을 그림으로만 보지 말고 / 무너진 삼강 일으키는 절의를 유념할지어다"라고 읊어서 대신들을 그린 이 그림의 가치를 단지 눈으로만 보지 말고 그 속에 담긴 충절을 잊지 말라고 당부하며 맺고 있다.

아마도 〈원암 연집도〉는 충청도 속리산을 배경으로 산세와 어우러진

신선의 풍모를 닮은 7명 대신이 풍류를 즐기는 인물화였을 것이다. 이 그림을 그린 화공이 누군지는 알 수 없지만, 당시에 이와 같은 종류의 그림을 의뢰할 수 있는 능력 있는 화가가 존재했으며 또 이와 같은 소재를 그림으로 표현하고 즐길 수 있는 문화적 저변이 마련되어 있었다는 점을 확인할 수 있다. 그리고 이색은 이 그림을 통해 대신들의 외면적인 풍모만 볼 것이 아니라 임금을 보필하고자 했던 내면의 뜻을 함께 볼 것을 주문했다. 이와 관련된 내용을 좀 더 자세히 살펴보면 아래와 같다.

> 옛날의 군자는 그 임금을 보좌할 때에 그 의를 다하므로 그 임금이 예로 대해주는 것도 극진하여 풍부하였다. 예모가 풍부하고 의가 극진하며 뜻이 같고 기미가 합하여 뭉게뭉게 일어나는 것은 구름이 용을 따르고, 유유한 것은 고기가 물에 있는 것과 같다. 그 늙음에 미쳐서도 휴퇴休退와 등용이 계속 반복되어 실컷 노닐고 한없이 편안하며, 황발黃髮을 드리우고 흰 머리를 얹은 나이에도 직위를 떠났다 해서 하루도 국가를 잊은 적이 없고, 의논이 있으면 결단하며, 어려움이 있으면 불사르니, 군신의 사이가 어찌 그리도 서로 양해가 깊었던가. 나는 원암元巖에 모인 여러 늙은이의 연집시讌集詩를 보고서 대개 세 번이나 감탄하였다.
>
> (…중략…)
>
> 저 시상柴桑의 도연명陶淵明이나 죽림竹林의 칠현七賢은 명교名敎의 죄인이건만, 일 좋아하는 자들이 오히려 그림 그리고 노래하였는데, 하물며 원암의 성한 집회는 국가의 원기元氣가 됨에 있어서랴. 다만 모르겠다. 지금 세상에 그림을 잘 그리는 자가 누구이며, 노래를 잘하는 자가 누구인가. 만약 그림을 그리게 된다면 자제의 예를 갖추어 쟁 타고 젓대 부는 열에 끼이고 싶어도 이미 될 수 없는 일이거니와, 가영歌咏하는 일에 이르러서는 나 같은 불초가 제창하지 않으면

> 누가 하리오. 시험 삼아 보건대, 속리산이 장엄하고 숭고하여 하늘에 닿았으니 우리 후생은 마땅히 우러러볼 바가 아니랴. 여러 늙은이의 풍류와 문채가 비록 더불어 높이를 경쟁해도 가할 것인데, 어찌 노래나 그림이 있어야만 되겠는가.
>
> 이색, 「원암연집창화시서元巖讌集唱和詩序」, 『동문선』 87 (민족문화추진회 역, 1998)

위의 「원암연집창화시서」를 보면 원암 연집을 읊은 내력을 보다 자세히 적었다. 특히 대신들의 노력과 그 존재에 대해 한층 열성적으로 서술하는 것을 확인할 수 있다. 이 작품은 원암 연집도가 아닌 원암 연집시讌集詩에 붙인 것으로, 원암의 회합을 소재로 하는 그림과 시가 공존했던 것을 상기하게 한다. 그리고 예문을 보면 옛날의 군자가 임금을 보필할 때에 의를 다하고 예모를 갖추어 군신 간에 서로 정성을 다했음을 언급했다. 연집시에는 바로 이와 같은 깊은 뜻이 들어있기에 세 번이나 감탄했다는 것이다. 원암의 성대한 집회는 국가의 원기를 북돋는 뜻깊은 자리라는 점에서 다시금 그 의미를 되새길 수 있음을 강조했다. 중국의 도연명이나 죽림칠현을 후대에 그림으로 그리고 노래를 불러 찬미했던 것과 같이, 숭고한 뜻을 지닌 7명 원로야말로 후생들이 잊지 말고 되새겨 우러러야 한다며 글을 맺고 있다.

이상 살펴본 바와 같이 고려시대에 공신의 모습을 그림으로 그려 기록하고 그 그림에 대한 제화시를 남겼던 것으로 보아, 시 창작은 말할 것도 없고 그림의 향유 역시 상층 문인들에게 익숙한 문화였던 것을 알 수 있다. 그런데 한편 연집도가 속리산을 배경으로 한 인물 중심의 그림이었던 것과는 별도로, 사실상 고려 후기에 더 큰 비중을 차지하는 것은 일반적인 산수도였다.

이색 제화시 목록

〈산수도가山水圖歌〉『牧隱藁』 詩藁 3

〈제분상인소축신룡도여동년증조교동부題玢上人小畜神龍圖與同 年會助敎同賦〉『牧隱藁』 詩藁 3

〈제산수도題山水圖〉『牧隱藁』 詩藁 5

〈제산수도題山水圖〉『牧隱藁』 詩藁 8

〈산수소도山水小圖〉『牧隱藁』 詩藁 9

〈산수도절동파연강첩장도시구山水圖節東坡烟江疊嶂圖詩句〉『牧隱藁』 詩藁 9

〈산수도山水圖〉『牧隱藁』 詩藁 12

〈산수병풍山水屛風〉『牧隱藁』 詩藁 13

〈산수병풍山水屛風〉『牧隱藁』 詩藁 16

〈제화죽題畵竹〉『牧隱藁』 詩藁 16

〈제화마題畵馬〉『牧隱藁』 詩藁 17

〈조사종조도祖師宗派圖〉『牧隱藁』 詩藁 20

〈제연라자도題烟蘿子圖〉『牧隱藁』 詩藁 20

〈제동정소장행촌묵죽題東亭所藏杏村墨竹〉『牧隱藁』 詩藁 32

〈제병풍題屛風〉『牧隱藁』 詩藁 33

위의 '이색 제화시 목록'은 이색의 작품 가운데 제화시를 간추린 것이다. 실제 내용을 따지고 보면 이외에도 그림과 관련된 시를 여러 편 확인할 수 있지만, 제목에서 '~도'를 표방하는 등 그림을 표면에 내세운 명징한 경우만 정리한 것이다. 그런데 이 목록을 보면 다양한 소재의 그림을 포괄하면서도 상대적으로 산수도의 비중이 큰 것을 알 수 있다. 화제를 보면 산수, 사군자, 말馬을 비롯한 다양한 대상을 확인할 수 있다. 심지어

연라자烟蘿子와 같은 중국 최초의 의학 지식을 반영한 인체도까지 언급하는 것으로 보아, 고려시대에는 예술적 회화의 감상은 말할 것도 없고 실용적 도설에 이르기까지 시각적 체험과 활용의 범주가 의외로 넓었던 것을 확인할 수 있다.

하지만 그중에서도 수적으로 산수도의 비중이 큰 것으로 보아, 당시에 산수도의 입지는 분명 남달랐던 것 같다. 당시에 산수를 다룬 그림은 임춘林椿, ?~?의 「제오강도題吳江圖」나 진화陳澕, ?~?의 「송적팔경도宋迪八景圖」 혹은 안축安軸, 1282~1348의 「죽계원류도竹溪源流圖」와 같은 제화시에서 확인할 수 있는 것과 같이, 구체적인 지명이나 팔경의 공식을 내세우면서 꾸준히 지분을 늘려갔다. 현재 이 그림들이 전하지는 않지만, 중국의 '오강'이든, 송적이 그린 '소상팔경'이든, 안축이 머문 '죽계'이든 특정 범주 내의 자연을 대상으로 입지를 확장했고, 그 가운데 이색의 작품 목록에서 확인할 수 있는 것과 같이 일반적인 산수도에 대한 관심이 증폭된 것이 아닐까 생각해볼 수 있다. 산수 일반에 대한 인식이나 예술적 표현의 지분이 꾸준히 늘어나면서 빚어진 자연스러운 결과가 아닐까 한다. 자연을 시나 그림으로 표현하는 활동이 확대되면서 철학과 문학 그리고 회화를 아우르는 예술적 관심과 표현의 지면이 넓어지는 것은 자연스러운 수순이었을 것이다. 그리고 실제로 아래와 같은 산수 병풍을 감상하고 적은 시를 보면 자연에 대한 다양한 접근 양상을 확인할 수 있다.

춘春

雲重重又水洄洄　　운중중우수회회

구름은 쌓이고 쌓이고 물은 또 돌고 돌고

紅白山花爛熳開　　홍백산화난만개

붉고 하얀 산꽃들 흐드러지게 피어 있네

便欲尋春携酒去　　편욕심춘휴주거

술병 들고 떠나고 싶은 봄나들이 흥취여

鳥啼聲裏兩三杯　　조제성리양삼배

새들의 노래 속에 두세 잔 기울여 봤으면

하夏

綠樹沈沈殿閣明　　녹수침침전각명

나무 숲은 어둑어둑 전각은 밝은 단청빛

白雲青嶂夏涼生　　백운청장하량생

백운 깃든 청산에는 여름에도 서늘한 기운

行人入谷緣何事　　행인입곡연하사

행인들 무슨 일 있어 골짜기로 들어오나

政是蒸敲滿鳳城　　정시증고만봉성

도성 거리 한증막 같은 무더위 때문이렷다

추秋

秋入山林著淡黃　　추입산림저담황

가을이 산 숲에 들어오니 어느새 엷은 황색

雲容水態轉凄涼　　운용수태전처량

구름 모습 물의 자태 갈수록 처량해지누나

吾生尙未歸田去　　오생상미귀전거

전원에 아직도 못 돌아가는 나의 이 인생이여

魚稻今應滿故鄕 어도금응만고향

살진 물고기 누런 벼이삭 고향에 가득하련마는

동冬

數峯如玉照寒天 수봉여옥조한천

옥 같은 몇 봉우리 차가운 하늘에 비치고

雪壓長松凍石泉 설압장송동석천

눈에 눌리는 장송이요 얼어붙은 돌샘이라

況是老僧方入定 황시노승방입정

더구나 지금은 노승이 선정에 든 때

皎然無處覓塵緣 교연무처멱진연

교교해서 속세의 인연 찾아볼 곳이 없어라

강월江月

江水東流月向西 강수동류월향서

강물은 동으로 흐르고 달은 서쪽을 향하고

松風四面古招提 송풍사면고초제

오래된 절간에는 사방에 솔바람 소리로세

請看上下相交處 청간상하상교처

위와 아래 서로들 사귀는 곳을 한 번 보소

冷影寒光本自齊 냉영한광본자제

찬 빛과 냉한 그림자 본래 하나의 달이라오

폭포瀑布

太白銀河落半天 태백은하락반천

반공 중에서 떨어지는 태백의 은하라면

徐凝界破儘堪憐　　서응계파진감련

어여쁘게도 그려낸 서응의 계파라 할까

汗流自笑韓山子　　한류자소한산자

생각하면 우스워라 땀 흐리는 한산자여

更對屛風賦一篇　　갱대병풍부일편

시 한편 짓느라고 병풍만 자꾸 대하다니

송정松亭

松下茅齋著幾人　　송하모재저기인

솔 아래 띠집에 앉아 있는 몇 사람

石盤平淨豹皮茵　　석반평정표피인

평평한 반석은 표범 가죽 방석인 듯

牧翁謾抱煙霞想　　목옹만포연하상

목옹은 그저 안개와 노을만 생각할 뿐

種種年來白髮新　　종종연래백발신

몇 년 새에 흰머리만 새로 희끗희끗

회암檜巖

檜樹蒼蒼石勢頑　　회수창창석세완

회나무 울창하건마는 바위는 계절을 아예 몰라

葉間風雨半天寒　　엽간풍우반천한

하늘도 차가운데 나뭇잎 사이로 비바람 소리

老僧出定忘聲色　　노승출정망성색

노승은 삼매에서 나와 성색을 모두 잊었어도

頭上光陰走似丸　　두상광음주사환

머리 위의 광음은 총알같이 줄행랑 놓네

범찰梵刹

重重樓閣出雲間　　중중누각출운간

몇 겹의 누각이 구름 사이로 솟았는데

大殿三門雪色寒　　대전삼문설색한

대웅전이며 산문이며 눈빛이 차가워라

山下往來人似市　　산하왕래인사시

저잣거리처럼 산 아래 왕래하는 사람

不知幾箇是儒冠　　부지기개시유관

모르겠네 몇 분이나 유관을 쓰셨는지

선궁仙宮

壁立危峯倚半空　　벽립위봉의반공

허공을 기대고 벽처럼 서 있는 벼랑 위에

綠窓朱戶靜無風　　녹창주호정무풍

푸른 창 붉은 문은 바람도 없이 고요해라

長生未必如眞訣　　장생미필여진결

장생이 어찌 꼭 비결처럼 되겠는가

物外逍遙樂在中　　물외소요락재중

물외에 소요하면 낙이 그 속에 있는 것을

등왕각滕王閣

落霞孤鶩水浮空　　낙하고목수부공

강물이 하늘과 맞닿은 곳 낙하와 고목이요

畫棟珠簾雲雨中　　화동주렴운우중

구름 날고 비 오는 속의 화동과 주렴이라

當日江神知我否　　당일강신지아부

그 당시의 강 귀신이 나를 혹 알아줄지

何時更借半帆風　　하시갱차반범풍

언제 다시 돛배에 잠깐 바람을 빌려줄까

황학루黃鶴樓

白雲黃鶴思悠悠　　백운황학사유유

내 생각 유유해라 백운과 황학이여

芳草晴川滿眼愁　　방초청천만안수

눈 가득 시름일세 방초와 청천이라

崔顥一題天地闊　　최호일제천지활

최호의 시 하나가 천지를 비웠나니

謫仙詞調亦風流　　적선사조역풍류

적선의 사조 또한 풍류가 하리로세

이색, 「봉사광평이시중소장산수십이첩병풍奉謝廣平李侍中所藏山水十二疊屛風」, 『목은시고』 28권

위 예문은 '광평 이시중이 소장한 열두 폭 산수화 병풍을 보여준 것에 감사드리며 지은 시'이다. 당대의 권력가 이인임李仁任, ?~1388이 소장한 병풍을 감상한 후 남긴 제화시인데, 무엇보다도 열두 폭의 다양한 화제가 인상적이다. 춘하추동의 사계를 필두로 강월江月과 폭포, 송정松亭, 회암檜巖, 범찰梵刹, 선궁仙宮, 등왕각滕王閣, 황학루黃鶴樓의 12폭 전체가 고정된 공식을 염두에 둔 엄정한 통일성을 보이지는 않는다. 그저 자연스럽게 일년 사계의 흐름으로부터 폭포와 누정, 바위, 사찰과 같은 소재를 이용하고 아울러 중국 누각 산수의 대표적 상징물인 등왕각과 황학루에 이르기까지 자연을 연상하고 감상할 수 있는 모티브를 순차로 나열했다.

이색은 이처럼 다양하게 연출된 산수 풍경을 감상하고 시적 감흥을 자유롭게 드러냈다. 둘째 수 '하夏'를 보면 백운이 깃든 청산에는 여름에도 서늘한 기운이 있어서 도성의 한증막 같은 무더위를 피해 행인들이 골짜기로 들어온다는 표현이 흥미롭다. 이 시구는 현대인들도 공감할 법하다. 인구밀도가 높은 도시의 무더위를 피해 서늘한 청산으로 피서를 가고 싶은 것은 예나 지금이나 변함이 없는 것 같다. 그리고 셋째 수 '추秋'에서는 물고기가 살찌고 벼 이삭이 익어가는 전원으로 돌아가고픈 귀거래歸去來의 뜻을 드러냈고, 넷째 수 '동冬'에서는 차게 얼어붙은 고요한 풍경 속에서 속세와 단절하고 선정에 든 노승을 포착했다. 이와 같은 춘하추동에 이어 관습적으로 등장하는 소재 즉 강에 비친 달빛이나 폭포 혹은 누정을 통해 물외物外에 노닐고 싶은 갈망을 드러냈다. 그리고 끝으로 등왕각과 황학루를 언급하고 풍류의 경지에서 노닐며 작품을 맺고 있다.

이상 열두 폭 산수화는 고려의 실경을 대상으로 한 것이 아니며 그렇다고 공식적으로 통일된 규범을 따른 것도 아니다. 대신 자연스러운 사계의 흐름과 어느 정도 관습화된 익숙한 경물을 차례로 포착했다. 그리고 시인은 이 그림을 감상하면서 자연과 하나가 되어 순수한 정신의 세계 즉 물외의 한정, 탈속의 선정, 여유로운 풍류를 만끽하고 싶은 열망을 종합적으로 드러냈다. 이를 통해 고려 후기 산수시와 산수화의 지분이 늘면서 그 안에 포괄할 수 있는 정서가 어떻게 자리를 잡아 가고 있었는지 확인할 수 있다. 이처럼 고려 후기의 제화시는 당대에 어떤 그림이 유행했으며 그것을 시와 함께 향유하는 전통이 어떻게 무르익어 갔는지 알려주는 정보원 노릇을 톡톡히 하고 있다.

2. 소상팔경도의 미적 공식과 집경시의 탄생

자연은 무한한 천지의 존재 원리이자 광범위한 우주 만물을 포괄하는 개념으로 예술 작품에 등장할 때 독특한 범주화 혹은 대상화를 수반한다. 왜냐하면 인간의 눈과 귀 그리고 인식체계로는 지극히 광활한 자연 전체를 포괄할 수 없기 때문에 적절한 단위를 설정하거나 특정한 상징물로 치환하는 등의 선행 작업이 필요하기 때문이다. 동북아시아에서는 바로 이와 같은 과정을 적극적으로 수행하면서 중세에 자연 철학과 예술에서 독보적인 결과를 선보일 수 있었다. 그리고 이 가운데에서 대표적으로 손꼽을 수 있는 것이 바로 소상팔경瀟湘八景이다.

소상팔경이란 중국 호남성湖南省 동정호洞庭湖 주변의 소수瀟水와 상수湘水가 만나는 아름다운 절경을 8개의 시적 장면으로 공식화한 것이다. 소상팔경은 시화일률의 모범으로서 중국뿐만 아니라 한국과 일본에까지 큰 영향을 끼쳤다. 우리나라에서는 고려 19대 명종明宗, 재위 1170~1197 때에 중국 북송 시대 송적宋迪, ?~?이 그린 소상팔경 그림이 전해지면서, 소상팔경도와 소상팔경시가 유행하기 시작했다고 한다. 8이라는 숫자는 사방팔방의 전체 공간을 암시하는 것처럼, 팔경도는 온세계를 대표하는 공간 속에 독특한 시간적 배경을 삽입하여 독자적인 미적 완결성을 보였다. 중국 강남의 고즈넉한 아름다움을 담고 있는 소상팔경은 전반적으로 아스라한 정서를 투사한다.

소상팔경

① 산시청람山市晴嵐 : 맑은 아지랑이에 싸여 있는 산속 마을

② 어촌석조漁村夕照 : 어촌 마을의 저녁 노을

③ 소상야우瀟湘夜雨 : 소상강에 내리는 밤비

④ 원포귀범遠浦歸帆 : 먼 포구에 돌아오는 돛단배

⑤ 연사만종煙寺晚鐘 : 안개 낀 절에서 들려오는 저녁 종소리

⑥ 동정추월洞庭秋月 : 동정호에 비치는 가을달

⑦ 강천모설江天暮雪 : 강 하늘에 내리는 저녁 눈

⑧ 평사낙안平沙落雁 : 평평한 모래펄에 내려앉는 기러기 떼

위의 '소상팔경'을 보면 알 수 있는 바와 같이 소상팔경은 고요한 이미지가 절대적이다. 공간적으로는 산시山市, 어촌漁村, 원포遠浦와 같이 멀리 외로이 떨어져 있는 것이 기본이고, 기후와 날씨는 야우夜雨, 연사煙寺, 모설暮雪, 청람晴嵐과 같이 비가 내리거나 안개 자욱한 희미함이 기본이다. 계절과 시간으로는 추월秋月, 석조夕照, 만종晚鐘과 같이 가을이나 저녁이 대종을 이룬다. 이처럼 멀리, 아득히, 고요히 전개되는 물가의 풍경은 시적 감수성 풍부한 공식적인 경물로 각인되었으며, 선가禪家의 명상을 상기하는 사색과 관조를 동반하면서 입지를 굳혔다.

그런데 이와 같은 소상팔경의 시적 공식은 중국 강남의 풍경을 근간으로 한 것이지 한반도의 실제 기후나 산수에 부합하는 것은 아니다. 앞에서 언급했던 고려의 화가 이녕이 그렸다는 〈예성강도〉나 〈천수사남문도〉가 실경을 다룬 것임을 상기해 볼 때, 고려시대에는 이미 국내의 유명한 자연 경물을 다룬 그림이 적지 않았을 것이다. 따라서 소상팔경도는 바로 이와 같은 고려의 산수 풍경화 가운데에도 새로운 파장을 불러일으켰을 것을 상상해 볼 수 있다. 중국 북송北宋 대에 이성李成, 919~967과 송적宋迪이 그린 전형적인 그림이 유행하는 가운데 소상팔경의 이미지는 우리나라에서 14세기부터 16세기 초까지 대단한 위력을 떨쳤다. 고려와 조

선에서 찾아볼 수 없었던 이국의 정취가 시적인 감성과 함께 스며들며, 실경이 아닌 이상경 혹은 이상향이 부각된 것이다. 이렇게 고려 후기 그리고 조선 전기를 강타한 소상팔경도는 깊은 공간감을 느끼게 하는 산과 물의 화면 구성이 특징적인데, 예를 보면 아래와 같다.

〈그림 48〉은 16세기 전반 작자미상의 〈소상팔경도〉 가운데 〈산시청람〉, 〈그림 49〉는 〈강천모설〉에 해당한다. 이 작품은 현재 확인할 수 있는 우리나라의 소상팔경도 중에서도 앞선 시기의 작품이다. 그런데 그림을 잘 모르는 문외한의 눈으로 볼 때도 두 그림은 한쪽으로 치우친 산과 경물의 배치가 인상적이다. 〈산시청람〉은 원경의 거친 산으로부터 안개 자욱한 마을을 지나 근경의 소나무와 소박한 누정에 이르기까지 오른편에 경물이 집중적으로 배치되었고, 그에 비해 왼편은 비어있어서 깊은 공간감과 신비감을 자아낸다. 반면에 〈그림 49〉 〈강천모설〉은 둥글게 표현된 산봉우리와 폭포 그리고 나무가 모두 화면의 왼편에 치우쳐 있다. 안휘준1988이 특별히 강조한 이와 같은 편파구도는 조선 초기 우리나라의 산수화에서 이상적 풍경을 보여주는 핵심적인 공식으로 알려져 있다.

〈그림 50〉과 〈그림 51〉도 16세기 전반 작자 미상의 〈소상팔경도〉 가운데 〈산시청람〉과 〈강천모설〉에 해당한다. 〈그림 48〉, 〈그림 49〉와 비교해 볼 때, 큰 변동 사항 없이 각기 오른편과 왼편에 치우친 경물을 중심으로 고요하고 신비로운 산수를 표현한 공통점을 확인할 수 있다.

이처럼 소상팔경은 공식과 전형의 틀 안에서 영원히 변하지 않는 이상을 구가했다. 그리고 이와 같은 성향은 그림뿐만 아니라 시에서도 마찬가지였다.

48 | 49

〈그림 48〉〈산시청람〉
〈그림 49〉〈강천모설〉
작자미상, 〈소상팔경도〉, 조선 16세기 전반, 종이에 먹, 각 47.7×91.0cm, 국립진주박물관.

강천 모설江天暮雪

雪意嬌多着水遲　설의교다착수지
눈의 뜻이 교태 많아 물에 내리기 더딘데
千林遠影已離離　천림원영이리리
저 수풀 먼 그림자 이미 어수선하구나
蓑翁未識天將暮　사옹미식천장모
도롱이 입은 늙은이 겨울인 줄 몰라서
誤道東風柳絮時　오도동풍류서시
동풍에 버들개지 날리는 땐 줄 잘못 아네

산시 청람山市晴嵐

朝日微昇疊嶂寒　조일미승첩장한
아침에 약간 떠올라 첩첩한 봉우리가 차다
浮嵐細細引輕紈　부남세세인경환
뜬 이내 가늘어라 엷은 비단을 펼친 듯하네
林間出沒幾多屋　임간출몰기다옥
수풀 사이 보일락말락 몇 집이나 되노
天際有無何處山　천제유무하처산
하늘 가 있는 듯 없는 듯 어디 산이런고

이인로, 「송적팔경도」 중, 『동문선』 제20권

위의 작품은 이인로의 「송적팔경도」 가운데 앞서 살펴본 소상팔경 그림에 해당하는 「강천모설」 그리고 「산시청람」이다. 고려 명종明宗, 재위 : 1170~1197이 신하들에게 송적宋迪의 〈소상팔경도〉에 관한 시를 지으라고

<그림 50> 〈산시청람〉 <그림 51> 〈강천모설〉
작자미상, 〈소상팔경도〉, 조선 16세기 전반, 비단에 먹, 각35.2×31.4cm, 국립중앙박물관.

명했을 때 창작한 것으로 보이는 이 작품은 더할 나위 없는 아름다운 시어로 풍경을 집약했다. 「강천모설」에서는 눈이 내리는 풍경을 교태롭다고 표현하면서 도롱이 입은 늙은이가 동풍에 버들가지 날리는 줄 안다고 했다. 한겨울의 설경을 추위를 제거한 따뜻한 풍정으로 바꿔놓은 것이다. 그리고 한편 「산시청람」에서는 기구와 승구를 통해 첩첩한 산봉우리 가운데 아침 해가 떠올라 아지랑이가 엷은 비단을 펼친 듯하다고 운을 뗀 후, 수풀 사이에 숨은 집들이 산속에 숨어 보일락말락 아련하다고 묘사했다. 이인로의 제화시에서 소상팔경은 더할 나위 없이 곱고 평화로운 곳으로 그려졌다. 이어서 진화의 작품을 보면 아래와 같다.

산시청람山市晴嵐

青山宛轉如佳人 청산완전여가인

푸른 산 완전하게 마치 미인 같아서

雲作香鬟霞作唇　　운작향환하작진

구름이 향기로운 머리털 되고 노을이 입술 됐으니

更教橫嵐學眉黛　　갱교횡람학미대

다시 비낀 남기로 눈썹 먹칠을 배우게 했더니

春風故作西施嚬　　춘풍고작서시빈

봄바람은 일부러 서시의 찡그림 만들었네

朝隨日脚卷還空　　조수일각권환공

아침에는 햇살 따라 걷히고 비었다가

暮傍疏林色更新　　모방소림색갱신

저녁에는 성긴 숲 곁에서 빛이 더욱 새롭네

遊人隔岸看不足　　유인격안간부족

유람하는 사람 언덕 너머로 아무리 봐도 부족하니

兩眼不博東華塵　　양안부박동화진

두 눈이 동화의 티끌까지 다 담지 못하네

강천모설江天暮雪

江上濃雲翻水墨　　강상농운번수묵

강가의 짙은 구름 수묵을 풀어놓은 듯하고

隨風雪點嬌無力　　수풍설점교무력

바람에 날리는 눈송이는 교태롭게 힘이 없네

憑欄不見昏鴉影　　빙란불견혼아영

난간에 기대 봐도 저녁 까마귀 볼 수 없고

萬枝繁華春頃刻　　만지번화춘경각

나무마다 번화한 모습 봄이 얼마 안 남았네

漁翁蒻笠戴寒聲　　어옹약립대한성

고기잡이 부들삿갓은 찬 소리만 이고 있고

賈客蘭橈滯行色　　고객난요체행색

장사치의 목란 돛배는 나그네 걸음 더디게 하네

除却騎驢孟浩然　　제각기려맹호연

나귀 탄 맹호연을 제하고 나면

箇中詩思無人識　　개중시사무인식

이 속의 이 시정詩情을 아는 사람 없으리

진화,「송적팔경도」중,『梅湖遺稿』(변종현·윤승준·윤재환 역, 2013)

진화의 시 가운데 「산시청람」과 「강천모설」 역시 앞서 살펴본 이인로의 경우와 마찬가지로 소상팔경에 대한 찬미로 일관하고 있다. 특별히 진화는 「산시청람」의 광경을 미인으로 형상화했다. 구름은 머리털이고 노을은 입술이고 아지랑이는 눈썹 먹칠이라고 해서, 마치 산수화에 미인도를 접목시킨 듯한 기교 가득한 표현을 동원했다. 그리고 아침과 저녁으로 변화하는 정취가 매번 새로워서 한눈에 다 담을 수 없을 정도라고 극찬을 아끼지 않았다. 그리고 「강천모설」은 강가의 짙은 구름과 바람에 날리는 힘 없는 눈송이로 시작하고 있다. 그 속에 사립을 쓴 어옹과 장사치의 작은 배가 등장하는 가운데 당나라의 시인 맹호연을 상기하는 시정詩情으로 작품을 정리하고 있다.

그야말로 아름답고 묘한 시적 표현의 극치를 확인할 수 있다. 더이상 말이 필요 없는 언어의 정수를 이용해서 소상팔경도가 보여주는 신비한 황홀경에 빠져들게 한다. 그리고 이와 같은 소상팔경에 대한 묘사의 전통은 지속적으로 이어졌고, 시간이 흐른 뒤 이제현의 작품에서도 같은 맥락의

상찬을 발견할 수 있다. 특히 이제현은 사詞곡조의 하나인 무산일단운巫山一段雲을 이용해서 소상팔경을 읊었는데, 작품의 일례를 보면 아래와 같다.

강천모설江天暮雪

風緊雲容慘　풍긴운용참　바람이 세어 구름 모습 참담하고
天寒雪勢嚴　천한설세엄　날씨가 차 눈내리는 기세 삼엄한데
篩寒洒白弄纖纖　사한쇄백농섬섬　체로 쳐 흰 빛 뿌리듯 보드랍게 내리어
萬屋盡堆鹽　만옥진퇴염　만 채의 지붕엔 소금을 쌓은 듯하다

遠浦回漁棹　원포회어도　먼 포구엔 고기잡이 배 돌아오고
孤村落酒帘　고촌낙주렴　외로운 마을엔 술집 깃발 내려졌는데
三更霽色妬銀蟾　삼경제색투은섬　삼경에 갠 눈빛 은빛 달 시샘하여
更約掛疎簾　갱약괘소렴　다시 성긴 발을 묶어서 달아맨다

산시청람山市晴嵐

遠岫螺千點　원수라천점　먼 산마루들은 천 점의 소라 같고
長溪玉一圍　장계옥일위　긴 시냇물은 한 아름의 옥덩이인 듯
日高山店未開扉　일고산점미개비
해 높이 돋았어도 산골 주막은 문을 안 열었고
嵐翠落殘霏　남취락잔비　산기운 푸르른데 남은 안개 가셨다

隱隱樓臺遠　은은누대원　은은하게 보이는 누대는 멀고
濛濛草樹微　몽몽초수미　무성한 풀과 나무는 희미한데
市橋曾記買魚歸　시교증기매어귀

장터 다리로는 물고기 사들고 다녔던 것으로 기억하지마는

一望却疑非　일망각의비　한 번 더 바라보니 그게 아닌 것도 같다

이제현, 「巫山一段雲 : 瀟湘八景」 중, 『익재난고』 10권 (민족문화추진회 역, 1977)

위의 예는 무산일단운으로 읊은 이제현의 소상팔경시 가운데 「강천모설」과 「산시청람」에 해당한다. 지금까지 앞서 살펴본 소상팔경도와 소상팔경시의 「강천모설」 그리고 「산시청람」을 염두에 두고 볼 때, 변함없이 이어지는 아름다운 이상향에 대한 동경을 확인할 수 있다. 이제현은 「강천모설」에서 삼엄한 겨울 바람에 날리는 눈을 체로 친 흰빛이 부드럽게 내려 지붕마다 소금이 쌓인 듯하다고 했다. 추위는 전혀 문제가 되지 않는다. 그리고 「산시청람」에서는 산마루들은 천 점의 소라 같고 시냇물은 옥덩이 같다고 묘사했으며, 문을 닫은 산골 주막과 멀리 은은하게 보이는 누대와 흐릿한 기억을 상기하며 작품을 맺고 있다. 소상팔경은 오직 시와 그림으로만 확인할 수 있는 이상적인 세계이기 때문에 시간이 흘러도 늘 변함 없는 모습 그대로 상상 속에 존재하는 산수미의 극치를 보여준 것이다.

그런데 한편 이러한 소상팔경의 향유는 팔경八景과 같은 특정한 숫자로 경물을 집약해서 읊는 집경시集景詩의 전통을 낳으면서 국내의 경관을 중심으로 하는 새로운 산수 미학을 선보이는 길잡이 역할을 해냈다. 예를 들어 바로 위에서 살펴본 이제현은 소상팔경시뿐만 아니라 송도팔경시를 창작했는데, 작품을 보면 아래와 같다.

자동심승紫洞尋僧 : 자하동으로 승려를 찾아가다

傍石過淸淺　방석과청천　돌 곁 맑고 얕은 물을 건너

穿林上翠微　천림상취미　수풀을 뚫고 산에 올라
逢人何更問僧扉　봉인하갱문승비
사람을 만났으니 어찌 다시 중의 집을 묻겠나
午梵出煙霏　오범출연비 오시의 불공 소리가 안개 날리는 데서 울려 나온다

草露霑芒屨　초로점망구　풀이슬이 짚신 적시고
松花點葛衣　송화점갈의　송화 가루가 갈포 옷에 점을 찍었다
鬢絲禪榻坐忘機　빈사선탑좌망기
귀밑머리 하얘가지고 선탑에서 세상일 잊고 앉아 있는데
山鳥謾催歸　산조만최귀　산새는 마구 돌아가길 재촉한다

청교송객靑郊送客 **: 청교역에서 객을 전송하다**

芳草城東路　방초성동로　꽃다운 풀 나 있는 성 동쪽의 길과
疏松野外坡　소송야외파　성긴 소나무들 서 있는 들 밖의 언덕
春風是處別離多　춘풍시처별리다　봄 바람 불면 이곳에선 이별이 많아져서
祖帳簇鳴珂　조장족명가　전송연 장막에는 귀인의 말 모여든다

村暖鷄呼屋　촌난계호옥　마을 따뜻한데 닭이 집에서 소리치고
沙晴燕掠波　사청연략파　비 갠 모래밭에 제비가 물결 스쳐 난다
臨分立馬更婆娑　임분립마갱파사
헤어지는 마당에 말을 세우고 다시 머무적거리는데
一曲渭城歌　일곡위성가　한 가락 위성의 노래 들려온다

북산연우北山煙雨 **: 북산의 안개비**

萬壑煙光動　만학연광동　산골짜기에 안개 움직이고
千林雨氣通　천림우기통　많은 수풀에 비기운 돌고 있다
五冠西畔九龍東　오관서반구룡동　오관산 서쪽 언저리와 구룡산 동쪽은
水墨古屛風　수묵고병풍　수묵화의 옛 병풍이다

巖樹濃凝翠　암수농응취　바위의 나무에는 짙푸르름 엉겨 있고
溪花亂泛紅　계화란범홍　시내의 꽃은 어지럽게 붉은 빛 흘려보낸다
斷虹殘照有無中　단홍잔조유무중　사라지는 무지개와 낙조 사이에
一鳥沒長空　일조몰장공　한 마리 새가 먼 하늘로 사라져 간다

서강풍설西江風雪 : 서강의 눈보라

過海風凄緊　과해풍처긴　바다를 지나가니 차가운 바람 세차고
連雲雪杳茫　연운설묘망　구름에 잇닿아 눈이 까마득하다
落花飄絮滿江鄕　낙화표서만강향
지는 꽃과 나부끼는 버들솜 강 마을에 가득하여
偸放一春狂　투방일춘광　몰래 한 봄의 미친 가을 드러내 본다

漁市開門早　어시개문조　어촌 장터는 문 여는 것 이르고
征帆入浦忙　정범입포망　돛배 포구에 들어가느라 바쁘다
酒樓何處咽絲篁　주루하처인사황　술집은 어디이길래 관현 가락 목메어
愁殺孟襄陽　수살맹양양　맹호연을 시름에 시달리게 하는가

백악청운白岳晴雲 : 백악의 비 갠 구름

菖杏春風後　창행춘풍후　창포와 살구꽃은 봄에 피었고

茅茨野水頭　모자야수두　초가집은 들판 물가에 있다
晴雲弄色靄林丘　청운농색애림구
비 갠 구름 가볍게 날고 수풀 언덕에 안개 덮였는데
雨意未能休　우의미능휴　비 올 기색이 가시지를 못한다

京縣民無賦　경현민무부　경기 고을엔 백성들 부세 없고
郊田歲有秋　교전세유추　들판의 밭엔 농사가 풍년이라
明朝去學種瓜侯　명조거학종과후
내일 아침엔 가서 오이 심은 동릉후東陵侯를 배우고
身事寄菟裘　신사기토구
일신은 별장에 은거하겠다

황교만조黃橋晚照 : 황교의 저녁놀

隱見溪流轉　은현계류전　숨었다 보였다 하며 시냇물 돌아가고
縱橫野壟分　종횡야롱분　가로 세로 들판의 밭두둑 나뉘어 있다
隔林人語遠堪聞　격림인어원감문
수풀 너머의 사람 말소리 멀리서 들을 만하고
村逕綠如裙　촌경록여군　마을의 오솔길 푸르기가 치마 같다

鳶集蜈山樹　연집오산수　솔개는 오공산蜈蚣山 나무에 앉고
鴉投鵠嶺雲　아투곡령운　까마귀는 곡령 구름 속으로 날아든다
來牛去馬更紛紛　래우거마갱분분　오는 소 가는 말 다시 번잡해지자
城郭日初曛　성곽일초훈　성곽에는 아침해 돋는 듯하다

장단석벽長湍石壁 : 장단의 석벽

揷水雲根聳	삽수운근용	물에는 석벽 솟구치고
橫空黛壁開	횡공대벽개	공중에 검은 절벽 펼쳐져 있다
魚龍吹浪轉隅隈	어룡취랑전우외	물고기와 용들이 모퉁이에서 회전하고
百里綠徘徊	백리록배회	초록이 백리토록 덮여 있다
月浸玻瓈色	월침파려색	달이 잠기니 파리옥의 빛이고
花分錦繡堆	화분금수퇴	꽃이 떨어지니 수비단 무더기라
畫船載酒管絃催	화선재주관현최	그림배 술을 싣고 관현 가락 재촉하여
一日繞千廻	일일요천회	하루에 천 바퀴나 돌아다닌다

박연폭포朴淵瀑布

日照群峯秀	일조군봉수	해가 비추니 뭇 산봉우리가 빼어나고
雲蒸一洞深	운증일동심	구름이 끼어 있으니 한 골짜기가 깊다
人言玉輦昔登臨	인언옥련석등림	사람들 말이 옥련이 옛적에 왔었다고 하거니와
盤石在潭心	반석재담심	반석이 소 복판에 있다
白練飛千尺	백련비천척	흰 비단이 천 자나 날아 오르고
靑銅徹萬尋	청동철만심	청동 같은 절벽은 만 발이나 내려가 있다
月明笙鶴下遙岑	월명생학하요잠	달이 밝으면 신선 태운 학이 먼 봉우리에 내려와서
吹送水龍吟	취송수룡음	물 속의 용이 울려내는 소리를 불러 보낸다

이제현, 「巫山一段雲－松都八景」 중, 『익재난고』 10권

위의 작품은 이제현이 무산일단운을 이용하여 송도팔경을 읊은 것으로, 총 8개의 풍경은 소상팔경에서 영감을 받은 것이다. 하지만 소상팔경은 이미 중국에서 마련한 공식을 시인의 언어로 재음미한 것이지만, 송도팔경은 경우가 다르다. 이제현이 고려의 수도인 송도의 명승名勝을 8개의 장면으로 공식화했기 때문이다. 소상팔경이 고정된 이국적인 풍경을 새로운 표현법을 이용해서 다시 읊는 데에 반해, 송도팔경은 작가 개인의 경험과 미적 안목을 반영해서 완전히 새롭게 구성한 것이다. 그리고 여기에는 실제 지명이 등장한다. 물론 송도팔경 역시 소상팔경과 마찬가지로 아름다운 시정詩情을 포괄하지만, 송도팔경에 등장하는 청교青郊나 오공산蜈蚣山 등은 현실의 경물이라는 점에서 체감도가 다르다.

예를 들어 제8수 「박연폭포」를 보면 제목에서부터 확연한 차이를 느낄 수 있다. 앞에서 살펴본 소상팔경의 「산시청람」은 맑은 아지랑이 속 이름 없는 산속 마을이다. 하지만 박연폭포는 고유명사를 전면에 내세운다. 물론 시 속에서 박연폭포는 청동같은 절벽에 흰 비단이 날아오르고, 달이 뜨면 신선을 태운 학이 내려와서 용이 울리는 물소리를 내는 환상적인 곳으로 부각되었지만, 박연폭포는 실제로 들어봤고 또 가볼 수도 있는 곳이기 때문에 막연한 동경의 대상에 그치지 않는다. 이외에도 이제현의 「송도팔경」에 등장하는 8개의 경물은 구체적인 현실 지명과 환상적인 시적 표현이 교차하는 공통점을 지니면서 소상팔경과 달리 국내 집경시로서 새로운 면모를 드러낸 것을 확인할 수 있다.

이상 살펴본 바와 같이, 고려 후기에 전해진 소상팔경도와 소상팔경시는 전형적인 이상향으로서 문인들에 의해 거듭 찬미의 대상이 되었지만, 한편 고려와 조선의 명승지를 팔경으로 집약하는 새로운 전통을 낳는 계기가 되었다. 그리고 이와 같은 집경시의 전통은 점차 국내의 자연 경물을 미적으로 파악하고 표현하는 중요한 방법으로 깊게 뿌리를 내리게 되었다. 즉 송도와 같은 특별한 장소가 아니더라도 시인을 둘러싼 주변의 경물을 재인식하고 그 공간을 기억할 수 있는 장치를 시와 그림으로 마련하는 일이 사대부의 일상에 파고들기 시작한 것이다. 대표적인 예로 아래 안축의 집경시를 들 수 있다.

죽장고사竹藏古寺 : 대숲에 감춰진 옛 절

脩篁歲久盡成圍　수황세구진성위

긴 대나무 세월이 오래되어 사방을 둘렀는데

手種居僧今已非　수종거승금이비　손수 심은 그 스님 지금은 보이질 않네

禪榻茶軒深不見　선탑다헌심불견　선탑과 다헌은 깊숙하여 보이지 않고

穿林翠羽獨知歸　천림취우독지귀

숲을 뚫고 가는 비취새만 돌아갈 줄 아는구나

암공청담巖控淸潭 : 바위가 끌어당긴 맑은 못

流川爲陸陸爲川　유천위륙육위천

시내가 뭍이 되고 뭍이 다시 시내가 되었는데

有底淸潭獨不然　유저청담독불연　어찌하여 맑은 못만은 변하지 않았는가

看取奔灘停滀處　간취분탄정축처　내달리던 여울이 고인 곳을 보니

奇巖削立重難遷　기암삭립중난천　깎아지른 기암은 옮기기 어려워라

의산촌사依山村舍 : 산에 기댄 촌 집

傍山煙火占孤村　방산연화점고촌　산 옆 연기는 외로운 마을을 차지하고

竹下紅桃臥守門　죽하홍도와수문

대나무 아래 복사꽃은 누워서 문을 지키네

力穡田夫皆惜日 력색전부개석일 힘써 밭 가는 농부는 모두 시간을 아껴

戴星服役返乘昏 대성복역반승혼 별빛 이고 일을 하다 어둠 타고 돌아오네

와수목교臥水木橋 : 물에 누운 나무다리

一木搖搖跨石灘 일목요요과석탄 흔들흔들 나무 하나 돌여울에 걸쳐져

望來惟恐蹈波瀾 망래유공도파란

바라보면 일렁이는 물결을 밟는 듯 두렵네

居民足與心曾熟 거민족여심증숙 이곳 사는 백성 발과 마음이 익숙해져

如過平途不細看 여과평도불세간 평지를 지나듯 자세히 보지 않네

우배목동牛背牧童 : 소 등에 탄 목동

仰空吹笛快軒眉 앙공취적쾌헌미

하늘 향해 피리 불며 환한 얼굴이 즐거운데

牛背身無掩脛衣 우배신무엄경의 소 등에 탄 몸은 정강이 가릴 옷이 없네

家在山前陂隴隔 가재산전피롱격 산 앞에 있는 집은 언덕에 막혀 있고

雨天行趁暮鴉歸 우천행진모아귀

비 내려 걸음 재촉하니 저녁 까마귀 돌아오네

농두엽부壟頭饁婦 : 밭두둑으로 들밥 내는 부인

婦具農飧自廢飧 부구농손자폐손 부인은 들밥을 만드느라 끼니도 거른 채

曉來心在夏畦間 효래심재하휴간 새벽부터 마음은 한여름 들판에 있네

壟頭日午催行邁 농두일오최행매

밭머리에서 한낮이 되어 발길을 재촉하더니

餉了田夫信步還 향료전부신보환

지아비를 먹이고 여유로운 걸음으로 돌아가네

임류수어臨流數魚 : 물가에 임해 고기를 세다

樓下淸潭窟穴空 누하청담굴혈공 누각 아래 맑은 못에 텅 빈 굴이 있는데

游魚育卵粟排紅 유어육란속배홍 물고기 알을 슬어 붉은 좁쌀 벌여 놓은 듯

莘莘衆尾知多少 신신중미지다소 꼬물거리는 물고기가 얼마나 많은지

前數無窮後亦同 전수무궁후역동

앞에서 세도 끝이 없더니 뒤에서도 마찬가지일세

격장호승隔墻呼僧 : 담장 너머로 중을 부르다

聳壑郡樓臨水府 용학군루임수부 언덕에 솟은 누각은 바다를 내려다보고

隔墻禪舍倚巖叢 격장선사의암총 담장 너머 선방은 바위에 기대고 있네

愛僧眞趣無人會 애승진취무인회 아끼는 스님의 진취를 아는 사람이 없고

十里茶煙颺竹風 십리다연양죽풍 십 리의 차 연기만 대숲 바람에 나부낀다

안축, 「삼척서루팔영」, 『근재집』(서정화·안득용·안세현 역, 2013)

위의 작품은 고려 후기의 유학자 안축安軸, 1282~1348이 삼척의 죽서루를 중심으로 하는 팔경을 읊은 것이다. 이곳은 시인이 강원도에서 존무사로 있었던 것이 계기가 되어 팔경의 공식으로 담아낸 것인데, 「삼척서루팔영」에는 「송도팔경」처럼 구체적인 지명이 등장하지는 않는다. 하지만 소상팔경과 마찬가지로 전적으로 시적인 감수성에 의존하는 8개의 멋스러운 경치가 여운을 남긴다. 특히 처음과 끝이 연계되어 만드는 정서가 인상적이다. 첫수 '죽장고사竹藏古寺'는 대나무가 빼곡한 가운데 인기척이

없는 사찰에 오로지 새 한 마리만 등장하는 고즈넉한 멋을 담고 있다. 그리고 이에 상응하여 마지막 수 '격장호승隔墻呼僧'에서는 한적한 선방에 스님은 찾아볼 수 없고 차 끓이는 연기만 대나무 숲의 바람에 나부낀다고 하여 처음과 끝이 속세를 벗어난 고요한 한정閑靜으로 일관하며 작품의 완성도를 높인다. 그리고 그 가운데 여섯 번째 수 '농두엽부壟頭饁婦'에서는 부지런한 아낙이 들밥을 만들어 지아비를 먹이고 여유로운 걸음으로 돌아간다고 하여 소박한 현실 속의 낙원을 형상화하는 등 안축이 개인적으로 표상하고자 했던 삼척의 멋이 잘 드러난다. 이렇게 완성된 안축의 「삼척서루팔영」은 후에 이곡李穀, 1298~1351이 「차삼척서루팔영시운次三陟西樓八詠詩韻」, 이달충李達衷, 1309~1384)이 「삼척팔경三陟八景」, 서거정徐居正이 「삼척죽서루팔영가정운三陟竹西樓八詠稼亭韻」 같은 차운시를 통해 지속적으로 음미하면서 여말선초 사대부 그룹 내에서 새로운 이상향으로 각인될 수 있었다.

그리고 한편 이색의 「금사팔영金沙八詠」과 같이 다소 특이한 내력을 지니는 집경시도 탄생했다.

서산채미西山採薇 : 서산에서 고사리를 캐다

春雨隨風細	춘우수풍세	봄비는 바람 따라 부슬부슬 내리고
春山到處深	춘산도처심	봄 산은 가는 곳마다 깊기만 한데
何人能採蕨	하인능채궐	그 어떤 사람이 고사리를 캐어서
惹起伯夷心	야기백이심	백이의 마음을 불러일으키는고

동강조어東江釣魚 : 동강에서 낚시를 하다

早聞鮮味雋	조문선미준	생선맛 좋단 말 일찍이 들었는데

摠說細鱗肥	총설세린비	모두 잔 고기 살진 걸 말들 하니
不待秋風起	부대추풍기	가을바람 일기를 기다릴 것 없이
願從張翰歸	원종장한귀	장한을 따라서 돌아가고만 싶어라

용문착약龍門斲藥 : 용문에서 약을 캐다

地靈多藥物	지령다약물	땅이 신령하니 약물들은 많고
山密少塵埃	산밀소진애	산이 빽빽하니 먼지는 적구나
更問如瓜棗	갱문여과조	오이만 한 대추를 다시 묻노니
安期安在哉	안기안재재	안기생은 그 어드메 있느뇨

호곡경전虎谷耕田 : 호곡에서 밭을 갈다

平野牢籠盡	평야뇌롱진	평야는 부호들이 다 차지하고
荒畬片段餘	황여편단여	남은 것은 거친 밭뙈기뿐이라
躬耕度朝夕	궁경도조석	몸소 밭갈아 조석을 지내노라면
還似孔明廬	환사공명려	도리어 공명의 초가집 같으리

한포농월漢浦弄月 : 한포에서 달을 즐기다

日落沙逾白	일락사유백	해가 떨어지니 모래는 더욱 희고
雲移水更淸	운이수갱청	구름이 옮기니 물은 다시 맑구나
高人弄明月	고인롱명월	고상한 사람이 명월을 희롱하는데
只欠紫鸞笙	지흠자란생	다만 자란생 피리가 없네그려

파성망우婆城望雨 : 파성에서 비를 기다리며

天意應生物	천의응생물	하늘 뜻은 응당 만물을 살리거니와

農功在及時	농공재급시	농사일은 꼭 제때에 해야 하거늘
碧潭龍臥久	벽담용와구	용은 깊은 못에 오래 누워만 있고
一起竟何遲	일기경하지	한 번 일어남이 어찌 그리 더딘고

장흥습률長興拾栗 : 장흥에서 밤을 줍다

秋風初瑟瑟	추풍초슬슬	가을바람이 막 우수수 불어오니
栗樹漸纍纍	율수점류류	밤송이가 점차 주렁주렁 드러나네
獨往吾曾記	독왕오증기	내 홀로 찾아간 일을 기억하노니
金丸落地時	금환락지시	알밤이 벌겋게 떨어지던 때로세

주읍심매注邑尋梅 : 주읍에서 매화를 찾다

賦詠逼眞少	부영핍진소	매화 읊은 시는 핍진한 게 적으나
栽培離俗多	재배리속다	심은 곳은 세속 초월한 데가 많네
最憐荒僻處	최련황벽처	가장 어여쁜 것은 궁벽한 곳에서
寂寞伴姮娥	적막반항아	적막하게 달빛과 서로 짝함이로세

이색, 「금사팔영」, 『목은시고』16권

이 작품은 염제신의 아들 염흥방廉興邦, ?~1388이 여주驪州 금사리金沙里에서 귀양살이를 했던 기억을 근거로 이색에게 의뢰하여 탄생한 작품이다. 금사리는 특별한 승경처일리 만무하고 당연히 그곳에서의 체험도 고상한 풍류와는 거리가 멀다. 예를 들어 '호곡경전虎谷耕田'을 보면 기름진 땅은 부호들이 차지하고 호곡의 거친 밭뙈기에 몸소 밭을 갈아 근근이 끼니는 이어가는 삶을 읊었다. 근심스럽고 쓸쓸한 감정이 그대로 드러난다. 하지만 한편 '장흥습률長興拾栗'에서는 장흥에서 가을날 주렁주렁 매달린 밤송이를 줍거나, '주읍심매注邑尋梅'에서는 궁벽한 곳에서 매화를 찾는 등 안 좋은 여건 속에서도 소박하고 아름다운 일상이 교차하고 있어서 염흥방이 시로 남기고자 했던 본질이 무엇인가 파악하는 것은 어렵지 않다. 어려운 처지였지만 고사리 캐고 낚시하며 보낸 시골 마을에서의 삶이 남기는 여운이 오래 남았던 것 같다.

이상의 금사리 팔경 역시 근원을 따져 올라가면 형식적인 면에서 소상팔경에 뿌리가 닿는다. 하지만 소상과 금사리는 한 데 비교하기 어려운, 전혀 다른 경향을 지닌다. 이처럼 소상팔경을 위시한 고려 후기의 시와 그림은 중국의 전형을 적극적으로 수용하는 것과 동시에 우리의 현실을 반영한 새로운 유형을 형성하는 흥미로운 양면성을 지향했다. 이처럼 소상팔경이라는 관념적 이상향과 국내 팔경이라는 현실적 이상향을 동시에 구가하면서 조선시대에 이르러서는 새롭게 사대부들이 주변의 공간을 향유한 시와 그림들이 광범위하게 발전하게 되었다.

3. 어부 이미지와 강호의 풍류

'어부가漁父歌' 혹은 '어부사漁父詞'는 은둔자의 노래이다. 한문 문화권에서는 유독 현실 정치에 환멸을 느끼고 강호江湖에 물러나 유유자적했던 인물을 자주 다루었다. 대표적인 예로 중국의 죽림칠현竹林七賢이 있다. 그들은 위,촉,오 삼국이 치열한 각축전을 벌일 때 죽림에 모여 풍류를 즐기며 속세의 욕망에서 벗어나 초탈한 정신적 자유를 즐긴 것으로 유명하다. 그런데 어부는 죽림칠현과는 성격이 조금 다르다. 우선 죽림칠현은 혜강嵇康, 223~262, 완적阮籍, 209~263을 비롯한 실제 인물인 데 반해, 어부는 작품 속에 등장하는 무명의 고기 낚는 존재일 뿐이다. 그리고 죽림칠현이 술과 음악을 즐기며 세상을 조롱했던 풍류객이었던 반면에, 어부는 강호의 한정을 즐기는 고요한 처사의 이미지를 갖고 있다. '어부사'의 어부는 생업을 위해 고기를 잡는 것이 아니라, 고요히 물가에 낚싯대를 드리우고 세월을 낚는 고사高士의 원형 이미지로 각인되었다. 이러한 어부의 핵심적인 특징은 중국 굴원屈原, B.C. 343? ~ B.C. 278?의 「어부漁父」와 긴밀한 관계를 맺고 있다.

굴원은 추방당한 후로 강가를 노닐고 못가에서 거닐며 노래를 불렀다. 안색은 초췌했고 모습은 수척했다. 어부가 그를 보고 물었다. "삼려대부가 아니십니까? 어찌 이런 곳까지 오게 되셨습니까?" 굴원이 말했다. "세상은 혼탁하고 나 혼자 깨끗합니다. 사람들은 취해 있고 나 혼자 깨어 있습니다. 그래서 이렇게 쫓겨났습니다." 어부가 말했다. "성인은 사물에 얽매이지 않아 세상에 따라 변할 수 있습니다. 사람들이 혼탁하다면 어찌 진흙을 휘저어 물결을 일으키지 않습니까? 사람들이 취해 있다면 어찌 술지게미를 먹고 묽은 술은 마시지 않습니까? 어찌 깊이 생각하고 고상하게 행동하시어 자신을 쫓겨나게 하십니까?" 굴원이 말했다. "내가 듣기에 막 머리를 감은 사람은 반드시 모자 위의 먼지를 떨고, 막 목욕을 한 사람은 반드시 옷의 먼지를 떨어낸다고 합니다. 어찌 깨끗한 몸에 사물의 더러움을 받게 할 수 있습니까? 그럴 바에는 내 차라리 상강湘江의 물에 뛰어들어 물고기 배 속에 묻히겠습니다. 어찌 고결한 몸에 세속의 먼지를 묻힐 수 있겠습니까?" 어부는 굴원의 말을 듣고 살짝 미소를 짓고 노를 저어 가면서 노래를 불렀다. "창랑의 물이 맑으면 내 갓끈을 씻을 수 있고, 창랑의 물이 더러우면 내 발을 씻을 수 있네." 어부는 결국 멀리 가버리고 굴원과 더 이상 말하지 않았다.

屈原, 「漁父」, 『楚辭』(권용호 역, 2015)

너무도 잘 알려진 위의 작품은 삼려대부를 지낸 굴원이 물가에서 배회할 때 이름 없는 한 어부가 다가와 말을 거는 것으로 시작된다. 「어부」는 두 인물 간의 대화가 중요하다. 혼탁한 세상에서 떨어져나와 홀로 배회하는 고결한 굴원과 비록 어지러운 세상이지만 그 속에서 함께 살아가라고 조언하는 어부 사이의 평행선이 묘한 울림을 자아낸다. 속세에 대한 환멸, 부조리가 없는 맑은 강호에 대한 동경, 하지만 순수한 낙원이 현실에는 존재하지 않는다는 진실이 교차하는 지점에서 어떻게 살 것인가 하는 문제를 품고 어부가 조언을 한다. 이렇게 어부의 노래는 복잡한 속내를 지니고 생각할 거리를 남기면서 많은 후속 작품을 낳았다. 우리나라에서도 고려시대의 한시에서부터 어부가를 확인할 수 있는데, 무신의 난 이후 소위 강좌칠현江左七賢으로서 술로 세월을 보낸 임춘林椿, ?~?의 「어부」를 보면 아래와 같다.

浮家泛宅送平生	부가범택송평생	떠다니는 집 속에서 평생을 보내고
明月片舟過洞庭	명월편주과동정	달 밝은 밤에 조각배로 동정호를 지난다
壇上不聞夫子語	단상불문부자어	단상의 부자공자 말 들을 것 없고
澤邊來笑屈原醒	택변래소굴원성	못가에서 굴원이 깨달았다는 게 우습다
臨風小笛歸秋浦	임풍소적귀추포	젓대 소리 바람 따라 추포로 가고
帶雨寒簑向晚汀	대우한사향만정	빗속에 도롱이 저문 물가 향한다
應笑世人多好事	응소세인다호사	우습다! 세상 사람들 일을 좋아해
幾回將我畫爲屛	기회장아화위병	몇 번이나 나를 그려 병풍을 만들었나

임춘, 「漁父」, 『西河集』 (진성규 역, 2015)

위의 시에서 화자는 흘러가는 조각배에 몸을 맡기고 달 밝은 밤에 배회하고 있다. 그리고 "세상은 혼탁하고 나 혼자 깨끗합니다. 사람들은 취해 있고 나 혼자 깨어 있습니다"라고 읊었던 굴원을 떠올리며 웃음을 짓는다. 이때 피리 소리는 바람에 실려 가을 물가에 들려오는데 비에 젖은 도롱이를 입고, 해 저문 저녁 물가로 향하면서 호사가들이 부질없이 어부 그림을 그렸다고 한마디를 남긴다. 그리고 아래와 같은 작품도 있다.

天翁尙未貰漁翁	천옹상미세어옹	천옹이 아직도 어옹에게 너그럽지 않아
故遣江湖少順風	고견강호소순풍	짐짓 강호에 순풍이 적어라
人世嶮巇君莫笑	인세험희군막소	세상 험한 줄을 그대여 웃지 마소
自家還在急流中	자가환재급류중	자기도 도리어 급류 속에 있는 것을

金克己, 「漁翁」, 『東文選』19권

위의 한시는 고려 명종 때의 문인 김극기金克己, 1379~1463가 지은 「어옹」이다. 하늘이 여전히 어부에게 너그럽지 않아 강호에 순풍이 적다고 했다. 이는 세상살이의 거친 풍파를 빗댄 것으로 궁극적으로는 작가 자신의 처지와도 무관하지 않은 대목이다. 그리고 너나 할 것 없이 세상에는 만만치 않은 급류에 휩쓸린 사람이 적지 않음을 언급하며 작품을 맺고 있다. 씁쓸한 인간사에 대한 연민을 엿볼 수 있다.

임춘도 김극기도 고려 후기 무신정권시대를 사는 문인으로서 정치 현실이라는 격랑을 피해갈 수 없었고, 그러한 개인적인 처지와 심회를 어부의 노래에 실었다. 이처럼 어부의 노래는 그 함의가 복잡하다. 어부 이미지는 선악이 공존하는 세상의 피할 수 없는 현실적 측면과 탈속에 대한 동경을 동시에 수렴하면서 그저 흐르는 물에 몸을 맡기는 자유를 지향한다. 세상과 나, 사회와 개인 사이의 영원히 찾을 수 없는 타협점에 대한 고민 그리고 그 모든 부조리를 초탈한 풍류가 어부라는 단어에 녹아들어 있으며, 이러한 어부는 시적 화자로서 그리고 도상으로서 사랑을 받았다. 이 가운데 어부의 그림을 보면 〈그림 52〉와 같다.

현재 어부의 그림 가운데 고려시대의 작품은 남아 있지 않다. 하지만 〈그림 52〉 조선 중기 이명욱李明郁, ?~?의 작품에서 확인할 수 있는 바와 같이, 조선시대에 그린 어부와 나무꾼이 등장하는 어초문답도라는 전형적인 그림이 남아 있다. 그림을 보면 낚싯대를 손에 쥔 어부와 도끼를 허리춤에 찬 나무꾼의 입성이 허름하다. 하지만 서로 시선을 마주하고 격론을 벌이는 듯한 두 사람의 풍모는 결코 예사롭지 않다. 뒷배경을 이루는 대나무의 성성한 잎이 유달리 진하고 강하게 느껴지는 것이 우연이 아닐 듯하다.

이처럼 어부의 그림은 두 인물 사이 문답의 장면을 중점적으로 다룬다. 문답이란 말 그대로 묻고 답하는 대화의 일종으로, 불경을 비롯한 보편종교의 초기 경전이 바로 이 문답의 형식을 취했다. 그리고 그 이후에는 본원적인 문제를 다루고 그 해답을 제시하는 중요한 방법으로 활용되었다. 현재 남아 있는 어부도는 바로 이 문답에 여념이 없는 어부와 나무꾼을 등장시킴으로써 암암리에 인생살이에 대해 논하는 사변적인 측면을 부각시킨 것이다.

〈그림 53〉은 조선시대 숙종의 어필이 포함된 유명한 〈어초문답도〉이다. 화려한 청록의 산세를 배경으로, 앞서 살펴본 〈그림 52〉와 마찬가지로 각기 낚대와 도끼를 지니고 있는 어부와 나무꾼이 마주 보고 대화를 나누는 장면을 포착했다. 그림 상단의 화제를 보면 "속세의 평범한 장씨와 이씨 두 사람 / (…중략…) 나무꾼 어부와 주고받은 말은 害와 利에 관한 것이라네"라는 대목을 확인할 수 있다. 깊은 산속의 물가에서 평범한

52 53 54

<그림 52> 이명욱, 〈어초문답도〉, 17세기, 종이에 담채, 94.0×173.0cm, 간송미술관.
<그림 53> 미상, 〈어초문답도〉, 조선 1715년, 비단에 색, 58.7×43.0cm, 국립중앙박물관.
<그림 54> 미상, 〈어락도〉, 조선, 종이에 수묵담채, 19.0×19.0cm, 국민대박물관.

두 인물이 세상의 해로움과 이익에 관한 이야기를 나누는 어부 그림을 조선시대 왕실에서도 향유했던 것을 알 수 있다. 사실 이 그림에서 두 인물은 속세의 장시와 이씨라고 했지만, 두 인물이 딛고 있는 소나무와 너럭바위 그리고 주변의 심상치 않은 풍경이 암시하는 바와 같이 세속을 떠난 현자들을 연상하게 한다. 그리고 그들이 해로운 것과 이익되는 것 즉 온갖 악과 부조리가 난무하는 세상 속에서 어떻게 참된 가치를 추구할 것인가 심오한 담론을 펼치는 화면은 범상치 않은 기운을 지닌다. 이처럼 어부 그림은 세상사에 대한 사유와 문답을 기조로 하고 있다. 그리고 아래와 같은 종류의 고즈넉한 어부의 그림도 공존했다.

〈그림 54〉는 홀로 작은 배를 저어가는 어부의 모습을 포착한 것으로, 그는 주변의 대나무와 기암괴석 사이에서 유독 소박하고 여유롭게 느껴진다. 등만 보이는 어부는 시선을 상앗대에 고정하고 유유자적 물을 따라 흘러간다. 이 그림에는 대화가 아닌 침묵이 흐를 뿐이지만, 고요한 가운데 깊은 사유를 가능하게 한다.

이처럼 어부 그림은 범상치 않은 문답의 장면 혹은 홀로 노젓는 장면을 다루는데, 한편 문학 작품 즉 「어부가」에서는 모든 갈등을 초탈하여 강호의 공간에 한가롭게 물러나 흐르는 물에 몸에 맡기고 영욕에서 벗어나 대자유를 누리는 독백이 주류를 이룬다. 그리고 이와 같은 전통이 형성되는 과정을 보면 신흥사대부와 불교 승려의 작품이 중요한 지점을 차지하고 있다.

一葉片舟一竿竹 일엽편주일간죽 조각배 한 척 낚싯대 하나
一蓑一笛外無畜 일사일적외무축 도롱이 하나 피리 하나 그 밖에 아무 것 없네

直下垂綸鉤不曲 직하수륜구불곡 낚싯줄 드리워도 낚시 굽지 않거니
何榜攡 하로록 무엇을 낚아 올릴까
但看負命魚相觸 단간부명어상촉
죽음 모르는 고기들 서로 맞부딪침만을 보네

海上烟岑翠簇簇 해상연잠취족족
바다 위 연기에 싸인 산은 푸른 빛이 솟았는데
洲邊霜橘香馥馥 주변상귤향복복 물가의 서리 맞은 귤은 그 향기 드높아라
醉月酣雲飽心腹 취월감운포심복
달에 취하고 구름을 즐겨 한껏 배 부르거니
知自足 지자족 만족할 줄 아는데
何曾夢見閑榮辱 하증몽견한영욕 언제 부질없는 영욕을 꿈이나 꾸었던가

脫略塵緣與繩墨 탈략진연여승묵 세상 인연과 모든 법도를 벗어났거니
騰騰兀兀度朝夕 등등올올도조석 등등하고 올올하여 아침 저녁 지내노라
獨是一身無四壁 독시일신무사벽 홀로 이 한 몸이요 사방에 벽이 없거니
隨所適 수소적 마음 내키는 대로
自西自東自南北 자서자동자남북 동서남북을 자유로이 다니네

落落晴天蕩空寂 낙락청천탕공적 맑은 하늘 탁 트이어 비고 또 고요한데
茫茫烟水漾虛碧 망망연수양허벽 아득한 연기와 물에 허공이 출렁이네
天水混然成一色 천수혼연성일색
하늘과 물이 한데 어울려 한 빛깔 이루었거니
望何極 망하극 어느 끝을 바라볼고?

更兼秋月蘆花白 갱겸추월노화백 거기 또 가을 달과 흰 갈대꽃 있네

혜심, 「漁父詞」 『眞覺國師語錄』 (김달진 역, 1993)

위의 작품은 진각국사眞覺國師 혜심慧諶, 1178~1234이 지은 「어부사」이다. 혜심은 고려 후기 조계산에 수선사修禪社를 열었던 보조국사 지눌을 이어 불교의 개혁과 새로운 사회 질서를 염원하며 정진했던 인물이다. 혜심이 살았던 고려 23대 고종 시대는 바야흐로 무신 정권 아래 중앙의 권력이 무너지고 몽골의 침략 전쟁으로 국토가 피폐해진 때였다. 이 시기에 선불교를 통해 새로운 기풍을 진작하기 위해 고민하고 노력했던 혜심은 위와 같은 「어부사」를 남겼다.

이 시에서 화자는 조각배에 미늘이 곧은 낚싯대를 드리우고 그야말로 세월을 낚고 있다. 그저 달빛으로 배를 채울 뿐 부질없는 영욕은 꿈조차 꾼 적이 없고, 세상의 모든 인연을 초탈하여 자유를 만끽한다. 이렇게 하늘과 땅이 한 빛인 곳에서 자연과 하나가 되어 고요히 가을 달과 흰 꽃을 바라볼 뿐이다.

어부의 그림이 문답이라는 대화의 상황에 집중하는 것과 달리, 어부의 노래는 주로 속세를 초탈한 탈속의 경지에서 노니는 풍류에 중점을 두고 발전했는데, 혜심의 「어부사」와 같은 불교 승려의 작품이 끼친 영향이 적지 않았을 것이다. 중국에서도 어부의 노래가 자리를 잡기까지 도교와 불교의 영향이 컸던 것이 사실이고, 우리나라에서도 고려 후기 선승의 「어부사」는 물질적인 욕망을 내려놓는 탈속의 측면에서 큰 공감대를 형성했던 것을 미루어 짐작할 수 있다. 그리고 이와 같은 어부의 노래는 강호江湖라는 한가롭고 만족스러운 이상적인 공간을 중심으로 선승과 신흥 사대부가 함께 애호하는 주요 작품으로 자리를 잡아갔다.

西風吹雨鳴江樹	서풍취우명강수	서풍이 비를 몰아 강가 나무를 울리고
一邊殘照青山暮	일변잔조청산모	한 모롱이 잔조 속에 청산은 저문다
繫纜近漁家	계람근어가	어부집 가까이 닻을 내리니
船頭人語譁	선두인어화	뱃머리에 왁자지껄한 소리들
白魚兼白酒	백어겸백주	백어 안주에 막걸리
徑到無何有	경도무하유	홀연히 신선세계에 이르렀구나
自喜臥滄洲	자희와창주	강호에 누워 있는 이 기쁨
那知是宦遊	나지시환유	이 길이 정녕 벼슬길이던가

이제현,「舟中夜宿」중,『益齋亂稿』10

위의 이제현의 「주중야숙舟中夜宿」 시를 보면 김극기의 「어옹」에서 "강호에 순풍이 적어라"라고 했던 힘겨운 인간 세상과 달리, 저녁 무렵 어부의 집 가까이에 배를 대고 백어 안주에 막걸리를 마시면서 신선 세계에 와 있는 듯한 만족감을 느끼며 강호의 기쁨을 누린다고 했다. 벼슬살이 하는 골치 아픈 사람들과는 거리가 먼 소박한 초탈의 세계에서 더할 나위 없는 만족감을 느끼는 것이다. 여기에서 세상에 대한 불안감이나 쓸쓸한 연민은 찾아볼 수 없다. 이렇게 어부는 사대부의 시에서도 현실이 아닌 이상 중심으로 각인 되었고, 그것을 대표하는 단어로 강호가 전면에 떠올랐다. 강호는 어부의 진면목을 발현할 수 있는 중요한 공간으로 자리를 잡으면서 지속적인 영향력을 행사하게 되었다.

어촌漁村은 나의 벗 공백공孔伯共의 자호自號다. 백공은 나와 태어난 해는 같으나 생일이 뒤이기 때문에 내가 아우라고 한다. 풍채와 인품이 소탈하고 명랑하여 사랑할 만하다. 대과大科에 급제하고 후한 봉록을 받은 벼슬에 올라, 갓끈을 나부끼고 인끈을 두르고 필기를 위한 붓은 항상 관 옆에 끼워 있고 나라의 옥새를 주관하니, 사람들은 진실로 그에게 원대한 기대를 하였으나, 담담하게 **강호의 취미**를 지니고 있다. 가끔 흥이 무르익으면, 「어부사漁父詞」를 노래한다. (…중략…)

일찍이 하루는 나에게 말하기를, "**나의 뜻은 어부漁父에 있다. 그대는 어부의 즐거움을 아는가.** 강태공은 성인이니 내가 감히 그가 주 문왕周文王과 만남과 같은 일을 기필할 수는 없다. 엄자릉嚴子陵은 현인賢人이니 내가 감히 그의 깨끗함을 바랄 수는 없다. 어른과 아이들을 데리고 갈매기를 벗하며 어떤 때는 낚싯대를 잡고, **외로운 배를 노저어 조류를 따라 오르고 내리면서 가는 대로 맡겨 두고**, 모래가 깨끗하면 뱃줄을 매어두고 산이 좋으면 그 가운데를 흘러 간다. 구운 고기와 신선한 생선회로 술잔을 들어 주고 받는다. 만약 해가 지고 달이 떠오르며 바람은 잔잔하고 물결은 고요한 때에는 배에 기대어 길게 휘파람을 불며, 돛대를 치고 큰 소리로 노래를 부른다. (…중략…) 여름날 뜨거운 햇빛에 더위가 쏟아질 적엔 버드나무 늘어진 낚시터에 미풍微風이 불고, 겨울 하늘에 눈이 날릴 때면 차거운 강물에서 홀로 낚시를 드리운다. 사계절이 차례로 바뀌건만 어부의 즐거움은 없는 때가 없다. **저 영달에 얽매여 벼슬하는 자는 구차하게 영화와 매달리지만 나는 만나는 대로 편안하다. 빈궁하여 고기잡이를 하는 자는 구차하게 이익을 계산하지만 나는 스스로 유유자적을 즐긴다. 상승과 침몰을 운명에 맡기고, 진퇴를 오직 때를 따를 뿐이다. 부귀를 보기를 뜬구름과 같이 하고 공명을 헌 신짝을 벗어 버리듯이 한다. 그리하여 스스로 세상의 물욕 밖에서 방랑하는 것이다.** 어찌 시세에 영합하여 이름을 낚시질하고, 환해벼슬길에 빠져 들어 생명을 가볍게 여기며 이익을 취하다가 스스로 심연深淵에 빠지는 자와 같겠는가. **이것이 내가 몸은 벼슬을 하면서도 뜻은 강호에 두어 매양 노래에 의탁하는 것이니**, 그대는 어떻게 생각하는가?" 하니 내가 듣고 즐거워하여 그대로 기록하여 공백에게 보내고 또 나 자신도 살피고자 한다.

홍무洪武 을축년 7월 어느 날.

권근, 「어촌기」, 『동문선』78

위의 권근權近, 1352~1409의 「어촌기」는 고려 후기 이후 사대부들이 조선 말기까지 한시와 국문시를 막론하고 어부의 노래에 투사했던 핵심적인 내용이 무엇이었는지 잘 보여준다. 나의 벗 어촌漁村은 강호의 취미를 즐긴다고 했다. 강호는 어부의 즐거움을 누릴 수 있는 이상적인 공간이며, 강호의 취미란 대단한 것이 아니고 무욕과 무계획 그 자체이다. 어부의 즐거움은 그저 흐르는 물에 몸을 맡기고 사시사철의 흐름에 따라 우연히 마주하게 되는 산수 자연의 혜택을 만끽하는 것이다. 그러면 어느새 구차하게 영달에 매달리는 비굴한 세계를 벗어나 완전한 자유를 누리는 가운데 부귀영화를 뜬구름처럼 여기고 물욕 밖에서 해탈의 경지에 이를 수 있다는 것이다.

有翁有翁身朝衣	유옹유옹신조의	한 늙은이가 벼슬아치 옷을 입고
半酣高歌漁父詞	반감고가어부사	얼큰히 취해 어부사를 노래하니
一曲起我江海思	일곡기아강해사	첫 가락은 강해江海의 생각을 일으키고
二曲坐我蒼苔磯	이곡좌아창태기	다음 가락은 이끼 낀 돌에 앉혀 주고
三曲泛泛迷所之	삼곡범범미소지	셋째 가락은 어디론가 둥실 떠가게 한다
白沙灘上伴鷗鷲	백사탄상반노자	흰 모래 여울에서 가마우지와 짝하고
紅蓼洲邊同鷺鷥	홍료주변동로사	붉은 여뀌 물가에서 해오라기 함께 노닐며
雲煙茫茫雪霏霏	운연망망설비비	구름 연기 망망하고 눈보라 부슬부슬
水面鏡淨風漣漪	수면경정풍연의	거울 수면이 바람결에 무늬지면

綠簑青蒻冒雨披	녹사청약모우피	초록 우장 푸른 삿갓으로 빗속에 떠나가
短棹輕槳載月歸	단도경장재월귀	짧은 노 가벼운 장대로 달 싣고 돌아오다가
興來閒捻一笛吹	흥래한념일적취	흥이 나면 젓대 한 가락 불고
往往和以滄浪辭	왕왕화이창랑사	이따금 창랑가로 화답하노라
數聲激烈動江涯	수성격렬동강애	노랫소리 격렬하여 강기슭에 요란한데
恍然四顧忽若遺	황연사고홀약유	문득 사방을 돌아보면 간 곳이 없고
高歌未終翁在玆	고가미종옹재자	늙은이 아직도 노래 부를 따름이네

정도전, 「題孔伯共漁父詞卷中」, 『삼봉집』 (심경호 역, 2013)

앞서 소개한 권근의 「어촌기」와 함께 위의 정도전의 시 「제공백공어부사권중」에서도 공백공孔伯共의 삶을 동경하며 어부를 찬미하는 것을 확인할 수 있다. 첫수에서 한 늙은이가 벼슬아치 옷을 입고 취해서 어부가를 부른다고 했다. 몸은 비록 환로에 있어도 마음은 강호의 취미를 누릴 수 있음을 일깨운다. 가마우지와 짝하고 해오라기와 노닐다가 흥이 나면 노래를 한다. 시에서 어부의 이미지는 이렇게 확립되었다. 이후에도 수많은 어부의 노래가 탄생했지만, 어부를 통해서 바라는 근본은 한결같이 변하지 않았다. 그리고 이렇게 전통이 형성된 어부의 노래는 비단 한시에 머물지 않고, 강호에 대한 동경을 불러일으키며 조선시대 국문 시가 강호가도江湖歌道를 확립하는 데에도 적지 않은 영향을 끼쳤다.

①

셜비ᇫ어옹雪鬢漁翁이 듀포간住浦間 ᄒᆞ야셔

ᄌᆞ언거슈自言居水 ㅣ 승거산勝居山이라 ᄒᆞᄂᆞ다

ᄇᆡ떠라 ᄇᆡ떠라

조됴早潮ㅣ ᄌᆞ락纔洛거늘 만됴晩潮ㅣ ᄅᆡ來 ᄒᆞᄂᆞ다
지곡총 지곡총 어ᄉᆞ와 어ᄉᆞ와
일간명월一竿明月이 역군은亦君恩 이샷다

②
청고엽상靑菰葉上애 량풍涼風이 긔起커를
홍료화변紅蓼花邊에 ᄇᆡᆨ로白鷺ㅣ 한閑 ᄒᆞᄂᆞ다
닫 드러라
동뎡호리洞庭湖裏예 기귀풍駕歸風 호리라
지곡총 지곡총 어ᄉᆞ와 어ᄉᆞ와
일ᄉᆡᆼ죵적一生蹤跡이 ᄌᆡ창랑在滄浪 ᄒᆞ두다

작자미상, 「어부가」 중, 『악장가사』

위의 작품은 『악장가사』에 전하는 작자 미상의 「어부가」 12수 가운데 일부이다. 첫수에서 설빙어옹 즉 귀밑머리 하얀 어부가 물가에 살면서 스스로 물가에 사는 것이 산에 사는 것보다 낫다고 하고, 다음 수에서 푸른 줄풀 위에 시원한 바람이 일어나고 붉은 여뀌 곁에 백로가 한가하다는 표현은 바로 중국 시인 백거이白居易, 772~846의 「어옹漁翁」을 차용한 것이다. 칠언율시 가운데 일부 즉 "雪鬢漁翁駐浦間/ 自言居水勝居山/ 靑菰葉上涼風起/ 紅蓼花邊白鷺閑"를 가져와서 아름다운 물가 풍경을 표상했다. 그리고 "ᄇᆡ떠라 ᄇᆡ떠라", "지곡총 지곡총 어ᄉᆞ와 어ᄉᆞ와" 같은 조흥구를 삽입하여 어부의 일과를 생동감 있게 표현하는 가운데 흥을 한껏 돋운다. 그리고 이렇게 유행하던 작자 미상의 어부가는 후에 이현보李賢輔, 1467~1555에 의해 개작되고, 윤선도尹善道, 1587~1671에 의해 순우리말의 아름다움이 돋보이는 「어부사시사」 시조 40수로 환골탈태하는 과정을 거치면서 사대부들이 애호하는 주요 장르로 굳건히 자리를 잡았다.

4. 영물시와 화훼영모의 상징

영물詠物은 말 그대로 사물을 읊은 것이다. 일찍이 자연계 또는 주변의 친근한 사물을 그림으로 그리는 일은 인간의 본능적인 예술 행위였다. 고대에 동물과 꽃, 태양과 나무 등을 벽화로 남길 때부터 인간과 특정한 자연물 사이에는 독특한 관계가 형성되었다고 할 수 있다. 그리고 중세에 접어들어 본격적인 영물시를 창작하게 된 때에는 사물의 외형적 특징을 포착하는 단계를 훨씬 넘어섰다. 특히 시인들이 사물의 내적인 가치에 집중하고 작품을 통해 관념적 의미를 적극적으로 부여하면서 영물의 세계는 더욱 굳건하게 자리를 잡아갈 수 있었다.

사물에 대한 특별한 인식은 인간의 지식과 관념 체계의 성장과 불가분의 관계를 맺고 있다. 더 많은 것을 알고 느끼고 생각하게 될수록 사람들은 사물에 빗대어 표현하는 오묘한 비유와 상징을 즐기게 되었다. 시인은 눈으로 포착하는 표면적인 사물의 세계에 그치는 것이 아니라 스스로 반추하거나, 뜻을 함축하거나, 겉으로 드러내기 어려운 의미를 넌지시 알리기 위한 수단으로 예술 작품 속에 각종 물상을 끌어들였다. 이와 관련하여 우리나라에서도 영물시와 화훼영모도花卉翎毛圖가 독자적인 전통을 형성하게 되는데, 예를 들면 다음과 같은 시에서 이른 시기의 모습을 확인할 수 있다.

石罅根危葉易乾 석하근위엽이건 바위 틈에 뿌리 내려 쉽게 잎이 메마르고
風霜偏覺見摧殘 풍상편각견최잔 풍상에 시달려 유난히 꺾이고 시들었네
已饒野菊誇秋艷 이요야국과추염
들국화가 가을의 미태를 뽐냄은 봐준다 해도
應羨巖松保歲寒 응선암송보세한
바위의 솔이 겨울 추위에 꿋꿋함은 부러우리라
可惜含芳臨碧海 가석함방임벽해
애틋해라 향기 머금고 푸른 바다 굽어봄이여
誰能移植到朱欄 수능이식도주란 누가 붉은색 난간 앞에 옮겨다 심어줄까
與凡草木還殊品 여범초목환수품 범상한 초목과는 그래도 품종이 다르건만
只恐樵夫一例看 지공초부일례간 나무꾼은 똑같이 볼까 그것이 두렵도다

崔致遠,「杜鵑」,『桂苑筆耕』20권 (이상현 역, 2013)

위의 「두견杜鵑」은 최치원이 진달래꽃을 읊은 영물시이다. 작자는 아름다고 풍성한 꽃이 아니라 바위 틈새에 뿌리를 내리고 풍상에 시달려 유난히 꺾이고 시든 진달래를 포착했다. 아마도 산천의 진달래를 통해 당나라에서도 신라에서도 제대로 자리를 잡지 못하고 적지 않은 정치적 풍파에 시달렸을 최치원 자신을 보았기 때문일 것이다. 꿋꿋하게 겨울의 추위를 견뎌내는 소나무를 부러워하면서 누가 나를 이 모진 환경으로부터 붉은색 난간 앞에 옮겨 심어줄까 하고 바라는 것은 곧 나의 포부를 펼치게 해줄 구원자를 갈망하는 절실함을 대변한다. 그리고 범상한 초목과는 품종이 다르다는 시구에서 마지막까지 포기할 수 없는 스스로에 대한 자존감을 드러내며 작품을 맺는다.

巉嵒絶頂欲摩天 참암절정욕마천 하늘을 찌를 듯 우뚝 솟은 산꼭대기
海日初開一朶蓮 해일초개일타련 바다에 해님 처음 뜨면 한송이 연꽃
勢削不容凡樹木 세삭불용범수목 깎아지른 절벽이라 나무도 발을 못 붙이고
格高唯惹好雲煙 격고유야호운연 품격이 고상해서 구름과 안개만 벗한다오
點酥寒影糚新雪 점소한영장신설 신설로 단장한 찬 그림자 소를 점 찍은 듯
戛玉淸音噴細泉 알옥청음분세천 세천이 뿜는 맑은 소리 옥구슬 구르는 듯
靜想蓬萊只如此 정상봉래지여차 상상컨대 봉래도 단지 여기와 같으리니
應當月夜會群仙 응당월야회군선 달 뜨는 밤엔 신선들이 당연히 모이리라

최치원, 「石峯」, 『桂苑筆耕』 20권 (이상현 역, 2013)

한편 위의 「석봉石峯」은 최치원이 바위를 읊은 시이다. 작품의 병서竝序에 따르면 884년 10월에 사명使命을 받들고 동쪽으로 가다가 대주산大珠山 아래 정박하게 되었고, 눈에 띄는 대로 시를 짓고 풍월을 읊었다고 했다. 대주산은 중국 진晉나라의 진중거陳仲擧가 신선이 되었다는 전설이 전하는 산동성山東省 남쪽에 위치한 산으로, 최치원은 우뚝 솟은 바위 산의 자태를 보고 경탄을 금치 못한다. 나무도 없는 깎아지른 절벽에서 오로지 구름만 벗할 수 있는 고상한 품격을 느끼면서 달 뜨는 밤이면 신선이 모여드는 것을 상상하며 시를 맺는다. 아마도 훗날 최치원이 속세를 떠나 가야산에 은거할 때 이 시를 읊으며 느꼈던 신선 세계에 대한 동경을 현실에서 실현하고자 했던 것이 아닐까 어렴풋이 추측을 해 보게 된다.

이상의 「두견」에서 볼 수 있는 가녀린 진달래에 대한 연민, 그리고 「석봉」에서 볼 수 있는 깎아지르는 산의 자태에 대한 경탄은 모두 당대 최고의 문인이었던 최치원이 꽃과 바위에 자신을 반추한 독특한 교감의 결과

이다. 하지만 최치원이 살았던 훨씬 이전 시대부터 민요를 통해 주변의 사물에 심리를 실어서 표현하는 전통이 있었다는 점을 간과해서는 안 된다. 통일신라시대에 이런 완성도 높은 작품이 등장한 것은 이미 고대 민요의 시대에서부터 이어진 감수성의 결과로 볼 수 있다.

翩翩黃鳥	편편황조	펄펄 나는 꾀꼬리는
雌雄相依	자웅상의	암수 서로 즐기는데
念我之獨	염아지독	외로워라 이내 몸은
誰其與歸	수기여귀	뉘와 함께 돌아갈까

유리왕,「황조가」,『삼국사기』高句麗本紀 瑠璃王

위의 시는 고구려 2대 유리왕琉璃王, 재위 : B.C. 19 ~ A.D. 18이 지은 「황조가黃鳥歌」이다. 두 왕비 사이의 다툼 끝에 한 여인이 떠나자 슬픔에 잠긴 유리왕이 쌍쌍이 즐기고 있는 꾀꼬리를 보고 이 노래를 불렀다는 내용이 『삼국사기』에 전한다. 현재 기록으로 남아있는 가장 오래된 순수 서정시로 평가받고 있는 「황조가」는 새를 통해 촉발된 감정을 시로 옮긴 것이다. 이처럼 아주 이른 시기부터 꽃과 새와 나무 등은 인간이 본능적으로 감정을 실어 노래하게 했던 주요 소재였다. 그리고 중세에는 문학적 숙련도가 높은 문인들이 영물시를 애호하게 되면서 독자적인 상징을 구가했던 것이다.

그런데 영물시의 상징은 비단 개인적인 차원뿐만 아니라 점차 문명권 특유의 집단적 상징으로 발전하게 되었다. 예를 들면 사대부들은 유독 매, 난, 국, 죽이라는 사군자를 애호하며 많은 관련 작품을 남겼다. 하지만 처음부터 문인들이 사군자를 애호했던 것은 아니다. 꾸준한 영물시 창작의 전통을 이어 고려 후기부터 나타난 현상이다. 통일신라시대 최치원의 시의 경우 개인 상징이 주를 이루는 것을 확인할 수 있는데, 점차 상황이 달라지기 시작하면서 고려 후기부터는 사군자라는 전형적인 유형이 자리를 잡게 된 것이다. 고려시대 다양한 영물시 작품을 보면 아래와 같다.

姑射氷膚雪作衣 고야빙부설작의 고야의 얼음살결 눈으로 옷 지어 입고
香唇曉露吸珠璣 향진효로흡주기
향기로운 입술 새벽 이슬에 구슬을 마시네
應嫌俗蘂春紅染 응혐속예춘홍염
속된 꽃술들의 봄철의 붉음에 물듦을 못마땅히 여겨
欲向瑤臺駕鶴飛 욕향요대가학비 요대를 향해 학을 타고 날고자 하네
이인로, 「梅花」, 『동문선』 20권

萬斛丹砂問葛洪 만곡단사문갈홍 갈홍에게 만 곡의 단사를 묻노니
何年深窖小園中 하년심교소원중 어느 해 이 작은 동산 속에 깊이 감추었나
芳根染○雲霞色 방근염○운하색
꽃다운 뿌리가 붉은 오늘의 고운 빛을 물들였으며
故作仙葩不老紅 고작선파불로홍
그러므로 신선 꽃송이의 늙지 않는 붉음을 만들었네
이인로, 「月季花」, 『동문선』 20권

위의 두 작품은 이인로가 매화와 월계화를 읊은 것으로, 공통적으로 신선의 세계에 대한 동경을 반영한다. 「매화」에는 고야姑射가 등장한다. 『장자莊子』를 보면 고야산에는 피부가 백옥같이 희고, 부드럽고 가냘픈 모습

에 오곡을 입에 대지 않고 오로지 이슬만 마시고 사는 신인神人이 있다고 했는데, 이인로는 흰 매화를 고야산의 신선에 비겼다. 그리고 매화는 백옥 같은 살결에 새벽 이슬을 마시고 사는 고귀한 존재로서, 속세의 꽃들을 못마땅히 여기면서 신선이 사는 요대瑤臺로 학을 타고 날고 싶어 한다고 했다. 이어서 「월계화」에는 갈홍葛洪이 등장한다. 포박자抱朴子로도 알려진 갈홍은 연단鍊丹의 술법으로 불로장생을 꿈꾼 것으로 유명하다. 작자는 붉은 월계화가 바로 갈홍이 만들던 단약의 비법을 이용해 탄생시킨 영원히 늙지 않는 아름다움이라고 칭송했다.

이인로는 매화와 월계화의 미를 인간계를 벗어난 선계의 것으로 칭송하면서 상상의 날개를 펼치면서 시적 재주를 뽐냈다. 이와 같은 도가적 신선의 경지는 평소 작자가 동경하던 자유로운 세계관을 반영한 것으로 볼 수 있다. 꽃이라는 외물이 지니는 아름다움의 본질을 신선의 경지에서 찾음으로써, 이상을 드러낸 것이다.

(松)

松心落落抱幽貞 송심낙락포유정

솔의 마음은 우뚝이 곧은 지조를 품어서

綿折金流一樣青 면절금류일양청

솜이 끊기고 쇠가 흘러도 한가지로 푸르니

應怪主人差可者 응괴주인차가자

응당 괴이타 하리 주인은 조금 괜찮은데도

不禁雙鬢已星星 불금쌍빈이성성

두 귀밑이 이미 성성해짐을 막지 못한 걸

(栗)

栗在楚丘曾詠詩 율재초구증영시

밤은 초구에 있어 일찍이 시로 노래했기에

用充賓祭世皆知 용충빈제세개지

제수와 손 접대로 쓰는 걸 세상이 다 아는데

獨憐老牧貧無物 독련노목빈무물

유독 가련타 목은은 가난하여 먹을 게 없어

未得肥時已啖兒 미득비시이담아

여물기도 전에 벌써 아이들을 먹이네그려

(梨)

梨園醉裏賞花吟 이원취리상화음 이원에서 취하여 꽃 감상하며 읊조렸어라
見說諸公正始音 견설제공정시음 제공들의 정시음 시풍을 내 들어봤는데
老牧閑居惟食實 노목한거유식실 늙은 목은은 한가로이 열매만 먹으면서
酸甘相雜度光陰 산감상잡도광음 시고 단 맛 섞인 가운데 세월을 보내노라

(桃)

一自桃原得避秦 일자도원득피진

한번 도원에서 진 나라 난리 피함으로부터

至今誰不羨其人 지금수불선기인

지금까지 그 누가 그 사람을 안 부러워하랴

採花食實眞細事 채화식실진세사 꽃 따고 열매 먹는 건 참으로 잔단 일이요
只喜山川隔戰塵 지희산천격전진 산천이 난세와 격해 있음을 기뻐할 뿐이네

이색, 「園中雜詠」 중, 『牧隱詩稿』 9권

한편 위의 이색의 시를 보면 정원에 있는 식물에 작가의 평범한 일상과 생각을 투영했다. 「원중잡영園中雜詠」에는 소나무, 밤나무, 배나무 등이

다채롭게 등장하는데, 그중에서 가장 특이한 것은 밤나무 즉 율栗이 아닐까 싶다. 밤은 『시경詩經』에서부터 제사상에 올리는 것으로 언급한 것과 같이 제수에 쓰이는 귀한 것인 줄 잘 알지만, 여물기도 전에 아이들이 따먹는 것을 어쩔 수가 없다는 것이다. 그리고 배나무를 두고는 이원梨園에서 꽃을 감상하고 음악을 즐겼다는 얘기를 들어보기는 했지만, 본인은 한가로운 열매를 따 먹으며 세월을 보낸다고 했다. 아울러 복숭아를 놓고는 도연명陶淵明의 「도화원기桃花源記」를 떠올리며 꽃을 따고 열매를 먹는 것이 아니라, 지금이 난세가 아닌 것에서 진정한 기쁨을 누린다고 했다. 정원의 각종 식물을 통해 자유롭게 개인적인 체험이나 문득 떠오르는 생각들을 투사한 것을 알 수 있다.

이상 살펴본 바와 같이 이인로가 아름다운 꽃을 칭송하며 신선 세계를 상상하거나, 이색이 정원의 각종 나무를 통해 크고 작은 주변의 일상을 떠올리는 것은 모두 지극히 개인적인 기호를 반영하여 자유롭게 사물을 읊은 결과이다. 인간이 보편적으로 갖고 있는 본능적인 표현의 욕구를 표출한 작품들이다. 그리고 사실 문학 이전에 고대부터 이미 천연의 벽에 동식물을 그리는 일이 일반적 것을 감안할 때, 영물시와 함께 꽃과 새 그리고 동물을 다룬 화훼영모도花卉翎毛圖 역시 고려시대에 크게 발전했을 것이 분명하다. 어쩌면 인물화나 산수화가 유행하기 훨씬 이전부터 화훼영모도의 입지가 굳건히 마련되었을지도 모른다. 영물은 인간의 예술 행위를 자극하는 기초적인 요소이기 때문이다. 하지만 안타깝게도 현재 남아있는 고려시대의 화훼영모도는 매우 드물다. 다만 여러 가지 정황으로 볼 때, 고려시대에 개인적인 기호를 반영한 꽃과 동식물을 그린 그림이 유행했던 것이 분명한데, 예를 보면 다음과 같다.

〈그림 55〉는 작자 미상의 고려시대 〈산양도〉이다. 섬세한 공필工筆로

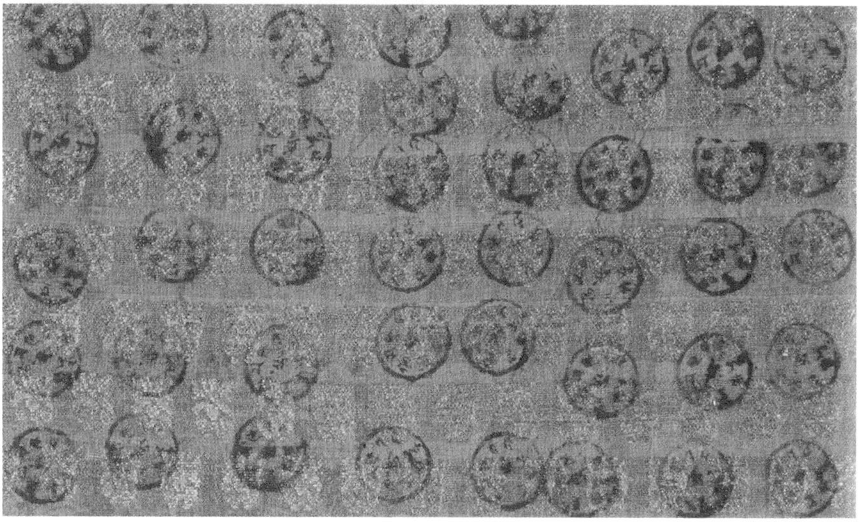

55	56
57	

<그림 55> 미상, 〈山羊圖〉, 고려 14세기 추정, 견본 채색, 23.5×14.9cm, 국립중앙박물관.
<그림 56> 〈청자 구름 학무늬 매병〉, 고려, 높이 39.1cm, 국립중앙박물관.
<그림 57> 〈작은 꽃무늬 견직물(小花文織銀錦)〉, 고려, 비단, 170×27.8cm, 온양민속박물관.

터럭 한 올 한 올을 생동감 있게 표현한 양의 형상이 대단히 인상적인데, 이 그림은 공민왕이 그렸다고 전하는 간송미술관 소장 〈이양도二羊圖〉와 매우 흡사하다. 따라서 애초에 여러 장이 시리즈로 제작되었을 가능성도 배제할 수 없다. 어쩌면 당대에 양이나 염소를 그려서 감상하는 일이 독특한 의미를 지니기 때문에 공력을 다해 그림을 그려 소장했을 수도 있는 일이다. 아울러 이처럼 완성도 높은 고려시대 산양도로 미루어 보건대 여타 수준 높은 화훼영물화의 존재 역시 상상해 볼 수 있다.

그리고 한편 회화뿐만 아니라 직물의 문양이나 도자기에 그려진 동식물의 형상 역시 같은 부류로서 눈여겨볼 필요가 있다.

예를 들어 〈그림 56〉의 고려청자에 새겨진 학과 구름 그리고 〈그림 57〉의 직물에 찍힌 잔잔한 꽃무늬는 비록 회화 작품이 아니라고 하더라도 고려인의 사물에 대한 미적 인식과 표현력을 엿보기에 좋은 본보기가 될 수 있다. 고결한 학이 상서로운 구름 사이를 날고 있는 문양과 비단 위에 찍힌 앙증맞은 꽃문양은 고려인의 기호를 잘 보여준다. 물론 이와 같은 장식적인 문양과 달리 화훼영모도는 훨씬 예술적으로 독립적인 가치를 지니는 것이지만, 따지고 보면 각종 문양 및 물상에 대한 관심과 시각적 표현력은 곧 독립된 회화 장르와 함께 동반 성장했을 가능성을 배제할 수 없다. 이외에도 매우 화려하고 장식적인 완성도가 높은 고려의 각종 기물에 드러난 문양들은 눈여겨볼 가치가 있다.

지금까지 살펴본 바와 같이 인간의 본원적인 표현 욕구, 즉 식물과 동물을 비롯한 각종 대상에 감정을 투사하거나 혹은 이와 같은 소재를 시와 그림으로 표현하고자 하는 노력은 정확히 언제부터인지 지정하기 어렵지만, 면면한 전통을 형성하며 다양한 작품으로 드러났다. 그리고 이러한 회화 전통과 더불어 고려 말기 영물시를 보면 사군자와 같은 대상이 개인적인 기호를 넘어서서 사대부의 집단적인 상징을 지향하며 확고하게 자리를 잡게 된 것을 확인할 수 있는데, 예를 보면 아래와 같다.

(竹)

蘭坡有眞覺	난파유진각	난파는 참으로 깨달음이 있어
種竹北窓隅	종죽북창우	북창 모퉁이에 대나무 심었네
愛敬比君子	애경비군자	경애하여 군자에다 견주고
吟哦麾俗夫	음아휘속부	읊조리며 속인을 물리치네
水澆新筍長	수요신순장	물을 주면 새순이 자라나고
沙覆短根蘇	사복단근소	모래 덮으면 짧은 뿌리 돋네
節自如斯直	절자여사직	마디가 이처럼 절로 곧으니
知渠不賴扶	지거불뢰부	홀로 서는 그 성품 알 만하네

(梅)

淡淡梅花樹	담담매화수	깨끗하고 깨끗한 매화나무여
惡隨桃李開	오수도리개	도리화 따라 피기를 싫어하지
孤身忠見謫	고신충견적	고신은 충직하여 유배당하고
淑女喚難來	숙녀환난래	숙녀는 불러도 오기 어렵다네
自抱馨香德	자포형향덕	스스로 향기로운 덕 지녔으니
肯愁風雪摧	긍수풍설최	눈보라에 꺾이는 것 근심할까
伊誰與同調	이수여동조	그 누가 매화와 자취가 같으랴
步繞日低徊	보요일저회	주위를 맴돌며 날마다 서성이네

정몽주, 「蘭坡四詠 次陶隱陽村」 중, 『포은집』 (박대현 역, 2018)

위의 작품은 정몽주가 읊은 사군자 가운데 대나무와 매화에 해당한다. 작가는 난파蘭坡 이거인李居仁, ?~1402의 정원에 있는 소나무, 대나무, 매화, 난초를 읊어서 도은陶隱 이숭인李崇仁, 1347~1392의 「이씨원중송죽매란사영 차양촌운李氏園中松竹梅蘭四詠 次陽村韻」과 양촌陽村 권근權近, 1352~1409의 「이씨수부원중사영李氏壽父園中四詠」에 차운한다고 했다. 사군자는 여러 식물 가운데에서도 군자의 고결한 덕을 상징하는 것으로 정형화 되었다. 고려말 정몽주를 위시한 이숭인, 권근은 사군자를 애호하고 시를 지으면서 그 덕을 찬미하는 가운데 정신적 교감을 나누며 사대부로서의 연대감을 더욱 굳건히 했던 것으로 보인다.

정몽주의 시를 보면 난파 이거인이 깨달은 바가 있어서 북창에 대나무를 심었다고 하며, 군자에 견줄 수 있는 대나무는 속됨을 물리치는 곧은 성품을 지녔다고 칭송했다. 그리고 매화는 복숭아나 오얏과 함께 피기 싫어하며 충직한 신하나 요조숙녀처럼 향기로운 덕을 지녔다고 했다. 이 작품은 최치원이 진달래를 읊은 것과는 달리, 개인적인 감흥 너머 관습적인 사군자의 덕목에 충실한 것을 알 수 있다. 이와 같은 사군자에 대한 관심은 고려 말 이후 본격적으로 사대부들의 화훼 취미에 큰 영향을 끼치면서 대단히 많은 영물시와 화훼도를 낳는 새로운 출발점이 되었다. 사군자라는 제한된 대상에 그들만의 기호와 정신세계를 반복적으로 투사하면서 더욱 굳건한 연대감을 이끌어낼 수 있었을 것이다. 그리고 이처럼 개인 상징을 넘어 집단의 관습적 상징을 추구하는 영물의 세계 속에서 문학과 그림은 또 다른 괄목할 만한 발전을 꾀할 수 있었다.

제7장

왕조사업과 문화 권력

1. 왕조의 위엄과 태조 팔준도

2. 세종시대 민(民)의 교육과 〈삼강행실도〉의 전형

고려 후기부터 조선이 창업할 때까지 나라 안팎의 사정은 매우 어지러웠다. 고려 18대 의종毅宗, 1127~1173 때인 1170년 문인 귀족의 차별 정책에 반발하는 무인들이 정중부鄭仲夫, 1106~1179를 중심으로 쿠데타에 성공했다. 그리고 이 사건은 단순히 집권 세력이 바뀌는 데에 그치지 않는 거대한 변화의 출발점이 되었다. 우리나라가 삼국시대부터 중세 동아시아 문화권에 합류하여 그 일원으로서 이룩했던 사상과 제도 그리고 문화의 기반이 재정립되면서 새로운 방향을 제시하기 시작한 것이다. 일찍이 당나라에서 유학하고 돌아왔던 승려와 육두품 지식인의 후예들이 닦아놓은 통일신라 그리고 고려 전기의 문화 예술이 이제 신흥사대부라는 새로운 담당자들을 중심으로 변화의 국면을 맞이하게 되었다. 고려 후기 무인 정권 아래에서 성장하기 시작한 신흥사대부는 기존의 중앙 귀족들과는 다른 실무적 능력과 문제의식을 지닌 존재들이었다. 바로 앞 장에서 살펴본, 제화시와 집경시 그리고 어부가와 영물시의 새로운 전통을 마련하기 시작한 것이 바로 그들이다.

그런데 당시의 정치적 상황은 비단 국내의 변화에 그치지 않는, 동아시아 패권 구도가 변하는 국면을 맞으면서 그야말로 혼란의 소용돌이 속으로 빠져들어 갔다. 바로 송나라 휘종徽宗, 1082~1135이 1126~27년 여진족이 세운 금나라에 패하고 치욕을 당한 정강의변靖康之變이라는 대사건이 일어난 것이다. 그뿐만 아니라 몽골 제국이 세운 원나라에 의해 1271년 중국이 복속되면서 중국 중심의 동아시아 중세 질서가 뿌리째 흔들렸다. 그 이전까지 당나라와 송나라의 문화 예술은 주변국이 부러워 마지않으면서 금과옥조로 신봉했다. 이백과 두보 그리고 소동파와 같은 문인이 우리나라에 끼친 영향력은 매우 컸고, 그 자신이 뛰어난 예술가이기도 했던 휘종이 남긴 유형과 무형의 미술 자산도 지속적인 영향을 끼쳤다. 하지만 중국은 몰락했고 그 충격파는 거셌다.

고려 역시 1231년 몽골의 침공을 당했으며 거의 30여 년간의 항쟁 끝에 1259년 강화를 맺으면서 원나라 복속기에 접어들었다. 이 기나긴 항쟁의 기간을 거치면서 민중의 삶은 형언하기 어려운 도탄에 빠졌고, 고려의 왕들은 원나라의 꼭두각시로 전락했다. 그뿐만이 아니었다. 고려 말에는 일본 막부 정권의 혼란을 틈타 국제적인 해적으로 등장한 왜구들이 남쪽 해안가에 출몰하여 대규모의 살인과 약탈을 일삼기 시작했다. 1350년 거제, 합포 등지에 왜구가 출몰하여 수백여 인명을 살상하는 사건이 일어난 후, 공민왕恭愍王, 재위 : 1351~1374 때에는 왜구가 내륙까지 침입하는 등 사태는 걷잡을 수 없게 번져갔다. 국가 간의 전쟁도 아니고 선량한 양민을 마구잡이로 학살하는 무지막지한 왜구의 침탈이 고려말 40여 년 동안 무려 500회 이상 자행된 것이다.

바로 이와 같은 혼란의 시국 속에서 고려 후기의 지도자들은 완전히 새로운 출발점에 서야만 했다. 이제 중국 중심의 질서에 의존하지 않고 우리만의 독자적인 체계를 이룩하지 않으면 안 되는 상황이 되었다. 대단히 아이러니하고 잔인하지만 이런 과정을 거치면서 고려인의 진면목에 대해 고민하며 고려 전기와는 다른, 독자적인 중세의 완성을 향해 발을 내딛게 된 것이다. 물론 송나라 이후 원나라가 중국을 점령하고 체계를 잡아가면서 우리나라에도 새로운 산수화풍이나 사상이 유입되는 등 대륙과의 관계는 꾸준히 유지되고 있었다. 하지만 분명 고려 전기와는 전혀 다른 상황이었고, 새로운 모색이 불가피했다.

그리고 이와 같은 역사적 수난 속에서 누구보다도 먼저 적극적인 반응을 보인 것은 불교계의 인물이었다. 일연一然, 1206~1289이 군위의 인각사麟角寺에 머물며 저술한 『삼국유사』는 우리나라 역사에 중요한 이정표가 되었다. 『삼국유사』는 특히 중세가 도래한 이후 긴 시간 가치폄하 하고 잊고 있었던 신화와 고대의 정신적 뿌리를 되살린 점에서 그 무엇으로도 바꿀 수 없는 큰 가치를 지닌다. 이와 더불어 '팔만대장경'이라는 유형의 문화재 역시 몽골의 침략을 불법으로 극복하고자 하는 간절한 소망의 결과물이었다. 1236년 고려 고종 때 제작하기 시작하여 1251년에 완성한, 총 81,258개의 판목의 양면에 새겨 넣은 팔만대장경은 그 규모와 아름다운 목판 인쇄술 자체만으로도 놀라울 따름이다. 당시 전국의 사찰에 소속되었던 수많은 승려 혹은 판각수의 규모와 숙련도가 과연 어느 정도였을까 가늠이 어려울 정도이다. 게다가 세계 최고의 금속활자본이라는 '직지'가 고려 후기 지방의 사찰에서 간행되었던 점도 다시금 상기할 필요가 있다. 원나라 복속기에 중앙의 체계는 무너진 상황이었지만, 고려의 우수한 문화적 역량을 지방 곳곳에서 독자적으로 계승하고 있었다는 사실을 놓쳐서는 안 된다. 이상 언급한 『삼국유사』와 팔만대장경 그리고 직지만 놓고 보아도, 곳곳에서 민족이라는 이름 아래 고민하며 고려 후기를 꿋꿋하게 버텨낼 수 있는 유산을 낳고 있었던 것을 확인할 수 있다.

그런데 새로운 역사적 추동력을 위해서는 '민족'만으로는 부족했다. 고려 후기의 길고 긴 역경을 겪으면서 이제 민民의 본류 즉 '민중'에 대한 관심이 절실한 시기가 도래한 것이다. 불교를 비롯한 한문 문명권의 수준 높은 문화를 수용하고 그 테두리 안에서 발전했던 중세 전기의 역량은 무신정권시기 외적의 침입을 받으면서 민족이라는 이름을 걸고 화려하게 꽃피울 수 있었다. 하지만 이 아름답고 숭고한 유산은 미래를 열어갈 답을 내놓지는 못했다. 그 대신 원나라에서 수입한 성리학性理學이라는 신유학으로 사상 무장을 한 신흥사대부들이 적극적으로 민중의 가치를 재인식하고, 그들의 실상을 반영한 문학 활동을 하는 가운데 민중을 위한 나라를 꿈꾸기 시작했다. 이렇게 고려에서 조선으로 향하는 준동이 시작된 것이다. 그리고 이 미세한 꿈틀거림의 진원지는 민요民謠에 있었다. 누가 지었는지도 잘 모르는 노래의 가치를 파악하고 아직 한글이 창제되기 이전에 소악부라는 한시 형태로 우리말 노래를 기록하는 작업을 이제현李齊賢, 1287~1367, 민사평閔思平, 1295~1359과 같은 문인이 시작했다. 특히 이제현은 1314년 상왕이었던 충선왕忠宣王, 1275~1325의 요청으로 원나라의 수도 연경燕京으로 가서 만권당萬卷堂에 머물게 된 이후 외교 정치가이자 학자이자 문인으로서 다방면에서 활약상을 보인 고려 후기의 대표적인 인물이다. 지식인으로서 최고의 위치에 있던 그가 기록했던 당대의 노래를 보면 아래와 같다.

縱然巖石落珠璣 종연암석락주기	바윗돌에 구슬이 떨어져 깨지긴 해도
纓縷固應無斷時 영루고응무단시	꿰미실만은 끊어지지 않으리라
與郎千載相離別 여랑천재상이별	님과 천추의 이별을 하였으나
一點丹心何改移 일점단심하개이	한 점 단심이야 변함이 있으랴

이제현,「小樂府」중,『익재난고』4권 (민족문화추진회 역, 1980)

님과의 영원한 사랑을 꿈꾸는 위의 노래는 고려가요「정석가」와「서경별곡」에서 동시에 확인할 수 있는 시구 즉 "구슬이 바위에 떨어진들 끈이야 끊어지겠습니까"라는 매우 익숙한 구절을 담고 있다. 아마도 당시에 일종의 구비 공식구처럼 민중 사이에 떠돌던 유행가의 한 토막을 옮겨놓았던 것으로 추정할 수 있다. 지금은 이 노래가 지니는 문학적 가치를 높게 평가하고 있지만, 그 당시 고려시대 문인들이 애호하는 운문문학은 당연히 한시였다. 그런데 위의「소악부」는 네 줄짜리 짧은 한시로 한역한 것이지만, 근원은 이름 없는 민중의 노래에 있다. 이전 시대에는 상상할 수 없었던 새로운 문학 창작이 시작된 것이다. 이와 같은 활동과 더불어 사대부들은 국문시가 창작에 박차를 가하게 되었다. 이에 관한 자세한 내용은 다음 권에서 다루게 될 것이다.

그리고 신흥사대부들은 한시에서도 애민愛民과 위민爲民의 관점을 바탕으로 농민에 대한 관심을 적극적으로 반영하기 시작했다. 이규보李奎報, 1168~1241나 김극기金克己, 1379~1463 같은 문인들이 지향한 문학 활동을 대표적 사례로 손꼽을 수 있는데, 일례를 보면 아래와 같다.

歲月風轉燭	세월풍전촉	세월은 바람 앞에 펄럭이는 촛불 같아
田家苦知促	전가고지촉	농가에서 바쁜 것이 괴로워라
索綯如隔晨	삭도여격신	새끼꼬아 지붕 덮은 것 어제 같은데
春事起耕耨	춘사기경누	어느 새 봄이 되어 밭 갈기 시작하네
負耒歸東皐	부뢰귀동부	따비를 메고 동쪽 들로 나가니
林間路詰曲	임간로힐곡	숲 사이 길은 꼬불꼬불 돌았네
野鳥記農候	야조기농후	들새는 농사철을 알려 주는데
飛鳴催播穀	비명최파곡	날고 울어 씨 뿌리기 재촉하네
饁婦繞田頭	엽부요전두	밥 나르는 아낙네 밭 머리에 나오는데
芒鞋才受足	망혜재수족	짚신은 헐어서 겨우 발에 걸렸구나
稚子尋筍蕨	치자심순궐	어린애는 나물과 고사리 찾아
提筐向暄谷	제광향훤곡	바구니 들고 양지쪽 산골로 향하네
遲日杏花紅	지일행화홍	해는 긴데 살구꽃은 붉었고
暖風蒲葉綠	난풍구엽록	바람은 따뜻한데 창포 잎은 푸르렀네
甘雨亦如期	감우역여기	단비도 또한 시기 맞추어

夜來勻霢霂　야래균맥목　간밤에는 흐뭇이 고루 적셨네
莫辭東作勤　막사동작근　봄 농사일 괴롭다고 꺼리지 말라
勞力在吾力　노력재오력　노력하기는 오직 내 힘에 있네

金克己,「田家四時」 중 제1수,『동문선』 권4 (민족문화추진회 역, 1998)

이 시는 김극기의 「전가사시」 춘하추동 4수 가운데 첫 번째 작품이다. 보통 문인들이 선호하는 자연시는 '산수시' 혹은 '소상팔경시'처럼 이상적으로 관념화된 대상이 주를 이루었고, 혹은 유명한 승경처를 담는 것이 일반적이었다. 그런데 위의 시는 농가의 소박한 현실을 얘기한다. 「전가사시」에는 주변 환경의 아름다움과 인간사의 어려움이 교차한다. 산골에 붉게 핀 살구꽃과 푸르른 창포 잎이 한창인 가운데, 낡은 짚신을 신고 분주히 움직이며 봄철의 농사일을 제때 마치기 위해 애쓰는 농가의 일상이 잘 드러난다. 그리고 끝으로 작가는 봄 농사일이 괴롭다 꺼리지 말라며 농민들을 다독이고 깨우치는 일도 잊지 않았다.

신흥사대부의 이상은 초월적 관념의 세계에 있는 것이 아니고, 민중과 더불어 조화롭게 살아갈 수 있는 현실 속에 있었다. 이와 같은 현세의 유토피아를 꿈꾸며 이제현과 이규보와 김극기를 비롯한 안향安珦, 1243~1306, 우탁禹倬, 1262~1342, 최해崔瀣, 1287~1340, 안축安軸, 1282~1348, 이곡李穀, 1298~1351, 이색李穡, 1328~1396, 정몽주鄭夢周,1337~1392, 정도전鄭道傳, 1342~1398 등의 걸출한 인물이 정치적 쇄신을 꿈꾸었다. 그리고 마침내 정도전과 조선 태조太祖 이성계李成桂, 재위 : 1392~1398가 만나서 거사에 성공했다. 두 인물은 매우 성격이 다른 부류에 속하기 때문에 그 만남은 더욱 값진 것이었다. 왜구를 소탕하는 등 전장에서 혁혁한 공을 세웠던 무인 이성계와 민중이 잘 살게 하는 이상적인 제도를 꿈꿨던 문인 정도전의 협업은 고려 전기의 문인,

고려 후기의 무인으로 나뉘었던 대립을 불식하고 문무의 조화를 상징한다. 그리고 그 토대 위에 민중을 위한 새로운 국가 질서, 참된 중세의 모범이 건설되기 시작했다.

1. 왕조의 위엄과 태조 팔준도

1) 의례와 의궤의 정립

고려의 멸망과 함께 1392년 태조가 새로운 왕업을 열었고, 이듬해 1393년 2월 국호를 조선朝鮮으로 정했다. 유학에 바탕을 둔 조선은 고려와 다른 기치를 내걸고 정도전의 설계도를 중심으로 야심찬 행보를 내딛기 시작했다. 하지만 조선도 역시 이전의 삼국시대 혹은 고려시대에 그랬던 것처럼 국가의 체계를 갖추기 위해 두 가지 전형적인 요소가 필요했다. 첫째 국조 신화, 둘째 국가적 행사와 예전禮典이 그것이다. 국조 신화 그리고 국가적 행사는 동전의 양면과도 같다. 바로 왕조의 정통성과 힘을 과시하고 백성들을 규합할 수 있는 중요한 내적, 외적 장치이기 때문이다.

고대의 국중대회 이래 삼국시대를 거쳐 고려가 계승했던 팔관회八關會 및 연등회燃燈會와 같은 대규모 행사는 신에게 올리는 제례 의식과 관련되는 것으로 국가적 안녕과 복을 비는 중요한 사업이었다. 국가 단위의 의식 속에서 백성들은 강력한 소속감을 공유할 수 있었다. 예를 들어 고려시대 연등회가 어떤 모습이었는지는 아래와 같은 기록을 통해 확인할 수 있다.

매년 2월 보름날을 등석燈夕이라고 하여 그 하루 전에 왕이 봉은사奉恩寺에 나아가 조성祖聖의 진영에 예를 올리는데, 이것을 '봉은행향奉恩行香'이라고 했다. (…중략…) 이날 밤에는 모든 관리들이 직위의 높고 낮음에 따라 비단자락을 산에 매었고, 모든 군부에서도 오색 비단을 줄지어 저자거리와 언덕에 걸어놓는다. 그림이 그려져 있는 장막이나 글이 쓰여 있는 병풍을 좌우에 펼쳐놓고는 다투어 기악을 연주하고, 일만 가지의 연등을 하늘에 이을 듯 내걸어 마치 온 사방이 대낮같이 휘황찬란하다. 임금의 행차가 돌아가면 양부兩府에 속한 기녀들이 아름다운 의상을 입고 머리에는 화관을 쓰고는 승평문昇平門 밖에서 돌아오는 임금의 행차를 맞이하는데 이때 환궁악還宮樂이 연주된다.

최자, 『보한집』 상권 (박성규 역, 2012)

위의 기록에 따르면 고려시대 연등회는 매년 2월 보름날 고려 태조 왕건의 진영을 모셨던 개경의 봉은사에 왕이 행차하여 향을 피워 예를 올리면서 시작되었다. 그날 밤 관리들은 오색 비단을 내걸고, 그림과 글이 있는 장막과 병풍을 펼치고 기악을 연주하며, 만 가지 연등을 매달아 대낮같이 거리를 밝혔다. 그리고 임금의 행차가 궁에 돌아올 때는 기녀들이 화려한 의상으로 환궁악을 연주하며 궁궐의 밤을 수놓았다고 한다. 이외에도 고려시대에는 가을이면 팔관회라는 토속적인 행사를 국가 주도로 성대하게 개최하여 대내외에 위용을 과시하고 국가의 안녕을 꾀했다.

그리고 바로 이러한 행사의 전통을 조선시대에는 산대山臺 혹은 나례儺禮 같은 화려한 볼거리를 제공하는 무대 예술을 통해 그 존재 가치를 새롭게 입증했다. 예술인을 동원하여 세련되고 흥미로운 공연을 베풀면서 태평성대를 과시하는 효과를 거둔 것인데, 예를 들면 아래와 같다.

秘殿春光泛彩棚　　비전춘광범채붕

깊은 궁전 봄볕 아래 채붕을 높이 띄우고

朱衣畫袴亂縱橫　　주의화고난종횡

주의화고가 종횡으로 어지러이 벌여있네

弄丸眞似宜僚巧　　농환진사의료교

공놀림은 참으로 의료의 기교 같거니와

步索還同飛燕輕　　보삭환동비연경

줄 타는 것은 또한 비연의 가벼운 몸매 같네

小室四旁藏傀儡　　소실사방장괴뢰

조그만 방 네 문 곁엔 괴뢰를 숨겨 두었고

長竿百尺舞壺觥　　장간백척무호굉

백 척 긴 장대 위엔 술잔을 돌리는데

君王不樂倡優戲　　군왕불락창우희

군왕께서는 배우의 희극은 안 좋아하시고

要與群臣享太平　　요여군신향태평

여러 신하들과 함께 태평을 누리실 뿐이네

성현, 「儺禮」, 『허백당집』 7권 (임정기 역, 2008)

위의 예문은 조선 초기 문인 성현成俔, 1439~1504이 지은 「나례儺禮」라는 제목의 시이다. 나례란 원래 섣달에 역귀疫鬼를 몰아내기 위해 거행하던 전통적인 의식이었다. 나례에서는 특히 신라시대부터 이어진 처용무處容舞를 추며 악귀를 몰아냈다고 하는데, 이 작품은 궁전에 설치한 채붕綵棚이라는 화려한 무대 장치를 언급하며 시작한다. 그리고 붉은색 의상을 입은 광대들이 현란한 공연을 이어간다. 공을 놀리는 기교는 중국 초나라

때 농환弄丸에 능했던 의료宜僚에 버금가고, 줄타기 기술은 한나라의 조비연趙飛燕처럼 가볍다고 칭송했다. 그리고 괴뢰傀儡의 등장과 술잔 돌리기까지 볼거리는 한둘이 아니지만, 군왕은 배우의 극이 아닌 태평을 누릴 뿐이라며 마무리하고 있다.

이처럼 조선은 고려시대와 마찬가지로 국가적 차원의 무대 행사를 이어갔다. 그리고 그뿐 아니라 각종 의례도 계승해서 발전시켰다. 일찍이 고려는 국가의 의례를 정비하여 체계를 갖추기 시작했다. 고려 왕실은 중국의 『주례周禮』에 기원을 두는 길吉, 가嘉, 빈賓, 군軍, 흉凶의 오례를 중요하게 여겼다. 이 가운데 고려 6대 성종成宗, 재위 : 981~991 때에는 원구圜丘, 종묘宗廟, 사직社稷 등을 세웠으며, 16대 예종睿宗, 재위 : 1105~1122 때에는 예를 전담하는 기구를 만들어 의례를 제정했고, 18대 의종毅宗, 재위 : 1146~1170 때에는 평장사 최윤의崔允儀, 1102~1162가 『고금상정례古今詳定禮』 50권을 편찬하여 오례를 정리했다.

이와 같은 전통을 이어 조선 태조는 1402년태종 2에 의례상정소儀禮詳定所를 설치했고, 조선 세종世宗, 재위 : 1418~1450 때에는 예조와 집현전을 중심으로 유교적인 의례 체계를 갖추었다. 그리고 마침내 성종成宗, 재위 : 1469~1495 때에는 『국가오례의國朝五禮儀』라는 조선시대의 국가 예전이 빛을 볼 수 있었다. 조선은 유교의 나라였고, 모든 예법은 『국조오례의』 8권 8책에 근거를 두었다. 그리고 세종 때부터 준비를 시작하여 성종 대에 편찬이 완료된 이 『국조오례의』에는 자세한 글뿐만 아니라 이미 세조 때 그림으로 설명한 도식이 첨부되어 완성도를 높였다.

〈그림 58〉은 『국조오례의』 중 길례吉禮와 관련된 악기의 도설 가운데 편종과 편경 그림이며, 〈그림 59〉는 단묘壇廟 그림 가운데 사직단의 배치도이다. 판화를 활용한 위의 도설은 글과 그림을 적절히 활용하면서 얼마나

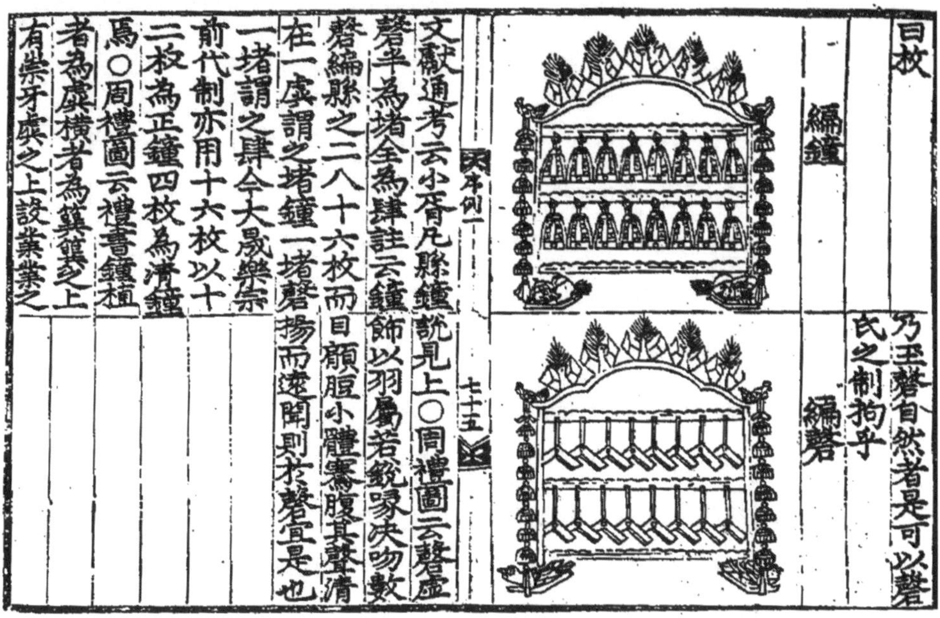

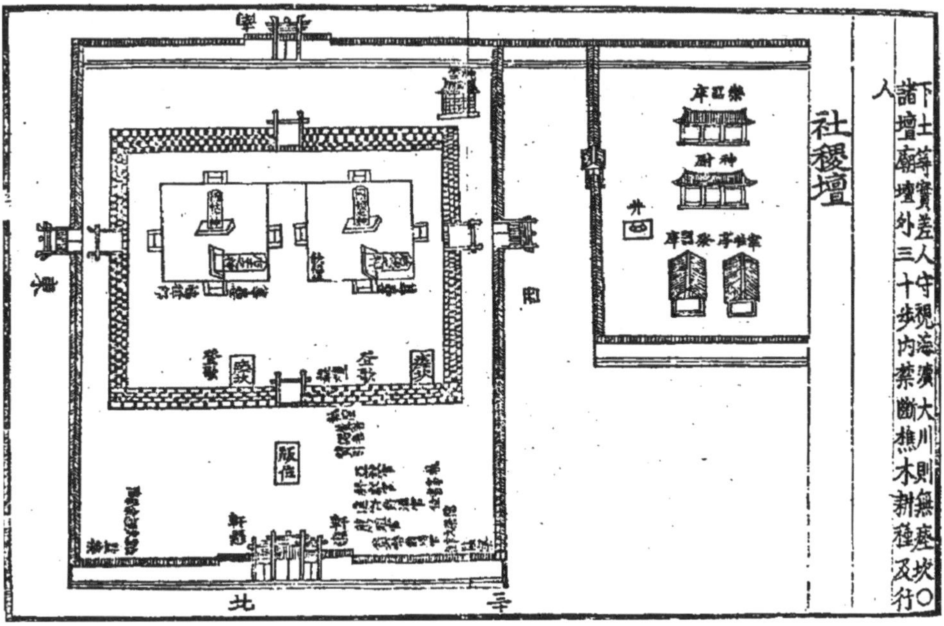

58

59

<그림 58>『국조오례의』序例 卷1 吉禮 雅部樂器圖說 (編鐘, 編磬)
<그림 59>『국조오례의』序例 卷1 吉禮 壇廟圖說 (社稷壇)

꼼꼼하게 각종 의례를 위한 전범을 확립했는지 잘 보여준다. 이처럼 정밀한 그림을 곁들인 『국조오례의』라는 서적을 출간하는 등의 일련의 사업은 조선 초기 나라의 기틀을 잡아가는 과정에서 순조롭게 진행되었으며, 조선의 모든 국가 행사는 예법에 따라 법도에 맞게 거행되었다.

그리고 국가적 행사는 빠짐없이 기록되었는데, 가장 대표적인 사례로 의궤儀軌를 들 수 있다. 의궤란 왕실의 중요 행사의 과정을 글과 그림으로 남긴 종합 보고서이다. 원래 의궤는 불교나 도교의 의례집과 같이 종교적 색채가 농후한 것이었다. 하지만 조선시대에는 궁중 행사를 의궤로 정리함으로써 새로운 모범을 수립했다. 다만 임진왜란 이전의 작품은 소실되어 실물을 확인하기 어렵기에 많은 아쉬움을 남기지만, 조선시대 의궤의 독특한 가치는 누구나 인정하고 있다.

소위 오례라는 전형적인 예법은 중국에 기원을 두고 있다. 하지만 오례의 규정에 따른 행사의 전모를 글과 그림으로 치밀하게 기록한 의궤는 우리나라를 제외한 다른 나라에서는 비슷한 유형을 찾아보기 힘든 독자적인 결과물이다. 무려 500종이 넘는 의궤의 그림은 한두 장의 기록화 수준이 아니라 방대한 앨범처럼 행사를 한 눈에 파악할 수 있도록 남긴 종합 기록물이었다. 그런데 이와 같은 궁중 기록화를 태종 때부터 조선왕조의 최후까지 계속 제작했다는 점을 상기할 때, 의궤는 조선왕조의 문화 저력을 실감할 수 있는 척도로서 손색이 없다. 현재 조선 초기의 의궤는 남아있지 않기 때문에, 조선 후기의 작품을 예로 보면 아래와 같다.

〈그림 60〉은 조선의 21대 국왕 영조英祖, 재위 : 1724~1776가 정비와 사별 후 1759년에 정순왕후貞純王后 김씨를 맞이하는 혼례를 기록한 〈영조정순왕후가례도감의궤英祖貞純王后嘉禮都監儀軌〉 중 한 장면이다. 이 그림은 영조가 정순왕후와 함께 궁으로 가는 행렬을 그린 친영 반차도班次圖로서, 이 의

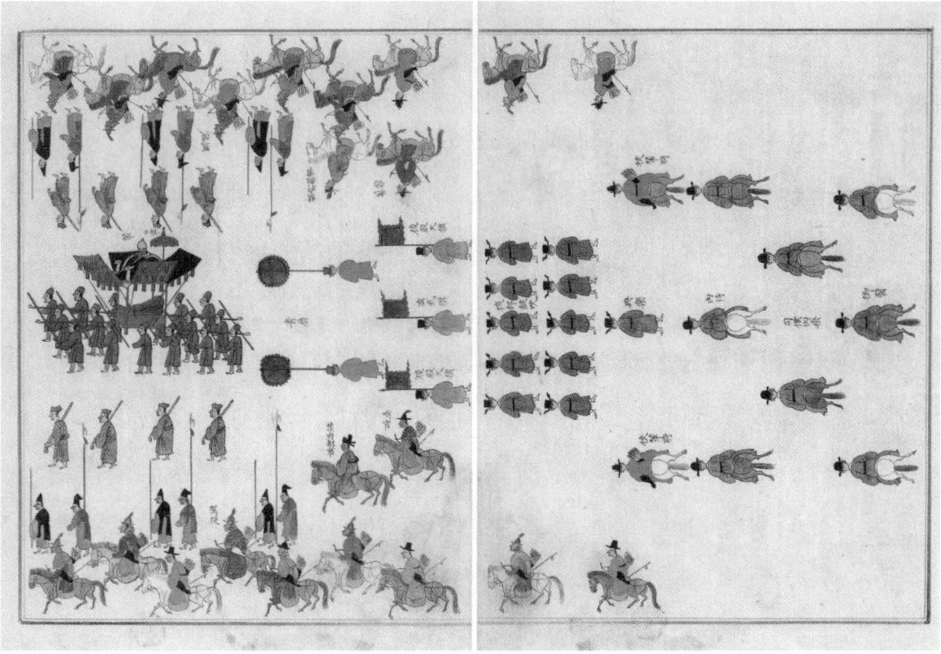

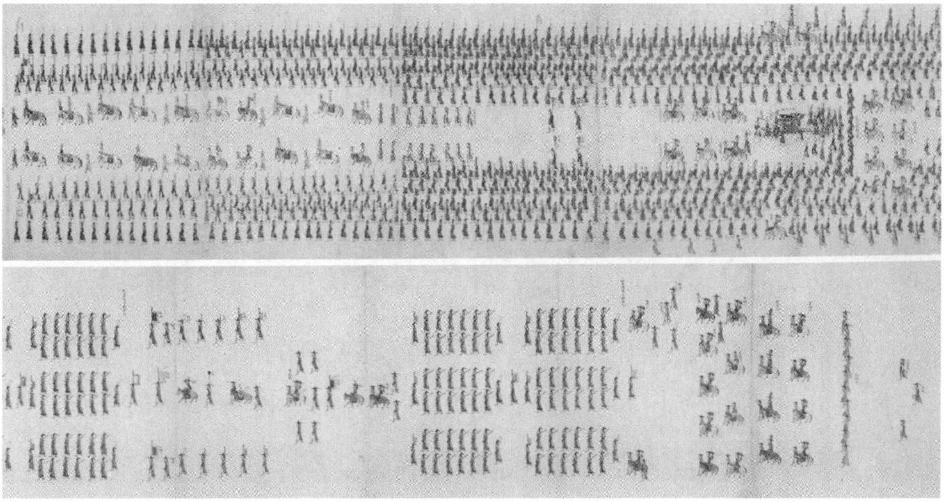

60

61

<그림 60> 〈영조정순왕후가례도감의궤〉 일부, 1759년(영조35), 33.5×47.3cm, 국립중앙박물관.

<그림 61> 〈화성원행반차도〉일부, 1795(정조19), 지본담채, 4,448.3×46.5cm, 국립중앙박물관.

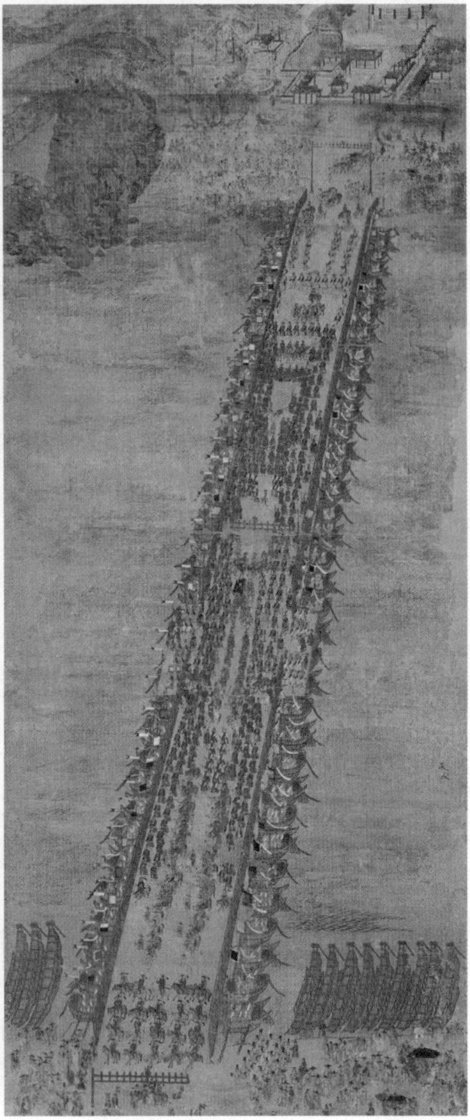

62	63

<그림 62> ① 화성성묘전배도
<그림 63> ⑧ 한강주교환어도
〈華城遠行圖屛〉 8폭, 1759년, 견본채색, 각 62.7×151.2cm, 국립중앙박물관.

궤에는 반차도 그림만 50면에 달하며 동원된 말이 379필, 인물이 1,299명 규모이다. 영조는 혼례식의 사치를 금했다고 문서에 나와 있음에도 불구하고 그림으로 남은 기록이 이 정도라면 그 이전 시기의 위용은 더 말할 필요가 없을 것이다.

반차도는 의식에 참석한 문무백관의 차례를 정확하게 기록한 것으로, 당시 행사의 규모뿐만 아니라 복장이나 악대의 구성 등을 두루 살펴볼 수 있는 백과사전적 역할을 하는 주요 자료이다. 이와 같은 기록은 왕권의 위엄과 국가 조직의 체계를 한눈에 확인할 수 있는 정보력을 갖추고 있는데, 대표적인 예로 18세기 정조正祖, 재위 : 1776~1800 임금의 위용을 엿볼 수 있는 각종 자료들을 상기해볼 수 있다.

〈그림61〉〈화성원행반차도華城園行班次圖〉는 1759년 정조 임금이 8일간 회갑을 맞은 모친 혜경궁 홍씨를 모시고 부친 사도세자의 묘소인 현륭원顯隆園이 위치한 수원 남쪽 화성에 행차했던 행사를 기록한 그림의 일부이다. 이 반차도는 가로의 길이가 거의 45m에 이르는 대작이며 실제 행사의 규모를 정밀하게 기록한 것으로 유명하다. 1759년 화성 원행은 사상 초유의 대규모 인원과 기술을 동원했으며, 그 전말을 그림으로 그려서 그야말로 역사적인 결과물을 남길 수 있었다. 게다가 이와 같은 반차도뿐만 아니라 병풍 형태의 궁중 기록화를 겸비하여 그야말로 화려하고 장엄한 위용을 유감없이 발휘했다.

〈그림 62〉는 〈화성원행도병華城遠行圖屛〉 8폭 가운데 하나인 〈화성성묘전배도華城聖廟展拜圖〉로 화성에 도착한 후 거행한 첫 번째 행사를 다룬 것이다. 그리고 〈그림 63〉은 〈한강주교환어도漢江舟橋還御圖〉로 환궁하기 직전의 모습을 담았다. 〈화성원행도병〉은 1795년 화성 행궁에서 벌인 혜경궁 홍씨의 회갑연을 기록한 『원행을묘정리의궤園幸乙卯整理儀軌』를 제작한

후, 당시의 행사 가운데 주요 장면을 총 8폭 병풍 그림으로 집약한 궁중 행사도이다. 그 가운데 〈그림 62〉 〈화성성묘전배도〉는 화성에 도착하여 대성전大成殿에 나아가 참배하고, 명륜당明倫堂에 행차했던 일을 그렸다. 화면 상단에는 수원의 팔달산을, 그리고 그 아래에는 차례로 대성전과 명륜당을 배치했다. 아울러 주변에는 도열한 문무백관과 유생들 그리고 하단에는 행사를 구경하기 위해 몰려든 인파까지 빽빽하게 그려 넣음으로써 한눈에 생동감 넘치는 당시의 상황을 엿볼 수 있도록 했다.

그리고 〈그림 63〉 〈한강주교환어도〉는 행사를 마치고 창덕궁으로 돌아오기 위해 노량진에 설치된 배다리로 한강을 건너는 장면을 그린 것이다. 특히 이 그림은 임시로 설치한 배다리의 장관을 보여주기에 더욱 유명하다. 배다리는 정조가 처음 사용한 것으로, 이 그림은 선박 60척을 이용하여 널빤지 300개를 깔고 그 위에 횡판 1,800장을 놓아 만든 엄청난 설치 공사의 결과를 잘 보여준다. 길고 긴 행렬이 모두 배 위에 늘어서 있어도 끄떡없는 견고한 배다리가 화면을 사선으로 가로지르면서 장쾌한 기상을 뽐낸다.

한편 〈그림 64〉는 1794년정조16에 축조를 시작하여 1796년에 완공한 화성 건설에 관한 일체를 기록한 〈화성성역의궤華城城役儀軌〉이다. 이 책은 1796년에 편찬을 완료한 뒤, 1801년 9월에 정리자整理字로 완성한 것으로, 총 9책에 성곽 축조와 관련된 공문서 및 공사에 참여한 사람들의 명단, 각종 경비와 물품, 성곽 설계에 이르기까지 모든 내용을 상세하게 글과 그림으로 기록했다. 많은 경비와 기술이 농축된 거대한 토목 공사에 관한 기록은 20세기에 화성을 원형대로 복원하는 데에 큰 역할을 함으로써 의궤의 존재 가치에 대해 다시금 생각할 수 있는 계기가 되었다.

이와 같은 의궤와 궁중행사도는 조선왕조의 행사에 관련된 모든 것을

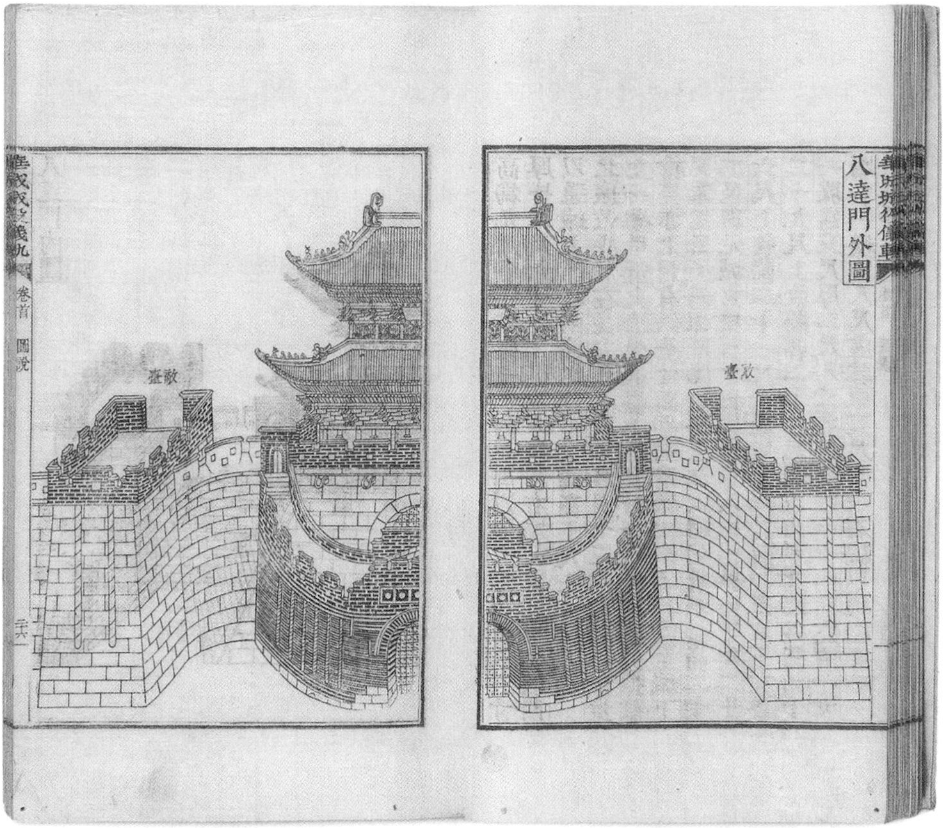

〈그림 64〉〈화성성역의궤〉, 1801년, 규장각.

〈그림 65〉 〈숙종산릉도감의궤〉 일부, 1720년(경종 즉위), 51.8×40.0cm, 국립중앙박물관.

<그림 66> <왕세자두후평복진하도> 8폭 병풍 중 일부, 1879년, 견본채색, 180.2×445.1cm, 국립고궁박물관.

다루면서 고종 시대까지 실로 다양한 결과물을 선보였다.

예를 들어 〈그림 65〉는 조선의 19대 왕 숙종肅宗, 재위 : 1674~1720의 능인 명릉明陵을 조성하는 의식과 절차를 기록한 의궤의 일부이다. 명릉은 이미 1701년 인현왕후仁顯王后의 능소로 마련되었고 숙종 승하 후 왕과 왕비가 나란히 묻힌 유서 깊은 장소이다. 그런데 이 〈숙종산릉도감의궤肅宗山陵都監儀軌〉를 보면 책의 첫머리에 간략한 능의 모형과 더불어 관을 담아두는 찬궁欑宮의 사방에 그려진 채색 사수도四獸圖가 있어서 눈길을 끈다. 사수 즉 청룡, 백호, 현무, 주작을 차례로 다룬 위의 그림 중 우선 백호를 보면 날카로운 눈을 노란색으로 강조한 가운데 채색한 서수를 감싸는 붉은 기운이 대단히 강렬하며, 청룡은 푸른 비늘과 구름 장식이 현란함을 더한다. 그리고 현무의 경우는 정교한 필선으로 형상화한 거북의 등을 감싸는 뱀의 구도가 전형적이고, 주작은 세 개의 머리가 하나의 몸통으로 연결되어 신비감이 남다르다. 사수는 일찍이 고구려의 고분벽화에서부터 확인할 수 있었던 무덤을 지키는 수호신이다. 그런데 그 사수는 1720년 왕릉의 조성 사업을 기록한 의궤는 물론이고, 왕의 행차에 화려한 깃발의 형태로 등장하는 등 꾸준히 존재를 드러냈다. 조선은 비록 유교를 국시로 하는 나라였음에도 불구하고 왕권의 상징에는 더욱 오래된 고대의 전통이 유지되고 있었던 사실을 알 수 있다.

그리고 조선 말기의 작품으로는 〈그림 66〉 〈왕세자두후평복진하도王世子痘候平福進賀圖〉와 같은 기록화가 눈에 띈다. 이 그림은 1879년 고종 시대에 왕세자가 천연두에 걸렸다 회복한 것을 축하하기 위해 제작된 궁중 행사도이다. 총 8폭의 병풍으로 제작된 이 그림은 좌우의 1폭과 8폭에 서문과 병풍 제작을 발의한 관원들의 좌목이 있으며, 그 가운데 제2폭과 7폭에 걸쳐 총 2개의 행사 그림을 배치했다. 그중 한 장면에 해당하는

〈그림 66〉은 화려한 채색으로 궁궐 안에 도열한 관원의 위용을 잘 보여준다. 왕세자의 쾌유를 축하하는 그림이지만 사실상 왕세자의 책봉례冊封禮를 그린 19세기 말의 이 그림은 조선왕조가 마지막까지 각종 예식과 행사를 통해 나라의 위용을 세우고 그 전통을 계승했던 것을 잘 보여준다.

2) 건국 신화와 팔준도의 탄생

그런데 위와 같은 각종 행사와 관련된 것 이외에 또 한 가지 중요한 사업은 바로 태조 이성계를 시조로 하는 새로운 왕조를 든든하게 뒷받침해 줄 신화를 완성하는 일이었다. 고려 왕조에 충성하는 잔존세력을 잠재우고 역성혁명의 정당성을 입증할 수 있는 신화의 확립은 사상과 제도의 확립 못지않게 매우 긴요한 일이었다.

고려의 태조 왕건王建, 재위 : 918~943 역시 국조 신화를 마련했었다. 고려의 국조 신화는 삼국시대처럼 창업주의 생애와 업적에 주력하는 대신, 태조 본인을 제외한 6대조 즉 1대 용건龍建으로부터 작제건作帝建, 진의辰義, 보육寶育, 강충康忠 그리고 호경虎景을 신화적 인물로 부각시켰다. 출중한 활 쏘는 능력으로 용왕의 딸과 혼인한 2대 작제건의 이야기를 비롯해, 흥미진진한 상상력을 동원한 각종 신화를 통해 왕가의 신성성을 강조했다.

조선의 경우도 태조의 부친인 목조穆祖로부터 익조翼祖, 도조度祖, 환조桓祖의 4대조를 추존하는 등 각별한 노력을 기울였다. 하지만 조선시대에는 4대조뿐만 아니라 창업주인 태조를 주인공으로 하는 다양한 작품이 두드러지는 양상을 보였다. 우선 태조 강헌대왕康獻大王을 위한 송가頌歌인 「정동방곡靖東方曲」을 떠올릴 수 있다.

繄東方阻海陲 예동방조해수　　　　우리 동방은 동떨어진 바다 나라

彼狡童竊天機 피교동절천기	저 교동이 천기를 도둑질하다니
爲東王德盛多里利 위동왕덕성	동왕 되시어 덕이 거룩하시리이다
肆狂謀興戎師 사광모흥융사	미친 꾀를 부리어 큰 군사를 일으키니
禍之極靖者誰 화지극 정자수	극에 달한 이 화를 막을 이 누구신고
爲東王德盛多里利 위동왕덕성	동왕 되시어 덕이 거룩하시리이다
天尙德回義旗 천상덕 회의기	하늘은 덕을 숭상, 의기를 돌리셨네
罪其黜逆其夷 죄기출역기이	죄 지은 놈 내쫓고 역적놈 멸족했네
爲東王德盛多里利 위동왕성덕	동왕 되시어 덕이 거룩하시리이다
皇乃懌覃天施 황내역담천시	황제님 기뻐하여 큰 은혜를 베푸셔서
軍以國俾我知 군이국비아지	군대로써 나라 세워 우리 님께 맡기었네
爲東王德盛多里利 위동왕성덕	동왕 되시어 덕이 거룩하시리이다
於民社有攸歸 오민사유유귀	아름답다, 민과 사직 돌아갈 곳 있으니
千萬歲傳無期 처난세전무기	천세 만세를 한없이 전해가리
爲東王德盛多里利 외동왕덕성	동왕 되시어 덕이 거룩하시리이다

정도전, 「정동방곡」, 『삼봉집』 2권 (신호열 역, 1977)

위의 예는 정도전의 「정동방곡」이다. "무진년1388 봄에 우禑가 군사를 크게 일으켜 요동을 공격하자 우리 태조는 우군장右軍將으로 여러 장수를 타일러서 의義로써 회군回軍하였음"이라는 설명이 붙어 있는 이 작품은 태조 2년 정도전이 태조의 무공을 기리기 위해 지은 것으로, 궁중에서 행사가 있을 때 악장樂章으로 사용했다. 이 작품은 이성계가 위화도회군을 단행하여 나라를 위기에서 구했으니 그 덕이 거룩하다고 적극적인 칭송을 아끼지 않았다. 이처럼 「정동방곡」은 태조를 거창하게 송축하는 작품이다. 하지만 신화적 환상을 도입하지는 않았고, 대신 역사적 사건의 가치를 일깨우는 가운데 그것이 백성과 사직을 위해 얼마나 다행한 일이었는지 합리적인 접근을 꾀하고 있다.

그리고 한편 태조의 위용은 『용비어천가』를 통해서도 확인할 수 있는데, 이 경우에는 특히 태조와 함께 여덟 마리 말을 함께 거론하는 것이 특이하다. 『용비어천가』에서는 조선의 태조를 당唐 태종과 견주면서 팔준과 육준을 나란히 언급했다. 작품을 보면 아래와 같다.

> 天挺英奇하사 安民을 위하실새 六駿이 때맞추어 나니
>
> 天錫勇智하사 靖國을 위하실새 八駿이 때맞추어 나니
>
> 天挺英奇 爲安民斯 騤騤六駿 生應期兮
>
> 天錫勇智 爲靖國猗 蹻蹻八駿 生應時兮

『용비어천가』 70장

위의 『용비어천가』를 보면 천정영기天挺英奇 즉 하늘이 영특하고 기이한 재주를 지닌 이를 내서 백성을 편안하게 할 때 여섯 필의 말 즉 육준六駿이 때를 맞추어 태어났으며, 천석용지天錫勇智 즉 하늘이 용기 있고 지혜로운 이를 내려서 어지럽던 나라를 편안하게 정리할 때 여덟 필의 말 즉 팔준八駿이 때를 맞추어 세상에 났다고 했다. 한 나라를 개국한 왕을 칭송하면서 말을 함께 언급하는 것은 그 전통이 오래된 것이다. 예를 들어 삼국시대 왕권을 상징하는 천마天馬를 상기해볼 수 있다. 그리고 『용비어천가』에서는 조선의 태조와 당 태종이 쌍을 이루면서 팔준과 육준이 병치되었는데, 사실 중국에서도 육준 이전에 주周나라 목왕穆王의 팔준이 유명했다.

주나라의 개국 군주였던 무왕武王이 순수한 역사적 인물로 주목받았던 것과는 달리, 목왕穆王은 흥미로운 신화적 요소를 근거로 동아시아인들의 머릿속에 각인되어 있었다. 『목천자전穆天子傳』의 주인공이기도 한 목왕은 팔준을 타고 하늘을 날면서 서왕모西王母를 만나는 등 환상적인 자유를 누렸다는 흥미로운 이야기를 남겼다. 그리고 나중에는 팔준이 곧 목왕을 연상할 수 있는 대표 이미지로 자리를 잡았고, 목왕의 이야기 못지않게 팔준의 그림이 더욱 각광을 받는 결과를 낳았다. 우리나라에도 목왕의 팔준을 그린 그림이 여럿 있다. 그런데 이처럼 동아시아에서 유행하던 목왕의 팔준 대신 새롭게 태조의 팔준이 등장하여 조선의 왕권을 상징하는 이미지로 자리매김을 하기 시작한 것이다. 태조 팔준을 소개하면 아래와 같다.

八駿	산지	색상
①횡운골(橫雲鶻)	여진(女眞)	백색에 검은 발굽
②유린청(游麟青)	함흥(咸興)	청색
③추풍오(追風烏)	여진(女眞)	흑색
④발전자(發電赭)	안변(安邊)	적색
⑤용등자(龍騰紫)	단천(端川)	자주색
⑥응상백(凝霜白)	제주(濟州)	순백
⑦사자황(獅子黃)	강화매도(江華煤島)	황색
⑧유현표(維玄豹)	함흥(咸興)	흑색

위의 표는 팔준의 명칭과 산지 그리고 외형적 특징을 간추린 것이다. 태조의 팔준에 대한 설명은 여러 문헌에서 확인할 수 있는데, 조선 후기 문인 이유원李裕元, 1814~1888이 지은 『임하필기林下筆記』를 보면 다음과 같은

내용을 수록했다.

> 태조가 나라를 열었을 때 타던 준마가 여덟 마리였다. 첫째는 횡운골로 여진에서 났는데 납씨納氏를 패주敗走시키고 홍건적을 평정할 때 타던 것이다. 둘째는 유린청으로 함흥에서 났는데 올자兀剌를 취하고 해주에서 싸우고 운봉에서 이길 때 타던 것이다. 셋째는 추풍오로 여진에서 났다. 넷째는 발전자로 안변에서 났는데 장단長湍에서 사냥할 때 타던 것이다. 다섯째는 용등자로 단천에서 났는데 해주에서 왜적을 평정할 때 타던 것이다. 여섯째는 응상백으로 제주에서 났는데 압록강에서 회군할 때 타던 것이다. 일곱째는 사자황으로 강화 매도에서 났는데 지리산에서 왜적을 평정할 때 타던 것이다. 여덟째는 현표로 함흥에서 났는데 토아동에서 왜적을 평정할 때 타던 것이다. 세종조에 호군 안견에게 명하여 그 형상을 그리게 하고, 집현전 학사 성삼문 등에게 그 찬을 지어 후세에 전하도록 하였다.
>
> 이유원, 『林下筆記』 20권 文獻指掌編

이유원의 『임하필기』에 전하는 팔준에 관한 기록을 보면 횡운골, 유린청, 추풍오, 발전자, 용등자, 응상백, 사자황, 유현표를 일일이 열거하며 어디에서 났는지 그리고 특히 태조가 무장으로서 어떤 위업을 달성할 때 함께 했는지 설명했다. 팔준의 산지가 북쪽의 함흥이나 단천에서부터 남쪽의 제주도까지 조선 팔도를 포괄하는 것으로 보아 그 통합적 상징성을 확인할 수 있다. 그리고 세종시대에 안견에게 명하여 그림을 그리고 집현전 학사들에게 찬을 짓게 했다는 설명까지 덧붙였다. 즉 팔준의 존재는 그림을 통해 더욱 선명하게 각인될 수 있었던 것인데, 그 내용은 『조선왕조실록』에서 확인할 수 있다.

문신들을 근정전 뜰에서 시험 보이는데, 시제를 '집현전에서 팔준도를 올리는 전箋을 모의함'으로 했다. 이날 사옹司饔 다방茶房 예빈시禮賓寺에서 구례에 따라 음식과 술을 조금 차렸는데, 임금이 중관에게 명하여 내온內醞과 진수珍羞를 하사하니, 실로 유림의 성사였다. 하연河演이 인하여 팔준시 절구 1수를 지으니, 팔준이란 것은 태조가 잠저 시절에 전쟁할 때 쓰던 말이다. 임금이 또 문신들에게 명하여 그 시를 화답하게 하여 족자를 만들어 집현전에 간직하게 하였다.

『세종장헌대왕실록』 18, 세종 29년 8월 18일

위의 내용을 보면 문신들을 대상으로 집현전에서 팔준도에 관한 전箋으로 시험을 보았던 것을 알 수 있다. 임금이 직접 궁중의 귀한 술인 내온內醞과 궁중의 귀한 음식인 진수珍羞를 하사하면서 태조가 타던 말을 대상으로 글재주를 발휘할 기회를 마련했던 것이다. 세종 29년 조선왕조의 기틀이 굳건히 다져진 즈음에 태조 팔준을 상기하는 잔치를 벌인 것은 대단히 의미심장한 일이었다. 그리고 이때의 전후 사정은 아래 박팽년朴彭年, 1417~1456의 작품을 통해 더욱 소상히 알 수 있다.

상이 즉위한 지 28년 되는 을축년세종28년 여름에 사신이 용비어천가를 찬술하여 올렸는데, 그 노래가 무릇 125장에 달하였다. 팔준은 그중의 하나인데 (…중략…) 이듬해 병인년세종29년 겨울에 (…중략…) "지금 비록 가송에 올리기는 하였지만, 실물을 도형으로 그려서 후세에 전하지 않는다면 자손들이 혹시 우리 성조께서 창업하시면서 겪었던 어려운 자취들을 알지 못할까 염려된다" 하셨다. 이어 호군 안견에게 명하여 그림으로 그리게 하고, 집현전 대제학 정인지 등에게 명하여 찬贊을 짓도록 하였다. (…중략…) 그 이듬해 정묘년세종30년에 또 작은 그림을 그려서 연이어 권축卷軸을 만들고 대소 문신들이 다투어 노래를 읊었으니 진실로 성대한 일이었다.

박팽년, 「八駿圖頌 幷序」 『朴先生遺稿』

박팽년이 「팔준도송」에 덧붙인 서문을 보면 세종 27년 『용비어천가』가 완성된 이후 팔준도가 탄생했다. 당대 최고의 화가 안견安堅, ?~?에게 명하여 팔준도 그림을 그리게 했으며, 그 그림을 기반으로 신하들에게 찬을 짓게 하고, 그리고 다시 작은 그림을 그리게 했으며, 이어서 시를 짓는 등 문학과 그림이 순차적으로 창작된 것이다. 그리고 조선 후기에도 팔준에 대한 관심은 이어졌는데, 그 과정을 작품 중심으로 총정리하면 아래와 같다.

① 〈용비어천가〉 : 문학

② 안견의 팔준도 원본 : 그림

③ 팔준도 관련 찬贊 : 문학

④ 연이은 작은 크기의 권축卷軸 : 그림

⑤ 팔준도 관련 송頌과 시詩 : 문학

⑥ 숙종대 팔준도의 복원 : 그림

⑦ 조선후기의 팔준도 관련 시詩 : 문학

이상의 팔준 관련 작품은 문학, 미술, 음악을 총동원했던 종합 예술적 결과물이었다. 우선 악장인 『용비어천가』에서 음악과의 관계를 마련하고, 이후 팔준도를 그리도록 한 후 신하들의 시를 덧붙여 시화축의 형태로 집현전에 보관하게 했다. 하지만 아쉽게도 현재 안견이 그렸다는 원본 팔준도는 남아있지 않고, 다만 아래와 같은 문학 작품의 내용을 통해 그림을 상상해 볼 수 있다.

작가, 작품명

이계전(李季甸, 1404~1459), 〈八駿贊 幷序〉, 『東文選』 5
이석형(李石亨, 1415~1477), 〈八駿圖 幷序〉, 『樗軒集』1
박팽년(朴彭年, 1417~1456), 〈八駿圖頌 幷序〉, 『朴先生遺稿』
성삼문(成三問, 1418~1456), 〈集賢殿進八駿圖箋〉, 『成謹甫先生集』
성삼문(成三問, 1418~1456), 〈八駿圖銘 幷序〉, 『成謹甫先生集』
신숙주(申叔舟, 1417~1475), 〈八駿圖賦〉, 『保閑齋文集』1
신숙주(申叔舟, 1417~1475), 〈八駿圖箋〉, 『保閑齋文集』16
서거정(徐居正, 1420~1488), 〈八駿圖行〉, 『四佳詩集』 3
이승소(李承召, 1422~1484), 〈八駿圖詩 幷序〉, 『三灘集』 1
성간(成侃, 1427~1456), 〈八駿圖〉, 『眞逸遺藁』 1
정문부(鄭文孚, 1565~1624), 〈集賢殿進八駿圖〉, 『農圃集』 3
박윤묵(朴允默, 1771~1849) 〈恭題安堅八駿圖〉, 『存齋集』 6
서응순(徐應淳, 1824~1880), 〈八駿圖〉, 『絅堂集』 1

상처 자국 어우러져 문채를 이루었고 상처난 흔적 너무도 참담하네

이석형, 「八駿圖 幷序」 중

줄줄 붉은 땀을 흘리니 전장에서 고생하는 모습이 완연하고 **화살이 흰 살에 박혔으니 격렬하게 전쟁을 치른 모습**이 늠름하였습니다

성삼문, 「八駿圖銘 幷序」 중

비단에 아름다운 옥처럼 그려진 말들, 공은 같으나 모양이 다르네.
서기를 모으고 **상서를 드날리며**, 위풍이 늠름하고 기염이 당당한데,
백전百戰에 상한 흔적, 아직 살촉이 박혀 있고 드날리며 날치던 자태 어제런 듯 여실한데

신숙주, 「八駿圖賦」 중

여덟 필의 준마가 한 명주폭에 늘어서서

발굽 모으고 자태 뽐내며 긴 바람 일으켜라
갈기 살은 울퉁불퉁 붉은 땀을 흘리고

서거정, 「八駿圖行」 중

서른 두 개 말발굽이 삼엄하게 펼쳐지니 (…중략…)
하얀 비단 한 폭 안에 역력하게 드러났네

이승소, 「八駿圖詩 幷序」 중

이에 황공을 불러 붉고 누른 채색을 섞어
생 명주를 깨끗이 하고 그리게 하였네 (…중략…)
당시엔 본디 화살을 맞은 것이 있었으나
다만 이제는 남은 피가 그 몸에 비끼어 흐르고

성간, 「八駿圖」 중

이상은 위의 표에 정리한 작품 중에 팔준을 형용한 핵심 내용을 간추린 것이다. 비록 원본 그림은 소실되었지만 모든 내용을 종합해 보면 안견이 그린 원본 〈팔준도〉는 여덟 필의 준마가 비단 위에 일렬로 늘어선 군마도의 형태였으며 각각 말들은 전장에서 활약하던 당시의 생동감 있는 모습을 그대로 재현한 것으로, 화살을 맞고 피를 흘리고 상처가 난 상태로 붉은 땀을 흘리는 형상이었던 것을 알 수 있다. 비장감 가득한 전장의 흔적을 그림에 옮겨놓음으로써 곧 태조 이성계가 겪은 수많은 전쟁의 공로를 숙연하게 수용했던 것 같다. 그리고 이 그림에 담긴 의미는 다음과 같은 예문에 잘 드러난다.

드디어 윤음을 내리어 그림을 그리게 하여, 호두虎頭와 같은 화가가 윗도리를 벗어제치고 그리기 시작하니 용마들이 몰려 바다에서 나왔습니다. 줄줄 붉은 땀을 흘리니 전장에서 고생하는 모습이 완연하고 화살이 흰 살에 박혔으니 격렬하게 전쟁을 치른 모습이 늠름하였습니다. 손놀림에 따라 죽은 말의 골격이 다시 살아났고, 눈여겨 보면 통치하기 어려움을 경계한 것이니, 여러 자손들이 한가한 때에 이 팔준도를 보고서 부귀를 말 위에서 얻은 것임을 알아야 할 것입니다. (…중략…) 대동大東의 팔준도 한 폭이 마땅히 『시경』의 빈풍 칠월편과 어깨를 나란히 할 것임을 알겠으니, 아, 아름답습니다.

성삼문, 「八駿圖銘 幷序」 『成謹甫先生集』 (민족문화추진회 역, 1999)

위의 성삼문이 남긴 팔준도에 관한 글을 보면, 임금의 명을 받은 뛰어난 화가가 윗옷을 벗어젖히고 붓을 휘둘러 용마와 같은 말들을 그려냈는데 피땀을 흘리며 격렬하게 전쟁을 치른 현장의 늠름한 모습 그대로라고 했다. 그리고 훗날 자손들이 이 그림을 보고 조선의 "부귀를 말 위에서 얻은 것"임을 알아야 하고, 이 팔준 그림은 곧 『시경』 「빈풍」 '칠월'에 맞먹는 애민 정신을 담고 있다고 했다. 부귀를 말 위에서 얻었다는 것은 곧 조선의 왕업을 열기까지 태조의 피땀을 흘리는 노고가 있었으며, 팔준도가 『시경』의 시에 어깨를 나란히 한다는 것은 곧 백성을 편안하게 하고자 하는 의지를 상기한다. 이처럼 팔준도는 단순한 말 그림에 그치지 않는, 태조의 조선 창업의 뜻을 반영하는 것으로 건국 신화에 견줄만한 가치를 지닌다. 그래서 지속적으로 그 가치를 되새기며 조선 후기 숙종 때 다시 여덟 필의 말을 그려 보관했던 것이다. 관련 내용은 아래와 같다.

을유년에 내가 우연히 옛 그림 한 축을 얻어보니 오흥吳興 조맹부趙孟頫의 팔준도인데 진실로 그 아름다움이 부러워하고 감탄할 만하다. 문득 스스로 생각하여 '저것이다. 저것이야'라고 말했다. (…중략…) 생각건대 우리 태조 대왕이 타시던 준마는 여덟 필로 (…중략…) 〈팔준도지〉에서 이른바 '하늘이 낳은 용과 같은 종류로 사람과 더불어 한마음이 되어 생사를 맡기고 대업을 이루었구나'라고 한 것과 어찌 다르리오. 옛날에 안견의 그림이 있었으나 전쟁 끝에 없어져 전하지 않으나 사대부의 집에 오히려 소장한 것이 있으니 어찌 그 형상을 다시 그리고 갖추어 관성觀省함을 생각하지 아니하겠는가. 그러한즉 그것은 우리 성조聖祖가 창업한 어려움을 잊지 아니하고 수성守成이 쉽지 않음을 생각한 까닭이다. 이에 특별히 저 이름난 그림에 힘써서 그 마음과 눈을 즐겁게 하였고, 화공에게 명하여 단축短軸으로 그려서 각각 말의 형상의 왼쪽에 용비어천가에 실린 주석과 찬을 기록하였다.

『列聖御製』 肅廟御製八駿贊 竝小序

숙종은 우연히 조맹부가 그린 팔준도를 보다가 궁중의 팔준도가 임란 때 소실된 것을 안타깝게 여겼다. 그리고 다행히 사가에 남아있던 팔준도를 근거로 1705년 다시 그림을 그리게 명했다. 창업의 어려움과 그 가치를 잊지 않기 위한 일이었다. 이 작품이 현재 국립중앙박물관에 소장된 팔준도 화첩이다.

숙종시대의 복원작은 앞의 제화시에서 짐작할 수 있었던 원본의 팔준도와는 다른 모습이다. 우선 군마도가 아니라는 점 그리고 피를 흘리는 비장한 모습이 아니라는 점에서 근본적인 차이를 확인할 수 있다. 팔준이 각각 중앙의 화면을 차지하고, 왼쪽 혹은 오른쪽 상단에 말의 명칭과 특징을 적어 놓았다. 전쟁터의 처절함을 전하기보다는 팔준의 아름다움을 드러내는 데에 주력하고 있다. 정면을 응시하는 〈그림 68〉 유린청은

67	68
69	70

<그림 67> ①횡운골
<그림 68> ②유린청
<그림 69> ③추풍오
<그림 70> ④발전자

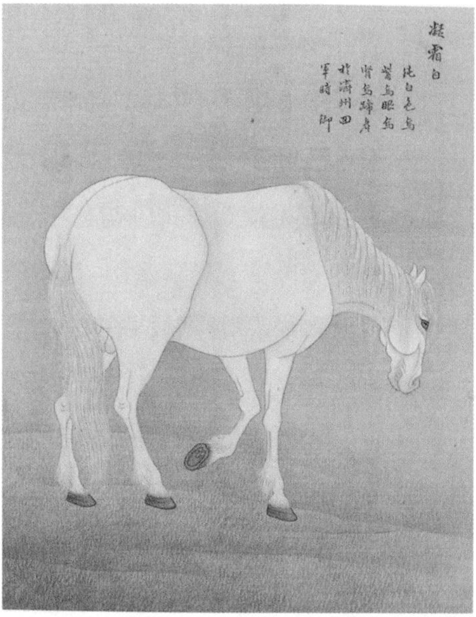

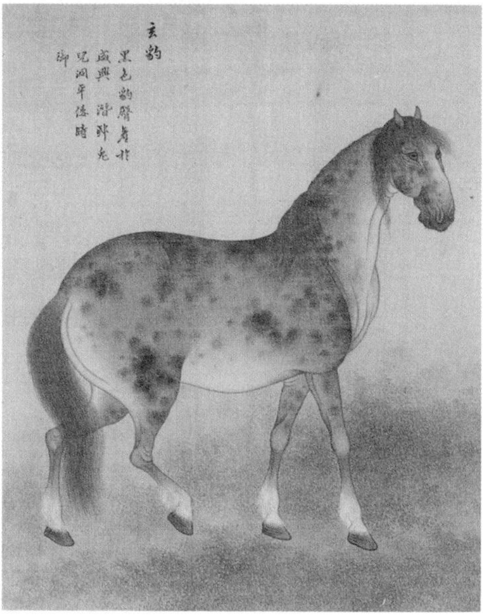

71	72
73	74

〈그림 71〉 ⑤용등자
〈그림 72〉 ⑥응상백
〈그림 73〉 ⑦사자황
〈그림 74〉 ⑧현표
작가미상, 〈팔준도(八駿圖)〉, 조선후기, 견본채색, 각 42.5×34.8cm, 국립중앙박물관.

함흥산 명마의 당당함을 보여주고, 갈기를 휘날리는 〈그림 67〉 횡운골은 상쾌한 기상이 돋보인다. 한결같이 여유롭고 우아한 팔준의 모습은 아래와 같은 문학 작품 속의 형용과 상통하는 면이 있다.

龍騰逸氣超溟鴻 용등일기초명홍
용등자의 뛰어난 기상은 아득한 기세를 초월하여
綠雲捎蕭龍鬐截 녹운소소용기절
푸른 털은 바람 일으키고 갈기는 가지런한데
游麟踆足凌蒼穹 유린준족능창궁
유린청의 건장한 발은 창공을 능가하고
獅黃振鬣欲騰踏 사황진렵욕등답
사자황은 갈기 떨쳐 나는 듯 달리려 하고
玄豹批耳將驕嘶 현표비이장교시
유현표는 깎은 귀로 교만하게 울어대기도
照耀凝霜白雪毛 조요응상백설모 빛나는 **응상백**의 백설 같은 털이요
翻動追風碧玉蹄 번동추풍벽옥제 약동하는 **추풍오**의 옥 같은 발굽이로다
目光迅閃發電赭 목광신섬발전자 눈빛은 반짝반짝 번득이는 것은 **발전자**요
氣稜快壯橫雲鶻 기릉쾌장횡운골 장쾌한 기세는 **횡운골**이네

서거정, 「八駿圖行」 중, 『四佳集』 권3 (임정기 역, 2004)

위의 예문은 조선초 유명 문인 서거정徐居正, 1420~1488의 「팔준도행」 중 팔준의 특징을 응집한 부분이다. 용등자의 기상, 사자황의 갈기, 응상백의 백설 같은 흰 털, 추풍오의 발굽 등과 같이 팔준의 개성을 집약적으로 언급했다. 그리고 한편 다음과 같은 글에서는 조금 더 상세한 내용을 확

인할 수 있다.

橫雲鶻閑且佶 횡운골한차길 **횡운골**이여 길 잘 들고 건장하고
萬里血千金骨 만리혈천금골 피땀은 만리에 골격은 천금이라
驟度略彴若滅沒 취도약박약멸몰 달릴 때의 빠른 모습 바람 같다고나 할까
超攄四足無一蹶 초터사족무일궐 네 발굽을 높이 들어도 헛디딤이 없어라
我祖辛勤沐以櫛 아조신근목이즐
우리 태조께서 즐풍목우[櫛風沐雨]로 고생하실 때에
乘危幾時同倉卒 승위기시동창졸 위험한 고비를 몇 번이나 같이 넘겼더냐
基我丕丕有今日 기아비비유금일 우리 기반을 다져 오늘이 있게 한 공은
橫雲鶻功第一 횡운골공제일 횡운골의 공로가 가장 크도다

游麟青體峯生 유린청체봉생 **유린청**이여 체구가 봉우리마냥 우뚝하니
地之類銅之英 지지류동지영 땅과 같이 묵직하고 동과 같이 영민하여라
振振之仁瑞聖明 진진지인서성명 진진한 어진 성품 성명의 상서가 되고
齒歷延長藝老成 치력연장예로성 나이가 들수록 기예도 노련미가 넘치네
四踣艱頑邦以寧 사북간완방이녕
사방의 간악한 무리들 제압하여 나라가 편안하니
二十一祀耀厥靈 이십일사요궐령 이십일 년 그 영기가 빛이 나도다
死有石槽留雄名 사유석조류웅명
죽어서도 돌구유 있어 웅대한 이름 전하니
游麟青德焉稱 유린청덕언칭 유린청의 덕을 어찌 말로 다 할 수 있으랴
(…중략…)
維玄豹闞以虓 유현표감이효 **유현표**여 울음소리 범과 같구나

久無敵誰與校 구무적수여교　오랫동안 대적할 자 없었으니 누구와 겨룰까
房星摛精潛邸耀 방성리정잠저요　방성의 정기 모여 잠저에 비치더니
胚胎逸蹄殊踸踔 배태일제수침탁　준마를 잉태하여 발 빠른 말을 낳았네
解鞍兎洞輸奇效 해안토동수기효　토동에 안장 풀고 위대한 공을 세우니
島夷百艘無回櫂 도이백소무회도　섬오랑캐의 배들이 돌아가지 못했네
畫上丹青凜惟肖 화상단청늠유초　단청으로 그린 화상 늠름도 하다
維玄豹之蹻蹻 유현표지교교　유현표의 날랜 그 모습이

성삼문, 「八駿圖銘 幷序」 중, 『成謹甫先生集』 2

성삼문成三問, 1418~1456은 삼가 조아려 명銘을 올린다고 하고, 위와 같이 상세하게 팔준 각각의 외형과 공로를 읊었다. 제일 먼저 횡운골을 언급하면서 건장하고 빠른 골격으로 태조가 전장에서 고생할 때 생사의 고비를 함께 넘기고 창업의 기반을 닦았다고 칭송했다. 유린청은 우뚝한 체구와 어진 성품과 노련미 넘치는 기예로 간악한 무리를 제압했기에 나라가 편안할 수 있었다고 했고, 태조와 가장 오랜 시간 생사고락을 함께했던 공로로 석조石槽를 마련했던 일화도 함께 적었다. 그리고 차례로 팔준을 읊고 마지막으로 유현표는 범과 같은 용맹으로 토동에서 왜적을 평정할 때의 기상이 그림에도 늠름하게 드러났다고 했다.

이처럼 원본 팔준도를 보고 탄생한 문학 작품 속의 팔준은 곧 태조와 동일시되어 늠름한 자태와 기상을 뽐냈으며 그 결과는 다시 조선 후기의 팔준도에 반영되었다. 조선 전기부터 관련 작품들이 하나씩 창작되고 향유되는 과정을 통해 암암리에 팔준은 전장에서 피 흘리던 전투마로 그려지기도 하고, 또 한편 태조를 대신하는 성스러운 이미지로 재현되기도 했다. 그리고 이처럼 악장과 그림 그리고 문학을 통해 태조 이성계의 용맹

을 대신하는 도상으로 탄생한 팔준도는 곧 조선을 대표하는 신화적인 상징으로 각인되면서 왕가의 위상을 드높이는 데에 일조했다.

2. 세종시대 민民의 교육과 〈삼강행실도〉의 전형

조선의 4대 세종대왕은 태조 이성계가 꿈꾸던 이상 사회를 실현하고 나라를 반석 위에 올려놓은 명실상부한 문화 군주였다. 그는 역사, 지리, 정치, 법률, 군사, 과학, 기술, 의학, 농업, 어학, 문학, 음악, 유교, 불교에 관련된 약 80여 종의 책들을 간행하면서 나라의 모든 제도를 정비했고, 태조가 피와 땀을 흘리며 어렵게 개국했던 조선의 기틀을 튼튼하게 다졌다.

세종이 이와 같은 거대한 사업을 성공적으로 이끌 수 있었던 핵심적인 비결은 두 가지였다. 첫째는 집현전이라는, 서적을 관리하고 문헌을 연구하고 국왕의 자문 역할을 하는 기관을 중심으로 인재들을 모으고 그들이 역량을 충분히 발휘할 수 있도록 독려했던 용병술에 있었다. 둘째는 나라의 총력이 궁극적으로 이름 없는 백성 즉 민民을 살찌우게 해야 한다는 민본주의의 신념과 철학에 있었다. 그리고 이 두 가지가 만나 꽃을 피운 정화가 바로 훈민정음이었다.

우리말은 중국말과 다르다. 근본적으로 한자는 우리말과 다른 구조에 기반하는 문자이다. 따라서 한자는 소수의 엘리트만이 독점적으로 사용할 수 있었고, 일반 백성은 문맹 상태를 벗어날 수 없었다. 세종대왕은 이런 현실을 안타까워하면서 집현전 학자들을 독려하여 세종 25년1443 백성을 가르치는 올바른 소리 즉 훈민정음訓民正音을 창제하고, 세종 28년1446 반포했다. 그리고 이듬해인 세종 29년1447에는 훈민정음을 최초로 이용한 서사시 『용비어천가』를 간행했으며 더불어 〈팔준도〉를 그리게 했던 것이다. 한문을 대체할 수 있는 한글이 탄생한 것은 중국을 모범으로 하는 중세를 넘어서 독자적인 중세 문화의 기반을 확립한 것을 암시한다. 그리고 동시에 중세를 넘어서 근대를 지향하는 초석을 마련했다는 점에서 매우 큰 의미를 지닌다.

문자의 이름과 똑같은 『훈민정음』이라는 책에는 한글의 창제 목적과 자음과 모음에 관한 해례解例가 수록되어 있다. 글자 하나하나에 대한 설명을 첨부한 이 책은, 〈그림 75〉에서 확인할 수 있는 것과 같이 정교한 목판 인쇄본으로 출판되었다. 고려시대부터 우수한 출판 문화를 보유했던 기술과 전통을 활용해 훈민정음의 창제 원리만큼 정교하고 유려한 판본의 책을 선보인 것이다.

그리고 이와 같은 출판문화의 기반을 활용하여 세종은 〈삼강행실도〉라는 백성을 가르치기 위한 그림책을 선보였다. 조선왕조는 백성들을 교육할 목적으로 『효행록』, 『여훈』, 『주자가례』, 『소학』 등 유교 관련 책들을 꾸준히 출간했는데, 공식적인 목적을 표방하는 이러한 책들 가운데에서도 가장 공력을 들여 그리고 지속적으로 출간했던 것은 행실도였다. 1428년세종 10 진주의 김화金和가 친부를 살해하여 삼강오륜을 범하는 사건이 일어나자 직제학 설순偰循을 책임자로 하여 백성을 교화하는 윤리 도덕 교과서를 편찬하도록 했다. 이에 따라 중국과 한국의 전적을 참고하여 효자, 충신, 열녀를 각각 110명씩 뽑아 총 330장의 그림을 전면에 배치하고, 그와 관련된 이야기를 적고, 찬시讚詩를 덧붙인 〈삼강행실도〉를 간행한 것이다. 그리고 이 책은 조선 후기까지 〈이륜행실도〉와 〈오륜행실도〉로 범위를 넓히면서 꾸준히 재간행되었다. 대표적인 간행 내역을 간추리면 아래와 같다.

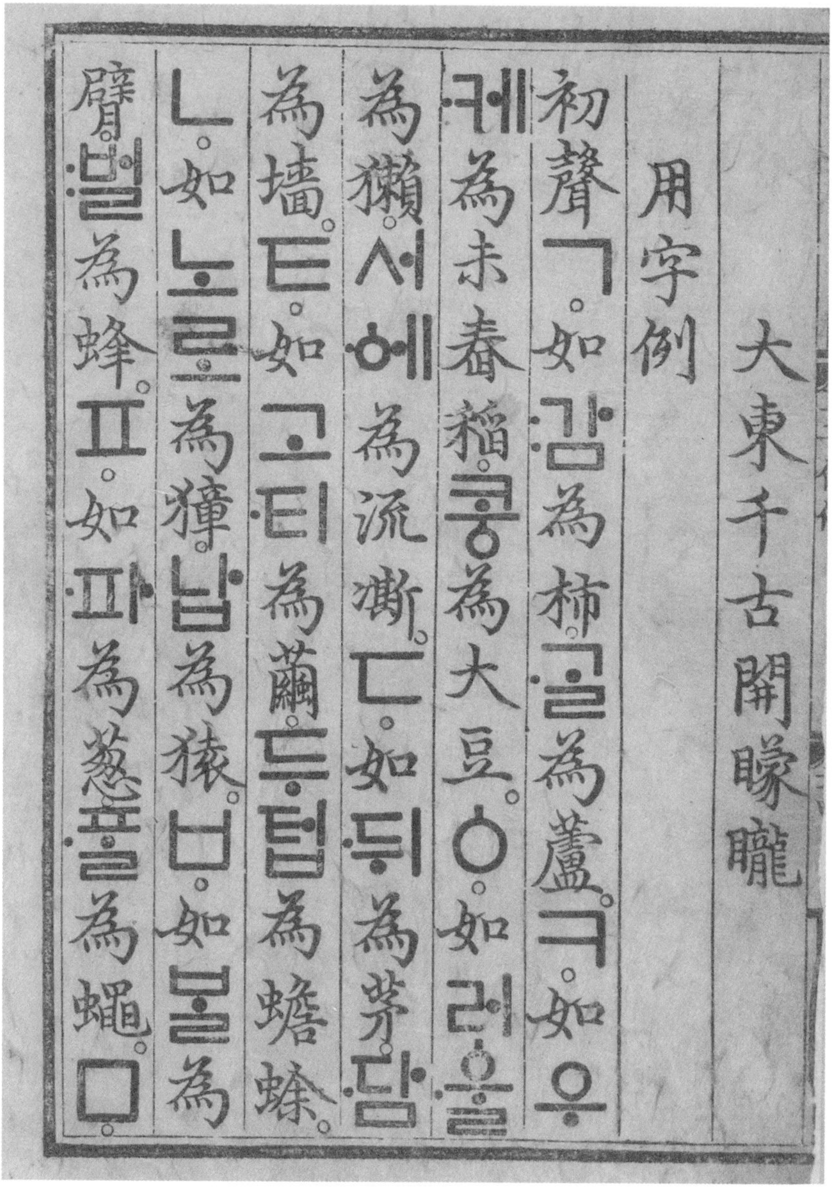

大東千古開矇矓

用字例

初聲ㄱ。如감為柿。골為蘆。ㅋ。如우케為未舂稻。콩為大豆。ㆁ。如러ᅌᅮᆯ為獺。서ᅌᅦ為流凘。ㄷ。如뒤為茅。담為墻。ㅌ。如고티為繭。두텁為蟾蜍。ㄴ。如노로為獐。납為猿。ㅂ。如볼為臂。벌為蜂。ㅍ。如파為葱。ᄑᆞᆯ為蠅。ㅁ。

〈그림 75〉『훈민정음』, 1446년, 반곽 23.3×16.6cm, 간송미술관. (국보 제70호)

주요 행실도 간행 내역

1433년(세종16), 〈삼강행실도〉(한문본) 3권 3책

1481년(성종12), 〈삼강행실도〉(언해본) 3권 1책

1514년(중종9), 〈속삼강행실도〉 3권 1책

1518년(중종13), 〈이륜행실도〉 1권 1책

1617년(광해군9), 〈동국신속삼강행실도〉 18권 18책

1797년(정조21), 〈오륜행실도〉 5권 4책

표에서 확인할 수 있듯이 행실도 편찬은 일회성에 그친 것이 아니었다. 조선 초기부터 말기까지 국가적인 차원에서 백성을 교육하기 위해 지속적인 노력을 기울였던 것을 알 수 있다. 〈삼강행실도〉 서문에 따르면 "널리 민간에 펴서 어진이거나 어리석은 자이거나 귀한 사람 천한 사람 어린이 부녀자의 구별 없이 다 즐겨 보고 익히 들으며, 그 그림을 구경하여 그 형용을 상상하고, 그 시를 읊어서 인정과 성품을 본받게 한다면, 감탄하고 사모하여서 권면과 격려로 그들의 다 같은 본연의 선심이 감발되어, 자기들의 직분의 마땅히 해야 할 것을 다하지 않는 자가 없을 것입니다"라고 했다. 귀천의 구별을 두지 않고 누구나 그림을 구경하면서 저절로 선한 마음을 일으키기 바랐던 의도를 엿볼 수 있다.

이처럼 조선의 전 시대에 걸쳐 대국민 교화 사업의 핵심을 이룬 행실도는 그림을 적극적으로 활용했다. 〈삼강행실도〉의 그림은 사실상 훈민정음과 같은 역할을 했다고 할 수 있다. 효자와 충신과 열녀의 모범 사례를 전달하기 위한 수단으로 〈삼강행실도〉에는 그림이 중요했다. 위의 표에서 알 수 있는 바와 같이 성종시대에는 언해본 〈삼강행실도〉가 마련되기는 했지만, 실상을 보면 그 이전에도 그 이후에도 행실도에서 백성을

가르치기 위해 전면에 내세운 것은 그림이었다.

백성이 쉽게 읽고 쓸 수 있는 한글이 창제되기 이전부터 신분에 구별을 두지 않고 모든 사람에게 감동을 줄 수 있는 수단은 읽기가 아닌, 보기가 가능한 그림이었다. 그리고 무엇보다도 이 그림은 감상용이 아니고 서사의 전달이라는 기능적인 측면이 중요했기 때문에 독특한 구성을 취했다. 즉 여러 장면을 한 화면에 싣되 구름, 건물, 산수 등으로 각각의 장면을 자연스럽게 구분하는 방법이 사용되었다. 한 화면에 여러 시간대의 장면을 동시에 배열하는, 일본 미술 용어 '이시동도법異時同圖法' 혹은 정병모1998가 '다원적 구성방식'으로 명명한 이 화면 구성 방법은, 평균 3~4개 그리고 많게는 7개의 주요 장면을 서사적 순차에 따라 한 화면에 배치하는 특징을 보인다. 조선 초기 『월인석보』의 〈팔상도〉 삽화와 〈삼강행실도〉에서 동시에 확인할 수 있는 이러한 구성법은 흥미 유발과 효과적인 내용 전달이라는 두 마리 토끼를 잡을 수 있는 훌륭한 방안이었다.

〈그림 76〉은 〈삼강행실도〉 중에서 백제 도미 처의 이야기를 다룬 '미처담초'로 총 6개의 장면이 왼쪽 상단에서부터 오른쪽 하단으로 이어진다. 주인공이 왕의 회유에도 불구하고 절개를 지키고 남편 도미와 함께 도망하여 해로하는 내용이 한 화면에 압축되어 있다. 상단에 언해본이 첨부되어 있음에도 불구하고 시선을 사로잡는 것은 그림이다. 화면을 보면 ① 개루왕이 보낸 신하 → ② 왕의 제안을 거절하는 도미 처 → ③ 눈이 뽑히는 도미 → ④ 개루왕을 속이는 도미의 처 → ⑤ 도망 후 물가에서 오열하는 도미 처 → ⑥ 천성도에서 서로 만나 풀뿌리를 익혀 먹는 도미와 그의 처에 이르는 과정이 'ㄹ'자의 순서로 배치된 것을 확인할 수 있다. '미처담초'의 화면 구성을 따라가면 『삼국사기』에 전하는 도미 이야기를 이해하는 데에 무리가 없다.

이와 같은 〈삼강행실도〉의 그림은 전체의 내용을 한 장면에 압축한 일반적인 삽화와는 성격이 다르다. 그것은 일종의 이야기 그림으로, 현대의 만화와 같은 기능을 하면서 글을 모르는 백성이나 아이일지라도 쉽게 삼강오륜이라는 유교적 덕목을 학습할 수 있도록 기획된 특수한 화면이었다. 그런데 흥미롭게도 〈삼강행실도〉의 구성방식 즉 한 화면에 여러 개의 주요 장면을 순차적으로 배치하는 서사적인 화면 구획법은 정조 시대에 간행된 〈오륜행실도〉에서는 단독 장면으로 대체되었다. 그리고 사실 〈오륜행실도〉 이전에도 〈이륜행실도〉에서부터 점차 단독 장면이 출현하는 현상을 확인할 수 있다.

〈이륜행실도〉는 유교의 삼강오륜 가운데 이륜 즉 장유유서長幼有序와 붕우유신朋友有信을 집중적으로 교육하기 위해 김안국金安國, 1478~1943이 건의하고 1518년중종13 왕명으로 간행된 책이다. 그리고 이 시대 지방의 목민관이었던 주세붕周世鵬, 1495~1554과 송순宋純, 1493~1583은 「오륜가」라는 시조 작품을 선보임으로써 그림과 시조를 통해 향촌 사회에 합리적인 미풍양속을 불어넣기 위해 애썼다. 그런데 〈이륜행실도〉 가운데 유독 형제와 관련된 그림을 보면 특이하게 단독 장면의 비중이 높은 것을 확인할 수 있다.

〈그림 77〉은 중국 장공예張公藝의 이야기를 다룬 것이다. 당나라의 장공예는 덕이 높았으며 무려 9대가 함께 화목하게 살자 나라에서 정표했다. 그리고 당 고종이 그의 집에 들러 비법을 물으니 그는 인忍을 100번 써 보이면서, 서로 책망하지 않고 참는 것이 유일한 방법이라고 했다는 것이다. 위의 그림은 주인공이 고종이 바라보는 앞에서 '참을 인'자를 쓰는 장면이다.

이와 같은 단독 장면의 출현은 〈삼강행실도〉에서는 아주 드문 예외적

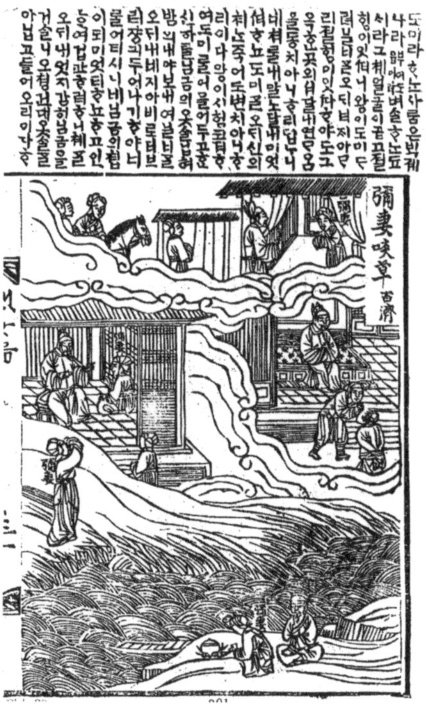

76	77

〈그림 76〉 〈삼강행실도〉 (규장각본) 중 '미처담초(彌妻啖草)'
〈그림 77〉 〈이륜행실도〉 (규장각본) 중 '공예서인(公藝書忍)'

인 경우에 해당 했다. 그런데 〈이륜행실도〉의 형제 관련 그림을 보면 '공예서인' 외에도 총 9개의 이야기 그림이 단독 장면으로 구성되어 있다. 예를 들면 '조효취팽趙孝就烹'에서는 조효가 그의 동생이 도적에게 사로잡혀 솥에 넣고 삶아지기 직전에 대신 죽음을 자처하는 장면을 포착했다. 이처럼 〈이륜행실도〉의 장유유서, 특히 형제의 일화를 다룬 예화에 유독 단독 장면이 많은 이유를 한 마디로 단정 짓기는 어렵다. 다만 내용을 고려해보면 형제를 중심으로 하는 가족의 화목은 서사적인 전후 맥락보다는 무조건적인 희생이나 배려가 중요하기 때문에 강력한 단독 이미지 혹은 결말의 절대성에 집중한 것으로 추정할 수 있다. 그리고 또 한편 〈삼강행실도〉의 구성은 문학의 서사적 기능을 대신하기 위한 장치였는데, 점차 그림 본연의 기능 즉 감상에 집중할 수 있는 상징성을 강조하는 방향으로 변화한 것으로 볼 수도 있다. 정답은 확실하지 않다. 하지만 결과적으로 〈오륜행실도〉의 선택은 다음과 같았다.

〈그림 78〉 '미처해도'는 앞에서 다룬 〈그림 76〉 〈삼강행실도〉의 '미처담초'와 같은 내용이다. 하지만 이 그림은 도미와 그의 아내가 함께 도망가서 음식을 끓이는 마지막 장면만을 담고 있다. 〈삼강행실도〉에서 다룬 6개의 장면 가운데 '미처해도'라는 제목에 부합하는 부분만 선택했던 것이다. 그리고 이외의 모든 그림이 〈오륜행실도〉에서는 하나의 장면으로 구성되어 있다.

조선 초기 세종대왕은 〈삼강행실도〉를 간행하여 유교적 모범이 되는 흥미로운 인물들의 이야기를 그림을 통해 상세히 전달하여 백성들이 쉽게 내용을 파악하고 도덕적 감화를 받기 원했다. 이때 여러 장면을 한 화면에 배치하는 특별한 구성은 매우 중요한 핵심 장치였다. 그런데 이와 같은 행실도는 비단 〈삼강행실도〉에 그치지 않고 조선 중기의 〈이륜행실

<그림 78> 〈오륜행실도〉 (규장각본) 중 '미처해도(彌妻偕逃)'

도〉, 조선 후기의 〈오륜행실도〉로 확대되면서 꾸준히 재간행되었다. 백성을 배부르게 잘 살게 하려고 『농사직설農事直說』과 같은 조선의 풍토에 맞는 농업 기술서를 내는 것도 중요했지만, 동시에 백성들이 인간답게 잘 살게 하기 위해서는 윤리 교육서를 내는 것도 중요한 일이었다. 다만 윤리 교육서는 시대의 요청에 따라 지속적으로 보충되고 변화하는 과정에서 〈삼강행실도〉가 선보였던 전형적인 구성 즉 여러 개의 장면을 한 화면에 동시에 배열하는 구성법을 벗어나 단독 장면으로 대체됨으로써 〈오륜행실도〉에서는 그림의 감상적 측면이 강조되는 결과를 낳았다. 백성을 교육하는 일은 시대의 변화와 요구를 반영하는 민감한 과제였던 것을 알 수 있다. 조선의 22대 국왕이었던 정조가 〈오륜행실도〉를 출간할 때, 그 사업은 『부모은중경父母恩重經』의 간행, 화성 건설, 원행을묘園幸乙卯의 행사 등과 더불어 효를 강조하는 종합적인 문화정책 중의 하나였다. 건축과 행사 그리고 서적의 출판을 진행하면서 효행을 강조하는 18세기의 유형은 삼강오륜의 윤리에 기초하고 있다는 점에서 15세기의 노력과 근본적으로 같지만, 구체적인 실현의 방법이라는 측면에서는 변화를 보이는 것이 오히려 자연스러운 결과였다고 할 수 있다. 다만 변함없이 중요한 본질은 조선의 윤리 교육이 지속적으로 이루어졌다는 데에서 찾을 수 있다.

훈민의 노력은 위민의 노력과는 다른 것이었다. 예를 들어 위민 정신을 잊지 않기 위해 고려시대부터 왕들은 〈무일도無逸圖〉와 〈빈풍칠월도豳風七月圖〉를 가까이 했다. 〈무일도〉는 왕을 일깨우기 위해 감계鑑戒의 기능을 하는 그림으로 통치자에게 백성들의 어려움을 깨닫고 바른 정치를 할 수 있도록 유도했다. 무일이란 중국 『서경』 무일편에서 주나라의 주공이 조카 성왕을 위해 통치자를 위한 권계를 담은 것으로 왕은 개인의 안락함을 추구해서는 안 된다는 가르침을 내포한다. 〈빈풍칠월도〉는 『시경』

「빈풍」 7권의 내용을 묘사한 그림으로 경직도耕織圖와 더불어 백성이 농사하는 어려움을 공감하며 그 노고를 잊지 말라고 일깨우는 역할을 했다. 이와 같은 그림은 중국을 중심으로 하는 동아시아의 전통을 공유한 것이다. 하지만 이러한 위민의 전통과는 별도로 조선 사회는 왕과 사대부가 함께 백성을 깨우치기 위한 훈민의 노력을 적극적으로 기울이는 가운데 주목할 만한 작품을 세상에 선보일 수 있었다.

제8장

공간의 상징과 왕실 권위의 지속

1. 한양의 기억

2. 함흥의 기억

조선왕조는 1392년 창업 이래 500년 왕업을 이어갔다. 긴 시간이었고 우여곡절도 많았다. 1592년에는 임진왜란이 발발했고 이후 병자호란까지 겪으면서 또다시 민족적인 큰 위기에 처하게 되었다. 이 시기의 위기와 고난을 적나라하게 반영하는 것은 바로 옥새玉璽와 의궤儀軌의 유실이다. 조선 전기의 옥새와 의궤는 남아 있는 것이 없다. 현존하는 것은 모두 조선 후기의 것이다. 전쟁통에 사라졌기 때문이다.

그런데 이처럼 옥새와 의궤라는 왕실의 징표가 소실되는 역사적 질곡을 겪으면서도 조선은 유지되었다. 심지어 현대에도 조선이라는 이름의 상징성은 살아있다. 이유가 무엇일까. 여러 가지 원인이 있지만 가장 주목할 점은 애초에 조선왕조가 내걸었던 창업의 이념이 지니는 진정성과 또 그것을 뒷받침할 수 있는 제도의 실현에서 찾을 수 있다. 조선을 운영하기 위한 중요한 지식과 지혜는 세종의 지휘 아래 유능한 집현전 학자들에게서 나왔으며, 그 이후에도 많은 인재들이 올바른 국정 운영을 위해 뜻을 모았다. 조선의 본질은 한 왕가가 통치하는 왕국의 질서에 있는 것이 아니었다. 민본을 실현할 수 있는 이상적 유교 사회를 건설하기 위해 고심했던 지도층의 노력이 모여 조선이라는 나라의 토대를 닦았다. 그래서 더욱 조선시대에 국토에 대한 애정은 남달랐다. 이 땅의 구성원이 발붙이고 살아가는 공간에 대한 관심이 각별한 가운데, 각종 지리서와 지도의 제작이 활발하게 이루어졌다. 그리고 그 많은 공간 가운데에서도 시간이 지날수록 각별한 역사적 의미를 담아 애정을 표현한 상징적인 곳을 손꼽자면 바로 '한양'과 '함흥'을 떠올릴 수 있다.

1. 한양의 기억

1) 한도팔경과 이상 공간의 탄생

한양은 조선의 수도가 된 이후 현대 서울로 이어진 남다른 위상을 지니는 곳이다. 하지만 조선 초부터 한양의 이름이 높았던 것은 아니다. 1394년태조3에 한양은 '한성부'라는 이름으로 수도로서 공식 천명되었는데, 그때는 고려의 수도였던 개성에 비교해 볼 때 경기도의 낯선 지역에 불과했다. 그 이후 국도國都로서 명실상부한 위상과 문화적 역량을 갖추게 되기까지 적지 않은 시간이 필요했다. 조선 전기 한양에 대한 인식은 다음과 같은 글에서 엿볼 수 있다.

> 한양 도성 안에는 비록 경치 좋은 곳이 적지만 그중에서 노닐 만한 곳으로는 삼청동三淸洞이 가장 좋고, 인왕동仁王洞이 다음이며, 쌍계동雙溪洞, 백운동白雲洞, 청학동靑鶴洞이 그 다음이다.
>
> 삼청동은 소격서昭格署 동쪽에 있는데 계림제鷄林第에서 북쪽으로 가면 맑은 샘물이 무성한 소나무 사이에서 쏟아져 나온다. 물줄기를 따라 올라가면 산은 높고 나무들은 빽빽하며 바위 골짜기가 깊숙하고 그윽하다. 몇 리를 가면 바위가 끊기면서 낭떠러지가 된 곳이 있는데, 물이 낭떠러지의 허공에 떨어지면서 하얀 무지개를 드리우고 물방울이 구슬처럼 튕기며 흩어진다.
>
> 「성현」, 『慵齋叢話』 中 (김남이·전지원 외역, 2015)

일찍이 성현成俔, 1439~1504이 『용재총화』에서 소개한 한양을 보면 경치 좋은 곳이 별로 없다고 했다. 그나마 노닐 만한 곳으로는 삼청동을 꼽았으며, 그 외 인왕동 쌍계동이 있다고 했다. 국가를 위해 제사를 지내는 소격서 동쪽에 있는 삼청동은 맑은 샘물이 무성한 소나무 사이에서 흘러나와 낭떠러지로 떨어지는 모습이 장관이라는 것이다. 이 글을 보면 당시에 공간을 평가하는 주요 기준은 자연경관이었으며, 이와 같은 중세의 미적 관점에 비추어 볼 때 초창기의 한양은 지명도가 약했던 것을 알 수 있다. 하지만 점차 한양은 역사적, 정치적 무게를 감당하면서 독자적인 정체성을 지니는 곳으로 거듭나게 되었다. 그리고 이와 같은 노력을 반영하는 가장 대표적인 작품은 바로 한양 팔경시와 같은 각종 집경시였다. 집경시는 초창기부터 한양이 정서적으로 각인되는 과정에서 중요한 역할을 했다.

한양을 다룬 작품이 집경시를 중심으로 정립되기 시작한 것은 당연한 현상으로 볼 수 있다. 조선 초기에 한양을 문화예술 속에 투영하는 일은 그야말로 아무것도 없는 무에서 유를 창조하는 일이었다. 그래서 소상팔경이나 송도팔경과 같이 고려시대부터 승경처를 다룰 때 사용했던 집경시의 모범 사례를 활용하는 것은 자연스러운 일이었을 것이다. 동아시아 문화권이 공유했던 팔경이라는 전형, 즉 아름다운 경관에 인문적 감수성을 보탠 시적 풍정을 대입함으로써 한양을 문화 공간으로 자리매김하는 작업이 시작된 것이다. 한양을 다룬 집경시는 조선 초기부터 본격적으로 창작되었고, 일정한 유형을 형성하며 꽤 긴 시간 창작되었다. 그 결과를 정리하면 아래와 같다.

형성기 집경시(「신도팔경」&「남산팔영」 중심)

정도전鄭道傳, 1342~1398, 〈진신도팔경시進新都八景詩〉, 『三峰集』 1

정이오鄭以吾, 1347~1434, 〈남산팔영南山八詠〉, 『郊隱集』 上

권근權近, 1352~1409, 〈신도팔경新都八景〉, 『陽村集』 2

권우權遇, 1363~1419, 〈신도팔경新都八景〉, 『東國輿地勝覽』

15세기 집경시(「한도십영」 중심)

서거정徐居正, 1420~1488, 「한도십영漢都十詠」, 『四佳集』 보유1

성임成任, 1421~1484, 「한도십영漢都十詠」, 『東國輿地勝覽』

이승소李承召, 1422~1484, 「한도십영漢都十詠」, 『三灘集』 7

강희맹姜希孟, 1424~1483, 「제사가한도십영병풍題四佳漢都十詠屛風」, 『私淑齋集』 4

성현成俔, 1439~1504, 「한도십영漢都十詠 次徐達城韻」, 『虛白堂集』 1

월산대군 이정李婷, 1454~1489, 「한도십영漢都十詠 次徐相國韻」, 『風月亭集』 補遺

부림군 이식李湜, 1458~1489, 「한도십영漢都十詠 次達城相公」, 『四雨亭集』 上

16세기 이후 집경시

최연崔演, 1503 ~1546, 「신도팔영新都八詠 次權陽村韻」, 『艮齋集』 2

배삼익裵三益, 1534~1588, 「한성팔영漢城八詠」, 『臨淵齋集』

이민성李民成, 1570~1629, 「한도팔영漢都八詠(月課)」, 『敬亭集』 2

김상헌金尙憲, 1570~1652, 「근가십영近家十詠」, 『淸陰集』

이식李植, 1584~1647, 「한도팔경漢都八景(月課)」, 『澤堂集』 1

홍세태洪世泰, 1653~1725, 「경도팔경京都八景」, 『柳下集』 8

이덕수李德壽, 1673~1744, 「경도팔경京都八景」, 『西堂私載』 2

오광운五光運, 1689~1745, 「경도팔경京都八景」, 『藥山漫稿』 2

위의 내용은 작가의 생몰년을 중심으로 각각 조선 초기, 15세기 그리고 16세기 이후의 한양 관련 집경시를 정리한 것이다. 이 외에도 정조의 「국도팔영國都八詠」이나 혹은 '담담정淡淡亭'을 읊은 누정시를 비롯하여 폭넓게 보자면 관련 작품은 훨씬 많은데, 주로 사대부들이 8개 혹은 10개의 단위로 한양의 풍경을 담은 일반적인 경우만 간추린 것이다. 이 작품들은 대개 '신도新都' 혹은 '한도漢都'를 표방하며 조선 초 정도전의 작품 이후 조선 후기까지 꾸준히 창작되었다. 그리고 이 작품들은 전반적으로 세 가지 특징적인 양상을 보였다. 첫째는 조선 초기부터 작품이 출현했고 나중에는 월과月課 즉 관리의 시험 과제로 다뤄질 정도로 공식적인 위상을 점했다는 것이다. 둘째는 18세기 이후에는 창작이 드물었고, 다른 유형의 작품군에 자리를 내줬다는 것이다. 그리고 셋째는 시기별로 차별적인 특징이 두드러진다는 것이다. 예를 들어 초창기의 '신도팔경' 부류와 15세기의 '한도십영' 부류는 서로 교차하지 않고 각각의 독자성이 유지되었다. 즉 한양을 다룬 집경시는 조선이 창건된 직후부터 일정한 유형을 형성하며 18세기 이전까지 집중적으로 창작된 것이다.

정도전 「진신도팔경시」

① 기전산하畿甸山河

② 도성궁원都城宮苑

③ 열서성공列署星拱

④ 제방기포堤防碁布

⑤ 동문교장東門敎場

⑥ 서강조박西江漕泊

⑦ 남도행인南渡行人

⑧ 북교목마北郊牧馬

정이오 「남산팔영」

① 운횡북궐雲橫北闕

② 수창남강水漲南江

③ 암저유화巖底幽花

④ 영상장송嶺上長松

⑤ 삼춘답청三春踏靑

⑥ 구일등고九日登高

⑦ 척헌관등陟巘觀燈

⑧ 연계탁영沿溪濯纓

이 가운데 우선 초창기의 작품을 보면, '신도팔경시'는 최초의 한양 관련 집경시인 정도전의 「진신도팔경시」에서 시작되어 권근, 권우 형제가 「신도팔경」을 창작하면서 자리를 잡았다. 정도전의 작품은 태조의 지원으로 신도팔경시 병풍 그림으로 제작되는 등 왕실의 관심 아래 향유되었다고 한다. 하지만 조선 초기 팔경시 중에는 이처럼 그림과 더불어 왕실의 후원을 받는 공식적인 유형 외에도, 정이오의 「남산팔영」과 같이 개인적인 작품이 공존했다.

위에서 알 수 있는 바와 같이 정도전과 정이오의 작품은 겹치는 부분이 없다. 우선 정도전의 작품을 보면 ①기전산하에서 '기전'은 왕이 다스리는 영토 즉 국가 차원의 대상이며 ②도성궁원의 '도성'은 왕실을 다룬다. 그리고 ③열서성공의 '열서'와 ④제방기포의 '제방'은 상 · 하의 행정 조직을, ⑤~⑧의 동서남북은 백성들이 생활하는 동서사방을 다룬다. 이처럼 정도전은 질서 잡힌 신도시의 이상적 모습을 시로 표상했으며, 후속 작품들은 바로 이와 같은 공식을 따르며 한양 집경시의 전형을 형성했던 것이다.

그런데 정이오의 작품은 남산을 중심으로 조망권에 따른 각각의 장면을 자유롭게 개인적인 기호를 반영하여 형성했다. 물론 정이오 역시 한양에 공식적인 염원을 투사하는 것을 잊지 않았다. 예를 들어 ① 운횡북궐雲橫北闕에서 "채색구름이 금색 대궐에 끼어있다玉葉橫金闕"고 하고, "남산이 장수를 축하하오니 성대하게 만년을 이어가리南山將獻壽 穆穆萬斯年"라고 했던 것을 보면 알 수 있다. 하지만 분명 「진신도팔경시」와 「남산팔영」은 구성과 내용에 있어서 차이를 보인다.

四方輻湊西江	사방폭주서강	사방 물건 서강으로 폭주해 오니
拖以龍驤萬斛	타이용양만곡	거센 파도를 끌어가네
淸看紅腐千倉	청간홍부천창	여보게 썩어 가는 창고의 곡식 보소
爲政在於足食	위정재어족식	정치란 의식의 풍족에 있네

정도전, 「進新都八景詩」 중 '西江漕泊', 『삼봉집』 (민족문화추진회 역, 1977)

潦流黃被野	요류황피야	장마물은 누렇게 들을 덮었고
江氣白連城	강기백련성	강줄기는 흰빛으로 성에 이어져 있네
捲盡平沙去	권진평사거	강물은 모래사장을 모두 휩쓸어가서
包容衆派橫	포용중파횡	수많은 물줄기를 모아 가로지르네
渡頭知還沒	도두지환몰	나루터가 무너져버린 것 알겠고
天際望舟行	천제망주행	하늘 끝으로 배 지나는 것 아득히 보이네
夕霽氷輪上	석제빙륜상	날이 갠 저녁달이 뜨자
溶溶混太淸	용용혼태청	질펀한 강물이 하늘과 섞인 듯하구나

정이오, 「南山八詠」 중 水漲南江, 『교은선생문집』 (유호선 역, 2009)

위의 두 작품은 모두 한강변의 모습을 다룬 것인데, 정도전의 경우는 대단히 이상적인 모습을, 반면에 정이오의 경우는 비록 일부이기는 하지만 상대적으로 현실적인 모습을 담고 있다. 「진신도팔경시」 가운데 '서강조박'은 서강에 배를 대는 장면인데, 사방의 물건이 서강으로 폭주해 창고의 곡식이 썩어날 정도라고 하고 정치의 본질은 의식의 풍족에 있다고 했다. 한강변은 아름다운 경관으로 유명했다. 하지만 물화의 유통이 원활할 정도로 정비되기까지는 시간이 필요했다는 사실을 감안할 때 위의 표현은 앞으로 국가가 번영하기를 소망하며 이상을 투사한 것으로 볼 수 있다.

그런데 정이오의 「남산팔영」 가운데 '수창남강'은 한강이 범람한 지극히 현실적인 장면을 그렸다. 장마에 많은 비가 내리자 흙탕물이 들을 덮고 모래사장을 휩쓸어갔으며 나루터까지 무너져버렸다. 그러다가 저녁 무렵 비가 그치고 저녁달이 뜨자 강물이 하늘과 섞인 듯하다고 맺고 있다. 살풍경에 가까운 한강변의 모습이지만 주변의 자연을 개인적 체험을 반영하여 현실감 있게 표현한 공력이 남다르다. 이처럼 두 사람의 접근은 달랐다. 정도전은 한양을 통해 태평성대를 설계하면서 이상적인 청사진을 그렸던 반면에, 정이오는 실제로 체험한 자연경관이나 개인적인 기호를 반영한 것이다. 이처럼 조선 초기에 한양을 다룬 집경시는 비교적 자유롭게 이루어졌다.

하지만 뒤를 이어 15세기에는 전형이 형성되었다. 이제 더이상 '신도新都'가 아닌, '한도漢都'를 표방한 '한도십영'이라는 이름이 공식화되었다. 서거정을 위시하여 유명한 사장파詞章派 문인들과 월산대군과 같은 왕족까지 합세해서 이루어낸 결과인데, 특히 이 시기의 작품은 서거정의 「한도십영」을 염두에 둔 차운시로서 서거정을 중심으로 작품의 제목과 이미지 등을 공유하면서 한양의 시적 공식을 만들어낸 것이다. 그런데 사실 서거정의 「한도십영」은 고려시대 이제현의 「송도팔경」을 계승한 결과이다. 「한도십영」의 십경을 정리하면 아래와 같다.

서거정 「한도십영」

① 장의심승藏義尋僧 : 장의시藏義寺의 승려를 방문하다

② 제천완월濟川翫月 : 제천정濟川亭에서 달구경을 하다

③ 반송송객盤松送客 : 반송정盤松亭에서 벗을 전송하다

④ 양화답설楊花踏雪 : 양화도楊花渡에서 눈을 밟다

⑤ 목멱상화木覓賞花 : 목멱산木覓山의 꽃을 완상하다

⑥ 전관심방箭串尋芳 : 살곶이에서 봄놀이를 한다

⑦ 마포범주麻浦泛舟 : 마포에서 배를 띄우다

⑧ 흥덕상련興德賞蓮 : 흥덕시興德寺에서 연꽃을 완상하다

⑨ 종가관등鍾街觀燈 : 종로 거리에서 관등을 하다

⑩ 입석조어立石釣魚 : 입석포立石浦에서 고기를 낚는다

위에서 「한도십영」의 ① 장의심승藏義尋僧은 이제현의 「송도팔경」가운데 ① 자동심승紫洞尋僧과 흡사하다. 그리고 ③ 반송송객盤松送客은 「송도팔경」의 ② 청교송객靑郊送客과 흡사하다. 이처럼 고려시대 이제현이 읊은 '송도팔경' 가운데 첫수와 둘째 수를 서거정이 차용한 것은 결코 우연이라고 할 수 없다. 특히 첫수를 빌어온 것은 상징적인 작업으로서, 이제현이 고려의 수도 송도를 집경시로 읊었던 의미를 되새기며 그 전통을 수용했던 것 같다. 다만 장소만 한양의 지명 즉 '목멱산', '마포' 등으로 바꿔놓았을 뿐, 작품화 방식은 동일하다. 예를 들어 이제현의 「송도팔경」 가

운데 ⑧박연폭포를 보면, "흰 비단이 천자나 날아오르고白練飛千尺 (…중략…) 물속의 용이 울려내는 소리를 불러 보낸다吹送水龍吟"라고 하면서 미사여구를 동원하여 탈속적인 신선의 세계를 그려냈던 것과 같이, 서거정도 같은 표현법을 활용하여 집경시의 전통을 계승했다.

西湖濃抹如西施 서호농말여서시 서호의 짙은 화장은 서시의 화장 같은데
桃花細雨生綠漪 도화세우생녹의
도화우 실처럼 내려 파란 잔물결 일으키네
蕩槳歸來水半篙 탕장귀래수반고
노 저어 돌아갈 제 물은 반 삿대쯤 불었는데
日暮無人歌竹枝 일모무인가죽지 해 저물어 죽지가 부르는 사람은 없구나
三山隱隱金鼇頭 삼산은은금별두
삼산은 금오의 머리 위에 보일락 말락하고
漢江歷歷鸚鵡洲 한강역력앵무주 한강에도 역력히 앵무주가 펼쳐 있건만
夷猶不見一黃鶴 이유불견일황학
서성거려 봐도 한 마리 황학은 못 보겠더니
飛來忽有雙白鷗 비래홀유쌍백구 갑자기 흰 갈매기 한 쌍만 날아오는구나

서거정, 「한도십영」 중 '麻浦汎舟', 『사가집』(한국고전번역원 역, 2008)

위 작품은 서거정의 「한도십영」 중 ⑦ 마포범주이다. 마포에 배를 띄운 장면을 읊으면서 서시西施가 화장을 한 것 같다고 하고, 도화가 떠가는 가는 빗줄기가 푸른 물결을 일으킨다고 한껏 화려한 이미지를 통해 운을 띄운다. 그리고 노를 저어 돌아가는 길, 고요한 가운데 흰 갈매기 한 쌍이 날아오르기까지 정중동의 미감을 극대화한 후 작품을 맺는다. 이 작품은

한강의 풍경을 읊기 위해 고려 후기 팔경시가 선보였던 아름다운 이미지와 감성으로 일관하는 것을 확인할 수 있다. 그리고 이와 같은 양상은 15세기「한도십영」 계열의 후속 작품에 그대로 반영되면서 한 폭의 그림과 같은 장면을 연출했다. 이처럼 아름다운 시적 이미지에 집중했던 점을 감안할 때, 소상팔경시와 소상팔경도가 공존했던 것처럼, 당대에 한도십영을 다룬 그림 즉 '한도십영도'가 존재했을 가능성 역시 배제할 수 없다. 비록 현전하는 작품은 없지만 한도십영을 다룬 시와 그림이 공존했을 가능성은 충분하다.

그런데 15세기 전형적인 양상을 보이는「한도십영」 계열의 작품은 16세기 이후부터는 자취를 감췄다. 그 대신 일부 기존의 작품을 짜깁기하는 양상을 보이거나 혹은 개인적인 성향을 보이는 것을 확인할 수 있다. 제목에서부터 '한도' 이외에 '신도' 혹은 '경도京都'와 같이 다양한 명칭을 발견할 수 있으며, 한도십영 같은 십경十景보다는 다시 팔경이 대세를 이루게 되었다. 전반적인 특징을 한마디로 정리하면 복고적인 전통의 종합적 계승이라고 할 수 있다. 애초에 정도전이 '신도팔경'을 통해 조선의 태평을 염원했던 것과, 뒤를 이어 서거정이 '한도십영'을 통해 아름다운 수도의 시적 경관을 창출했던 것을 동시에 수렴하면서 새로운 팔경시를 선보였던 것이다.

이식「한도팔경」

① 기전산하畿甸山河 : 정도전 ① 동일

② 도성궁원都城宮苑 : 정도전 ② 동일

③ 종가관등鐘街觀燈 : 서거정 ⑨ 동일

④ 전교목마箭郊木馬 : 정도전 ⑧ 변용

⑤ 서강조박西江漕泊 : 정도전 ⑥ 동일

⑥ 동문교장東門敎場 : 정도전 ⑤ 동일

⑦ 제천완월濟川翫月 : 서거정 ② 동일

⑧ 반송송객盤松送客 : 서거정 ③ 동일

예를 들어 위에 정리한, 17세기 유명 문인 이식의 「한도팔경」을 보면, ①, ②, ④, ⑤, ⑥ 은 정도전의 「진신도팔경시」의 일부를, 그리고 ③⑦⑧은 서거정의 「한도십경」의 일부를 차용한 것을 알 수 있다. 이외에도 이민성의 「한도십경」 역시 동일한 내용을 다루는데, 모두 관리들의 과제인 월과月課 작품이라는 공통점을 지닌다. 이처럼 조선 중기 이후에는 정도전 작품의 정치적 이상향과 서거정 작품의 미적 이상향을 동시에 수용하면서 새로운 합일점을 찾았던 것으로 보인다.

그런데 한편 이와 같은 복고풍의 작품 속에서도 배삼익의 「한성팔영」이나 김상헌의 「근가십영近家十詠」과 같은 개인적인 한양 체험을 반영한 경우를 확인할 수 있어서 흥미롭다. 배삼익의 작품은 명종 때에 출사한 작가가 한양에 머물렀던 체험을 반영한 것이며, 김상헌의 작품은 작가의 주거지를 중심으로 한양의 인상적인 장면을 8개로 공식화한 것이다.

배삼익 「한성팔영」

① 목멱봉화木覓烽火

② 서원노송西園老松

③ 전촌수류前村垂柳

④ 동곽취연東郭炊煙

⑤ 선암제월仙巖霽月

⑥ 낙봉취우駱峯驟雨

⑦ 삼각모설三角暮雪

⑧ 금원효종禁苑曉鐘

김상헌 「근가십영」

① 목멱산木覓山

② 공극산供極山

③ 필운산弼雲山

④ 청풍계淸風溪

⑤ 백운동白雲洞

⑥ 대은암大隱巖

⑦ 회맹단會盟壇

⑧ 세심대洗心臺

위에서 알 수 있듯이 두 작품은 기존의 작품들과는 다르다. 배삼익은 첫수를 남산의 봉화로 시작했고 마지막 금원의 새벽 종소리에 이르기까지 개인적인 감성을 반영했다. 김상헌의 작품은 제목에서부터 남다르다. 한성이 아닌 근가近家 즉 집 근처를 대상으로 하고 있으며 첫수 남쪽의 목멱산, 둘째 수 북쪽의 공극산 즉 북악北岳을 언급하여 한양의 남과 북을 읊은 후에는 삼청동과 인왕산 등을 언급했다.

木覓山上朝雲濃 목멱산상조운농 목멱산의 산 위에는 아침나절 구름 짙고
木覓山前夕日紅 목멱산전석일홍 목멱산의 산 앞에는 저녁나절 해가 붉네
朝雲夕日含萬態 조운석일함만태 아침 구름 저녁 해가 온갖 자태 짓고 있는

此中正對蓬萊宮 차중정대봉래궁 그 속에서 봉래궁을 정히 마주 대해 있네
蓬萊宮門爭立馬 봉래궁문쟁립마 봉래궁의 문 앞에선 앞 다투어 말 세우며
日日喜報平安火 일일희보평안화 매일처럼 평안 봉화 올랐다고 보고하네
吾家南軒亦見此 오가남헌역견차 우리 집의 남쪽 마루서도 그 산 보이는데
何日歸來高枕臥 하일귀래고침와 어느 날에 돌아가서 베개 높이 베고 눕나

김상헌, 「근가십영」 중 '木覓山', 『청음집』(민족문화추진회 역, 2006)

이 작품은 김상헌의 「근가십영」 가운데 첫수로 남산을 읊은 것이다. 이 시에서 가장 눈에 띄는 것은 마지막의, 우리 집 마루에서도 그 산이 보이는데 언제 돌아가서 베개 높이 베고 누워볼까 하는 쓸쓸함이다. 병자호란의 파란 속에서 중국 심양으로 압송되는 등 누구보다도 많은 시련을 겪은 작가에게 '근가近家'는 단순한 집 이상의 의미를 지닌다. 그런 그가 팔경시에서 아침과 저녁 남산의 아름다운 모습과 특히 남산의 봉화烽火를 언급한 것은 상징하는 바가 크다. 왜냐하면 남산의 봉화는 나라의 안녕을 알리는 징표이기 때문이다. 특이하게도 김상헌의 「근가십영」과 배삼익의 「한성팔영」의 첫수는 모두 '목멱산' 그리고 '목멱봉화'로서, 남산으로 시작하고 있고 특히 남산의 봉화가 핵심이다. 배삼익의 작품 가운데 '목멱봉화'를 보면 "푸르른 남산은 성을 에워싸고蒼翠終南擁來城 봉우리에는 점점이 저녁 봉화가 빛나네峯頭點點夕烽明"라고 했다. 남산에 빛나는 봉화는 곧 태평한 시대를 알리는 징표와 다르지 않다. 이런 점에서 보면 조선 후기의 개별적인 작품들도 궁극적으로는 정도전의 신도팔경시와 일맥상통하는 소망을 투사했던 것이 아닐까 싶다.

지금까지 살펴본 바와 같이 긴 시간 한양 집경시가 다양한 형태로 창작되는 가운데, 한양은 초선 초기의 낯선 공간에서 국가의 상징이자 개인

적인 체험을 반영하는 공간으로 재탄생했다. 그런데 한양은 18세기 이후에는 집경시가 아닌 다른 부류의 작품 속에서 또다시 새로운 모습을 선보이기 시작했다. 집경시에서는 주로 자연경관을 아름다운 언어로 치환하며 한양을 표현했던 것에 반해, 18세기부터는 도시 중심의 인정세태가 다양한 시를 통해 적극적으로 선을 보이기 시작했다. 잘 알려진 바와 같이 한양은 조선 후기에 시장 경제가 발전하고 인구가 팽창하는 도시화를 겪었다. 그리고 그 결과는 다양한 종류의 시에 드러나기 시작했다.

漢陽城中二三月	한양성중이삼월	한양성 안의 이삼월은
遊賞千人萬人出	유상천인만인출	노닐며 구경하려 천인이 나오네
千街車馬塵常暗	천가거마진상암	거리마다 수레와 말로 먼지 자욱하고
萬戶笙歌聲不絶	만호생가성부절	집집마다 피리 소리 노랫가락 끊이질 않네
就中何處最繁華	취중하처최번화	그 가운데 어느 곳이 제일 번화하던가
彰義門樓眺望賖	창의문루조망사	창의문 누각의 조망이 빼어나다네
眺望春光正浩蕩	조망춘광정호탕	봄 경치를 바라봄에 정말 호탕하니
無邊楊柳無邊花	무변양류무변화	버드나무와 꽃들이 끝없이 펼쳐 있네

강세황, 〈己巳春 遊洗劍亭 與崔杜幾任巵齋諸公 共二十五人各賦〉 중,
『표암유고』(김종진 외 역, 2010)

이 작품은 18세기 유명 문인 강세황姜世晃, 1713~1791이 지은 '기사년 봄에 세검정을 최두기, 임치재 등 여러 사람과 유람하고 스물다섯 명이 각각 읊다'라는 제목의 시이다. 제목만으로는 세검정에 봄나들이를 다녀와 자연경관을 즐긴 흥취를 적은 것 같은데, 작품 서두의 내용이 의외이다. 즉

한양성의 이삼 월에는 봄날을 감상하기 위한 인파가 천인만인千人萬人이 나온다는 것이다. 게다가 거리는 수레와 말로 먼지가 자욱하고 노랫가락이 그치지 않는 가운데 곳곳에 번화한 인파가 몰린다. 봄날의 운치와는 거리감이 있는 이와 같은 시의 내용은 기존의 한양 집경시에 비교해 보면 매우 이질적이지만, 역동적인 도시로 탈바꿈한 한양의 새로운 모습을 반영한 결과가 아닐까 생각해볼 수 있다.

이처럼 한양은 조선 초기와 중기를 거쳐 집경시의 경관 중심으로 각인되었지만, 조선 후기에는 번화한 도시의 역동성을 담아내는 시작품이 출현하면서 새롭게 거듭나게 되었다. 그리고 이뿐만 아니라 한시를 생활화했던 사대부들의 개인적인 감회를 적은 한양 관련 시는 대단히 많다. 이에 관련하여 한양을 다룬 다양한 작품들은 다음 권에서 다시 자세히 다루고자 한다. 그리고 마침내 이 모든 작품의 전통을 이어 한양을 읊은 기념비적인 대작인 장편 가사 「한양가」가 선을 보이게 되었다.

「한양가」는 1844년 한산거사漢山居士라는 신원 미상의 인물이 집필한 것인데, 1880년에는 상업 출판인 방각본 경판京板으로 유통된 것으로 보아 19세기 말부터 20세기 초 대중에게 큰 인기를 누렸던 것을 알 수 있다. 「한양가」는 한양의 지리와 역사를 비롯하여 궁궐과 육조거리 등 수도의 중심부를 상세히 읊으면서 조선에 대한 송축 및 번영에의 염원과 번화한 거리의 모습을 종합적으로 담은 그야말로 장편 거작이다.

하ᄂᆞᆯ이 ᄂᆡ신 왕도　　ᄒᆡ동의 웃ᄯᅳᆷ이라
국호ᄂᆞᆫ 조션이요　　도읍은 한양이라
단군의 구족이요　　긔ᄌᆞ의 유풍이라
의관도 화려ᄒᆞ고　　문물도 거륵ᄒᆞ다

여염은 억만가요	셩텹은 사십니라
동편은 종묘되고	서편은 ᄉᆞ직이라
경복궁 창덕궁과	창경궁 큰뎐각이
반공의 소ᄉᆞ스니	만호천문 깁플세라
남편은 숭례문과	동편은 흥인문과
셔편은 쇼의문과	북편은 창의문이
ᄉᆞ관이 되여스니	슈문장 호군부장
슈문군 영통하며	칼을 솟고 신측ᄒᆞᆫ다
팔노를 통하엿고	연경 일본 다아구나
(…중략…)	
광통교 아ᄅᆡ 가긔	각ᄉᆡᆨ 그림 걸녀구나
보기 죠흔 병풍ᄎᆞ의	ᄇᆡᆨᄌᆞ도 요지연과
곽분양 ᄒᆡᆼ락도며	강남 금릉 경직도며
한ᄀᆞᄒᆞᆫ 쇼상팔경	산슈도 긔이ᄒᆞ다
다락벽 계견ᄉᆞ호	장지문 어약룡문
ᄒᆡ학 반도 십장ᄉᆡᆼ과	벽장문ᄎᆞ ᄆᆡ죽난국
횡축을 볼ᄌᆞᆨ시면	구운몽 셩진이가
팔션녀 희롱ᄒᆞ여	투화셩쥬 ᄒᆞᄂᆞᆫ모양
(…중략…)	
보기의 번화ᄒᆞ고	듯기의 신긔ᄒᆞ다
츈셩 ᄉᆞᆷᄇᆡᆨ 구십교와	ᄃᆡ도 청루 십이즁의
집집이 관현이요	거리거리 노ᄅᆡ로다
년풍 ᄒᆡ젼 가가쥬요	츈만 강셩 쳐쳐화라

동도부 셔도부며　　　임고듸 졔경편과
제왕 국도 지은글이　　　번화가 장ᄒᆞ건만
자셩졔인 어린 쇼견　　　우리한양 졔일일다…

한산거사, 「한양가」 중

「한양가」는 한양의 지세로부터 궁전과 국가 관서 체계, 육의전과 저자의 전방, 유희와 복식, 능행陵行, 과거장의 풍경을 읊은 뒤, 한양의 무사태평을 축원하기까지 방대한 정보를 나열한 작품이다. 위의 예를 보면, 하늘이 내신 왕도이며 해동의 으뜸인 곳에 국호는 조선, 도읍은 한양이 차지한다. 그곳에는 문물이 번성하여 여염은 억만 호에 달하며, 그 가운데 종묘와 사직 그리고 경복궁을 비롯한 궁들이 있다. 동서남북의 사대문에는 위엄이 있고 각종 거리와 전방에는 재화가 넘친다. 생활 필수품은 물론이고 광통교 아래 그림 가게에는 온갖 그림이 걸렸는데 백자도, 요지연도, 곽분양 행락도, 경직도, 소상팔경도, 산수도 등 그 종류는 이루 헤아릴 수 없으며, 인기 있는 소설 「구운몽」의 주인공을 다룬 그림 등 온갖 작품이 등장한다. 작가는 이 번화한 수도, 집집마다 풍악 소리 울리는 우리 한양이 제일이라고 엄청난 입담을 과시한다.

장편가사 「한양가」는 기존의 작품 즉 길지로서의 한양에 대한 축원과 기대감을 드러내거나 혹은 번화한 성시 문화를 노래했던 전례를 수용함과 동시에 더욱 자세한 제도와 풍속과 세태를 추가하면서 오백 년 왕업을 이끌어온 조선왕조의 역사의 저력을 강조했다. 한양은 조선 초기에는 이름 없는 한 지역에 불과했지만, 이제 어디에 견주어도 손색이 없는 국도로서 과거와 현재를 이어 미래에 대한 염원까지 투사할 수 있는 정치 문화의 중심지로 우뚝 서게 된 것을 실감할 수 있다.

2) 도성의 도상

현대인의 관점에서 보자면 한양은 오백 년 도읍지였기에 그 역사에 걸맞게 조선 초기의 실경산수화가 남아 있을 것으로 기대를 모으게 된다. 하지만 안타깝게도 조선 중기까지 한양을 그린 작품은 전하지 않는다. 태조의 명으로 정도전의 「진신도팔경시」와 함께 병풍으로 제작했다는 그림은 확인할 수 없고, 그 외 기타 그림이나 지도 역시 찾아보기 어렵다. 하지만 조선 후기 작품의 사정은 다르다. 특히 도성의 전모를 살펴볼 수 있는 지도의 존재가 두드러지는데, 예를 보면 다음과 같다.

〈그림 79〉는 한성부 일대 즉 한양을 그린 회화식 지도이다. 〈도성도〉는 왕의 권위를 상징하는 도성 전체를 포괄하면서 동시에 도성 내부의 지리를 세밀하게 다룸으로써 지도로서의 실용성을 저버리지 않는다. 이와 같은 도성 지도는 조선 후기 한양을 다룬 그림 가운데 가장 대표적인 유형으로 손꼽을 수 있다. 북쪽의 백악산북악산으로부터 인왕산, 목멱산, 타락산낙산을 연결하여 마치 성을 쌓듯 전체의 구획을 설정하고, 내부에는 도로와 물줄기를 중심으로 궁궐과 관서 등을 배치한 후 일일이 지명을 적었다. 조선 후기에는 이처럼 상징성과 실용성을 겸비하는 작품이 대거 등장하여 한양을 시각화함으로써 조선의 권위를 드높이는 역할을 했다.

〈그림 80〉 목판 인쇄물은 19세기에 김정호金正浩, 1804?~1866?가 제작한 것으로 전하는 지도이다. 수선首善이란 서울을 아름답게 지칭하는 용어로서, 수선전도는 서울 전체의 지도라는 뜻이다. 〈수선전도〉는 앞에 살펴본 〈그림 79〉 〈도성도〉와 기본적으로 같은 구성을 보이는데, 회화가 아닌 목판으로 제작되어 당시에 많은 수요에 부응했던 것을 알 수 있다. 이 작품은 남쪽의 한강, 북쪽의 도봉산, 서쪽의 마포, 동쪽의 답십리에 이르는 주요 경계를 구획하고 산세를 아름답게 표현했다. 그리고 북한산성의 위용

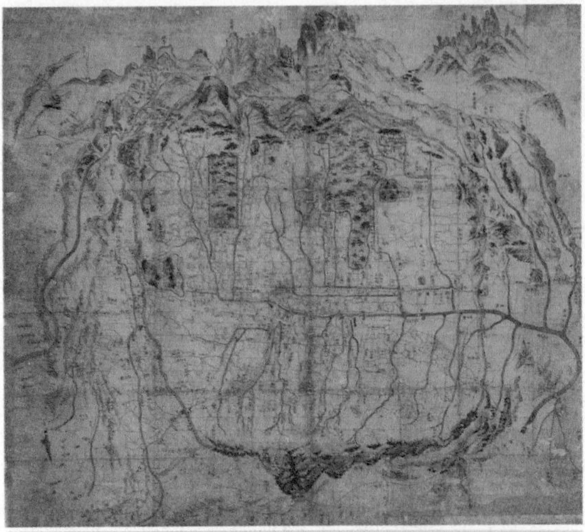

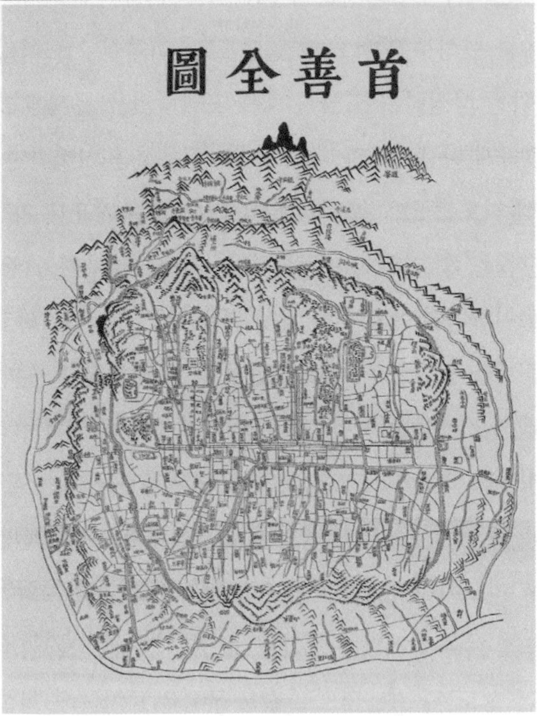

79 〈그림 79〉〈도성도(都城圖)〉, 조선 18세기, 종이에 묵서와 채색, 74.5×65.5cm, 국립중앙박물관.

80 〈그림 80〉김정호(傳), 〈首善全圖〉, 조선 19세기, 종이에 목판 인쇄, 74×101cm, 고려대박물관. (보물853호)

을 비롯하여 종묘사직과 궁궐, 청계천과 같은 하천, 촘촘한 도로망에 이르기까지 세부 요소를 섬세하게 표현하는 가운데 목판 인쇄 특유의 정교함과 아름다움을 느끼게 한다.

그리고 한양 전체를 보여주는 이와 같은 지도식 그림 외에도 기념비적인 궁궐도가 한양의 문화적 저력을 과시했는데, 대표 작품을 보면 다음과 같다.

〈그림 81〉은 우리나라 궁궐 그림 가운데 가장 유명한 〈동궐도〉의 좌우 화면이다. 경복궁의 동쪽에 있는 창덕궁과 창경궁을 그린 이 궁궐도는 정확한 제작 연대와 작가가 밝혀지지 않았고, 당시 화원 화가가 그린 궁중 소장품으로 알려져 있다. 이 그림은 16개로 분리된 화첩을 모두 이으면 가로와 세로가 각기 584cm, 273cm에 달하는 대작으로서, 부감법으로 궁궐 내부의 모든 전각을 한눈에 내려다볼 수 있는 특징이 있다. 압도적인 위용을 자랑하는 〈동궐도〉는 비단 위에 선명한 채색으로 궁궐 주변의 자연환경과 수많은 전각과 누정을 비롯한 건축물과 연못 등을 자세히 그렸다. 창덕궁의 인정전, 선정전, 희정당과 창경궁의 명정전, 경춘전, 자경전, 통명전 등이 거대한 화면을 빈틈없이 채워나간 이 그림은 그야말로 세계 최고의 궁궐 그림으로 손색이 없다.

그리고 〈그림 82〉는 정조 임금이 즉위 후 선왕들의 어필과 어제를 봉안하기 위해 창덕궁 내에 규장각奎章閣을 창설하고, 그 전경을 김홍도金弘道, 1745~?가 그리게 한 작품이다. 규장각은 창덕궁 후원에 있는 전각으로 정조 시대 정치와 문화의 중흥을 상징하는 공간이다. 정치적 반대 세력의 공세를 뚫고 어렵게 왕위에 오른 정조는 왕실의 문적을 보관하는 도서관이던 규장각을 학술과 정책을 연구하는 기관으로 개혁하고 많은 도서를 수집하여 학문 연구의 중심지로 삼았다. 정조는 규장각을 중심으로 초계

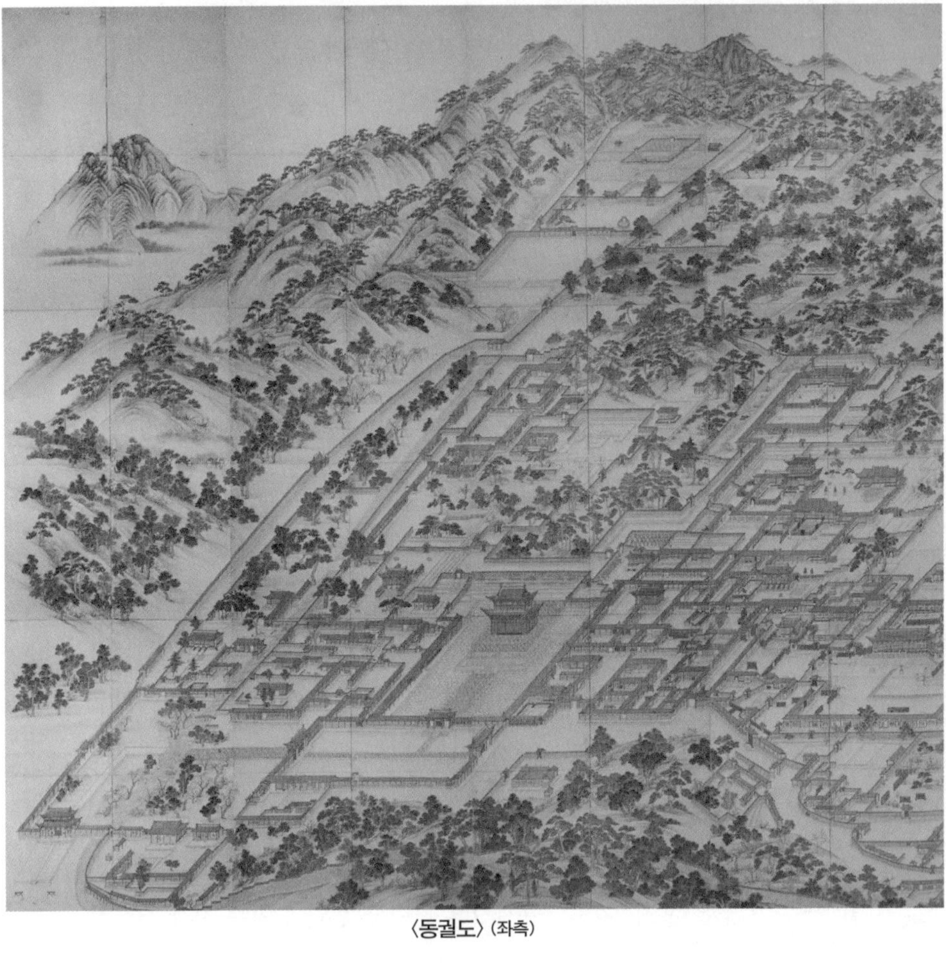

〈동궐도〉 (좌측)

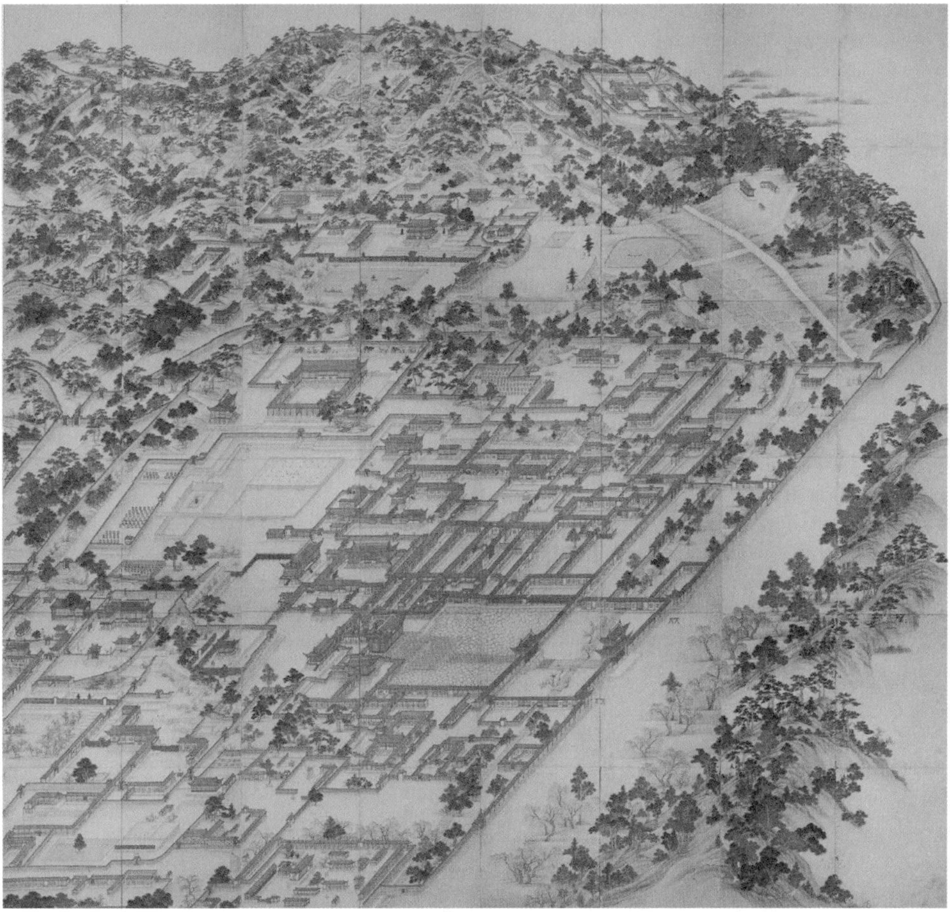

〈동궐도〉 (우측)

<그림 81> 〈동궐도〉, 조선 19세기, 584×273cm, 고려대학교박물관. (국보249호)

<그림 82> 김홍도, 〈규장각도〉 1776, 견본채색, 144.4×115.6cm, 국립중앙박물관.

문신抄啓文臣 제도를 시행하여 정약용丁若鏞, 1762~1836, 서유구徐有榘, 1764~1845, 홍석주洪奭周, 1774~1842, 김조순金祖淳, 1765~1832과 같은 당대 최고의 학자와 관료를 배출함으로써 왕권 강화와 이상 정치 실현의 초석을 마련했다. 이와 같은 정조의 뜻을 반영하는 〈규장각도〉는 사방을 에워싸는 건물과 경치를 배경으로 화면의 중앙에 규장각을 실제보다 크게 강조하여 그렸다. 울창한 사면의 나무 사이에 2층 누각의 형태로 자리 잡은 규장각은 조선 후기 왕조의 부흥을 꿈꾸었던 야심 있는 군주의 청사진과 다르지 않다.

이상 살펴본 조선의 도성도나 궁궐도는 수도 한양의 위용을 대표하는 작품으로, 회화로서의 완성도는 물론 지도로서의 정보력과 같은 기능을 두루 지니는 장점을 지닌다. 특히 영조와 정조 시대에 왕권을 재정립하고 나라 안팎으로 문화적 저력을 갖추게 되면서 이와 같은 상징적인 작품이 유행했던 것인데, 문학 작품 「한양가」에서 치밀하게 한양의 전모를 언어로 쏟아냈던 것과 마찬가지로 도상을 통해 조선의 수도 한양의 꿈과 소망을 시각화 했던 것을 알 수 있다. 그리고 시간이 흘러 나라가 위기에 처했을 때 궁궐 그림은 또다시 간절한 소망을 투사하며 등장했다.

〈그림 83〉은 조선 말기 유명 화가 안중식安中植, 1861~1919이 그린 백악산과 경복궁의 실경화이다. '백악산의 봄 새벽'이라는 제목의 이 그림은 암울한 일제강점기에 조선에 봄이 다시 돌아온다는 염원을 담은 작가의 만년작이다. 이 그림이 그려진 1915년은 조선총독부가 경복궁의 전각을 헐어낸 때였다. 하지만 안중식이 여름과 가을 〈백악춘효〉 두 점을 그림으로써 마지막 도화서 화원이었던 작가의 자존심과 정체성을 걸고 국권 회복에의 소망을 투사했다. 백악산이 경복궁을 감싸듯 굳건히 버티고 있는 가운데 수목이 어우러진 궁궐이 선명하고 평온하다. 역사적으로 암울한 상황이었지만, 그 고난의 시간 속에서도 한양 즉 조선왕조의 숨결이

<그림 83> 안중식, 〈白岳春曉〉 좌(여름), 1915, 견본담채, 197.5×63.7cm, 국립중앙박물관.
〈白岳春曉〉 우(가을), 1915, 견본담채, 126.1×51.9cm, 국립중앙박물관.

깃든 대궐과 백악산에 희망을 불어 넣었던 것이다.

지금까지 살펴본 성시 지도나 궁궐을 그린 그림 외에도 한양을 다룬 작품은 매우 많다. 특히 사대부 개인의 체험을 반영한 작품은 단번에 정리가 어려운 정도인데, 이와 관련된 자세한 내용은 다음 권에서 한양을 다룬 개인 시와 함께 다루고자 한다. 다만 그 가운데 대표적인 경우를 미리 언급하면 다음과 같다.

〈그림 84〉는 18세기 유명 문인화가 겸재謙齋 정선鄭敾, 1676~1759이 그린 〈인왕제색도仁王霽色圖〉이다. 물기를 흠뻑 머금은 검은색 바위와 화면 하단을 둘러싼 흰색 물안개가 대비를 이루는 이 그림은 인왕산의 웅장한 미감을 잘 전달한다. 그런데 보는 이의 시선을 압도하는 〈인왕제색도〉는 사실 노년의 화가 정선이 시인 이병연李秉淵, 1671~1751이 병을 떨치고 일어나기를 바라는 기원을 담아 비가 내린 뒤의 산을 그린 것이다. 인왕산은 한양을 보호한다고 믿었던 진산鎭山으로서 남다른 의미가 있는 곳이다. 그리고 동시에 인왕산 주변은 정선이 태어나 자란 곳이며 18세기 진경문화眞景文化를 이끌었던 백악사단白岳詞壇의 산실이기도 하다. 평생 예술로 의기투합했던 정선과 이병연의 우정을 담은 이 그림 속 인왕산은 개인적인 추억의 장소이면서 동시에 유명한 한양의 명소이기도 하다. 이처럼 조선 후기에 한양은 개인적인 의미를 간직한 곳으로서 그리고 때로는 조선을 대표하는 장소로서 지속적으로 작품에 등장했다.

〈그림 85〉는 조선 말기인 19세기에 남산에서 바라본 도성을 바라본 풍경을 그린 것이다. 화면 하단의 소나무가 남산을 암시하는 듯하고 화면 상단의 연봉은 멀리 오른쪽의 도봉산, 삼각산, 백악산에 이르는 흐름을 잘 구성했다. 하지만 뭐니뭐니 해도 가장 시선을 끄는 것은 빼곡한 민가의 풍경이다. 궁궐이나 도성의 성곽이 아니라 다닥다닥 어깨를 나란

84
85

〈그림 84〉 정선, 〈인왕제색도〉, 1751년, 지본수묵, 79.2×138.2cm, 국립중앙박물관. (국보216호)
〈그림 85〉 미상, 〈한양전경〉 일부, 19세기, 지본담채, 57.6×133.9cm, 국립중앙박물관.

86

87

〈그림 86〉 휴버트 보스, 〈서울 풍경〉 일부, 1899년, 캔버스에 유채, 30.0×60.0cm, 국립현대미술관.

〈그림 87〉 김은호, 〈부감도 (초본)〉 일부, 1927년, 지본담채, 118.0×174.0cm, 국립중앙박물관.

히 하고 붙어있는 민초들의 생활 터전이 매우 인상적이다. 경복궁 터에는 숲이 우거져 있는 것으로 보아 아직 1868년 경복궁이 중건되기 이전 시대의 것으로 추정되는 이 그림은 화려하고 웅장한 대표 건물이 아니라 성안에서 살아가고 있는 수많은 갑남을녀를 연상할 수 있는 한양을 그렸다는 점에서 의미가 남다르다.

한편 〈그림 86〉은 네덜란드 화가 휴버트 보스Hubert Bos, 1855~1935가 1899년 서울에 체류하면서 그린 한양 풍경화이다. 서양의 기법 그리고 서양인의 시선을 바탕으로 하는 이 그림은 대단히 사실적이면서도 다소 낯설다. 남쪽에서 경복궁 방향을 바라보고 그린 전형적인 구도인 것 같으면서도 화가의 눈은 실제 가옥들을 포착했다. 그런데 거리는 텅 비었고 오직 프록코트를 입은 남성이 붉은 꽃가지가 밖으로 뻗은 담장 옆에 서 있다. 이 그림은 보다 가까이서 실제 한양의 거리를 엿볼 수 있는 기회를 제공하고, 덕분에 당시 한양의 가옥이 어떤 모습이었을까 하는 궁금증을 해소할 수 있다. 하지만 이곳에서 살아가던 사람들 혹은 그곳의 삶이나 역사를 포함한 것은 아니기에 어딘가 다소 휑한 느낌을 주는 것을 피해가기는 어려울 것 같다.

그리고 〈그림 87〉을 보면 현대식 건물이 등장하기 시작하는 20세기 초 서울의 모습을 확인할 수 있다. 이 그림은 1927년 제6회 조선미술전람회에서 입선했던 김은호金殷鎬, 1892~1979 작품의 초본이다. 현재 원작은 전하지 않고 당시에 제작된 전람회 도록 사진만 남아있는 상태라 아쉬움을 남기지만, 멀리 내려다보이는 명동 성당의 첨탑을 비롯하여 새로운 유형의 건축물 속에서 현대화의 옷을 입기 시작한 서울을 확인할 수 있는 묘미가 있다. 원근감이 두드러지는 새로운 표현 기법 속에 등장한 즐비한 새로운 가옥의 유형에서 서울은 서울이되 옛 서울이 아닌 시대의 흐름을 실감할 수 있다. 변화하는 한양의 모습은 이렇게 다양한 그림 속에 기록되었다.

2. 함흥의 기억

1) 함흥의 재발견과 태조의 위용

함흥咸興은 오랫동안 고구려의 옛 땅이자 여진이 점거하고 있던 곳으로 기억되던 곳이다. 원래 함주咸州 혹은 북새北塞, 북관北關, 북도北道 등으로 통용되던 이곳은 명칭에서 알 수 있듯이 북쪽 변방에 위치한 외진 곳이었다. 산세가 험하고 기후와 풍토가 척박해서 사람이 살기에 좋은 곳은 아니라는 인식이 강했다. 그런데 함흥은 조선시대에 들어 태조 이성계가 건국을 위한 정치적 군사적 기반을 마련했던 곳으로서 새롭게 자리매김을 할 수 있었다.

그리고 결정적으로 함흥이 재발견된 것은 조선 후기 임진왜란과 병자호란을 겪고 난 후의 일이다. 다름 아니라 국방의 요충지로서 함흥이 지니는 가치를 발견한 것이다. 외세의 침략에 대비하기 위해 주요 국경 지역에 대한 조사와 정비가 필요하다는 것을 깨달았고, 1664년현종 5에는 함경도에서 그 지역 최초로 문과와 무과를 동시에 치르는 과거가 시행되었다. 그리고 당시의 상황은 아래와 같은 그림 속에 생생하게 기록되었다.

〈그림 88〉은 한시각韓時覺, 1621~?이 그렸다고 전하는 〈북새선은도北塞宣恩圖〉 중 일부이다. 〈북새선은도〉는 무려 6m가 넘는 긴 그림으로, 시관과 합격자 명단과 함께 〈길주과시도吉州科試圖〉와 〈함흥방방도咸興放榜圖〉를 수록했다. 〈길주과시도〉는 길주의 관아에서 시험을 치르는 장면을, 〈함흥

방방도〉는 함흥 감영에서 합격자를 발표하고 어사화를 내리는 장면을 기록한 그림이다. 〈그림 88〉에서 확인할 수 있듯이, 청록으로 표현된 칠보산의 거친 산세와 북쪽 설산의 모습이 장엄하고, 관아를 둘러싼 성벽 가운데 화려한 기가 휘날리는 넓은 관아에서 과거를 치르는 모습이 장관을 이룬다. 실경산수화이자 기록화로도 손색이 없는 이 그림은 춥고 험한 함경도의 지정학적 중요성을 깨닫고 국가적인 차원에서 관심을 기울이기 시작했던 당시의 상황을 잘 보여준다.

그리고 함흥 지역은 영조의 노력에 힘입어 더욱 뚜렷하게 각인되기 시작했다. 조선 왕실의 뿌리를 굳건히 다지고자 했던 영조는 북방 지역에 대한 군사적 관심과 더불어 함흥이 태조가 왕업을 일으킨 곳이라는 기억을 되새기기 위한 노력을 기울였다.

〈그림 89〉 〈북도능전도형北道陵殿圖形〉은 함흥 일대 태조의 4대조 왕릉과 사적을 그린 12폭의 왕실 기록화 가운데 '함흥본궁'에 해당한다. 일찍이 영조의 명을 받든 위창조魏昌祖, 1708~1771는 함경도에 흩어진 조선왕조의 왕릉과 전각과 궁을 기록했던 『북도능전지北道陵殿誌』를 보완하여 1758년영조 34 함경도 감영에서 목판으로 출간했다. 영조는 조선의 창업주 태조와 선왕들에 대해 각별한 관심을 갖고, 지리지를 편찬하고 아울러 관련 그림을 그리게 했던 것이다.

〈북도능전도형〉은 산릉도 형식으로 이루어졌다. 따라서 이 그림은 이상적인 길지로 성스러운 느낌을 전하는데, 특별히 태조와 관련된 사적지는 '함흥본궁' 외에도 '영흥본궁', '준원전', '경흥전', '독서당', '흑석리'가 있다. 이 가운데 '함흥본궁'은 태조가 원래 살던 곳이며, 왕위에서 물러난 후에는 본궁이라 부르고 거주했고, 후에 태조와 신의왕후, 신덕왕후의 위패를 모신 역사적인 공간이다. 〈그림89〉를 보면 산이 둘러싼 중앙에 본

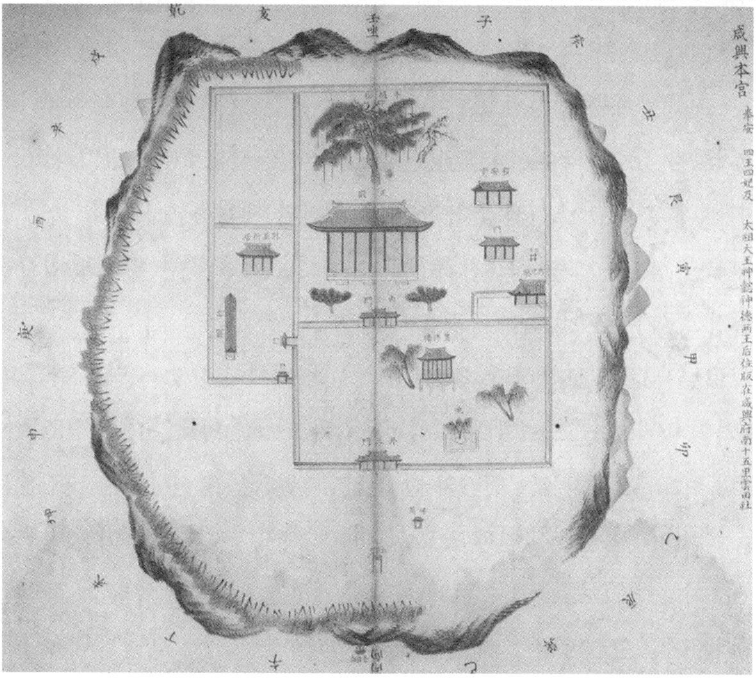

88 〈그림 88〉 한시각, 〈북새선은도〉 일부, 1664년, 견본 채색, 56.7×665.0cm, 국립중앙박물관.

89 〈그림 89〉 〈북도능전도형〉 중 '함흥본궁', 조선후기, 지본채색, 55.3×34.4cm, 서울대학교 규장각.

궁이 배치되었다. 그리고 뒤에는 태조가 손수 심었다는 소나무 수식송手植松이 크게 자리하고 있다. 그 외에 지형상 강가에 있어서 둑에 버드나무를 심었다는 기록에 따라 버드나무를 비롯한 풍패루豐沛樓와 연못 등이 배치되었다.

이처럼 조선 후기에 태조와 조선왕조의 사적을 기록하려는 노력은 함흥 본궁을 그린 그림뿐만 아니라, 다양한 형태로 나타나는데 예를 들면 아래와 같은 집경전 옛터를 그린 그림을 상기해볼 수 있다.

〈그림 90〉은 경주에 있었던 집경전 터를 그린 그림이다. 집경전이란 태조의 어진을 모신 곳으로, 원래 1398년태조7 어진을 봉안하고 어용전御容殿이라고 했으며, 다시 태종 대에 태조진전太祖眞殿이라고 고쳐 불렀고, 1442년세종24에는 집경전集慶殿이라고 공식 명칭했다. 그런데 임진왜란이 일어나자 집경전의 태조 어진은 강릉의 새 집경전으로 옮겨갔다가 1631년인조9에 화재로 소실되었다. 이후 집경전의 재건은 성사되지 못했고, 1796년 정조는 경주 집경전의 옛터에 비석을 세울 것을 명하고 비각에 '집경전구기集慶殿舊基'라는 어필을 새겼다.

〈그림 90〉을 보면, 하단 중앙에 홍살문과 비석이 있고, 중앙의 길을 따라가면 비각이 있고, 그 뒤로 집경전구기와 특이한 형태의 대형 석조물이 있다. 그리고 주변에는 민가와 숲이 있다. 일찍이 조선왕조는 태조진전을 설치하여 어진을 봉안해 왔고, 13대 명종明宗 때에는 태조 어진이 무려 26축이나 되었다고 한다. 그러나 현재 전하는 어진은 경기전에 봉안된 하나뿐이고 그 그림은 19세기에 제작된 것이다.

〈그림 91〉은 현재 전주 경기전慶基殿에 보관되어 있는 유일한 태조 어진이다. 영희전永禧殿에 봉안되어 있던 어진을 임모한 것으로, 익선관에 청색 곤룡포를 입고 붉은 어탑에 앉아 정면을 응시하는 모습이 조선 초기

90

91

〈그림 90〉 〈집경전구기도〉, 19세기 말, 지본채색, 59.5×38.3cm, 서울대학교 규장각한국학연구원. (『集慶殿舊基圖帖』)
〈그림 91〉 〈태조 어진〉, 1872년, 견본채색, 220.0×151.0cm, 경기전. (보물 931호)

초상화의 화법을 충실하게 따른 것으로 인정받고 있다. 바닥에 깔린 화려한 채전彩氈과 함께 엄숙한 위용이 경건한 느낌을 준다. 비록 수많은 태조의 어진이 모두 소실되고 유일하게 남은 조선 후기의 작품이지만, 조선 초기 태조의 위용을 전달하는 데에는 부족함이 없다.

이상 차례로 살펴본 함흥의 본궁을 그린 그림과 집경전 옛터를 그린 그림, 그리고 태조의 어진은 조선 후기 영·정조 이래 태조의 위용을 통해 조선 왕실의 권위를 다시 세우고자 하는 노력을 반영한 공통점을 지닌다. 그리고 그 과정에서 함흥과 경주, 전주라는 공간 모두 태조와 밀접한 관계를 맺으며 등장했다. 그런데 이 중에서도 함흥은 문학에서 '함흥십경'으로 규정되고 보다 다양한 작품에 출현하면서 매우 강한 인상을 남기게 되었다.

2) 함흥십경의 향유

함흥을 언급할 때 절대 빼놓을 수 없는 조선 후기 문인이 있다. 바로 약천藥泉 남구만南九萬, 1629~1711이다. 그는 1671년부터 4년 동안 함경도 관찰사로 재직하면서 함경도 지도를 그리는 등 활발한 활동을 펼쳤다. 앞서 언급한 것과 같이, 동북 지역에 대한 관심이 증폭되던 시기에 직접 함경도에 거주하면서 남다른 애정을 드러냈던 장본인이다. 그리고 특히 아래와 같은 글을 남김으로써 함흥에 관련된 작품이 이어지는 계기를 마련했다.

> 함흥은 바로 성조聖祖께서 왕업을 일으키신 곳이다. 두 본궁과 육릉六陵이 울울창창하여 영기靈氣가 모여 있으며, 그 남은 줄기와 나뉜 기슭이 모두 빼어나고 거룩하다. 그중에 가장 빼어난 곳을 가려 열 곳의 경치를 얻었는데, 본궁의 깊고 장엄함과 구정毬亭의 높고 확 트인 정경으로 말하면 성조께서 일찍이 집터

로 정하여 살펴보신 곳이니 진실로 감히 입을 열어 말할 수가 없으며, 기타 산과 바다의 한 굽이 승경 또한 기이함을 자랑하고 아름다움을 뽐내고 있으니, 비록 온 나라를 두루 돌아다니며 이와 비슷한 곳을 찾으려 해도 쉽게 얻지 못할 것이다.

(본궁本宮)

본궁은 함흥부의 남쪽 15리 지점인 운전사雲田社에 있으니, 태조대왕이 잠룡 시절에 사셨던 옛 집이고, 상왕이 되어 북쪽 지방을 순행하실 때에 또한 머무신 곳이다. (…중략…) 임진왜란에 옛 궁궐이 모두 불탔는데, 경술년1610에 관찰사인 한공 준겸韓公浚謙이 중건하였다. (…중략…) 본궁에는 정전正殿이 있는데 사왕四王과 태조의 신위를 모시고 있는데, 정전 앞에 풍패루豐沛樓가 있고 풍패루 앞에 연못이 있으며, 정전 뒤의 여섯 그루 소나무는 바로 태조대왕이 손수 심으신 것이니, 송헌松軒이라고 이름 지은 것은 이 때문이다. 임진왜란에도 무사하였는데, 세월이 오래되어 소나무가 말라 썩었으나 그중 두 그루는 푸른 잎이 아직도 예전처럼 울창하다. 정전 안에는 성조의 관冠과 의복, 활과 화살, 활집 등의 물건이 보관되어 있는데, 병란 때를 당하여서도 서경西京 무고武庫의 칼처럼 되지 않았으니 또한 기이한 일이다.

(격구정擊毬亭)

본궁에서 남쪽으로 10여 리를 가면 성천강이 바다로 흘러들고 삼택의 물이 또 돌아 흘러 석담石潭이 되었다. 산기슭이 움푹 들어가고 높이 솟았으며 그 정상은 꺾여서 평지가 되었는데, 전해오기를 태조대왕이 미천했을 때 격구擊毬하던 곳이라고 한다. (…중략…) 내가 갑인년1674 여름에 처음으로 네 기둥이 있는 정자를 지으니, 함흥평야가 넓고 아득히 멀어서 이미 견줄 만한 곳이 없으며, 이 정자는 바로 왼쪽으로는 큰 돌에 임하였고 오른쪽으로는 푸른 바다를 바라보고 있어서 탁 트이고 광대함이 천하에 으뜸이다. 섬들이 나타났다 사라지는 기이한 광경과 냇물이 휘감이 도는 뛰어난 경치는 진실로 일일이 다 논하여 기록할 수가 없다.

남구만, 「함흥십경도기」 중, 『약천집』 (성백효 역, 2007)

위의 작품은 함흥을 그린 10장의 그림 '함흥십경도'의 기문이다. 이 「함흥십경도기」를 보면 함흥은 태조가 왕업을 일으킨 곳으로, 두 개의 본궁과 선조들의 능이 있고 영험한 기운이 남다르다고 했다. 그리고 함흥에서 빼어난 10곳을 추려서 함흥 십경을 얻었는데, 본궁의 장엄함과 격구정의 탁트인 경치 그리고 그 외의 승경처가 다른 곳에서는 쉽게 발견할 수 없는 아름다움을 지닌다고 했다. 산과 바다를 끼고 역사의 장엄함이 깃든 함흥을 10개의 공식적인 경관으로 구획한 뒤, 문학적인 윤색을 덧붙인 것이다.

이와 같은 함흥십경 가운데 가장 기념비적인 두 곳, '본궁'과 '격구정'을 설명한 부분을 보면, '본궁'은 우선 함흥부 남쪽 운전사에 위치한다고 운을 떼었다. 이어서 역사적으로 태조와의 인연이 있고, 정전에는 목조, 익조, 도조, 환조 사왕의 신위를 모셨고, 정전 앞에 풍패루와 연못이 있으며, 정전 뒤에는 태조가 직접 심은 소나무가 있고, 정전 안에는 태조의 의복과 활이 소장되어 있다는 자세한 정보를 기록했다. 이어서 '격구정'은 본궁 남쪽 성천강이 바다로 흘러드는 곳의 정상에 위치하며 태조가 잠저 시절에 격구를 했던 곳인데, 남구만 본인이 이곳에 1674년 정자를 지어 탁 트인 경치를 감상하기에 더할 나위 없이 좋다고 칭송했다.

함흥 본궁에는 태조가 심은 특별한 소나무가 있고 정전 안에는 관복과 화살 등의 유물이 있다는 기록은 『연려실기술』이나 『임하필기』 등 여타의 문헌에서도 찾아볼 수 있다. 하지만 남구만은 짤막한 기록 형식이 아니라 본궁과 격구정의 지리와 역사, 유물 등을 종합적으로 서술하면서 각별한 관심을 보였다. 현재는 함흥 십경 중 하나인 '제성단'이 유실된 상태로 9개의 함흥의 경관이 이목을 끌고 있는데, 이후 남구만의 「함흥십경도기」를 근거로 다종의 그림과 문학 작품이 선을 보였다.

〈그림 92〉와 〈그림 93〉은 17세기에 남구만의 발의로 제작되었던 〈함흥십경도〉와 〈북관십경도〉를 보고, 18세기에 다시 제작한 〈함흥내외십경도咸興內外十景圖〉 가운데 '본궁'와 '격구정'에 해당하는 그림이다. 그림 상단에는 남구만이 1674년에 지은 「함흥십경도기」가 기록되어 있다.

이 가운데 우선 〈그림 92〉 '본궁'을 보면, 사방을 둘러싼 산 가운데 노란색과 붉은색으로 채색한 화려한 건물을 배치했다. 그리고 정전 뒤에는 어김없이 소나무가 등장하고 있으며, 전면에는 풍패루와 연못이 있다. 특이한 점은 그림 하단의 홍살문 앞에 작게 말을 끌고 가는 일행을 그린 것인데, 바로 조선 초 함흥차사로 함흥에 갔던 박순朴淳, ?~1402이 새끼 딸린 어미 말을 데리고 가서 태조를 설득했던 일화를 삽입한 것이다. 다음으로 〈그림 93〉 '격구정'은 전면에 바닷물이 출렁이는 가운데 우뚝 솟은 정자와 멀리 뒷면에 펼쳐진 산세가 어우러져 시원한 조망을 선사한다.

이처럼 남구만이 기획했다는 원본 〈함흥십경도〉와 「함흥십경도기」의 내용을 바탕으로 후대의 작품들이 이어서 제작되었다. 그리고 그 가운데에는 아래와 같은 경우도 확인할 수 있다.

〈그림 93〉과 〈그림 94〉는 19세기 〈함흥십경도병풍咸興十景圖屛風〉 가운데 '본궁'과 '격구정' 그림이다. 화면이 세로로 길고, 유독 원경의 산세가 아득한 느낌을 주지만 중앙 하단에 배치된 함흥 본궁과 격구정에 집중해 보면, 기존의 작품 즉 남구만의 설명과 18세기 〈함흥내외십경도〉와 일맥상통하는 작품임을 알 수 있다. 다만 좀 더 주변의 산수 배경에 공을 들이

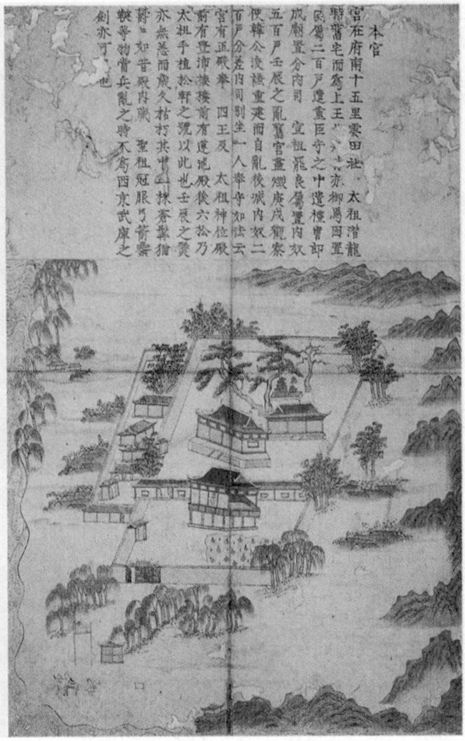

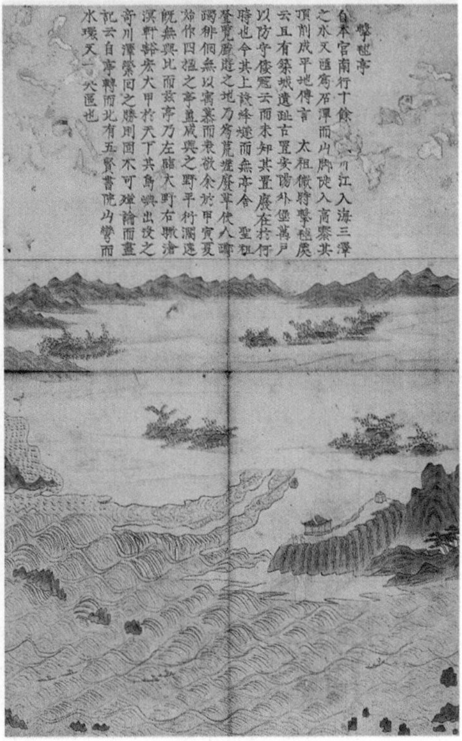

92	93

〈그림 92〉〈함흥내외십경도〉 '본궁'
〈그림 93〉〈함흥내외십경도〉 '격구정',
작가미상, 〈함흥내외십경도〉, 18세기, 지본채색, 각51.7×34cm, 국립중앙박물관.

94 95

〈그림 94〉 〈함흥십경도병풍〉 '본궁'
〈그림 95〉 〈함흥십경도병풍〉 '격구정'
작자미상, 〈함흥십경도병풍〉, 조선 19세기, 비단에 먹, 137×32cm, 국립중앙박물관.

96
97

<그림 96> 정선, 〈함흥본궁송도〉, 견본담채, 28.9×23.3cm, 왜관수도원.
<그림 97> 미상, 〈본궁〉, 19세기, 지본채색, 각 29×42.9cm, 서울대박물관. (『함산와유첩』 중)

<그림 98> 조중묵, 〈함흥본궁〉, 조선 19세기, 견본담채, 131.5×71.5cm, 국립중앙박물관.

면서 이상적인 공간 표현에 몰입했다.

이처럼 함흥십경은 반복적으로 작품에 등장하면서 일종의 계통을 형성했는데, 한편 함흥을 그린 그림은 위와 같은 전형적인 작품 외에도 다른 유형을 선보이기도 했다.

예를 들어 〈그림 96〉 〈함흥본궁송도咸興本宮松圖〉는 겸재 정선이 그린 함흥 본궁 그림이다. 그런데 이 그림은 지금까지 살펴보았던 일반적인 본궁 그림과는 많이 다르다. 정선 특유의 강렬한 필선이 인상적이기도 하지만, 본궁 전체를 조망한 것이 아니라 세 그루의 소나무를 전면에 배치한 것이 특징적이다. 원래 태조가 심은 소나무는 여섯 그루였는데, 그중 세 그루가 말라 죽고 남은 것을 그렸다. 모진 북풍을 견뎌낸 탓인지 한 방향으로 쏠린 소나무 가지들이 정전의 지붕을 감싸듯 내려다보는 모습이 마치 살아있는 것 같다. 화면의 왼편 상단 여백에 "겸재 노인의 필력이 비록 건장하다 해도 귀신의 도움이 아니었다면 어찌 능히 이와 같이 그릴 수 있겠는가謙老筆力雖健 非神助何能作此"라고 평한 것처럼 본궁을 지키는 혼령이 기운을 보탰는지도 모르겠다.

정선은 실제 본궁을 방문한 것이 아니고 1756년영조 32 함흥에 다녀온 박사해朴師海, 1711~1778의 설명을 들은 뒤 실제인 듯 장면을 묘사했다고 한다. 직접 눈으로 본 것이 아니라 마음으로 전해 들은 신령한 공간이 소나무라는 상징을 통해 현실화된 것이다.

그리고 〈그림 97〉은 함흥 부근의 명소를 그린 그림과 시문을 엮는 시화첩 『함산와유첩咸山臥遊帖』 가운데 〈본궁〉에 해당한다. 이 시화첩에는 〈옥소정〉, 〈지락정〉, 〈낙민루〉, 〈본궁〉, 〈귀주사〉, 〈격구정〉, 〈연포〉 8장의 그림이 수록되어 있어서, 전통적인 함흥십경과는 다소 차이가 있다. 하지만 〈본궁〉만큼은 여느 그림과 마찬가지로 실제 모습에 충실한 것을 확인할 수 있다. 부감법을 이용해서 주변 산세 가운데 자리잡은 본궁의 전모는 물론이고 홍살문과 버드나무까지 소상히 기록했다. 다소 도식화된 표현이지만 유독 전각의 푸른 지붕들이 시선을 끄는 색다른 작품이다.

그리고 한편 〈그림 98〉 조중묵趙重默, ?~?이 그린 19세기의 〈함흥본궁〉 그림을 보면, 본궁 전체의 모습을 충실하게 잘 재현했는데 여기에서도 소나무가 인상적이다. 상단 여백의 글은 함경도 관찰사 조병식趙秉式, 1832~1907이 쓴 것으로, 마른 소나무에서 새로 싹이 돋아난 일화를 기록했다. 새싹이 나는 소나무를 통해 쇠락한 왕조의 부흥을 기원한 것으로 보인다. 마치 〈그림 83〉에서 안중식의 〈백악춘효〉가 경복궁을 그리며 한양에 새봄이 오기를 기원했던 것과 같이, 함흥 본궁 그림을 통해 위기에 처한 조선이 되살아나기 바라는 기원을 투사했던 것 같다.

지금까지 살펴본 바와 같이 남구만의 「함흥십경도기」 이후 함흥의 주요 장소를 다룬 그림은 다양한 형태로 이어졌다. 그리고 그림뿐만 아니라 문학 작품에서도 함흥에 대한 개인적인 관심을 확인할 수 있다. 예를 들어 「동명일기」와 같은 여류 수필 속에 등장하는 함흥은 매우 색다르다. 의유당 남씨1727~1823는 순조 때 그녀의 남편 신대손申大孫, 1728~1788이 함흥 판관으로 부임할 때 동행하여 함흥을 유람한 내용을 중심으로 『의유당 관북 유람일기』를 남겼다. 그리고 이 가운데 단연 백미로 손꼽히는 것은 해돋이를 묘사한 「동명일기」이다. 여성 특유의 참신한 표현력이 돋보이는 이 작품은 현재까지도 회자되고 있는 국문 수필의 수작이다. 그런데 이 일기에는 해돋이 중심의 노정뿐만 아니라 태조 이성계의 유적을 관람한 내용이 포함되어 있어서 눈길을 끈다. 바로 격구정과 함흥 본궁이 그것이다. 의유당 남씨는 1769년 함흥에 도착한 후, 1771년과 1772년 두 차례 해돋이 구경에 나섰다. 첫 번째 시도는 날씨가 좋지 않아 실패했고 아쉬운 마음으로 돌아오던 중 격구정에 들렀다. 그리고 이듬해 두 번째 시도 끝에 휘황한 일출을 목도하는 안복을 누렸고, 이어서 함흥 본궁을 방문한 뒤 그 내용을 상세하게 글로 적었다.

함흥에 체류하는 동안 의유당 남씨는 만세교萬歲橋가 가로지르는 성천강城川江의 경관을 낙민루樂民樓에서 바라보는 등 함흥의 이름난 승경을 구경하고 감상을 세세하게 글로 남겼다. 하지만 그 가운데에서도 격구정과 본궁은 태조 이성계와 관련된 곳으로 여타의 눈호강과는 조금 다른 차원에서 접근했다. 의유당 남씨가 보았던 격구정과 본궁은 아래와 같이 기술되어 있다.

> 태조대왕 노니시던 격구정을 바라보니 높은 봉우리 위에 나는 듯한 정자 있으니 가마를 돌이켜 오르니 단청이 약간 퇴락한 육칠 간 정자 있으니 정자 바닥은 박석薄石을 깔았더라. 정자는 그리 좋은 줄 모르되 안계眼界 기이하여 앞은 탄탄훤훤한 벌이요, 뒤는 푸른 바다가 둘렀으니 안목이 쾌창하고 심신이 상쾌한데 바다 한가운데 큰 병풍 같은 바위 올연히 섰으니 거동이 기이하더라. 이르기를 선바위라 하더라.
>
> 의유당 남씨, 「동명일기」 중 '격구정' 장면 (저자 현대역)

의유당 남씨가 감상한 격구정은 여느 누정과 크게 다르지 않았던 것 같다. 담담하게 봉우리 위에 단청이 퇴락한 정자가 있는데 그리 좋은 줄 모르겠다고 썼다. 다만 격구정에서 바라본 경치는 시원해서 심신이 상쾌했고, 선바위의 위풍이 당당했다고 했다. 이처럼 격구정은 태조의 유적이라서 가보기는 했지만, 그저 평범한 누정으로 인식했던 것 같다. 그리고 이어서 본궁까지 관람하고자 했지만 별차別差가 허락하지 않아서 뜻을 이루지 못했다. 그리고 이듬해 드디어 해돋이를 감상한 후 가슴 벅찬 감흥을 안고 내친김에 본궁까지 관람하는 행운을 누렸다. 그 내용은 아래와 같다.

본궁 보기를 청하여 허락을 받고 본궁에 들어가니 궁전이 광활한데 분장粉牆을 두루 싸고 백토로 기와 용마루를 칠하고 팔작八作 지붕 위에 기와로 사람처럼 만들어 화살 멘 것, 공속拱束하고 선 것, 양마지속羊馬之屬을 다하여 앉혔으니 또한 볼만하더라.

궁전에 들어가니 집이 그리 높지 아니하되 넓고 단청채색이 영롱하여 햇빛에 조요照耀하더라. 정전 툇마루 앞에 태조대왕의 **빛갓**은 다 삭아 겨우 (갓의) 보만 의지하고 은으로 일월옥노日月玉鷺 입식笠飾이 다 빛이 새로워 있고 **화살**은 빛이 절어도 다른 데 상하지 아니하고 동개筒箇도 새로운 자姿 있으되 요대腰帶 호수虎鬚 활시위 하던 실이 다 삭았으니 손 닿으면 묻어날 듯 무섭더라.

전문殿門을 여니 감실龕室 네 위位에 도홍수화주桃紅水禾紬의 초록 허리를 달아 장帳을 하여 위마다 쳤으니 마음의 으리으리하고 무섭더라.

다 보고 나오니 뜰 앞에 반송盤松이 있으되 키 적어 손으로 만져지고 펴지기 양산 같고 약간 누른 잎이 있고 **노송**老松이 있으되 새로웠으니 친히 심으신 것이 여러 백 년이 지났으되 이리 신신新新하니 어찌 귀하지 아니하리오. 뒤에 돌아 들어가니 큰 소나무 마주 섰는데 몸은 남자의 아름으로 두 아름은 되고 가지마다 용이 틀어진 듯 틀어 얹혔는데 높이는 대여섯 길은 되고 가지 쇠하고 잎이 누르러 퍽 떨어지더라. 옛날에는 나무 몸에 구피狗皮로 다 쌌더라 하되 녹고 보褓를 싸고 구리띠를 하여 띄웠더라. 곧고 큰 나무로 사면으로 들어 받쳤더라.

다 보고 돌아 나오다가 동편으로 보니 우물이 있되 그리 크지 아니하고 돌로 쌓고 널로 짰더라. 보고 수보數步는 나오니 장히 큰 밤나무 섰으니 언제적 나무인 줄 모를러라. 제기祭器 놓인 데로 오니 다 은기銀器라 하되 잠갔기에 못보다. 방앗간에 오니 방아를 정히 걸고 집을 지었으니 정淨하기 이상異常하더라. 제물祭物 하는 것만 찧는다 하더라.

의유당 남씨, 「동명일긔」 중 '본궁' 장면

의유당 남씨가 남긴 본궁의 기록은 격구정에 비해 월등히 자세하다. 본궁에 들어가 제일 먼저 시선이 닿은 것은 채색한 건물과 기와지붕이었다. 그리고 정전으로 들어가 태조 대왕이 사용했다는 어물御物 즉 갓과 화살을 관람했다. 수백 년이라는 나이를 먹으면서 낡은 어물의 상태를 미사여구 없이 그대로 표현한 점이 인상적이다. 마찬가지로 신위를 보고 난 기억도 무섭더라고 적어서 특유의 솔직함을 느낄 수 있다. 그리고 의유당 남씨 역시 소나무를 꽤 자세히 언급했는데, 세월의 무게를 안고 보호대의 부축을 받고 서있는 모습을 매우 사실적으로 표현했다. 이외에도 우물과 방앗간 등을 섬세한 관찰력을 동원하여 묘사했다. 그런데 한편 이와 같은 여성의 작품과 달리, 비슷한 시기 사대부 남성이 지은 함흥 본궁 방문기는 또 다른 시선을 취하고 있다. 예문은 아래와 같다.

정유년1777 겨울 10월 함주咸州에 이르러 본궁을 알현하여 관포를 갖추어 있고 내정에서 숙배하였다. 사관이 금으로 장식한 옻칠 함 두 개를 받들고 나와 앞쪽의 기둥에 두었다.

신臣은 관수盥手 한 뒤 당에 올라 열어보았다. 함 하나에는 **흑사립**黑絲笠 하나가 있었다. 은 장식을 갖추어 은일정銀日頂과 은월정銀月頂이 각각 하나씩이고 공작 깃이 넷이다. 다른 함에는 **각궁**角弓 1장張이 있으니 길에는 7자에 활시위가 있고 흑칠한 가죽 활집도 갖추고 있었다. 화살도 열세 개가 있어서 길이는 6자이고 쇠촉이며 황칠한 가죽 화살집도 갖추고 있었다. 이는 모두 우리 태조 강헌대왕康獻大王께서 사방을 정벌할 때 친히 사용하시던 것이다. (…중략…)

지금 이 어립御笠과 활, 화살은 이것들을 사용하여 비바람을 무릅쓰고 칼과 화살에 맞서셨으며,이것들을 이용하여 강한 적들을 무너뜨리고 사방에 위엄을 떨치셨다. (…중략…) 그리고 왕조의 발자취가 시작된 터전에 보관해 둔 것은 그 근본을 잊지 않았음을 보이는 것이니 어찌 더욱 보배롭고 중하게 여기지 않겠는가!

정전의 북쪽에 오래된 **소나무** 세 그루가 있어서 크기가 모두 10여 아름은 되는데 태조께서 활을 걸어놓던 곳이라고 전해진다. 만력 임진년 왜적들이 한 그루를 도끼로 찍자 피가 솟구쳐 뿜어져 나오고 바람과 우레가 크게 일어나니 왜적들이 놀라 달아나서 감히 다시는 접근하지 못하였으므로 오랫동안 전해지던 어물御物들도 온전할 수 있었다고 한다. 아아. 기이하도다. 나무의 뒤쪽에 아직도 도끼 자국이 남아 있어서 구리로 감싸두었다.

홍양호, 「함흥본궁어물기」, 『耳溪集』 (이규필·임영걸 역, 2020)

위의 작품은 조선 후기의 문인 홍양호洪良浩, 1724~1802가 1777년 함흥 본궁을 방문한 것을 기록한 「함흥본궁어물기咸興本宮御物記」이다. 앞에서 의유당 남씨가 호기심 가득한 솔직한 눈으로 본궁을 방문한 소감을 적었던 것과는 달리, 홍양호는 사대부로서 엄숙한 자세로 본궁을 알현했다. 그리고 태조의 어물로 보관되고 있던 흑사립黑絲笠과 각궁角弓이라는 상징물을 통해 태조 대왕이 왕업을 이루던 당시를 회상하고, 정전 북쪽의 소나무는 임진왜란 때 왜적들이 찍어놓은 도끼 자국이 남아 있다고 감개무량을 표했다. 홍양호에게 함흥 본궁은 태조 이성계와 동일시되는 곳으로, 그곳에 보관된 유물들 하나하나가 더할 나위 없는 감동과 숭고함을 전한 듯하다. 의유당 남씨와 비교해볼 때 대조되는 기술이 아닐 수 없다.

이처럼 조선 후기에 함흥은 남녀를 불문하고 많은 이들에게 유서 깊은 곳으로 각인되어 있었다. 주변의 산세가 아름다운 빼어난 승경처도 아니고 지리상 북방의 척박한 땅에 위치하고 있지만, 태조라는 이름만으로 입소문을 타고 누구나 아는 공간으로 자리잡은 곳 함흥. 이곳은 곧 조선 왕실의 권위를 상징하며 나라의 안녕을 기원하는 염원을 담은 상서로운 지역으로서 역사의 퇴적층 속에 그리고 사람들의 마음 속에 뿌리를 내렸던 것이다.

> 이십칠일 **쥰원뎐** 드러가니 이곳ᄌᆞᆫ 태조대왕 장ᄐᆡᄒᆞᆫ 곳이러니 그후에 뎐을 짓고 태조어용을 봉안ᄒᆞ오니 ᄉᆞᆼ님은 무밀ᄒᆞ고 뎡누ᄂᆞᆫ 심슈ᄒᆞ야 종묘사직 모양ᄀᆞᆺ더라. 그리로조차 븍으로 오리허에 태조대왕 탄ᄉᆡᆼᄒᆞ오신 구디에 비각을 지어잇고 그셔흐로 오리허에 **본궁**이 겨시고 별치가 슈딕ᄒᆞ더라. 어뎡속 드러가 물 ᄠᅥ먹고 뇽흥강으로 나오니 이ᄂᆞᆫ쥬지빈토요 한지풍ᄑᆡ라. 산쳔긔셰와 텬디 졍녕이 다 모힌ᄃᆞᆺ ᄒᆞ더라.
>
> 김원근, 「자경지함흥일기」 (띄어쓰기는 저자)

위의 「자경지함흥일기慈慶志咸興日記」는 1810년 순조비 명경왕후 김씨의 오빠이자 김조순의 아들인 김원근金元根, 1786~1832이 함경도 관찰사로 부임하는 종숙 김명순을 따라 함흥에 갔다가 금강산까지 여행하고 돌아와 지은 국문 일기이다. 이 작품은 함흥과 금강산 일대를 다녀온 유람일기로서, 앞의 홍양호처럼 함흥 본궁에 집중한 것은 아니다. 오히려 작품의 비중은 금강산에서 느낀 흥취가 크다고도 할 수 있다. 하지만 그럼에도 불구하고 이 작품은 함흥의 본궁이 유명처가 되었던 당시의 상황을 잘 보여준다. 19세기 조선 말기에 이르기까지 태조의 유산을 간직하고 있는 성스러운 공간에 대한 기억이 차곡차곡 쌓여서 함흥은 이제 한 번쯤 방문해야 하는 매우 익숙한 곳으로 자리를 잡게 된 것을 「자경지함흥일기」에서 실감할 수 있다.

지금까지 살펴본 바와 같이 조선시대 한양과 함흥을 대상으로 하는 문학과 그림은 우리 문화사에서 큰 비중을 차지하고 있다. 돌이켜보면 선사시대의 바위 그림을 그렸던 한반도의 동남부에서 고구려 고분 벽화가 남아 있는 한반도의 북서부 그리고 삼국시대를 지나 고려의 개성을 이어 조선의 한양과 함흥으로 이어지는 곳곳은 모두 한국의 얼이 스며있는 곳으로 어느 한 곳도 소홀히 할 수 없다. 하지만 그중에서도 중세의 대미를 장식한 한양과 함흥은 우리의 정체성을 만들면서 흘러 내려온 문화의 물줄기가 합류하여 장엄한 역사를 이룬 곳으로 앞으로도 오랫동안 기억될 것이다.

참고문헌

제1장_ 들어가기

『미술이 문학을 만났을 때』, 국립현대미술관, 2021.

김광국, 유홍준·김채식 역, 『석농화원』, 눌와, 2015.

김부식, 김종권 역, 『삼국사기』, 명문당, 1988.

서거정 외편, 민족문화추진회 편, 『동문선』, 솔, 1998.

성간, 홍순석 역, 『진일유고』, 지식을만드는지식, 2015.

조희룡, 『조희룡 전집』, 한길아트, 1999.

허균, 『(국역) 성소부부고』, 민족문화추진회, 1989.

운허용하 편, 『불교사전』, 홍법원, 1971.

郭熙, 신영주 역, 『곽희의 임천고치』, 문자향, 2003.

蘇東坡, 류종목 역주, 『소동파시집』, 서울대 출판문화원, 2019.

고연희, 『그림, 문학에 취하다』, 아트북스, 2011.

고유섭, 『우현 고유섭 전집』 1~10, 열화당, 2007~2013.

고위공, 『문학과 미술의 만남』, 미술문화, 2004.

구자균, 『한국평민문학사』, 문조사, 1948.

김동욱, 『國文學史』, 일신사, 1976.

김백균, 「매체의 관점으로 본 "詩書畵一律"론」, 『미학』 48, 한국미학회, 2006.

김영기, 『朝鮮美術史』, 金龍圖書, 1948.

김열규, 『한국문학사－그 形象과 解釋』, 탐구당, 1983.

김원룡 『한국미술사』, 범문사, 1968.

김용준, 『近園 金瑢俊 全集』 1~5, 열화당, 2001.

김윤식·김현, 『한국문학사』, 민음사, 1973.

문명대, 『한국 미술사 방법론－우리 미술사 연구의 역사·이론·방법』, 열화당, 2000.

박신자, 『문학과 미술의 대화』, 청동거울, 2004.

백철·이병기, 『국문학전사』, 신구문화사, 1972.

안휘준, 『한국회화사』, 일지사, 1980.

안확, 『朝鮮文學史』, 을유문화사, 1984. (한일서점, 1922)

여당김재원박사 기념사업회, 『박물관의 초석을 놓다』, 여당김재원박사기념사업회, 2017.

유홍준, 『조선시대 화론 연구』, 학고재, 1998.

유평근·진형준, 『이미지』, 살림, 2001.
윤호병, 『문학과 그림의 비교』, 이종문화사, 2007.
이충렬, 『간송 전형필－한국의 미를 지킨 대수장가 간송의 삶과 우리 문화재 수집 이야기』, 김영사, 2010.
이혜순, 『비교문학』 I, 중앙출판, 1981.
임철규, 『눈의 역사 눈의 미학』, 한길사, 2004.
장덕순, 『한국문학사』, 동화문화사, 1975.
정민·김동준 외, 『한국학 그림과 만나다』, 태학사, 2011.
조동일, 『한국문학통사』 1~5, 지식산업사, 1982~1988. (제4판 2004)
조용훈, 『(문화기호학으로 읽는) 문학과 그림』, 효형출판, 2004.
조윤제, 『국문학사』, 동국문화사, 1949.
진홍섭, 『한국미술사 자료집성』 1~9, 일지사, 1987~2003.
최병식, 『동양회화미학』, 동문선, 1994.
최순우, 『혜곡 최순우 전집』 1~5, 학고재, 1992.
홍사준, 『백제의 전설』, 통문관, 1956.
황수영, 『황수영 전집』 1~6, 혜안, 1997~1999.

Andre Eckardt, 권영필 역, 『에카르트의 조선미술사』, 열화당, 2003.
Gotthold Ephraim Lessing, 윤도중 역, 『라오콘』, 나남, 2008(1766).
Mario Praz, 임철규 역, 『문학과 미술의 대화』, 연세대 출판부, 1986.
Maurice Merleau Ponty, 남수인·최의영 역, 『보이는 것과 보이지 않는 것(*Le visibe et l'Invisible)*』, 동문선, 2004(1964).
Raymond Williams, 김성기·유리 역, 『키워드(*key words*)』, 민음사, 2010(1976).
Rudolf Arnheim, 김춘일 역, 『미술과 시지각(*Art and visual perception*)』, 미진사, 1995(1954).
關野貞, 심우성 역, 『朝鮮美術史』, 동문선, 2003(조선사학회, 1932).

Alex Preminger & T.V.F. Brogan ed., "image", *The New Princeton Encyclopedia of poetry and Poetics*, Princeton : Princeton University Press, 1993.
Barbara Maria Stafford, "The Remaining 10 Percent", James Elkins ed., *Visual literacy*, London : Routledge, 2008,
Gyorgy Kepes, *Language of vision*, Chicago : Theobald, 1969.

Mitchell Stephens, *The Rise of the Image, the Fall of the Word*, New York : Oxford University press, 1998.
Nelson Goodman, *Languages of art*, Cambridge : Hackett Publishing company, 1976.
Nicholas Ostler, *Empires of the word-a language history of the world*, New York : HarperCollins Publishers, 2005.
Roland Barthes, *Image, music, text*, New York : Hill and Wang, 1978.
Terry Eagleton, *Culture*, New Haven : Yale University Press, 2016.
Tony Bennett, Lawrence Grossberg, Meaghan Morris (eds.), *New keywords : a revised vocabulary of culture and society*, Malden : Blackwell Pub., 2005.
W.J.T. Mitchell, "What Is an Image?", *Iconology*, Chicago : The University of Chicago Press, 1987.

제2장_ 신화시대의 상상과 형상

『(세계문화유산) 고구려 고분벽화』, 남북역사학자협의회, 2013.
『반구대 암각화』, 국립문화재연구소, 2011.
『울산 천전리 암각화』, 울산암각화박물관, 2020
『集安 고구려 고분벽화』, 조선일보사, 1993.
『천전리 각석』, 국립문화재연구소, 2012.

이규보, 『동국이상국집』, 한국고전번역원, 1980. https : //db.itkc.or.kr
일연, 이재호 역, 『삼국유사』, 명지대 출판부, 1974.

김호석, 『한국의 바위 그림』, 문학동네, 2008.
김태곤, 『한국의 무속신화』, 집문당, 1985.
서대석, 『한국 신화의 연구』, 집문당, 2001.
______·박경신 역주, 『서사무가』 I, 고려대 민족문화연구소, 1996.
손진태, 『朝鮮神歌遺編』, 동경 : 향토문화사, 1930. (『손진태선생 전집』, 태학사)
안휘준, 『한국 고분벽화 연구』, 사회평론, 2013.
임세권, 『한국의 암각화』, 대원사, 2000.
장석호, 『몽골의 바위그림』, 혜안, 1995.
전호태, 『고구려 고분벽화의 세계』, 서울대 출판부, 2004.
______, 『울산 반구대암각화 연구』, 한림출판사, 2013.

정병모, 『한국의 풍속화』, 한길아트, 2000.
조동일, 『동아시아 구비서사시의 양상과 변천』, 문학과지성사, 1997.
한국역사민속학회, 『한국의 암각화』, 한길사, 1996.
현용준, 『무속신화와 문헌신화』, 집문당, 1992.
______, 『제주도무속 자료사전』, 도서출판 각, 2007.
홍선표, 『선사·고대 회화』, 한국미술연구소, 2017.
황용훈, 『동북아시아의 암각화』, 민음사, 1987.
赤松智城·秋葉隆, 심우성 역, 『朝鮮巫俗의 硏究』, 동문선, 1991.

제3장_ 문자와 중세 문명

『김생 1300주년』, 예술의전당 서예박물관, 2012.
『문자, 그 이후－한국 고대 문자전』, 국립중앙박물관, 2011.
『서울대학교박물관 소장품 도록』, 서울대 박물관, 2007.
『옛 글씨의 아름다움』, 이천시립월전미술관, 2010.
『조선 묘지명』 I, 국립중앙박물관, 2011.
『죽음을 노래하다』, 예술의전당, 2017.
『韓國書藝二千年』, 예술의전당, 2000.

각훈, 이병훈 역, 『해동고승전』, 을유문화사, 1975.
김부식, 김종권 역, 『삼국사기』, 명문당, 1988.
김정희, 『(국역)완당전집』, 솔, 1995.
오세창 편, 동양고전학회 역, 『(국역)근역서화징』, 시공사, 1998.
이곡, 이상현 역, 『(국역) 가정집』, 민족문화추진회, 2006.
이규보, 민족문화추진회 편역, 『이규보시문선』, 솔, 1997.
______, 『동국이상국집』, 한국고전번역원, 1978. https : //db.itkc.or.kr
이제현, 『(국역)익재집』, 민족문화추진회, 1977.
정인지 외, 고전 연구실 역, 『고려사』 권91, 신서원, 2001.
최치원, 최준옥 편역, 『孤雲先生文集』 上, 下, 寶蓮閣, 1982.
혜초, 정수일 역주, 『혜초의 왕오천축국전』, 학고재, 2004.

고유섭, 『朝鮮金石學草稿』, 열화당, 2013.
국사편찬위원회, 『한국서예문화의 역사』, 국사편찬위원회, 2011.

곽승훈, 『신라 금석문 연구』, 한국사학, 2006.
김용선, 『고려 금석문 연구』, 일조각, 2004.
_____, 『역주 고려묘지명집성』 개정3판, 한림대 출판부, 2021.
손예철, 『중국문자학』, 아카넷, 2002.
심경호, 『한문산문미학』, 고려대 출판부, 2013.
_____, 「금석문과 한문학 연구」, 『한국 한문학 연구』 41, 한국한문학회, 2008.
조동일, 『한국문학의 갈래이론』, 집문당, 1992.
최영성, 『한국의 금석학 연구』, 이른아침, 2014.
하영삼, 『한자와 에크리튀르』, 아카넷, 2011.
Georges Jean, 이종인 역, 『문자의 역사』, 시공사, 1996.

제4장_ 불교의 도상과 인쇄의 혁명

『刻卽佛心–판본에 새긴 불심』, 동국대 박물관, 2014.
『고려불화대전』, 국립중앙박물관, 2010.
『대고려국보전』, 삼성문화재단, 1995.
『대고려 – 그 찬란한 도전』, 국립중앙박물관, 2019.
『사경 변상도의 세계 – 부처 그리고 마음』, 국립중앙박물관, 2007.

『(역주)석보상절』, 세종대왕기념사업회, 1991.
『(역주)월인석보』제1·2, 세종대왕기념사업회, 1982.
일연, 이재호 역, 『삼국유사』, 명지대 출판부, 1974.
贊寧 撰, 『宋高僧傳』, 北京 : 中華書局, 1987.

강우방, 『원융과 조화』, 열화당, 1990.
김두진, 『義湘』, 민음사, 1995.
김정희, 『왕실, 권력 그리고 불화』, 세창출판사, 2019.
불교신문사 편, 『韓國佛教史의 再照明』, 불교시대사, 1994.
심재룡, 『동양철학의 이해1』, 집문당, 2002.
은정희·송진현 역주, 『(원효의)금강삼매경론』, 일지사, 2000.
이기영, 『한국불교연구』, 한국불교연구원, 1982.
장충식, 『고려화엄경판화의 세계』, 아세아문화사, 1982.
정병삼, 『그림으로 보는 불교이야기』, 풀빛, 2000.

천혜봉, 『고인쇄』, 범우사, 1989.
______, 『한국금속활자 인쇄사』, 범우, 2012.
청주고인쇄박물관 편, 『직지』, 태학사, 2008.
해주 역, 『法界圖記叢髓錄』, 동국대 출판부, 2014.
황패강, 『신라불교설화연구』, 일지사, 1975.

제5장_ 이야기와 인물화의 허구와 진실

『대고려국보전』, 삼성문화재단, 1995.
『대고려－그 찬란한 도전』, 국립중앙박물관, 2019.
『木石으로 찍은 우리의 옛그림』, gana art, 2012.
『역사인물 초상화대사전』, 현암사, 2003.
『한국의 초상화－역사 속의 인물과 조우하다』, 눌와, 2007.

김부식, 김종권 역, 『삼국사기』, 명문당, 1988.
민족문화추진회 편, 『국역 신증동국여지승람』, 민족문화추진회, 1982.
서거정 외, 민족문화추진회 편, 『동문선』, 솔, 1998.
성현, 임정기 역, 『허백당집』, 한국고전번역원, 2011.
____, 김남이·전지원 외역, 『용재총화』, 휴머니스트, 2015.
이인로, 박성규 역, 『역주 파한집』, 보고사, 2012.
이제현, 김성룡 역, 『역옹패설』, 지식을 만드는 지식, 2009.
일연, 이재호 역, 『삼국유사』, 명지대 출판부, 1975.
정인지 외, 고전 연구실 역, 『고려사』권91, 신서원, 2001.
최자, 박성규 역, 『역주 보한집』, 보고사, 2012.
최해, 최채기 역, 『(국역)졸고천백』, 민족문화추진회, 2006.
혁련정, 최철·안대회 교주, 『역주 균여전』, 새문사, 1986.

김현양 외역, 『(역주) 수이전 일문』, 박이정, 1996.
박희병, 『한국고전 인물전 연구』, 한길사, 1992.
조선미, 『한국의 초상화－形과 影의 예술』, 돌베개, 2009.
홍선표, 「고려 초기 초상화제도의 수립」, 『미술사논단』 45, 한국미술연구소, 2017.
홍선표, 「고려 말기 인물화의 제 양상(1)」, 『미술사논단』 51, 한국미술연구소, 2020.
황패강, 『신라불교설화연구』, 일지사, 1975.

제6장_ 시와 그림의 이미지

『간송문화』, 간송미술문화재단 설립 기념전, 간송미술문화재단, 2014.

『국민대학교 박물관 소장유물 도록』, 국민대, 2006.

『대고려－그 찬란한 도전』, 국립중앙박물관, 2019.

『산수화, 이상향을 꿈꾸다』, 국립중앙박물관, 2014.

『왕의 글이 있는 그림』, 국립중앙박물관, 2008.

『(신증)동국여지승람』, 민족문화추진회, 1972.

『한국문집총간』, 민족문화추진회, 1991~2012.

서거정 외편, 민족문화추진회 역, 『동문선』, 솔, 1998.

안축, 서정화·안득용·안세현 역, 『근재집』, 한국고전번역원, 2013.

이색, 이상현 역, 『목은집』, 민족문화추진회, 2001.

이제현, 『(국역)익재집』, 민족문화추진회, 1977.

임춘, 진성규 역, 『서하집』, 지식을 만드는 지식, 2015.

정도전, 심경호 역, 『삼봉집』, 한국고전번역원, 2013.

정몽주, 박대현 역, 『포은집』, 한국고전번역원, 2018

진화, 변종현·윤승준·윤재환 역, 『매호유고』, 한국고전번역원, 2013. https : //db.itkc.or.kr/

최치원, 이상현 역, 『계원필경집』, 올제, 2013.

혜심, 김달진 역, 『진각국사어록』, 세계사, 1993.

屈原·宋玉, 권용호 역, 『초사』, 글항아리, 2015.

고연희, 『조선시대 산수화』, 돌베개, 2007.

박완식, 『한국 한시 어부사 연구』, 이회, 2000.

박해훈, 『한국의 팔경도』 소명, 2017.

안장리, 『한국의 팔경문학』, 집문당, 2002.

안휘준, 『한국회화의 전통』, 문예출판사, 1988.

장지성, 『한국의 화훼영모화』, 안그라픽스, 2020.

최경환, 「한국 제화시의 진술양상 연구」, 서강대 박사논문, 1991.

홍선표, 『조선시대 회화사론』, 문예출판사, 1999.

제7장_ 왕조사업과 문화 권력

『간송문화』, 간송미술문화재단 설립 기념전, 간송미술문화재단, 2014.

『규장각』, 서울대 규장각한국학연구원, 2015.
『조선시대 궁중행사도』 I~III, 국립중앙박물관, 2010~2012.
『한국의 馬-시공을 달리다』, 국립제주박물관, 2014.
『145년 만의 귀환, 외규장각 의궤』, 국립중앙박물관, 2011.
『*Beyond Folding Screens*』, 아모레퍼시픽미술관, 2018.

『국조오례의』, 경문사, 1979.
『(역주) 삼강행실도』, 세종대왕기념사업회, 2010.
『삼강행실도』 규장각본.
『세종장헌대왕실록』, 세종대왕기념사업회, 1971.
『용비어천가』, 아세아문화사, 1972.
『이륜행실도』 규장각본.
박팽년, 『朴先生遺稿』.
변계량, 김홍영·조동영 역, 『(국역) 춘정집』, 민족문화추진회, 2001.
서거정 외편, 민족문화추진회 역, 『동문선』, 솔, 1998.
______, 임정기 역, 『국역 사가집』, 민족문화추진회, 2004.
성간, 『국역 진일유고』, 한국학연구원 한문학 분과 역주, 계명대 출판부, 1994.
성현, 임정기 역, 『허백당집』, 한국고전번역원, 2008.
성삼문, 「成謹甫先生集」, 『六先生遺稿』, 민족문화추진회, 1999.
申叔舟, 『保閑齋文集』.
李石亨, 『(國譯)樗軒先生文集』, 延安李氏樗軒公派大宗會, 1989
李承召, 정선용 역, 『三灘集』, 한국고전번역원, 2008.
이유원, 『(국역)임하필기』, 민족문화추진회, 1999.
이제현, 민족문화추진회 역, 『(국역) 익재집』, 민족문화추진회, 1980.
정도전, 신호열 역, 『삼봉집』, 한국고전번역원, 1977. https://db.itkc.or.kr
최자, 박성규 역, 『역주 보한집』, 보고사, 2012.

김성룡, 『여말선초의 문학사상』, 한길사, 1995.
김승우, 『용비어천가의 성립과 수용』, 보고사, 2012.
박경주, 『경기체가 연구』, 이회문화사, 1996.
박정혜, 『조선시대 궁중기록화 연구』, 일지사, 2000.
사진실, 『한국연극사 연구』, 태학사, 1997.

손석숙, 『궁중정재의 복원과 재현－이론과 실제』, 학고방, 2012.
정병모, 「國立中央博物館所藏 八駿圖」, 『미술사학연구』 189, 한국미술사학회, 1991.
______, 「삼강행실도 판화에 대한 고찰」, 『진단학보』 85, 진단학회, 1998
______, 『한국의 풍속화』, 한길아트, 2000,
조규익, 『조선조 악장의 문예미학』, 민속원, 2005.
지두환, 『조선전기 의례연구』, 서울대출판부, 1994.
한영우, 『조선왕조 의궤』, 일지사, 2005.
한국정신문화연구원 편, 『세종시대의 문화』, 태학사, 2001.

제8장_ 공간의 상징과 왕실 권위의 지속

『근대서화－봄 새벽을 깨우다』, 국립주앙박물관, 2019.
『동궐도 읽기』, 문화재청 창덕궁관리소, 2005.
『미술 속 도시 도시 속 미술』, 국립중앙박물관, 2016.
『서울대학교박물관 소장품 도록』, 서울대 박물관, 2007.
『왜관수도원으로 돌아온 겸재정선화첩』, 국외소재문화재단, 2013.
『우리 강산을 그리다』, 국립중앙박물관, 2019.
『우리땅, 우리의 진경』, 국립춘천박물관, 2002.
『조선 왕실의 어진과 진전』, 국립고궁박물관, 2015.
『조선을 일으킨 땅, 함흥』, 국립중앙박물관, 2010.
『(조선왕실의) 행사그림과 옛지도』(박정혜, 이예성, 양보경), 민속원, 2005.
『지도예찬』, 국립중앙박물관, 2018.
『한국의 초상화』, 눌와, 2007.
『145년 만의 귀환, 외규장각 의궤』, 국립중앙박물관, 2011.

『東國輿地勝覽』, 민족문화추진회, 1971.
『韓國文集叢刊』, 민족문화추진회, 1991~2010.
강세황, 김종진 외역, 『표암유고』, 지식산업사, 2010.
김상헌, 정선용 역, 『국역 청음집』, 민족문화추진회, 2006.
김원근, 「자경지함홍일기」. (서울대도서관 가람문고본)
남구만, 성백효 역, 『국역 약천집』, 민족문화추진회, 2004.
서거정, 『국역 사가집』, 한국고전번역원, 2008.
성현, 김남이·전지원 외역, 『용재총화』, 휴머니스트, 2015.

의유당 남씨, 류준경 편, 『의유당관북유람일기』, 신구문화사, 2008.
정도전, 『국역 삼봉집』, 민족문화추진회, 1977.
정이오, 유호선 역주, 『국역 교은선생문집』, 한국인물사연구소, 2009.
홍양호, 이규필·임영걸 역, 『이계집』, 성균관대 출판부, 2020.

강석화, 『조선후기 함경도와 북방영토의식』, 경세원, 2000.
김성룡, 『여말선초의 문학사상』, 한길사, 1995.
박성의, 『農家月令歌·漢陽歌』, 예그린출판사, 1978.
박정애, 『조선시대 평안도 함경도 실경산수화』, 성균관대 출판부, 2014.
박정혜, 『조선시대 궁중기록화 연구』, 일지사, 2000.
______ 외, 『왕과 국가의 회화』, 돌베개, 2011.
송신용, 『한양가』, 정음사, 1949.
안장리, 『한국의 팔경문학』, 집문당, 2002.
이태호, 『그림으로 본 옛 서울』, 서울시립대 서울학연구소, 1995.
조규희, 「조선후기 한양의 명승명소도와 국도 명승의 재인식」, 『한국문학과 예술』 10, 숭실대 한국문예연구소, 2013.
최열, 『옛 그림으로 본 서울』, 혜화, 2020.
한영우, 『조선왕조 의궤』, 일지사, 2005.

찾아보기

ㄱ

ㅇ

ㅊ

ㅋ

ㅌ